비둘기 속의 고양이

Cat Among the Pigeons

AGATHA CHRISTIE MYSTERY

애거서 크리스티 추리 문학 78

비둘기 속의 고양이

최운권 옮김

해문

■ 옮긴이 최운권

서울대학교농과대학 졸업.
주한 미국대사관 근무.
번역서로 《검찰 측의 증인》 《환상의 여인》 외 다수.

비둘기 속의 고양이

초판 발행일	1989년 10월 25일
중판 발행일	2010년 02월 25일
지은이	애거서 크리스티
옮긴이	최 운 권
펴낸이	이 경 선
펴낸곳	해문출판사
주 소	서울시 서초구 서초동 1328-11 도씨에빛2차 1420호
TEL/FAX	325-4721 / 325-4725
출판등록	1978년 1월 28일 (제3-82호)
가격	6,000원
ISBN	978-89-382-0278-9 04840 978-89-382-0200-0(세트)

※ 잘못된 책은 바꾸어 드립니다.

•등 장 인 물•

엘리노어 밴시타트— 흐트러짐 없는 단정한 머리를 한 메도뱅크 선생.
호노리아 벌스트로드— 메도뱅크 여학교 교장.
채드윅— 메도뱅크 공동 창립자.
앤 샤플랜드— 벌스트로드 교장의 비서. 서른다섯 살의 미모의 여자.
엘스페스 존슨— 메도뱅크의 사감선생.
앙젤 블랑슈— 빈약한 몸매에 생쥐같이 생긴 얼굴을 한 신임 프랑스어 선생.
아일린 리치— 영어와 지리를 가르치는, 못생겼지만 정열적인 얼굴의 선생.
로원 양— 피부가 검고 마른, 심리학 학위를 소지한 열정적인 젊은 여선생.
블레이크 양— 생물과 물리를 가르치는 젊은 여선생.
그레이스 스프링거— 적갈색 머리에 뼈만 앙상한 모습의 체육선생.
샤이스타— 스위스 학교에서 전학 온 신입생. 공주.
업존 부인— 꺼칠꺼칠한 머리카락에 주근깨가 있는 호감 가는 30대 후반 여성.
줄리아— 업존 부인의 딸. 주근깨가 있는 평범한 얼굴의 여자아이.
알리 유수프 황태자— 라맛 국의 세습족장.
밥 롤린슨— 알리 유수프 황태자의 개인용 비행기 조종사이자 친구.
조안 서트클리프— 밥 롤린슨의 누나.
제니퍼— 조안 서트클리프의 딸.
존 에드먼드슨— 영국대사관 3등 서기관. 밥 롤린슨의 친구.
아담 굿맨— 메도뱅크 학교의 정원사로 위장 잠입한 젊은 남자.
켈시— 허스트 세인트 시프리언 경찰서 수사과 경감.

차 례

차 례

프롤로그

여름학기

1

그날은 메도뱅크 학교의 여름학기가 시작되는 날이었다. 늦은 저녁 햇살이 자갈을 깔아놓은 교사(校舍) 앞 넓은 길을 눈부시게 내리쬐고 있었다. 교사 정면의 문은 환영의 뜻으로 활짝 열려 있었고, 그 바로 안쪽에는 한 가닥의 흐트러짐도 없는 단정한 머리 모양과 흠잡을 데 없이 디자인이 잘된 윗도리와 스커트를 입은 밴시타트 선생이 조지 왕조풍의 문(門) 양식과 잘 어울리는 자세로 꼿꼿이 서 있었다.

이 학교의 사정을 그다지 잘 모르는 학부형들 중에는 그녀를 이 학교 교장인 위대한 교육자 벌스트로드 선생과 혼동하는 사람도 있으나, 벌스트로드 교장은 일종의 신성불가침한 곳으로 물러나서 극히 몇몇의 선택된 특권계층만을 상대하는 것이 관례가 되었다.

밴시타트 선생 한쪽 옆으로 다소 다른 느낌을 풍기며 서 있는 사람은 박식하며 자상해 보이는 채드윅 선생으로, 그녀가 없는 메도뱅크 학교는 상상도 할 수 없을 정도로 이 학교의 일부분이 되어버린 인물이다. 사실, 그녀가 이 메도뱅크 학교를 떠나본 적은 한 번도 없었다. 메도뱅크 학교는 벌스트로드 교장과 채드윅 선생이 공동으로 창립한 학교였다. 채드윅 선생은 코안경을 걸치고 구부정한 어깨에 촌스러운 복장을 하고서 친근감을 가진 모호한 말투를 썼으나, 수학에 있어서는 뛰어난 두뇌를 가진 사람이었다.

밴시타트 선생의 세련된 환영의 인사말이 교내에 울려 퍼지고 있었다.

"아놀드 부인, 별고 없으셨어요? 오, 리디아, 그리스 유람선여행은 재미있었니? 정말 멋졌겠구나! 근사한 사진도 많이 찍었고? 아, 예, 가네트 양, 벌스트로드 교장 선생님이 미술 강좌에 관한 가네트 양의 편지를 받고는 그 모든 수

속을 끝마쳐 놓았어요.

버드 부인, 안녕하세요?……예? 아, 벌스트로드 교장선생님은 오늘은 그 점에 대해 함께 의논할 시간이 없으실 것 같은데요. 부인만 괜찮다면 로원 선생님은 가능한데…….

패밀라, 네 방을 옮겨놓았다. 건너편 끝의 사과나무 옆이야.

예, 그래요, 바이올렛 부인, 이번 봄은 계속 날씨가 안 좋네요. 얘가 제일 막내인가 보죠? 이름이 뭐예요? 헥터? 어머, 멋진 비행기를 가졌구나, 헥터.

부인, 잘 오셨어요. 그런데 어떡하죠? 오늘 오후는 불가능할 것 같은데. 벌스트로드 선생님은 정말 바쁜 분이라서요.

교수님, 좋은 오후예요. 뭣 좀 흥미 있는 발굴을 하셨나요?"

2

2층에 있는 작은 방에서는 벌스트로드 교장의 비서 앤 샤플랜드가 능숙한 솜씨로 타이프라이터를 치고 있었다. 앤은 서른다섯 살 된 미모의 여자인데, 검은 공단 모자라도 쓴 듯이 머리를 단단히 동여매고 있었다. 그녀는 매력적으로 보이길 원한다면야 충분히 매력을 끌 수 있는 여성이었으나, 지금까지의 인생경험에서 보면 능률과 일솜씨에서 뛰어난 게 좋은 결과를 가져올 때가 많다는 것을 깨닫고 있었기에 번거로운 마찰은 피하고 있는 듯했다.

지금도 그녀는 유명한 여학교 교장의 비서로서 모든 점에서 부족함이 없는 사람이 되려고 노력하고 있었다. 그녀는 타이프라이터에 새로 종이를 끼워 넣으면서 가끔 창으로 시선을 옮겨 학교를 찾아오는 사람들에게 관심을 기울였다.

"어머, 영국에도 아직 이렇게 많은 자가용 운전사가 남아 있었는지는 몰랐네!" 앤은 놀라면서 중얼거렸다.

바로 그때 위풍당당한 롤스로이스가 달려나가고, 이번에는 꽤 자그마하고 보잘것없으며 게다가 낡아빠진 오스틴이 와서 서는 것을 보고 그녀는 자기도 모르게 무심코 웃음이 터져 나왔다.

그 차에서는 걱정스러운 표정의 아버지가 딸을 데리고 내렸는데, 딸은 아버지보다 훨씬 태연해 보였다.

그가 머뭇거리며 서 있으려니 밴시타트 선생이 교사에서 나와 맞이했다.

"하그리브스 소령님이세요? 그리고 이쪽은 앨리슨이군요? 자, 안으로 들어가세요. 아버님께 앨리슨의 방을 보여 드리고 싶군요. 저는—"

앤은 싱긋이 웃으며 다시 타이프를 치기 시작했다.

"밴시타트 선생이 훌륭하게 대역을 연기하고 있군."

앤은 혼자 중얼거렸다.

"그녀라면 벌스트로드 교장선생님의 흉내를 무엇이든 그럴 듯하게 해내니까. 정말 완벽에 가까워!"

딸기의 빨간빛과 푸른 하늘색이 섞인 거대한 모양에다 조금은 믿을 수 없을 정도로 호화스러운 캐딜락이 그 차체의 길이 탓인지 힘들게 현관 앞으로 와 앨리스테어 하그리브스 소령의 고물 오스틴 옆에 바짝 붙여 멈춰 섰다.

운전사가 잽싸게 내려 문을 여니 길게 늘어진 아바(소매 없는 긴 옷)를 걸치고 멋진 턱수염을 기른 검은 피부의 남자가 내렸고, 뒤이어 파리의 유행의상을 걸친 여자, 그다음에는 검은 얼굴에 호리호리한 몸매의 소녀가 내렸다.

아마도 그 뭐라고 하는 공주가 틀림없어 하고 앤은 생각했다.

저 애가 교복을 걸친 모습은 상상도 할 수 없지만, 내일은 아마 그 진귀한 풍경을 보게 되겠는걸…….

이번에는 밴시타트 선생과 채드윅 선생 두 사람이 나와서 함께 맞이했다.

"저들은 아마 교장이 시켰을 거야." 앤은 마음속으로 단정 지어 버렸다.

그러나 그렇게 생각하는 순간 기묘하게도 벌스트로드 교장에 대해서는 전혀 농담을 해서는 안 될 것 같은 기분이 들었다. 정말 벌스트로드란 인물은 대단한 여자처럼 느껴졌다.

"그러니 너는 오자가 나지 않도록 활자에 조심해서 이 편지를 끝내는 편이 좋아." 그녀는 자신에게 타일렀다.

앤이 철자를 실수하는 적은 거의 없었다. 그런 걸로 봐서 비서라는 직업은 그녀에게 적격이었다. 그녀는 어떤 석유회사 사장의 보조자와, 박식할 뿐만 아니라 성미가 괴팍하고 알아보기 어렵게 글씨를 쓰는 사람으로 유명한 머빈 토드헌터 경의 개인비서를 지낸 적도 있었다. 그녀가 지금까지 윗분으로 모신 인물 가운데는 국회의원도 두 사람 있었고, 고급관리도 한 사람 있었다. 그런데 지금까지는 대개 남자들 사이에서만 일해 왔었다. 이번처럼 그녀 자신의 말을 빌리자면, 어떻게 여자들 사이에 파묻혀 일을 하게 되었는지 그녀 자신도 상상 못할 일이었다. 그래, 이것도 경험이니까! 게다가 항상 데니스가 곁에 있는데, 뭘! 성실한 데니스가 말레이시아에서건 버마에서건, 또는 세계 어디에서건 항상 변함없는 애정을 갖고 돌아와 한 번 더 그녀에게 구혼할 것이다.

사랑스러운 데니스! 하지만 데니스와의 결혼생활은 어지간히 무료하기 그지없을 거야. 어쨌든 요사이 남자와의 접촉이 거의 없었던 것이 조금은 적적하게 느껴지는 기분이었다. 전부가 여선생뿐인 곳에서의 생활이라서, 학교를 통틀어 남자라고는 오로지 80세가량의 정원사가 한 사람 있을 뿐이었다.

그 순간 앤은 의외의 발견을 하게 되었다. 창을 통해 밖을 내다보니 현관 앞길 바로 건너편의 울타리를 손질하고 있는 어떤 남자의 모습이 눈에 띈 것이다—분명히 정원사가 틀림없겠으나 80세하고는 거리가 먼 남자였다. 젊고 피부가 검었으며 꽤 잘생긴 얼굴이었다.

앤은 이상하게 생각했다—임시로 막일꾼을 고용하겠다는 이야기는 들었으나, 그렇다고 해도 저 사람은 시골뜨기 막일꾼이 아닌데. 하긴 요즈음은 직업에 귀천이 없이 아무 일이나 잘들 하니까. 한 청년이 어떤 계획을 위해 돈이 필요한 경우가 아니면, 그냥 심신의 건강을 위해 일하고 있는 건지도 모르지. 그런데 그 청년은 꽤 능숙한 솜씨로 울타리를 손질하고 있었다. 역시 저 사람은 진짜 정원사인가 봐!

"뭐랄까, 저 남자는 어쩐지 관심이 가는데……." 그녀는 혼자 중얼거렸다.

그녀는 이제 편지 한 통만 마치면 일이 다 끝나가기에 즐거웠다. 이것만 끝나면 정원을 산책해도 괜찮겠지…….

3

위층에서는 사감선생인 존슨이 방을 지정해 주랴, 신입생을 환영하랴, 재학생과 인사시키랴 눈코 뜰 새 없이 바빴다.

존슨은 다시 학기가 시작된 것이 기뻤다. 방학 동안엔 항상 어찌할 바를 모르며 자기 자신을 주체 못했었다. 결혼한 두 여동생의 집을 번갈아 찾아다니곤 했었으나, 그 여동생들도 이건 당연한 얘기지만, 메도뱅크 학교의 일보다는 자기 자신들이 하고 있는 일이나 자기 가족의 일에 관심이 더 많았다.

존슨 선생은 형제로서 여동생들을 사랑하고는 있다 해도, 실제로는 메도뱅크 학교의 일밖에는 관심이 없었다.

역시 그랬다. 학기가 시작된 것은 정말 잘된 일이었다.

"존슨 선생님?"

"왜 그러니, 패밀라?"

"있잖아요, 존슨 선생님, 제 가방에서 뭐가 깨진 것 같아요. 가방에서 이상한 게 줄줄 흘러나오고 있는 거예요. 아마 머릿기름인가 봐요."

"쯧쯧, 그거 큰일이구나!" 하며 존슨 선생은 서둘러 도와주었다.

4

자갈을 깐 현관 앞길 건너편의 잔디밭에서는 신임 프랑스어 선생 블랑슈 양이 이곳저곳을 거닐고 있었다. 그녀는 울타리를 손질하고 있는 늠름한 청년을 호감어린 눈빛으로 쳐다보았다.

"정말 멋진 남자야." 블랑슈는 마음속으로 생각했다.

블랑슈 양은 빈약한 몸매에다 생쥐같이 생긴 얼굴이어서 그다지 사람들의 눈을 끌지는 못했으나, 그녀 자신은 무엇 하나 그냥 지나치는 법이 없었다.

그녀의 시선은 현관에 와 닿는 자동차의 행렬로 옮겨졌다. 그녀는 그 자동차의 값을 대충 매겨봤다. 확실히 이 메도뱅크라고 하는 학교는 만만찮아!

그녀는 머릿속으로 벌스트로드 교장이 실제로 벌어들이는 수입을 계산해 보았다.

역시 짐작한 대로야! 대단해!

5

영어와 지리를 가르치고 있는 리치 선생은 여전히 아래를 내려다보지 않고 걷는지라 이따금 넘어질 듯 비틀거리면서도 재빠른 걸음으로 교사 쪽으로 걸어오고 있었다. 그녀의 머리는 변함없이 단정치 못했다. 그녀는 비록 못생겼지만 정열적인 얼굴을 하고 있었다.

그녀는 혼자 중얼거렸다.

"다시 돌아왔군! 여기로 다시……마치 몇 년이 흐른 것 같아……."

그녀가 갈퀴에 걸려 벌렁 나자빠지자 아까의 젊은 정원사가 그녀에게 한 손을 내밀며 말했다.

"아가씨, 발밑을 조심하셔야죠."

아일린 리치는 정원사는 쳐다보지도 않은 채, "고마워요." 하고 말했다.

6

두 명의 젊은 여선생 로원 양과 블레이크 양은 어슬렁거리며 실내경기장 쪽으로 걸어가고 있었다. 로원 양은 피부가 검고 말랐으며 열정적인 면이 있었으나, 블레이크 양은 포동포동하게 살이 쪘고 피부가 희었다. 그들은 최근 플로렌스에서 겪은 모험담을 생기 넘치게 주고받고 있었다. 보고 온 그림, 조각, 과실수의 꽃봉오리, 그리고 그녀들에게 관심을(내심으로는 그것이 불명예스럽기를 바랐었지만)보인 두 이탈리아인 젊은 남자들에 관한 이야기였다.

"물론 이탈리아인이 어떤 인종인지는 알고 있어." 블레이크 양이 말했다.

"억제할 줄을 몰라."

로원 양은 경제학뿐 아니라 심리학도 공부했었기에 그런 식으로 말했다.

"참으로 건강미를 느낄 수 있었어. 하지만 전혀 감정을 억제하려고 하지 않는 사람들이야."

"그래도 내가 메도뱅크 학교에서 가르치고 있다고 하니까 쥐제페는 정말 감명을 받은 듯했어." 블레이크 양이 말했다.

"곧 태도도 전보다 훨씬 공손해지고, 자기 조카도 입학을 원하고 있는데 결원이 생길지 모르겠다는 벌스트로드 교장의 답장이 왔었다고 하는 거야."

"사실 메도뱅크는 무시할 수 없는 학교야." 로원 양도 행복한 듯 말했다.

"저 새로 지은 실내경기장이야말로 사람들을 정말 가슴 벅차게 만들어. 저것이 신학기에 맞춰 개관될 줄은 꿈에도 생각 못했어."

"벌스트로드 교장은 꼭 시기를 맞추겠다고 했었지."

블레이크 양은 권위를 내세우는 듯한 투로 말하다가 깜짝 놀라면서, "어머." 하고 소리를 질렀다.

갑자기 실내경기장의 문이 열리더니 적갈색 머리에 뼈만 앙상한 모습의 젊은 여자가 나왔다. 그 여자는 적의에 가득 찬 날카로운 눈매로 그들을 쳐다보고는 재빠르게 가버렸다.

"저 여자가 새로 온 체육선생일 거야. 어쩜 저렇게도 거칠고 난폭하지!"

블레이크 양이 말했다.

"그다지 유쾌한 동료는 아니겠는데." 로원 양도 말했다.

"존슨 선생은 그렇게 친절하고 사교적인데 말이야."

"그녀는 우리를 노려보듯 흘끗 쳐다봤어." 블레이크 양이 화가 나 말했다.

두 사람 다 기분이 엉망이 되고 말았다.

7

벌스트로드 교장의 거실에는 두 방면으로 창이 나 있는데, 한쪽으로는 현관 앞길과 그 건너편의 잔디밭이 바라다보였고, 또 한쪽으로는 교사 뒤쪽의 철쭉꽃이 핀 제방이 보였다. 이 방도 지극히 인상적이긴 했으나 그보다도 벌스트로드 교장 그 자체가 더없이 인상적인 여성이었다.

그녀는 키가 크고, 얼굴도 귀족적으로 생겼으며, 단정하게 빗은 희끗희끗한 머리, 유머가 넘치는 회색빛 눈, 야무지고 빈틈없어 보이는 입모양을 하고 있었다. 이 학교가 성공한 것도(메도뱅크는 영국에서도 최고로 성공한 학교 중 하나였다) 전적으로 이 교장이 지닌 개성 덕분이었다. 유난히 학비가 비싼 학교였는데, 실제로는 거기에 특징이 있는 것은 아니었다. 무서우리만치 엄청난 학비를 지불하라고는 했지만, 지불한 만큼의 값어치를 하는 학교라는 편이 더 사실에 가까울 것이다.

이 학교의 여학생들은 부모의 소망과, 또 동시에 벌스트로드 교장의 소망대로 교육받아 그 두 가지의 결합이 조화롭고 만족스러운 결과를 낳고 있다고 여기고 있었다. 비싼 수업료 덕분에 교직원도 충분히 고용할 수 있었다. 이 학교에는 대량생산적인 면은 전혀 없었고, 개성을 살리는 교육이라고는 해도 규율은 엄격했다. '통제를 수반하지 않는 규율', 이것이 벌스트로드 교장의 신조였다. 규율은 젊은이들 마음에 의지가 되고 안정감을 주기는 하나, 통제는 저항감을 불러일으킬 수도 있다는 것이 그녀의 생각이었다.

이 학교의 학생은 각양각색이었다. 외국의 좋은 집안 딸들도 여러 명 섞여 있었고, 영국의 왕가 출신자가 입학하는 경우도 여러 번 있었다. 영국의 좋은 집안 딸들이나 부호의 딸들도 들어오는데, 그녀들은 교양이나 예술 방면의 훈련을 쌓고 인생 전반에 걸친 지식이나 사회생활의 능력을 몸에 익히고 충분히 훈련되어 세련된 인간이 되는 동시에, 어떤 주제에 관한 지식토론에도 참가할 수 있게 되기를 원하고 있었다. 필사적으로 공부해 입학시험에 합격해서 결국엔 학위 따는 것을 목표로 하고 있는 여학생들도 있기 때문에, 그런 학생들에게는 충분히 교육시키는 동시에 특별한 주의를 기울일 필요가 있었다. 틀에 박힌 일상적인 학교생활에 적응 못하는 학생이 오는 경우도 있었으나, 벌스트로드 교장도 그녀 나름대로의 원칙은 가지고 있어서 저능아나 비행소녀는 받아들이지 않았지만, 자기 자신이 호의를 가질 수 있는 부모들의 딸이거나 자신이 보아 개선의 여지가 있다고 생각되는 여자아이들은 받아들이고 있었다.

이곳 학생들은 꽤 넓은 폭의 연령층을 가지고 있었다. 이미 지금은 '교육완료'라는 꼬리표가 붙어도 좋을 만한 나이의 여자도 있는가 하면, 아직 어린애라고 해도 좋을 만큼 어린 여자아이도 있었고, 그 가운데는 부모가 외국에 가 있는 학생들도 있었기에 그런 학생들을 위해서는 휴가를 흥미 있게 보낼 수 있도록 벌스트로드 교장이 직접 계획을 세워주었다. 어떤 일을 막론하고 최종적인 결정을 내리는 것은 항상 벌스트로드 교장 자신의 판단에 의해서였다.

그녀는 지금 벽난로 장식 옆에 서서 제럴드 호프 부인의 넋두리에 귀를 기울이고 있었다. 대단한 선견지명이 있었다고나 할까, 그녀는 여태 호프 부인에게 앉으라고 권하지도 않았었다.

"아시다시피 헨리에타는 꽤 신경질적인 아이예요. 정말 신경질적이지요. 우리 주치의도—"

벌스트로드 교장은 알고 있었다는 듯이 가볍게 고개를 끄덕거리기도 하고, 때로는 이런 식의 신랄한 비난의 말을 하고 싶은 것을 참기도 했다.

'이 바보천치야, 얼마나 바보스러우면 자기 아이를 그런 식으로 말하지?'

그러나 실제로는 이해가 간다는 듯이 그녀는 이렇게 말했다.

"호프 부인, 너무 걱정하지 마세요. 이 학교에는 로원 선생이라는, 충분히 교육을 받은 심리학자도 있으니까요. 댁의 헨리에타도(그 아이는 당신에겐 과분할 정도로 총명한 아이랍니다) 여기서 한두 학기만 지내면 분명히 부인도 놀랄 정도로 변하게 될 거예요."

"예, 그것은 저도 잘 알고 있어요. 램베스 집안의 아이도 이 학교의 교육 덕분에 기적같이 변했더군요—정말 기적 같아요! 그래서 전 아주 기쁘답니다. 그리고 전—아, 그래요, 잊고 있었군요. 우리 가족은 앞으로 6주일 동안 남프랑스에 가려고 해요. 헨리에타도 데리고 가려고요. 그 애에게는 좋은 기회가 될 것 같아서요."

"어떡하죠, 그것은 불가능하겠는데요."

벌스트로드 교장은 딱 잘라 말했으나, 그 얼굴에는 거절한다기보다는 요구를 들어주겠다는 듯한 부드러운 미소를 짓고 있었다.

"어머, 하지만—"

성미 급한 호프 부인의 얼굴에 동요가 일기 시작했다.

"전 꼭 그렇게 하고 싶은데요. 누가 뭐라고 해도 그 앤 제 아이잖아요?"

"물론이지요. 하지만 여기는 제 학교인걸요." 벌스트로드 교장이 말했다.

"제가 좋을 때 그 애를 학교에서 데리고 나가는 건 상관없는 거 아니에요?"

"그건 그렇지요." 벌스트로드 교장이 말했다.

"물론 데려가셔도 괜찮습니다. 하지만 그럴 경우 우리 쪽에서는 학교로 다시 돌아오는 것을 허락지 않을 겁니다."

호프 부인은 이제 노골적으로 분노의 빛을 나타냈다.

"아니, 내가 여태 낸 학비만 생각해도 그렇지—."

"맞는 말씀이에요." 벌스트로드 교장이 말했다.

"그것도 부인의 따님을 위해 부인이 우리 학교를 원하신 것 아닌가요? 하지만 이번에는 그대로 받아들일 것인지, 아니면 그만두게 할 것인지 하는 문제입니다. 부인이 입고 계신 그 멋진 '발렌시아가(유명한 의류상품 이름)'와 같지요. 입고 계신 게 '발렌시아가'가 맞지요? 의상에 대단한 센스를 지닌 분을 만나면 저까지 그렇게 즐거울 수가 없답니다."

그녀는 호프 부인의 손을 잡고 악수를 하면서 눈치 못 채게 천천히 문 쪽으로 데리고 가서 말했다.

"아무것도 걱정하지 마세요. 어머, 헨리에타가 엄마를 기다리고 있군요."

그녀는 호감어린 눈초리로 헨리에타를 쳐다보았다.

이 아이는 조금도 흠잡을 데 없는 총명한 아이야. 좀더 나은 엄마를 만났으면 더 좋았을 텐데.

"마거릿, 헨리에타 호프를 존슨 선생님에게 데리고 가요."

벌스트로드 교장은 자신의 응접실로 물러나왔고, 몇 분 뒤에는 프랑스어로 이야기하고 있었다.

"물론입니다, 각하. 조카따님은 현대적인 사교댄스도 배울 수 있지요. 사교상으로는 대단히 중요하니까요. 그리고 외국어를 익히는 것도 무엇보다 필요합니다."

다음의 방문자들은 값비싼 향수냄새를 풍기며 들어왔는데, 벌스트로드 교장도 쩔쩔매며 어찌할 바를 몰라 하는 그런 사람들이었다.

'매일 향수 한 병을 다 몸에 뒤집어쓰나 보군.' 하고 마음속으로 생각하며 벌스트로드 교장은 그 우아한 옷을 입은 검은 피부의 여자와 인사를 했다.

"황홀할 정도예요, 부인."

그 부인은 예쁘게 교태를 부리며 웃었다.

동양풍의 복장을 한 커다란 체구의 턱수염을 기른 남자가 벌스트로드 교장의 손을 잡고 인사를 하며 능숙한 영어로 이렇게 말했다.

"전 사이스타 공주를 모시고 오는 영광을 받았답니다."

벌스트로드 교장도 스위스 학교에서 막 전학해 온 신입생에 관한 것은 자세히 알고 있었으나, 호위해서 온 사람이 누구인가에 대해서는 약간 모호하게 생각하고 있었다. 설마 대공(大公)이 직접 올 리는 없고, 아마 장관이 아니면 대리대사가 틀림없을 거라고 그녀는 혼자 결정했다. 상대의 신분이 확실하지 않을 경우에 항상 그녀는 편리한 '각하'라는 칭호를 사용했고, 사이스타 공주에게는 최선의 배려를 할 테니 염려 말라고 그에게 안심시켰다.

사이스타는 예의 바르게 미소 짓고 있었다. 그녀 역시 유행의상을 입고 향수를 뿌리고 있었다. 나이는 열다섯 살이었으나 대개의 동양이나 지중해 주변의 여자아이들과 같이 나이보다도 어른스러워 보였다—이제 다 성숙했다고 해도 좋을 정도였다. 공부계획 등에 대해 이야기해 보니 낄낄거리며 웃지도 않고 능숙한 영어로 또박또박 대답해서 벌스트로드 교장은 안심했다.

사실상 같은 또래의 열다섯 살의 영국 여자아이들의 그 선부른 태도에 비하면 태도도 세련되어 있었다. 벌스트로드 교장은 전부터 영국의 여자아이들을 가까운 동양에 보내 그곳의 예법을 배우게 하면 좋지 않을까 하고 몇 번인가 생각했었다. 서로 간에 의례적인 인사가 교환되고 이윽고 방은 다시 텅 비게 되었으나, 방 안에 퍼져 있는 향수냄새만은 아직 가시지 않아 다소나마 바람에 날려 보내려고 벌스트로드 교장은 양쪽의 창을 활짝 열었다.

다음의 방문자는 업존 부인과 그녀의 딸 줄리아였다.

업존 부인은 호감이 가는 30대 후반쯤 되는 여성으로, 꺼칠꺼칠한 머리카락에 주근깨가 있고, 조금도 어울리지 않는 모자를 쓰고서 들어왔는데, 아무리 보아도 평소엔 모자를 쓰지 않는 타입 같았다. 분명히 날이 날이니 만큼 오늘의 분위기에 맞춰 쓴 것이 틀림없었다.

줄리아는 주근깨가 있는 평범한 얼굴의 여자아이로, 총명해 보이는 이마에 성격도 쾌활해 보였다.

예의 그 앞선 인사가 간단하게 오고간 뒤 줄리아는 마거릿을 통해 존슨 선생에게 보내졌고, 그녀는 상냥하게 어머니에게 이렇게 말하고 나갔다.

"엄마, 전 잠깐 나가봐야 돼요. 저, 가스히터를 켜실 때에는 조심하세요."

벌스트로드 교장은 업존 부인에게 미소를 지으며 다시 왔으나, 그녀에게 앉으라고 권하지는 않았다. 줄리아는 쾌활하고 상식이 있어 보였으나, 어머니는 우리 애가 꽤 신경질적이라는 둥 또 똑같은 이야기가 반복해 나올까 봐 신경이 쓰였기 때문이었다.

"줄리아에 대해 뭐 특별히 얘기하고 싶으신 게 있으세요?" 그녀가 물었다.

업존 부인은 상냥하게 대답했다.

"아, 아니에요. 아무것도 없어요. 줄리아는 지극히 평범한 아이라서요. 그리고 매우 건강하고요. 머리는 비교적 좋은 편이라고 생각하는데, 왜 있잖아요, 대개 엄마들은 자기 아이를 그런 식으로 생각하지 않나요?"

"어머니들도 가지각색이에요." 벌스트로드 교장은 지겹다는 듯이 말했다.

"여기에 오게 된 건 저 애에게 아주 잘된 일이에요." 업존 부인이 말했다.

"사실은 저 애의 숙모님께서 학비를 대주고 있고 살림도 도와주지요. 저에겐 그럴 힘이 없어서요. 하지만 전 무척 기뻐요. 줄리아도 그렇고요."

그녀는 창문 쪽으로 걸어가서 부러운 듯이 말했다.

"정말 훌륭한 정원이군요. 말끔히 정돈되어 있고. 정원사를 몇 명이고 써야 하겠는데요."

"이전에 세 명이 있었는데 지금은 이곳의 일꾼뿐이에요. 일손이 모자라죠."

"그래요. 요즈음은 자기는 정원사라고 하지만 사실은 그렇지가 않아요. 그저 우유배달부가 남는 시간에 뭣 좀 해볼까 해서라든가, 아니면 80세 먹은 노인이지요. 전 가끔 생각해 본답니다—어머!"

여전히 창을 통해 밖을 보고 있던 업존 부인이 갑자기 소리를 질렀다.

"아니, 이상도 해라!"

벌스트로드 교장도 이 갑작스러운 괴성에 당연히 주의를 기울였어야 마땅했으나, 그때에 그녀는 다른 일에 정신을 팔고 있었다. 그것은 그녀도 철쭉이 피어 있는 쪽으로 나 있는 또 다른 창을 통해 무심코 밖을 보다가 그다지 유쾌하지 못한 광경을 목격했기 때문이었다.

레이디 베로니카 칼턴—샌드웨이스라고 하는, 명색이 지체 높은 귀부인이라고 하는 사람이 꽤 술에 취한 듯 커다랗고 검은 벨벳 모자를 아무렇게나 뒤로 젖혀 쓰고는 뭐라고 혼자 투덜거리며 비틀비틀 오솔길을 걸어가고 있었던 것이다.('레이디'(Lady)는 귀족 부인의 경칭)

레이디 베로니카가 위험요소를 지닌 인물이라는 것은 잘 알려져 있었다. 그녀는 매력적인 여성에다 쌍둥이 딸아이들을 무척 사랑하는데, 떠도는 이야기에 의하면 그녀 자신의 본래 모습으로 있을 때에는 무척이나 호감이 가는 꽤 괜찮은 사람이지만, 어려움에 처하면 이따금 예기치 못하게 자기 자신을 잃어버린다는 것이다. 그녀의 남편 칼턴—샌드웨이스 소령은 그런 사태에 아주 잘 대처했다. 사촌 누이 한 사람을 함께 살게끔 하여 평소에는 그 누이에게 레이디 베로니카에게서 눈을 떼지 못하도록 했고, 필요한 경우는 데려가도록 하고 있었다. 운동회 등에 칼턴—샌드웨이스 소령과 그 사촌이 세심하게 돌봐 한 모금의 술도 마시지 않고 나온 레이디 베로니카는 아름답게 치장도 하고, 어머니의 표본이라고 해도 좋을 정도였다. 하지만 이따금 보호자의 손을 벗어나 술을 마시고는 곧바로 딸들이 있는 곳에 모정을 확인한답시고 오는 경우가 있었다. 쌍둥이 딸들은 그날 아침 일찍 기차로 도착했기에 레이디 베로니카가 오는 것은 아무도 예기치 못했다.

업존 부인은 여전히 떠들어대고 있었다. 하지만 벌스트로드 교장은 그녀의 말을 듣지 않고 있었다. 레이디 베로니카가 더욱 빠르고 거칠게 다가오는 것이 보였기에 이리저리 머리를 굴려 대책에 부심하고 있었던 것이다.

그런데 그녀의 기도에 대답이라도 하듯 뜻밖에 채드윅 선생이 다소 숨을 헐떡거리며 재빠르게 뛰어나왔다. 믿음직한 채디, 학생이 동맥을 끊었을 때에도, 학부형이 술에 취해 찾아왔을 때에도 항상 의지가 되는 사람이라고 그녀는 생각했다.

"정말 철면피야." 레이디 베로니카가 큰소리로 떠들어댔다.

"나를 떼어버리려고—여기 오지 못하게—난 멋지게 에디스를 속였는데, 나보고 쉬라고 하면서—차에서 내리다니—그 늙고 바보 같은 에디스를 데리고 달아나다니……그런 올드미스 같은 것을……어떤 남자도 두 번 다시 쳐다보지 않을 그런 여자를……도중에 경찰과 한바탕 소동이 있었지……내가 자동차를 운전하는 건 무리라고 하더군……말도 안 되는 소리……난 벌스트로드 교장에게 얘기할 거야, 내 딸들을 집으로 데려가겠다고—집으로 데려가고 싶어요. 이건 모성애예요. 굉장한 거라고요, 모성애라는 건—."

"정말 눈부셔요, 베로니카 부인." 채드윅 선생이 말했다.

"와주셔서 정말 기쁩니다. 특별히 부인에게는 새로 지은 실내경기장을 보여 드리고 싶군요. 분명히 맘에 드실 거예요."

그녀는 비틀거리는 레이디 베로니카의 발걸음을 교묘하게 반대방향으로 돌려세워 교사에서 멀어져 가며 쾌활하게 말했다.

"댁의 따님들도 분명 거기에 있을 거예요. 정말 훌륭한 실내경기장이에요. 새 보관함도 마련되어 있고, 수영복 건조실도 있으며—."

두 사람이 이야기하는 소리는 점차 멀어져 들리지 않게 되었다.

벌스트로드 교장은 계속 지켜보았다. 한번은 레이디 베로니카가 손을 뿌리치며 교사 쪽으로 되돌아오려 했으나, 채드윅 선생은 지지 않고 막아냈다. 두 사람은 철쭉이 피어 있는 모퉁이를 돌아 새로 지은 실내경기장이 있는 멀고 인적이 드문 곳으로 모습을 감추었다.

벌스트로드 교장은 휴 하고 안도의 숨을 내쉬었다. 채디는 역시 솜씨가 좋아. 이렇게 의지가 될 수가 없어! 현대적이지도 않고, 머리도(수학 방면을 제외하면) 그다지 좋지 않지만 항상 곤란할 때에는 뛰어나와 도와주거든.

그녀는 안도의 한숨과 함께 미안함을 느끼면서 아까부터 즐겁게 계속 떠벌이고 있는 업존 부인 쪽으로 돌아섰다. 그녀는 이렇게 이야기하는 중이었다.

"그렇다고는 해도 물론 진짜 활극을 연기한 것은 아니지요. 낙하산을 타고 내려온다든지, 사보타지를 벌인다든지, 아니면 밀사(密使) 같은 거지요. 제가 그런 용기를 가졌을 리도 없고요. 대개는 따분한 일투성이랍니다. 책상놀음이라서 말이죠."

그녀는 갑자기 말을 중단하고는 변명이라도 하듯 상냥하게 미소 지었다.

"제 생각만 하고 너무 많이 떠들어대서 죄송해요. 시간을 많이 빼앗아서 어떡하죠? 많은 사람을 만나뵈어야 할 시간인데."

그녀는 한 손을 들어 안녕히 계시라고 인사를 하고는 나갔다.

벌스트로드 교장은 잠시 언짢은 얼굴이 되어 우뚝 섰다. 왜 그런지는 확실히 알 수 없었으나, 왠지 불안한 느낌이 들었다. 어떤 본능이라고나 할까? 중요할지도 모를 이야기를 들은 것처럼 그녀에게 경고하는 것 같았다. 그녀는 그런 기분을 떨쳐버렸다. 오늘은 여름학기가 시작되는 날이고, 그녀는 아직 많은 학부형들을 만나 봐야만 할 몸이었다. 지금처럼 그녀의 학교가 정평이 나 있고 성공을 확신 받은 적은 없었다. 메도뱅크 학교는 지금이 전성기였다.

그 메도뱅크 학교가 지금부터 채 몇 주일 되기도 전에 큰 소동에 휩싸이게 될 징조는 아무것도 없었다. 나중에 이 학교는 무질서와 혼란의 살인사건에 휘말리게 되었고, 물론 이미 이때부터 벌써 모종(某種)의 사건은 벌어지기 시작했었지만…….

제1장

라맛 국(國)의 혁명

메도뱅크 학교의 여름학기가 시작되기 약 2개월 전쯤 그 유명한 여학교에 의외의 여파를 몰고 온 어떤 사건이 있었다.

라맛 국의 궁전에서 두 청년이 담배를 피워가면서 눈앞에 닥친 문제를 의논하고 있었다. 한 사람은 검은 피부에 매끈한 계란형의 얼굴로, 크고 우울해 보이는 눈을 가진 청년이었다. 그는 작은 나라이긴 하나 중동에서는 가장 부유한 나라 중의 하나인 라맛 국의 세습족장 알리 유수프 황태자였다. 또 한 사람은 꺼칠꺼칠한 머리에 얼굴에는 주근깨가 있는 청년으로 알리 유수프 황태자의 개인용 비행기 조종사로 일하고 있었는데, 고액의 급료를 받고 있는 것 이외에는 무일푼이라고 해도 좋았다.

이런 신분의 차이에도 불구하고 두 사람은 완전 대등관계였다. 둘 다 같은 사립학교에서 공부했고, 그 이후 죽 친구로서 사귀어온 사이였기 때문이다.

"밥, 그놈들이 우릴 쐈어."

알리 황태자가 믿을 수 없다는 얼굴로 말했다.

"그렇습니다. 분명 우리를 쐈습니다." 밥 롤린슨이 말했다.

"그리고 더 분명한 건 우리가 탄 비행기를 쏘아 떨어뜨리려 했다는 거야."

"저놈들이 쏘아 떨어뜨리려고 한 것은 틀림없습니다."

밥은 우울한 목소리로 말했다.

알리는 잠시 생각에 잠겼다.

"다시 한 번 시험해 볼 필요는 없겠지?"

"이번에도 행운이 따르리란 법은 없으니까요. 사실, 우리의 행동이 너무 늦었습니다. 2주일 전에 탈출했어야 하는 건데, 제가 말씀드린 대로 말입니다."

"도망치는 것이 싫어서 그래." 라맛 국의 통치자가 말했다.

"그 기분은 압니다. 하지만 셰익스피어인지 다른 시인인지가 말했듯이 권토중래(捲土重來)를 기한다고 하는 사고방식도 있습니다."

"생각해 보지."

젊은 황태자는 감정 섞인 목소리로 말했다.

"이 나라를 복지국가로 만들기 위해 그만큼 돈을 들였는데. 병원, 학교, 보건소—."

밥 롤린슨은 상대의 말을 가로막았다.

"대사관에서 좀 도와줄 수 있지 않을까요?"

알리 유수프는 얼굴을 붉히며 발끈 화를 냈다.

"자네 나라의 대사관으로 피난하라는 말인가? 그렇게는 절대로 할 수 없네. 과격파 놈들은 분명 대사관까지 습격할 걸세—외교관의 특권 같은 걸 존중하는 놈들이 아니니까. 게다가 만일 내가 그렇게 한다면 그거야말로 완전 끝일세! 그렇지 않아도 친서구적이라는 것이 나에 대한 비난의 주요쟁점이 되어 왔으니까." 그는 한숨을 쉬었다.

"뭐가 뭔지 도무지 모르겠어."

그는 스물다섯의 나이에 어울리지 않게 어린애처럼 생각에 잠긴 듯한 목소리로 말했다.

"내 할아버지는 냉혹한 사람이었고, 정말 폭군이었지. 몇백 명의 노예를 부렸고, 그들을 무자비하게 다루었지. 부족 간의 싸움에서는 일말의 용서도 없이 적을 죽였고, 잔혹한 방법으로 사형에 처했다네. 할아버지의 이름을 듣기만 해도 모두 아연실색했었지. 그런데 그런 사람이 아직까지도 전설상의 인물이 되어 있네! 병원과 학교를 짓고 복지시설과 주택을—국민이 원하고 있는 모든 것을 주었어. 그런데 국민은 그런 것을 원하고 있는 게 아니란 말인가? 할아버지가 하던 것처럼 공포정치 쪽을 원하고 있다는 건가?"

"아마 그럴지도 모르죠." 밥 롤린슨이 말했다.

"조금 불공평하게 들릴지도 모르겠지만, 그것이 사실이 아닐까요?"

"그런데 왜, 밥, 왜 그렇지?"

밥 롤린슨은 한숨을 쉬며 자신이 느끼고 있는 것을 어떻게 설명해야 할지, 자신의 부족한 표현력으로 어떻게든 해보려고 무진 애를 썼다.

"그것은요, 그분은 국민에게 구경거리를 제공했기 때문입니다—진상은 그 점에 있다고 생각합니다. 그분은 일종의 배우였습니다. 제가 말씀드린 의미를 아실지 모르겠지만."

그는 분명 무엇을 꾸며내려고 하는 배우가 아닌 친구의 얼굴을 쳐다보았다.

정말 조용하고 기품이 있는 남자. 성실하고 지금 이 순간은 당황해 하고 있는 남자. 그것이 알리의 있는 그대로의 모습이었고, 이것 때문에 밥도 그에게 호의를 갖고 있었던 것이다.

알리는 현란한 색채의 인간도 난폭한 인간도 아니었으며, 영국에서는 변화무쌍하고 난폭한 인간은 곤혹스러워서 그다지 좋아하지 않았다. 하지만 중동에서는 사정이 달랐음을 밥은 눈치채고 있었던 것이다.

"그렇지만 민주주의는—" 알리는 다시 말을 꺼냈다.

"아, 예, 민주주의요—" 밥은 파이프를 흔들었다.

"그것은 나라에 따라 각기 다른 의미를 지니는 말이지요. 단지 한 가지 확실한 것은 처음 그리스인들이 생각한 의미는 아니라는 겁니다. 전하께서 원하시는 것을 뭐든지 내기에 거셔도 좋습니다. 이 나라 국민이 전하를 내쫓는다면, 분명히 호언장담에 능한 자가 나라를 송두리째 빼앗아 큰소리로 자기 자신을 칭송케 하고 자신을 전지전능한 신으로 떠받들게 하며, 조금이라도 자기 의견에 거슬리면 가차없이 목을 베게 단두대로 보낼 겁니다. 그리고 뭐랄까, 그자는 분명 이것이 민주적인 정부다—국민의, 국민에 의한 정부다 하고 떠들어댈 겁니다. 국민도 그런 정부를 좋아할 거고요. 흥분을 야기시키니까요. 심한 유혈사태도 벌어질 겁니다."

"하지만 우리는 야만인이 아니야. 이제는 우리도 문명인인걸."

"문명에도 여러 가지의 종류가 있지요……." 밥은 모호하게 말했다.

"게다가, 어떤 사람의 내부에도 다소의 야만성은 존재하고 있다고 생각합니다—저들을 폭로시킬 좋은 구실만 떠올릴 수 있다면 좋겠는데."

"아마 자네 말이 옳을지도 모르지." 알리는 우울하게 말했다.

"요즈음 어느 나라의 국민이건 원치 않는 듯이 보이는 것은 보통의 상식을 풍부하게 지닌 인간입니다. 전 별로 좋지 않은 머리를 가진 인간입니다만(그것은 전하도 잘 알고 계시겠지만), 그건 저도 현대 세계에 정말 필요한 인물일까—그저 약간의 상식만을 지닌 것은 아닐까—가끔 생각하게 될 때가 있지요."

그는 파이프를 옆에다 놓고 의자에서 몸을 일으켰다.

"하지만 그런 것은 아무래도 좋습니다. 문제는 어떻게 전하를 이 나라에서 탈출시키느냐 하는 겁니다. 군대에 혹시 전하가 정말 믿을 수 있는 사람은 없습니까?"

알리 유수프 황태자는 천천히 머리를 옆으로 가로저었다.

"2주일 전만 해도 있다고 대답할 수 있었지. 하지만 지금은 모르겠네……, 확신 있게 대답할 수가 없어—."

밥은 고개를 끄덕거렸다.

"그것이 문제입니다. 전하의 이 궁전에서도 전 섬뜩한 느낌이 듭니다."

알리는 아무런 감정 없이 그저 그렇다고 할 뿐이었다.

"그렇다네. 궁전 곳곳에 스파이가 있고……, 그들은 모든 것을 캐내서 알아내고, 그들은—모든 것을 알고 있다네."

"심지어 격납고에까지도—." 밥은 말을 계속하려다가 그만두었다.

"그 옛날 아크메이트 선왕이 옳았어요. 그분은 육감 같은 것을 갖고 있었지요. 경비병 하나가 비행기에 파괴공작을 한 걸 알아냈다 해도, 그는 우리가 정말로 신뢰할 수 있는 남자라고 맹세할 수 있었던 사람일 거란 말입니다. 이것 보십시오, 알리, 전하를 탈출시키려면 빠를수록 좋습니다."

"그거야 알고 있지. 알고는 있지만 이젠, 이제는 이미 확실하다고 생각하네—계속 머물러 있으면 난 분명 살해당할 거야."

그는 아무런 감정도 공포감도 없이 그저 가벼운 관심을 갖고 있는 양 그렇게 말했다.

"어쨌든 생명을 잃게 될 두려움도 다분히 있습니다."

밥은 그에게 경고했다.

"어차피 북쪽으로 비행기를 타고 가야하는데, 그쪽이라면 저들도 방해하지 못할 겁니다. 그 대신에 산맥 위를 날아가야 하는데, 지금 같은 계절에는—"

그는 어깨를 으쓱했다.

"전하께서도 이해해 주시겠지만, 대단히 위험한 비행일 겁니다."

알리 유수프는 걱정스러워하며 그를 쳐다보았다.

"자네에게 만일 무슨 일이 생기면, 밥—"

"아닙니다. 제 일이라면 걱정 안 하셔도 됩니다. 전 그런 뜻으로 말씀드린 것이 아닙니다. 저는 중요하지 않아요. 조만간에 목숨이 어떻게 될지도 모르는 사람이고요. 항상 미친 짓만 골라서 했었지요. 역시 문제는 전하입니다. 전 전하께 어느 쪽 길을 택하시라고 권하고 싶지는 않습니다. 만일 군대의 일부분이라도 충성심을 갖고 있다면—"

"나는 도망친다는 것은 생각조차 하기 싫네." 알리는 단순하게 말했다.

"하지만 순교자가 돼 폭도들에게 두 동강이 나 살해당하기는 더더욱 싫고."

그는 1~2분 동안 조용히 있었다.

"하는 수 없지." 그는 마침내 한숨을 쉬며 말했다.

"한번 해보지. 언제가 좋겠나?"

밥은 어깨를 으쓱했다.

"빠르면 빠를수록 좋습니다. 아주 자연스런 방법으로 전하를 활주로에 모시고 나가야 하는데……, 지금 건설 중인 알 자사르의 새 도로를 돌아보러 가신다고 하면 어떨까요? 갑자기 떠오른 생각인데, 오늘 오후에 가는 겁니다. 그리고 자동차가 활주로에 다다르면 멈추는 겁니다—전 언제라도 날 수 있도록 비행기를 준비해 놓겠습니다. 도로의 건설상황을 상공에서 점검하는 걸로 하는 겁니다. 아시겠죠? 우리들은 이륙해서 탈출합니다! 물론 짐은 아무것도 가져갈 수 없습니다. 그 상황에서 즉흥적으로 계획이 변경될 수도 있으니까요."

"가져가고 싶은 것은 아무것도 없다네—한 가지만 제외하면."

그는 히죽 웃다가 그 미소와 함께 갑자기 표정도 바뀌어 다른 사람처럼 보였다. 그는 더 이상 서구화되어 현대적이고 양심적인 청년은 아니었다—그 미소에는 면면히 계속된 역대 선조들을 살아남게 한 이 종족 특유의 교활함과 권모술수가 배어 있었다.

"밥, 자네는 내 친구니까 자네에게는 보여주지."

그의 한 손이 셔츠 안쪽으로 가서 무엇인지를 열심히 더듬어 찾더니, 그는 작은 세미 가죽 주머니를 꺼냈다.

"뭡니까?"

밥은 눈썹을 치켜세우고 의아해하며 쳐다보았다.

알리는 다시 그에게서 그것을 받아 주머니의 매듭을 풀고는 안에 든 것을 책상 위에 쏟아놓았다.

밥은 잠시 숨을 몰아쉬고는 낮은 휘파람을 불었다.

"오! 놀랍군요. 전부 진짜입니까?"

알리는 빙그레 웃었다.

"물론 다 진짜지. 대부분은 아버님이 갖고 계시던 거라네. 아버님은 매년 새 것을 손에 넣으셨지. 나도 그랬고, 우리 집안사람들이 여러 나라에서 믿을 수 있는 사람들을 통해 사들인 것일세—런던, 캘커타, 남아프리카 등지에서. 그것은 우리 집안의 전통이지. 만일의 경우에 대비해서 이런 보석을 모아둔 것이라네." 그는 아무렇지도 않은 목소리로 이렇게 덧붙였다.

"지금 시가(時價)로 친다면 75만 파운드는 족히 될 걸세."

"75만 파운드?"

밥은 휘파람을 불면서 보석들을 집어 손가락 사이로 주르륵 떨어뜨렸다.

"꿈같은 얘기군요. 마치 동화처럼. 이것만 있다면 전하께 큰 힘이 될 겁니다."

"그렇다네."

그 검은 피부의 청년이 고개를 끄덕거렸다. 또다시 그 얼굴에는 선조 전래의 지친 듯한 표정이 엿보였다.

"보석이라면 사람이 달라지게 마련이지. 이런 것에는 항상 폭력의 역사가 깃들어 있다네. 죽음, 유혈, 살인. 특히 여자들은 더하지. 여자들에게 있어 보석은 그 가치만으로 끝나지 않으니까 말일세. 아름다운 보석은 여자들을 미치게 하지. 모든 걸 자기 것으로 하고 싶어 한다네. 목에 가슴에 그것들을 두르지. 난 여자에게는 이것을 맡기고 싶지 않아. 하지만 자네에게는 맡기겠네."

"저에게요?" 밥은 눈을 크게 떴다.

"그렇다네. 이 보석이 적의 손에 들어가서는 안 되니까. 나에 대한 반란은 언제 일어날지도 모를 정세이니 말일세. 오늘 봉기할 계획인지도 모르고, 오늘 오후까지 생명을 보존해 활주로에 도착할 수 있을지 그것도 모르겠네. 이 보석은 자네가 가지고 가서 최선을 다해 주게."

"하지만, 전 잘 모르겠는데요, 이것을 어떻게 하라는 말씀인가요?"

"어떤 방법을 강구해서든 무사히 국외로 가지고 나갈 수만 있다면 좋겠네."

알리는 낭패해 하고 있는 친구의 얼굴을 조용히 쳐다보았다.

"결국 전하 대신에 제가 가지고 가라는 말씀인가요?"

"그런 식으로 해석해도 상관없어. 분명히 자네라면 좋은 방안을 생각해서 이것을 유럽으로 가지고 나갈 수 있으리라 생각하니까."

"그렇게 말씀하시지만 저에게는 아직 어떻게 하면 좋을지 전혀 생각이 떠오르지도 않고 있습니다."

알리는 몸을 뒤로 젖혀 의자에 기대어 앉았다. 그의 얼굴에는 잔잔하게 재미있어하는 듯한 미소가 떠올랐다.

"자네는 상식을 갖고 있어. 게다가 정직하기도 하고. 학교 다닐 때 내가 상급생이고 자네가 내 시중을 드는 하급생일 때 자네는 항상 기발한 아이디어를 생각해 냈던 것을 나는 기억하고 있네……. 나를 위해 이러저러한 문제들을 처리해 주고 있는 사람의 이름과 주소를 가르쳐 주겠네—결국 내가 살아남지 못할 때를 대비해서 말이야. 밥, 너무 걱정스러워하지는 말게. 그냥 자네 능력껏 수단을 강구해 주면 좋겠어. 내가 자네에게 원하는 것은 그것뿐일세. 자네가 해내지 못한다 해도 자네를 책망할 생각은 추호도 없네. 모든 것은 알라신의 뜻이니까. 나로서는 아주 단순하네. 그저 이 보석을 내 죽은 몸에서 빼앗기고 싶지 않을 뿐이야. 그 뒤의 일은—"

그는 어깨를 으쓱했다.

"모두 알라신의 뜻에 맡기는 거지."

"전하, 말도 안 됩니다!"

"아니야, 그저 난 운명론자일 뿐일세."

"하지만, 알리 잘 생각해 보십시오. 전하는 지금 제가 정직한 인간이라고 말씀하셨습니다. 하지만 이 보석은 75만 파운드에 가까운 겁니다. 어느 누구의 정직함도 무너지지 않으리라는 보장이 없지 않습니까?"

알리 유수프는 애정 어린 눈길로 친구를 쳐다보고는 말했다.

"이상한 일이지만 난 그 점에 있어서는 전혀 의심하지 않네."

제2장

발코니의 여자

1

말소리가 메아리치는 궁전의 대리석 복도를 걸으면서도 롤린슨은 자기 인생에 있어 이렇게 비참한 기분은 처음이었다. 그의 바지 주머니에 든 75만 파운드에 가까운 물건이 그를 이토록 고통스럽게 만든 것이다.

스쳐 지나가는 궁전의 모든 관리들이 그 사실을 알고 있는 듯한 느낌이 들었다. 귀중한 물건을 맡고 있다는 것이 자신의 얼굴빛에도 나타나 있다고까지 생각되었다. 사실은 그의 주근깨 있는 얼굴에 나타난 것이 평상시와 다름없이 쾌활하고 사람 좋아 보이는 표정뿐이라는 것을 안다면 그도 휴 하고 한숨을 내쉴 것이다.

정문의 보초가 철커덕하고 받들어총을 했다. 밥은 여전히 멍한 상태 그대로 라맛의 큰길 인파 속을 걸어나갔다.

어디로 가는 걸까? 무슨 계획을 세우고 있는 걸까? 그에게는 아무런 생각도 없었다. 게다가 시간의 여유도 없었다.

큰길은 중동 다른 나라들의 대부분의 큰길과 다름없었다. 불결함과 장대함의 혼합이었다. 새로 지은 큰 은행들은 그 웅장하고 화려함을 과시하고 있었다. 무수한 작은 상점들엔 싸구려 플라스틱 제품들이 줄지어 쌓여 있었다.

유아용 털실로 짠 신발과 값싼 라이터가 나란히 놓여 있어 어울리지 않는 느낌도 들었다. 재봉틀과 자동차의 예비부품들도 있었다. 약국은 파리가 알을 깐 지저분한 전매약품과, 모든 모양의 페니실린에 관한 커다란 광고지, 많은 양의 항생물질을 진열해 놓고 있었다. 보통은 우리가 사고 싶어 할 만한 물건들을 진열해 놓는 상점은 그저 몇몇이었고, 그것도 최신형의 스위스제 시계 정도였으나, 스위스제 시계만은 작은 창 안에 수백 개도 넘게 빼곡히 진열되어 있었다. 너무나도 많은 각종 시계가 들어차 있었기 때문에 그 수에 압도되어 사고 싶은 사람이 감히 엄두도 못 내겠다고 생각될 정도였다.

밥은 여전히 머리가 혼미한 상태 그대로 이 나라의 고유복장과 서구풍의 복장을 한 잡다한 인파 속을 걷다가, 겨우 정신을 차리고서 또다시 도대체 어디로 가고 있는 거냐고 자신에게 물었다.

그는 이 나라 풍(風)의 카페에 들어가 레몬차를 주문했다. 차를 한 모금 한 모금 마시면서 그는 천천히 자기 자신으로 돌아왔다.

이 카페의 분위기는 사람의 기분을 차분히 가라앉히는 데가 있었다. 그의 바로 맞은편 테이블에는 나이 든 아라비아인이 한가롭게 호박의 염주를 굴리고 있었다. 그의 등 뒤에서는 두 남자가 주사위 놀이를 하고 있었다. 앉아 생각하기에는 좋은 장소였다.

게다가 그는 생각해야만 했다. 75만 파운드에 달하는 보석을 건네받았고, 그것을 국외로 몰래 가져나갈 방안을 생각해 내야 할 책임이 있었다. 게다가 시간의 여유도 없었다. 언제 혁명의 봉화가 오르게 될지 모르는 일이라서…….

물론 알리는 미쳤다. 75만 파운드에 달하는 보석을 마음 편하게 친구에게 내팽개치고, 자신은 평온한 얼굴로 의자에 기대앉아 모든 것을 알라신에게 맡기겠다고 하니 말이다.

밥은 그런 책임을 질 수 없었다. 밥의 신은 인간이 신에게 부여받은 능력을 최고로 발휘해 행동을 결정하고, 그것을 끝까지 해내길기대하는 것이다.

도대체 이 골치 아픈 보석을 어떻게 처치하면 좋다지?

그는 대사관을 머리에 떠올렸다. 아니다. 대사관을 이런 일에 휘말리게 할 수는 없다. 대사관 쪽에서도 이런 일에 말려들게 되는 것은 분명 원치 않을 것이다.

필요한 것은 어떤 개인이다. 아주 평범한 사람이며, 극히 평범한 여행방법으로 이 나라를 떠나게 되어 있는 사람. 사업가나 관광객이라면 가장 좋겠지. 정치와는 전혀 무관한 사람이고, 짐 같은 것도 가능한 형식적으로 조사를 받는다든가, 또는 전혀 조사받지 않고 무사통과 할 수 있는 사람. 저쪽에 도착했을 때에도 고려할 필요가 있다—런던 공항에서 큰 소동이 벌어지고 75만 파운드에 달하는 보석을 밀수했다든가 하는 등등의 일들 말이다. 하지만 그 정도의 모험은 무릅써야 하지 않을까.

평범한 사람, 정직하고 성실한 여행자. 그 순간 밥은 왜 그렇게 바보냐고 자신을 나무랐다. 조안 서트클리프. 바로 조안이 있지 않은가?

그의 누나 조안은 딸 제니퍼가 지독한 폐렴을 앓고 난 뒤 휴양차 햇빛이 좋고 기후가 건조한 곳으로 전지요양을 하라고 해서 딸을 데리고 2개월 전부터 이곳에 머무르고 있었다. 두 사람은 4~5일 뒤에 완행 여객선으로 돌아갈 예정이다.

조안이라면 정말 안성맞춤인 인물이다. 알리는 여자와 보석과는 어떻다고 했었지? 밥은 혼자 빙긋이 웃었다.

마음씨 좋은 조안? 그녀라면 보석에 머리가 어떻게 될 리는 없다. 신중하게 행동하는 그녀는 믿어도 좋다. 그렇다—조안이라면 믿을 수 있다.

하지만 잠깐……, 정말 조안은 믿을 수 있는 것일까? 정직함은 믿어도 좋다. 그런데 사고분별력은? 밥은 유감스럽게도 머리를 흔들었다.

조안은 떠들어댈 것이고, 떠들지 않고는 못 배길 것이다. 더욱 좋지 않은 것은 이런 식으로 그녀는 사람들에게 넌지시 비출 것이다. "나는 굉장히 중요한 것을 가지고 우리나라로 돌아가는 길이에요. 아무에게도 한마디도 해서는 안 돼요. 뭐랄까, 가슴이 두근두근 거리는 것 같기도 하고……."

조안은 사람들의 그런 말에 항상 화를 내곤 했으나, 비밀을 지킬 수 있었던 적은 없는 여자다. 따라서 맡긴 물건의 내용을 얘기해서는 안 된다. 그렇게 하는 것이 그녀의 신변에도 안전할 것이다. 이 보석은 외관상 보기에는 아무것도 아닌 것 같은 꾸러미로 만들어야 한다. 조안에게는 이야기를 꾸며서 해주어야지. 누군가에게 선물할 물건이라고 할까? 누가 부탁한 물건이라고 할까? 하여튼 뭐든 생각해 내야지…….

그는 시계를 들여다보고는 자리에서 일어섰다. 시간은 시시각각 흘러갔다.

그는 한낮의 더위도 잊고 힘차게 거리를 활보했다. 모든 것이 평상시와 다름없었다. 겉으로는 아무것도 눈치챌 수 없었다. 단지 궁전 안에 있으면 감추어져 있는 불(火)과, 함부로 날뛰는 스파이와, 그리고 소곤거리는 이야기들을 의식할 수 있었다. 군대는—모든 것은 군대의 동향에 달려 있다. 누가 충성파일까? 누가 충성파가 아닐까? 쿠데타가 꾀해지고 있는 것은 분명하다. 과연 그것이 성공할까? 그렇지 않으면 실패로 끝나버릴까?

밥은 라맛에서 최고 일류 호텔에 들어서는 순간 얼굴을 찌푸렸다.

이 호텔은 조심스럽게 '리츠 사보이'라고 불렸고, 건물 정면은 근대적이고 호화로웠다. 3년 전에 스위스인 지배인에 비엔나인 주방장, 이탈리아인 급사장을 고용해 화려하게 개업했었다. 모든 것이 훌륭했었다. 제일 처음에는 비엔나 주방장이 가버렸고, 뒤이어 스위스인 지배인이 가버렸다. 지금은 이탈리아인 급사장도 모습을 감추어 버렸다. 음식은 아직껏 야심만만하게 만들었으나 맛이 없고, 서비스도 형편없으며, 막대한 돈을 들여 만든 수도설비도 대부분 쓸모없게 되었다.

프런트 데스크 위에 있던 사무원은 밥과 아는 사이라 그를 보고 빙긋이 웃었다.

"좋은 아침입니다, 대대장님. 누님이요? 따님을 데리고 소풍을 가셨는데—."

"소풍을?"

밥에게는 생각도 못한 일이었다—아니, 이런 때에 소풍을 가다니.

"석유회사의 허스트 씨 부부와 함께 가셨습니다."

사무원은 묻지도 않은 것까지 얘기해 주었다. 누구나가 모든 것을 알고 있는 것이다.

"카라트 다이와 댐에 가셨습니다."

밥은 혼자 판단해 버렸다. 조안은 금방은 돌아오지 않을 거라고.

"누님 방에 올라가겠네." 그는 말하고서 한 손을 내밀어 사무원이 건네주는 열쇠를 받았다.

그는 열쇠로 문을 열고는 안으로 들어갔다. 그 방엔 커다란 더블베드가 놓여 있었고, 보통 때와 다름없이 여전히 어지럽혀져 있었다.

조안 서트클리프는 정리정돈을 잘하는 여자는 아니었다. 골프채들이 의자 위에 아무렇게나 놓여 있었고, 테니스 라켓도 침대 위에 던져져 있었다. 옷은 사방에 널려 있었고, 테이블 위에는 필름과 그림엽서, 종이표지의 책과 남쪽의 특산품 등이 있었으나 대개는 버밍햄과 일본제의 잡다한 골동품이 잔뜩 어수선하게 흩어져 있었다.

밥은 주위에 놓여 있는 작은 여행용 가방과 지퍼가 달린 가방을 둘러보았다. 그는 어려운 문제에 당면해 있었다. 알리를 비행기로 탈출시키기 전에 조안과 만날 가망은 없는 듯했다. 댐에 가서 데려올 만한 시간적 여유가 없었다. 보석은 꾸러미로 해서 쪽지와 함께 남겨둘 수도 있다. 하지만 그렇게 생각하는 순간 그는 머리를 흔들었다. 자신이 항상 미행당하고 있다는 것을 그도 잘 알고 있는 터였기 때문이다. 분명 궁전에서 카페로, 카페에서 이곳으로 미행당했음이 틀림없다. 미행하는 자가 누구인지는 눈치채지 못했으나, 교묘히 미행하고 있는 것은 그도 알고 있었다. 자신이 누나를 만나러 호텔에 온 것은 아무런 의혹을 살 만한 점이 없다—그렇다고는 하나 자신이 꾸러미와 쪽지를 두고 가면 쪽지를 펴서 읽고 꾸러미도 끌러볼 것이다.

시간……시간이……이제 시간이 없다.

자신의 바지 주머니에는 75만 파운드에 달하는 보석이 들어있다. 그는 방 안을 둘러보았다…….

바로 그 순간 그는 씩 웃으며 주머니에 항상 갖고 다니는 연장통을 꺼냈다. 조카 제니퍼에게 공작용(工作用) 점토가 있는 것이 생각나자, 그것이 있으면 도움이 되겠다고 생각했다.

그는 재빠르고 능숙하게 작업을 했다.

한번은 의심스러운 듯 휙 하더니 얼굴을 들어 열어놓은 창으로 눈을 돌렸다. 잘못 생각했다. 이 방 바깥쪽에는 발코니가 전혀 달려 있지 않은 것이다. 누군가가 들여다보고 있는 듯한 느낌이 든 것은 이쪽의 신경과민 탓일까?

그는 작업을 마치고 이거면 됐다는 듯이 고개를 끄덕거렸다.

그가 무엇을 했는지 아는 사람은 아무도 없었다—그 점에 그는 확신이 있었다. 조안뿐만이 아니라 다른 그 누구도. 특히 제니퍼는 자신의 일 이외에는 보려고 하거나 관심을 갖는 일이 없는 자기중심적인 아이니까.

그는 자기 노고의 부산물을 그러모아 주머니에 넣었다. 그러고 나서 망설이면서 주위를 둘러보았다.

그는 서트클리프 부인의 편지지를 자기 쪽으로 끌어당기고는 우거지상이 되어 의자에 앉았다. 하지만 뭐라고 써야 좋지? 조안이 이해할 수 있게끔 써야 한다—하지만 그와 동시에 또 다른 사람이 읽어서는 전혀 의미를 알 수 없게 써야 할 필요가 있었다.

사실은 그것이 어려웠다! 밥이 남는 시간을 때우기 위해 즐겨 읽던 스릴 있는 소설에선 그런 경우 일종의 암호문을 남겨놓았고, 그것을 대개 다른 사람이 훌륭하게 해독했다. 하지만 암호 같은 건 전혀 머리에 떠오르지도 않았다—게다가 어떠한 경우에도 조안은 't'에 가로선을 긋기 전에는 전혀 의미를 알아채지 못하는 상식인이었다.

이윽고 그는 눈살을 폈다. 그 밖에도 방법은 있었다—조안의 주의를 딴 데로 돌리게 하는 것이다—그저 평범한 보통의 편지를 남기면 되는 것이다. 그리고 영국에 도착해서 조안이 다른 사람에게서 전갈을 받게 하면 된다.

그는 재빠르게 휘갈겨 썼다.

사랑하는 조안—오늘 저녁 골프라도 같이 치려고 들렀으나 누나가 댐에 가 연락이 안 될 것 같습니다. 내일은 어떨는지요? 5시에 클럽에서 만납시다.

두 번 다시 못 만나게 될지도 모를 누나에게 고작 남기는 거라곤 그저 아무렇게나 쓴 종이쪽지다. 하지만 아무렇게나 쓰면 쓸수록 좋다. 누나를 이런 일에 휘말리게 해서는 안 되고, 이런 엄청난 일이 잠재해 있음을 알게 해서도 안 된다. 조안은 감정을 숨기지 못하는 사람이기 때문이다. 그녀가 아무것도 모르는 것이 그녀를 보호하는 길이다.

그리고 이 편지는 이중의 역할을 해낼 것이다. 밥 자신은 전혀 이 나라를 탈출할 계획이 없다고 생각하게 만들 테니까.

그는 1~2분 생각하고 나서 전화가 있는 곳으로 가서 영국대사관의 번호를 돌렸다. 이내 곧 그의 친구인 3등 서기관 에드먼드슨과 연결이 되었다.

"존인가? 나 밥 롤린슨일세. 외출시 어디서 나 좀 만날 수 있겠나?……시간을 좀더 당기면 어떨까?……꼭 만나야 하네. 중요한 일일세. 그래, 실은 여자 문제일세…….”

그는 곤혹스러운 듯 헛기침을 했다.

“멋진 여자라네. 정말 멋진 여자야 이 세상 사람이라고는 생각할 수 없을 정도지. 단지 약간의 기술을 필요로 하네.”

약간 잘난 체하는 듯한 에드먼드슨의 목소리가 비난하는 투로 이렇게 들려왔다.

“여전히 여자 문제로군. 그래, 좋아. 2시면 괜찮겠나?”

그 말과 함께 전화가 끊겼다. 그와 동시에 도청하고 있는 사람도 수화기를 내려놓았는지 희미하게 찰칵 하는 소리가 밥의 귀에도 들렸다.

역시 철친한 에드먼드슨이야. 라맛의 전화는 전부 도청되고 있었기 때문에 밥과 에드먼드슨은 자기들만이 통하는 약간의 암호를 만들어 두었었다. '이 세상 사람이라고는 생각할 수 없을 정도로' 멋진 여자라고 하면 서둘러야 할 중요한 용건이 있다는 뜻이었다.

얼마 안 있어 2시에는 에드먼드슨이 새로 지은 머천트 은행 앞에서 자신을 자동차에 태우기로 되어 있으니까, 그에게 숨을 장소에 대해 이야기해 보기로 하자. 조안은 그 일을 아무것도 모른다는 것과, 자신의 신변에 무슨 일이 생길 경우에는 숨을 장소가 중요한 문제가 된다는 것을.

조안과 제니퍼는 완행 여객선으로 돌아갈 예정이라 6주일 뒤나 돼야 영국에 도착하게 될 것이다. 그때까지는 혁명이 일어나 성공할지 진압이 될지 양단간에 결정이 날 것은 틀림없다. 알리 유수프는 유럽에 있을지도 모르고, 그와 자신이 함께 죽을지도 모른다. 에드먼드슨에게는 필요한 사항만 이야기하고 그다지 많은 것은 이야기하지 않기로 하자.

밥은 마지막으로 다시 한 번 방 안을 둘러보았다. 원래 그대로의 평화롭고 어지럽혀진 일반 가정집의 방처럼 보였다. 새로이 늘어난 것이 있다면 조안 앞으로 보낸 그의 악의 없는 쪽지뿐이었다. 그는 그 쪽지를 테이블 위에 세워 놓고 그곳을 나왔다. 긴 복도에는 사람의 그림자도 없었다.

2

조안 서트클리프가 묵고 있는 방 옆방에 있던 여자는 발코니에서 들어왔다. 그녀의 손에는 거울이 있었다. 원래는 무례하게도 자신의 턱에 난 한 가닥의 털을 좀더 자세히 관찰해 보려고 발코니에 나갔었던 것이다. 그녀는 족집게로 그 무례한 놈을 뽑아보려고 계속해서 밝은 햇빛 아래에서 얼굴을 자세히 들여다보았다.

바로 그때 자세를 편안히 하는 순간 또 다른 것이 눈에 비쳤다. 손에 쥐고 있던 거울의 각도 탓으로 거울에는 옆방의 옷장에 달린 거울이 반사되었고, 그 거울에는 기묘한 짓을 하고 있는 남자의 모습이 비쳤다.

그것이 너무나 기묘하고 뜻밖의 행동이었기에 그녀는 까딱도 하지 않고 서서 지켜보았다. 테이블을 향해 앉아 있는 남자 쪽에서는 그녀의 모습은 보이지 않았고, 그녀 쪽에서만 이중의 반사를 통해 그 남자가 보일 뿐이었다.

그 남자가 머리를 뒤로 돌리기라도 한다면 옷장에 달린 거울에 비친 그녀의 손거울이 보였을지도 모르겠으나, 그는 일에 열중해 있어서 뒤를 돌아다보지 않았다.

하긴 한번은 갑자기 얼굴을 들어 창 쪽을 보았으나 그쪽에서 아무것도 보이지 않자 그는 다시 머리를 숙였다.

그녀는 그가 일을 다 마칠 때까지 지켜보았다. 그는 잠시 한숨을 돌리고는 편지를 써서 테이블 위에 세워놓았다. 이어서 그녀의 시선에서는 벗어났으나, 희미한 목소리로 전화를 걸고 있음을 알 수 있었다. 이야기 내용은 전혀 들을 수 없었으나 그저 별 내용이 없는 보통의 전화 같았다. 뒤이어 문이 닫히는 소리가 귀에 들렸다.

그녀는 몇 분간 기다렸다. 그러고 나서 자신의 방문을 열었다. 복도 끝에서 아라비아인이 깃털 총채로 느릿느릿 먼지를 털고 있었다. 아라비아인은 모퉁이를 돌아 보이지 않게 되었다.

그녀는 재빠르게 옆방 문 쪽으로 살며시 다가갔다. 문은 잠겨 있었으나 그것은 그녀도 예상한 일이었다. 그녀는 가지고 있는 머리핀과 작은 칼의 칼날로 일을 재빠르고 노련하게 해치웠다.

그녀는 안으로 들어가 손을 뒤로 해서 문을 닫았다. 그녀는 편지를 집어들었다. 그저 가볍게 봉해져 있었기에 쉽게 열렸다. 그녀는 눈살을 찌푸리고 편지를 읽었다. 편지에는 아무런 설명도 없었다.

그녀는 편지를 다시 봉해서 원래 있던 곳에 두고 방을 가로질러갔다.

한 손을 내미는 순간 아래 테라스에서 이야기하는 소리가 창을 통해 들려왔기에 그녀는 손 내미는 것을 멈추었다.

한쪽의 목소리는 그녀도 들어 기억하고 있는 지금 자신이 서 있는 이 방 주인의 목소리였다. 자신에 찬 단호한 설교조의 목소리였다.

그녀는 창 쪽으로 달려갔다.

아래 테라스에서는 열다섯 살 정도의, 안색은 나쁘나 단단해 보이는 몸매의 딸 제니퍼를 데리고 온 조안 서트클리프가 영국대사관 직원인 키가 크고 우울해 보이는 표정의 영국인을 향해 그의 세심한 배려를 호되게 꾸짖고 있는 중이었다.

"아니, 그런 엉터리 같은 소리가 어디 있어요! 그런 터무니없는 소리는 들어보지도 못했어요. 도시는 지극히 평온하고 사람들도 모두 즐거운 표정인데. 그것은 모두 당신네들의 그 당황하기 잘하는 천성에서 나온 공연한 소란이라고 생각해요."

"그거야 우리도 그러기를 바랍니다. 하지만 대사로서는 책임도 중대하고—."

서트클리프 부인은 끝까지 듣지 않았다. 그녀는 대사의 책임 같은 건 염두에 둘 생각조차 없었다.

"당신도 알다시피 우리는 짐도 많고 해서 완행 여객선으로 돌아갈 예정이에요—다음 주 수요일이에요. 배편을 이용하는 것이 제니퍼의 몸에도 좋으니까요. 의사 선생님도 그렇게 말했어요. 그러니 모든 예정을 변경해 가며 그렇게 분별없이 당황해서 비행기로 영국으로 돌아가는 건 우리로서는 절대적으로 거절할 수밖에 없어요."

우울해 보이는 표정을 짓고 있던 남자는 비행기를 타고 간다 해도 영국이 아니고 아든(아라비아 남서부 예멘의 수도)으로 가서 그곳에서 배를 타고 가도 되지 않겠느냐고 격려하듯이 말했다.

"짐을 갖고 말이에요?"

"예, 그럼요. 그것은 문제없습니다. 제가 차를 갖고 대기하고 있겠습니다— 스테이션왜건입니다. 아무거나 지금 곧 운반할 수 있습니다."

"그렇다면 좋아요." 그제야 서트클리프 부인도 양보했다.

"바로 짐을 싸는 것이 좋겠네요."

"죄송합니다만 되도록 빨리 해주십시오."

침실에 있던 여자는 황급히 뒤로 물러섰다. 그녀는 여행용 가방 하나에 붙어 있는 짐표의 주소를 재빨리 훑어보았다. 그러고는 서둘러 방을 빠져나가서, 서트클리프 부인이 복도 끝에 모습을 나타내는 것과 동시에 자신의 방으로 들어갔다.

사무원이 사무실에서 서트클리프 부인을 쫓아왔다.

"부인, 남동생 되시는 대대장님이 다녀가셨습니다. 방에 올라가셨었지요. 하지만 벌써 가셨을 겁니다. 분명히 한발 차이로 못 만나셨을 겁니다."

"에이, 속상해." 서트클리프 부인이 투덜댔다.

"고마워요." 사무원에게 말하고는 제니퍼에게로 갔다.

"밥도 분명 공연한 소란을 피우고 있을 거야. 거리를 다녀 봐도 내게는 폭동이 일어날 조짐 같은 건 조금도 보이지 않던데 말이야. 이 문은 잠겨 있지 않잖아, 이곳 사람들은 왜 그렇게 조심성이 없는지."

"분명히 밥 외삼촌이 그랬을 거예요." 제니퍼가 말했다.

"만났으면 좋았을 걸……, 어머, 편지가 놓여 있네."

그녀는 봉해져 있는 것을 찢었다.

"적어도 밥은 공연한 소란은 피우지 않아." 그녀는 의기양양한 듯이 말했다.

"이런 소란은 하나도 모르는 것 같구나. 그 외교관이 소문에 겁을 먹었을 뿐이야. 이런 한낮의 더위에 짐을 싸야 하다니, 생각하기조차도 끔찍해. 이 방은 마치 찜통 속 같구나. 자, 제니퍼, 서랍장과 옷장에서 네 물건을 꺼내려무나. 아무렇게나 적당히 짐을 꾸릴 수밖에 없어. 나중에 다시 싸야 하니까."

"전 혁명을 겪어보는 것은 태어나서 처음이에요."

제니퍼가 심각한 얼굴로 말했다.

"이번에도 겪게 되지 않을 거라고 생각하는 것이 좋아."

그녀의 어머니가 무뚝뚝하게 말했다.

"내 말대로 될 테니까. 아무것도 일어나지 않을 거야."

제니퍼는 실망한 듯이 보였다.

제3장

로빈슨 씨의 등장

1

그로부터 6주일쯤 지났을 무렵, 한 청년이 블룸즈베리의 어떤 방문을 조심스럽게 두드린 다음 안으로 들어갔다.

그곳은 작은 방이었다. 책상 뒤에는 중년의 뚱뚱한 남자가 의자에 푹 파묻혀 있었다. 입은 옷은 구겨져 구깃구깃했고, 가슴팍에는 담뱃재가 범벅이 되어 있었다. 창은 굳게 닫혀 있었고, 방 안 공기는 거의 견딜 수 없을 정도였다.

뚱뚱한 남자가 반쯤 눈을 감은 채 볼멘소리로 물었다.

"아니? 이번엔 무슨 일인가, 응?"

파이커웨이 대령은 잠을 자려는 것인지, 아니면 잠에서 막 깨어난 것인지 모르게 늘 눈을 감고 있다고 주위에서 말하고 있었다. 또 주위에서는 파이커웨이라는 이름은 본명이 아니고, 그 남자는 대령도 아닐 것이라고 했다. 하지만 주위에서 뭐라고 하든 알 바 아니다!

"외무성에서 에드먼드슨이 와 있습니다, 대령님."

"오!" 파이커웨이 대령이 말했다.

그는 눈을 깜빡이며 다시 잠이 들려는 듯하면서 이렇게 중얼거렸다.

"혁명 당시의 라맛 주재 영국 3등 서기관, 맞나?"

"예, 그렇습니다."

"그러면 내가 만나보는 게 좋겠군."

그는 조금도 흥미 없다는 투로 말했다. 그는 조금 몸을 일으켜 세우고는 배 위에 떨어져 있는 재를 대강 털었다.

에드먼드슨은 키가 크고 금발머리에다 피부가 흰 청년으로 매우 깔끔한 복장, 그리고 침착한 언행, 전체적으로는 조용하게 사람을 압도하는 듯한 태도의 소유자였다.

"파이커웨이 대령이십니까? 저는 존 에드먼드슨이라고 합니다. 대령님께서—저, 절 만나보고 싶어 할지도 모른다고 하기에."

"그렇게들 말하고 있나? 그럴지도 모르지. 외무성이라면 잘 알고 있으니까." 하고 파이커웨이 대령은 말하고는, "앉게." 하고 덧붙였다.

그의 눈은 다시 감기려고 했는데, 감기기 전에 그는 입을 열었다.

"자네는 혁명 당시에 라맛에 있었다고?"

"예, 그랬습니다. 불유쾌한 사건이었습니다."

"그거야 그랬을지도 모르지. 자네는 밥 롤린슨의 친구 아니었나?"

"예, 그를 아주 잘 알고 있습니다."

"시제(時制)가 틀렸어. 그는 이미 죽었으니까."

파이커웨이 대령이 말했다.

"알고 있습니다만 아직은 확실치가 않아서—." 그는 말을 얼버무렸다.

"여기서는 신중한 태도를 취할 필요가 없네. 이곳 사람들은 모두 알고 있으니까. 모르는 사람들도 알고 있는 척하지. 롤린슨은 혁명이 일어나던 날 알리 유수프를 비행기에 태우고 라맛을 떠났네. 그 뒤 그 비행기는 소식이 끊겼어. 어딘가 인적이 드문 곳에 착륙하지 않았으면 추락했다고 생각되었지. 그런데 아롤레츠 산맥에서 비행기의 잔해가 발견되었다네. 시체는 둘, 그 보도는 내일 신문에 발표하도록 되어 있어, 어떤가?"

에드먼드슨도 그대로라고 인정했다.

"이곳 사람들은 모두 알고 있다네. 그것이 일이니까. 비행기는 산과 충돌했어. 기상상황 탓이었는지도 모르지. 폭파에 의해서라고 믿는 그럴 듯한 이유들도 있다네. 시한폭탄 말일세. 우리들도 아직 충분한 정도는 입수하지 못했네. 그 비행기는 조금 인적이 드문 곳에 추락했거든. 발견한 사람에게는 현상금도 지급하겠다고 했었으나 그 소식이 전해지기까지엔 긴 시간이 걸렸어. 그리고 잔해의 조사에 전문가를 그곳으로 파견했어야만 했지. 물론 모두 형식적인 것이기는 했지만. 외국 정부에 대한 신청, 장관들의 허가, 뇌물—그곳 농민들이 이쪽에 도움이 될 만한 물건들을 빼돌리는 것도 물론이고."

그는 잠시 말을 멈추고서 에드먼드슨의 얼굴을 쳐다보았다.

"매우 슬픈 일입니다. 모든 면에서." 에드먼드슨이 말했다.

"알리 유수프 황태자는 확고한 민주주의 원칙에 입각해 지극히 근대적인 지배자가 되려고 했었으니까요."

"아마 그것이 그 불쌍한 사람을 파멸시킨 원인인지도 모르지. 하지만 죽은 황태자의 비극적인 이야기에 시간을 낭비할 수는 없네. 우리들은 모종의 조사를 요청받았다네. 이해관계자들에게서 말이야. 즉, 영국 정부가 호의를 갖고 있는 일파라네."

그는 안색이 굳어진 채 상대의 얼굴을 쳐다보았다.

"내 말뜻을 알겠는가?"

"그거야 저도 들은 적이 있습니다." 에드먼드슨이 마지못해 하며 대답했다.

"아마 자네도 들었을 테지. 시체에서나 비행기의 잔해에서는 무엇 하나 귀중한 것이 발견되지 않았다고 말이야. 그 점에 대해서는 상대가 그곳 농민인 이상 아무것도 들을 수가 없지. 그곳 농민들은 외무성 못지않게 입이 무거우니까. 그밖에는 뭐 들은 게 없나?"

"아무것도 없습니다."

"혹시 무슨 귀중품이라도 발견되었어야 했다는 말은 듣지 못했나? 외무성은 무슨 이유로 자네를 여기에 보낸 거지?"

"대령님이 물어보실 게 있을지도 모른다고 했습니다."

에드먼드슨은 또박또박 말했다.

"내가 질문을 하면 대답을 기대해도 되겠구먼."

파이커웨이 대령이 요점을 찔렀다.

"물론입니다."

"그런데 자네는 당연하다고 생각지 않는 사람처럼 보이는구먼? 밥 롤린슨이 라맛을 탈출하기 전에 자네에게 무슨 얘기라도 했을 것 같은데, 알리의 심복이 있다고 한다면 바로 그 사람일 걸세. 자, 그 얘기를 들려주게, 그는 뭐라고 했나?"

"무엇에 대한 말씀입니까?"

파이커웨이 대령은 빤히 상대의 얼굴을 쳐다보다가 귀를 후볐다.

"그렇다면 좋아. 이건 침묵이고 저건 얘기하지 않으니 정말 도가 지나치군! 내 말뜻을 모르는 거라면 몰라도 좋네." 그는 불평스레 말했다.

"그거야 뭐—" 에드먼드슨은 마지못해 하며 조심스럽게 말했다.

"어떤 중요한 걸 밥은 저에게 전하고 싶어 했을지도 모른다고 생각합니다."

"그래?"

파이커웨이 대령은 간신히 병마개를 연 듯한 얼굴 표정을 지었다.

"흥미 있는 이야기로군. 자네가 알고 있는 것만 얘기해 보게."

"그저 약간입니다. 밥과 저하고는 일종의 단순한 암호 같은 것을 만들었습니다. 라맛에서는 전화가 모두 도청되고 있음을 알고 있었기 때문이지요. 밥은 궁정 내에서 여러 가지를 들을 수 있는 입장이고, 저도 때로는 도움이 되는 정보를 전해 주는 일이 있었지요. 그래서 어느 쪽이든 전화를 걸어 여자 얘기를 꺼내 그 여자에 대해 '이 세상 사람이라고는 생각할 수 없을 정도로'라는 말을 사용하면 무슨 급한 일이 일어났다는 뜻이었습니다."

"중요한 정보가 있다는 뜻이었나?"

"그렇습니다. 밥은 그 일련의 사건이 일어난 바로 그날 전화를 걸어서 그 말을 사용했습니다. 저는 항상 약속한 장소에서(어떤 은행 앞이었습니다만) 2시에 만나기로 했지요. 그런데 바로 그 부근에서 폭동이 일어나 경찰이 도로를 봉쇄해버렸습니다. 그 때문에 어느 쪽에서도 연락을 취할 수가 없었지요. 그날 오후에 밥은 알리를 태우고 탈출했습니다."

"그랬군. 어디에서 전화를 걸었는지 모르나?"

"모릅니다. 어디에서든지 걸 수 있으니까요."

"유감이군."

그는 잠시 말을 멈추었다가 아무렇지도 않은 듯이 이렇게 물었다.

"자네는 서트클리프 부인을 알고 있나?"

"밥 롤린슨의 누나 말입니까? 물론 그쪽에서 만났었습니다. 딸을 데리고 왔지요. 전 그 부인에 대해서는 잘 모릅니다."

"밥 롤린슨은 누나와 꽤 가까웠었나?"

에드먼드슨은 잠시 생각하는 듯했다.

"아뇨. 그렇지는 않다고 생각합니다. 그녀는 훨씬 나이도 위이고, 또 너무 윗사람 티를 내는 사람이라서요. 그리고 밥은 매형에 대해 그다지 호감을 갖고 있지 않았습니다—늘 잘난체하는 고집쟁이라고 했거든요."

"그래, 그건 그래! 이름이 제법 알려진 사업가 중 한 사람이지만, 어찌나 잘난 체를 하는지! 그래서 자네는 밥이 누나에게 중요한 비밀을 털어놓지 않았을 거라고 생각하나?"

"전혀 안 하지는 않았겠지만, 그렇다고 전부 털어놓지도 않았을 거라고 생각합니다."

"나도 그렇게 생각되네." 파이커웨이 대령이 말했다.

그는 한숨을 쉬었다.

"지금 서트클리프 부인과 그 딸은 완행 여객선으로 돌아오는 중이네. 내일 '이스턴 퀸' 호로 틸베리에 들어올 예정이지."

그는 1~2분 동안 침묵하고 있으면서, 눈으로는 그와 마주한 청년을 지그시 바라보고 있었다.

이윽고 마음을 정한 듯 한 손을 내밀며 힘있게 말했다.

"와줘서 고맙네."

"별로 도움이 못 돼 드려서 죄송합니다. 제가 할 수 있는 일은 아무것도 없습니까?"

"없네. 더는 없는 것 같아."

존 에드먼드슨은 나왔다.

아까의 그 조심성 있어 보이는 청년이 다시 들어갔다.

"저 남자를 틸베리로 보내 그녀에게 소식을 전하게 해도 괜찮겠는데."

파이커웨이가 말했다.

"동생의 친구가 되니까 말일세. 하지만 그만두겠네. 융통성이 없는 타입이야. 외무성식 훈련이 원래 그렇지. 임기응변을 할 줄 몰라. 그 뭐라고 하는 친구를 보내야겠어."

"데릭 말입니까?"

"그렇다네." 파이커웨이 대령은 만족스러운 듯이 고개를 끄덕거렸다.
"자네도 내가 의미하는 것이 무엇인지 잘 알고 있겠지?"
"최선을 다하려고 합니다, 대령님."
"해보는 것만으로는 충분치 않네. 성공해야만 해. 우선 로닌을 보내주게. 그에게 맡길 일이 있으니까."

2

로닌이라는 청년이 방에 들어왔을 때에도 파이커웨이 대령은 여전히 잠이 막 들려는 듯이 보였다. 청년은 키가 크고 피부가 검으며 근육이 억세 보이는 남자로, 쾌활하고 조금은 건방져 보이는 태도를 지녔다.
파이커웨이 대령은 1~2분 동안 빤히 청년을 쳐다보더니 씩 웃었다.
"어때, 여학교에 잠입할 생각은 없나?" 그가 물었다.
"여학교라고요?" 청년은 눈썹을 치켜세웠다.
"그것참 새로운 일이군요! 여학생들이 무슨 일이라도 꾸미고 있습니까? 화학교실에서 폭탄이라도 제조하고 있나요?"
"그런 일이 아닐세. 대단히 우수한 상류학교일세. 메도뱅크 학교라네."
"메도뱅크 학교?" 청년은 휘파람을 불었다.
"믿어지지 않는데요!"
"그런 주제넘은 소리 작작하고 내 말을 잘 듣게. 라맛 국의 고(故) 알리 유수프 황태자의 사촌이고 하나밖에 없는 가까운 친척인 샤이스타 공주가 이다음 학기에 입학하네. 지금까지는 스위스의 학교에 다녔었지."
"전 무얼 하는 겁니까? 저에게 그 공주를 납치라도 하라는 겁니까?"
"당치도 않네. 가까운 장래에 그 공주가 관심의 대상이 될 거라고 생각하네. 자네는 지금 이후부터의 사태의 진전을 주시해 주어야 해. 지금으로서는 막연하다는 말밖에 할 수가 없지만. 나로서도 어떤 일이 일어날지, 어떤 인물이 등장할지 전혀 짐작이 가지 않는다네. 우리들이 탐탁지 않아 할 인물이 나설 낌새가 있으면 즉시 보고하는 것—감시하는 것이 자네의 역할이네."

청년은 고개를 끄덕거렸다.

"감시하기 위해서 어떻게 잠입합니까? 미술교사라도 되는 겁니까?"

"외래강사도 전부 여성이네."

파이커웨이 대령은 품평회라도 하는 듯한 태도로 그를 쳐다보았다.

"자네를 정원사로라도 잠입시켜야 한다고 생각하네."

"정원사로요?"

"자네는 분명 원예 일은 좀 알고 있잖나?"

"예, 알고 있고말고요. 전 젊었을 때 1년간 선데이 데일 신문의 '당신의 정원'란을 맡아 기고했었으니까요."

"바보 같은 소리!" 파이커웨이 대령이 말했다.

"그런 것은 아무것도 아니야! 무엇 하나 모르는 나도 원예란 정도라면 맡을 수 있어—화려한 사진이 실린 묘목상의 카탈로그나 원예백과사전에서 뽑아 쓰면 되는 거지. 그런 소리라면 빤히 다 아네. '올해는 전통 하나를 깨보는 걸로 당신의 화단에 열대감각이 울려 퍼지게 해보시면 어떨까요? 귀여운 아마벨리스 고시 포리아와 사이넨시스 미카 풀리아의 멋진 중국산 신잡종 등으로 말이죠. 신선하고 수줍음을 머금은 아름다운 시니스트라 호팔레스 한 그루를 시험 삼아 심어보는 것도 흥미 있겠죠. 재배의 어려움도 별로 없고, 서풍을 막은 벽 옆에 심으시면 무럭무럭 자랍니다.'"

그는 잠시 말을 멈추고 싱긋이 웃었다.

"전혀 가당치 않은 소리지! 바보 같은 녀석들이 그런 것들을 사서 심고는 이른 서리를 맞혀 말려죽이고는, 역시 계란풀이나 물망초를 심는 것이 더 나았을걸 하고 후회나 하게 되지! 내가 얘기하는 것은 말뿐이 아닌 실제의 일이네. 단단히 차리고 덤벼 삽질도 하고, 퇴비에 대해서도 잘 알아야 하며, 볏짚을 깔고 네덜란드 제 제초기를 쓸 것인가 아니면 다른 종류의 제초기를 쓸 것인가도 결정해야 되며, 스위트피를 심기 위해서는 아주 깊은 도랑을 파야 하는 등의 불결하고 힘든 일이네. 그런 일을 할 수 있겠나?"

"그런 일 정도는 어려서부터 죽 해왔습니다!"

"물론 해왔겠지. 난 자네의 어머니를 알고 있어. 자, 그럼 결정됐네."

"메도뱅크 학교에서는 정원사가 필요합니까?"

"필요할 걸세. 영국에서는 어느 정원이고 손이 모자라니까. 내가 멋진 추천장을 써주지. 그걸 보면 분명 저쪽에서 자네에게 달려들 테니까. 우물쭈물할 시간이 없네. 여름학기가 29일부터 시작되니까 말이야."

"전 정원일을 하면서 감시나 하면 되는 겁니까?"

"그렇다네. 그리고 만일 유난히 극성맞은 10대 소녀들이 관심을 보여와도 응해서는 안 되네. 너무 빨리 쫓겨나도 큰일이니까."

그는 종이 한 장을 내밀었다.

"어떤 이름으로 하겠나?"

"아담이 어울리는 것 같습니다."

"성(姓)은?"

"에덴이 어떨까요?"

"변변히 생각해 내는 게 없군. 아담 굿맨이라고 하면 딱 좋겠어. 젠슨과 의논해서 자네 이력서를 만든 뒤 일을 시작하게."

그는 시계를 들여다보았다.

"난 더 이상 자네와 마주할 시간이 없네. 로빈슨 씨를 기다리게 해서는 안 되니까 말이야. 그는 지금 벌써 여기에 와 있을 걸세."

아담은(그의 새로운 이름으로 부르자면) 문 쪽으로 가다가 우뚝 멈춰 섰다.

"로빈슨 씨라고요?" 그는 이상한 듯이 물었다.

"그가 온다는 겁니까?"

"그렇게 말하지 않았나?"

책상 위의 버저가 울렸다.

"어이, 그가 왔군. 항상 어김이 없어, 로빈슨 씨는."

"말해 주십시오." 아담은 호기심이 잔뜩 담긴 목소리로 말했다.

"그는 실제로 누구입니까? 진짜 이름은 뭐죠?"

"그의 이름은 로빈슨이네." 파이커웨이 대령이 말했다.

"내가 알고 있는 것은 그게 다고, 다른 사람들도 역시 마찬가지야."

3

방에 들어온 남자는 로빈슨이라는 이름을 가졌거나, 또는 그런 이름을 가질 수 있으리라고는 보이지 않았다. 디미트리우스라든가 아이작스타인, 또는 페레나라는 이름이 더 잘 어울릴 것 같았다—그렇다고는 하더라도 특히 그 어느 이름이 어울린다고도 할 수 없었지만, 명확하게 유대인이라고도 할 수 없었고, 그리스인이나 포르투갈인, 스페인인, 또는 남미인이라고도 할 수 없었다.

그건 그렇다 치더라도 가장 사실 같지 않은 것은 그가 로빈슨이라는 이름의 영국인이라는 것이었다. 그는 뚱뚱하고 멋진 옷차림의 남자로, 누런 피부에 우울해 보이는 검은 눈, 넓은 이마, 약간 큰 흰 이를 드러낸 입을 가졌다. 손은 모양이 좋았고, 항상 가지런히 하고 있었다. 그의 목소리는 전혀 사투리 억양이 아닌 영국인의 목소리였다.

그와 파이커웨이 대령 두 사람은 서로 주권을 쥐고 있는 군주 같은 태도로 인사를 나누었다. 서로 정중하게 대했다.

이윽고 로빈슨 씨가 내민 담배를 집어들고 파이커웨이 대령이 입을 열었다.

"친절하게 우리를 도와주셔서 정말 감사합니다."

로빈슨 씨도 담배에 불을 붙여 맛있게 그 맛을 음미하다가 마침내 이렇게 말했다.

"아닙니다. 지금 생각이 났습니다만, 여러 가지 것들이 제 귀에 들려왔죠. 많은 사람들을 알고 있어서 그런지 그 사람들이 저에게 이것저것 얘기하는 겁니다. 왜 그런지는 모르겠습니다만."

파이커웨이 대령도 그 이유에 대해서는 언급하지 않았다. 그가 말했다.

"알리 유수프 황태자의 비행기가 발견되었다는 것은 들으셨겠지요?"

"지난주 수요일에요." 로빈슨 씨가 말했다.

"젊은 롤린슨이 조종사였지요. 위험한 비행이었습니다. 하지만 그 추락은 롤린슨의 과실 탓이 아닙니다. 그 비행기에는 파괴장치가 되어 있었던 모양입니다, 아크메드라고 하는 주임정비사의 짓이지요. 완벽하게 믿을 수 있었던 사람이었습니다. 적어도 롤린슨은 그렇게 생각했겠지요. 그런데 그렇지 않았습니다.

그자는 지금의 새 정부에게서 막대한 돈이 생기는 일자리를 얻었으니까요."

"역시 파괴공작에 의한 거였군요! 우리들은 확실한 것을 알지 못했습니다. 너무 슬픈 사건이군요."

"그렇습니다. 그 가엾은 젊은이는(알리 유수프 말입니다) 부패와 반역에 대항할 만한 힘이 없었던 겁니다. 사립학교에서 교육을 받은 것이 잘못된 것이지요—적어도 제 생각엔 그렇습니다. 그러나 지금 우리가 관심을 갖고 있는 것이 그 젊은이 일은 아닙니다. 그렇지요? 그 젊은이는 이미 과거의 인물입니다. 황태자가 죽은 것은 확실합니다. 당신은 당신대로, 나는 나대로 죽은 황태자의 사후에 남겨진 것들에 관심을 갖고 있는 거죠."

"그렇다고 한다면?"

로빈슨 씨는 어깨를 으쓱했다.

"제네바에 있는 거액의 은행예금, 런던에 있는 예금, 자국 내에 갖고 있었던 꽤 많은 재산—이것은 이미 명예로운 새 정부에 접수되었겠지만(그런데 빼앗은 재산의 분배를 둘러싸고 저희들끼리 싸움이 벌어지고 있다는 소문입니다!), 마지막으로 얼마 안 되는 개인적인 소유물—."

"얼마 안 된다고요?"

"비교해서 하는 말입니다. 부피는 작습니다. 몸에 휴대하기에 편리한 보석이지요."

"그런 보석은 우리들이 아는 바로는 알리 유수프의 시체에는 없었습니다."

"그렇습니다. 이미 젊은 롤린슨에게 넘겨주었으니까요."

"그 점은 확실한 겁니까?" 파이커웨이가 날카롭게 물었다.

"확실하다 안 하다 말할 수는 없지요." 로빈슨 씨가 변명하듯이 말했다.

"궁전이라는 데는 이러저러한 소문이 자자하니까요. 그 전부가 사실이라고는 말할 수 없지만, 그런 의미의 매우 강한 소문은 있습니다."

"그런 것은 젊은 롤린슨의 시체에도 없었는데—."

"그렇다면 다른 방법으로 국외에 빼돌렸다고 봐도 좋을 겁니다."

"다른 방법이라면, 혹시 짐작 가는 거라도 있습니까?"

"롤린슨은 보석을 받은 뒤 거리의 카페로 갔습니다. 그곳에 있는 동안에는 아무하고도 이야기를 하지 않았고, 아무에게도 접근하지 않았지요. 그리고 누나가 묵고 있는 리츠 사보이 호텔로 갔습니다. 누나의 방에 올라가 20분쯤 거기에 있었습니다. 누나는 외출하고 없었지요. 그리고 롤린슨은 호텔을 나와 빅토리아 광장에 있는 머천트 은행에 가서 수표를 현금으로 바꿨습니다. 그가 은행을 나왔을 때는 소동이 벌어지기 시작했지요. 학생들이 소란을 피우고 있었던 겁니다. 광장의 소동이 잠잠해지기까지에는 꽤 시간이 걸렸습니다.

그 뒤 롤린슨은 곧바로 비행장으로 가서 아크메드 하사관과 함께 비행기를 점검했습니다. 알리 유수프는 건설 중인 새 도로를 점검한다고 하고는 자동차를 타고 활주로까지 가서 차를 멈추고, 롤린슨 옆으로 가서는 댐과 새 도로 건설현장을 상공에서 보고 싶으니 잠시 비행기를 이륙시키라고 했습니다. 그 뒤 두 사람은 비행기로 탈출해서 돌아오지 못하게 된 겁니다."

"그런 사실들로부터 얻어낸 당신의 추측은?"

"이제 와서 뭘 새삼스럽게. 당신의 추측과 똑같지 않겠습니까? 누나는 외출해서 저녁때까지 돌아오지 않을 것 같다는 얘기를 들었는데도, 왜 밥 롤린슨은 20분이나 누나의 방에 머물렀겠습니까? 그는 누나에게 쪽지를 남겼는데, 기껏해야 3분이면 다 쓸 수 있는 편지였습니다. 그럼, 남은 시간에 무얼 했겠습니까?"

"누나의 짐 속 적당한 곳에 보석을 숨겼다는 말씀입니까?"

"그렇게밖에는 생각할 수 없지 않겠습니까? 서트클리프 부인은 바로 그날 다른 영국인들과 함께 철수했습니다. 딸을 데리고 비행기로 아테네로 간 거지요. 분명히 내일 틸베리에 도착할 겁니다."

파이커웨이는 고개를 끄덕거렸다.

"그녀를 보호해 주십시오." 로빈슨 씨가 말했다.

"보호하려고 합니다." 파이커웨이가 대답했다.

"그 준비도 다 되어 있고요."

"그녀가 만일 보석을 갖고 있다고 한다면 위험에 처할 우려가 있습니다."

그는 눈을 감았다.

"난 폭력은 대단히 싫어합니다."

"폭력사태가 일어날지도 모른다고 생각하십니까?"

"관심 있는 사람이 많으니까요. 여러 종류의 탐탁지 않은 자들이—말 안 해도 아시겠지만."

"알고 있습니다." 파이커웨이도 단호하게 말했다.

"그들은 물론 서로들 속고 속이고 하겠지요."

로빈슨 씨는 머리를 흔들었다.

"정말 혼란스럽습니다."

파이커웨이 대령은 신중을 기하며 이렇게 물었다.

"이 문제에는 당신 자신도 어떤—저, 특별한 관심을 갖고 있는 겁니까?"

"난 어떤 이해관계자 그룹을 대표하고 있습니다."

로빈슨 씨가 대답했다. 그의 목소리는 희미하게나마 책망하는 듯한 말투였다.

"문제의 보석의 일부분은 내 기업체를 통해 죽은 황태자에게 판 겁니다—지극히 정당한 가격이었지요. 그 보석을 되찾고 싶어 하는, 내가 대표하고 있는 사람들은 죽은 소유자의 인정을 받은 사람들이라고 감히 말씀드릴 수 있습니다. 그 이상은 더 얘기하고 싶지 않습니다. 이런 문제들은 대단히 미묘해서."

"하지만 당신은 분명 천사 쪽에 서 계시는 겁니다."

파이커웨이 대령은 씩 웃었다.

"아, 천사! 예, 천사 쪽이지요." 그는 잠시 말을 멈추었다.

"그것은 그렇고, 호텔의 서트클리프 부인과 그녀의 딸이 묵고 있었던 방 양쪽에 어떤 사람들이 묵고 있었는지 아십니까?"

파이커웨이 대령은 모호한 표정을 지었다.

"그, 글쎄요—그래요, 알 것 같군요. 왼쪽 방에 있었던 사람은 세뇨라 안젤리카 드 토레도라고 하는 스페인 여자인데, 그러니까 그 지역 카바레에 출연하고 있었던 무용수입니다. 아마 엄밀하게는 스페인인이라고는 할 수 없겠고, 또 어쩌면 그다지 훌륭한 무용수도 아닐 겁니다. 하지만 손님들에게는 인기가 있었지요. 반대쪽 방에는 교사 한 사람이 있었다고 들었습니다만—"

로빈슨 씨는 만족한 듯이 빙그레 웃었다.

"당신은 항상 변함없군요. 내가 알려 드리려고 와보면 거의 항상 당신은 이미 알고 계시니까요."

"아뇨, 아닙니다." 파이커웨이 대령은 겸손하게 손을 내저었다.

"우리들이 힘을 합치면 많은 것을 알게 될 겁니다."

두 사람의 눈이 마주쳤다.

"우리의 정보가 충분하다면 좋겠는데—."

로빈슨 씨는 이렇게 말하면서 일어섰다.

제4장

여행자 돌아오다

1

"정말이지 지겨워!"

서트클리프 부인은 호텔 창으로 밖을 내다보면서 화가 난 목소리로 말했다.

"어째서 이렇게 항상 영국에 돌아올 때마다 비가 내리는지 몰라. 더욱 사람을 우울하게 만들잖아."

"전 돌아와서 좋은데요." 제니퍼가 말했다.

"거리에서 사람들이 모두 영어로 얘기하는 것을 들을 수 있잖아요! 게다가 조금 있으면 정말 맛있는 차를 마실 수 있고요. 버터와 잼을 바른 빵에 과자도 잔뜩."

"넌 어쩜 그렇게 섬나라 근성을 가지고 있니." 서트클리프 부인이 말했다.

"집에 있었던 게 더 좋았다는 듯이 말한다면, 그 먼 페르시아 만까지 갔었던 것이 아무런 도움도 되지 않았다는 얘기 아니니?"

"그거야 1~2개월 정도라면 외국생활도 괜찮아요." 제니퍼가 말했다.

"난 그저 돌아와서 기쁘다고 했을 뿐이에요."

"자, 방해하지 말거라. 짐을 전부 올려다 주는지 확인해 봐야 돼. 전쟁 이후 죽 느껴온 거지만, 정말이지 오늘날에 사람들은 아주 부정직하게 되어버렸다니까. 내가 조심하지 않았더라면 틸베리에서 그 남자는 내 지퍼 달린 녹색 가방을 틀림없이 가지고 가버렸을 거야. 그 밖에도 짐 주위를 빙빙 맴돌던 사람이 있었지. 나중에 기차 안에서도 그 남자를 보았단다. 그런 좀도둑은 배에 타기를 기다렸다가 배에 탄 승객들이 우왕좌왕한다든가 뱃멀미에 시달려 정신없어 하기라도 하면 여행가방을 챙겨 도망갈 것이 분명해."

"엄마는 늘 그런 식으로 생각하시더라. 모든 사람들을 만날 때마다 부정직하다고 생각하면 상대방도 엄마를 그렇게 생각해요." 제니퍼가 말했다.

"대개의 사람들이 그러니까 그렇지." 서트클리프 부인이 단호하게 말했다.

"영국인은 틀려요." 제니퍼는 애국심을 발휘했다.

"그러니까 더욱 나쁘다는 거야." 어머니가 말했다.

"상대가 아라비아인이나 외국인일 경우엔 그런 기대는 아예 하지 않으니까 괜찮지만, 영국에서는 경계심을 늦추게 되니까 부정직한 사람이 일을 저지르기가 더 쉬운 거야. 자, 세어봐야겠다. 녹색의 큰 가방에 검은색 가방, 갈색의 작은 가방이 둘, 지퍼달린 가방, 골프채들, 라켓, 옷가방, 즈크 천으로 된 가방—어머, 녹색 가방이 어디 있지? 오, 여기 있구나. 그리고 잡동사니를 넣으려고 거기서 산 깡통—그래. 하나, 둘, 셋, 넷, 다섯, 여섯—이제 됐어. 열네 개 모두 있군."

"우리 이제 뭣 좀 먹으면 안 돼요?" 제니퍼가 말했다.

"먹자고? 이제 겨우 3시인데."

"하지만 난 몹시 배고파요."

"하는 수 없지. 그래, 좋다. 혼자서 아래 내려가 주문할 수 있지? 난 좀 쉬어야겠고, 오늘 밤에 필요한 짐을 풀어야겠으니까. 아빠는 마중을 나올 수 없다는구나. 일부러 이런 날에 뉴캐슬 온 타인이란 곳에 가서 중요한 중역회의를 열어야만 하는 건지 난 이해가 안 되는구나. 아내와 딸의 일을 제일로 생각한다는 것이 진실이 아닌 것 같아. 하긴 우리를 3개월 동안이나 안 보았으니까. 진짜 혼자 할 수 있겠니?"

"아휴, 엄마도. 나를 몇 살이라고 생각하는 거예요? 돈 좀 주시겠어요? 영국 돈은 한 푼도 없어요."

그녀는 어머니가 건네주는 10실링짜리 지폐를 받아들고는 못마땅한 얼굴로 방을 나갔다.

침대 옆 전화벨이 울렸다.

서트클리프 부인은 그쪽으로 가 수화기를 들었다.

"여보세요……예……예. 서트클리프 부인입니다만……."

문에서 노크하는 소리가 났다. 서트클리프 부인은, "잠깐만 기다려 주세요."

하고 양해를 구하고는 수화기를 놓고서 문 쪽으로 갔다.

감색의 작업복을 입은 젊은 남자가 연장통을 들고 서 있었다.

"전기공사를 하는 사람입니다." 청년이 시원스럽게 말했다.

"이 방 전등 상태가 안 좋다고 봐드리라고 해서요."

"아, 그래요—자……."

그녀가 뒤로 물러서자 그는 방 안으로 들어왔다.

"목욕탕은 어디죠?"

"저기를 지나 또 다른 침실 건너편이에요."

그녀는 전화 있는 곳으로 다시 갔다.

"대단히 죄송합니다……뭐라고 하셨죠?"

"전 데릭 오코너라고 합니다. 그쪽으로 가려고 하는데요. 서트클리프 부인 동생일로요."

"밥? 그럼, 무슨 소식이?"

"유감입니다만—그렇습니다."

"어머……그랬군요……예, 오세요. 3층 310호실입니다."

그녀는 침대에 걸터앉았다. 무슨 소식을 전해 줄지 그녀에게는 이미 상상이 갔다. 이윽고 문에서 노크 소리가 났고, 그녀는 한 청년을 맞이해 들였다. 청년은 이런 상황에 어울리는 가라앉은 태도로 악수를 했다.

"외무성에서 오셨나요?"

"전 데릭 오코너라고 합니다. 소식을 전해 줄 만한 사람이 별로 없는지 윗사람이 절더러 가라고 하더군요."

"말씀해 주세요. 동생은 죽었지요, 그렇지요?"

"예, 그렇습니다, 서트클리프 부인. 그는 알리 유수프 전하를 태우고 라맛을 탈출하려다가 산중에서 추락했습니다."

"그런데 왜 지금까지 알려주지 않았죠?—무선으로 배에 타고 있을 때에 전해줬어야 되었잖아요?"

"며칠 전까지 확실한 것을 몰랐었습니다. 그때까지만 해도 전혀 희망이 없었던 것은 아니었거든요. 하지만 비행기의 잔해가 발견된 지금으로서는 즉사

했으므로 오히려 그 점만은 다행으로 여기시지 않을까 생각합니다만."

"전하께서도 돌아가셨나요?"

"예."

"난 조금도 놀라지 않아요." 서트클리프 부인이 말했다.

목소리는 좀 떨렸으나, 그녀는 최대한으로 자제심을 발휘하고 있었다.

"밥이 젊어서 죽으리라는 것은 알고 있었어요. 그 애는 늘 분별없이 행동했으니까—언제나 새 비행기를 탔고 아무도 하지 않는 곡예비행을 했으니 말이에요. 난 요 4년간 거의 만나지도 못했어요. 정말이지 사람의 성격은 변할 수 없나 봐요."

"예, 그런 것 같습니다." 방문객도 맞장구를 쳤다.

"헨리가 늘 말했어요. 그 애가 조만간에 참변을 당할 거라고요."

그녀는 자기 남편의 예언의 정확성에 일종의 만족감 같은 것을 느끼고 있는 듯이 보였다. 눈물이 한 방울 뺨 위로 흘러내리자 그녀는 손수건을 찾으며, "정말로 충격이에요." 하고 말했다.

"그렇고말고요. 유감스럽습니다."

"물론 밥은 도망칠 수도 없었을 거예요. 전하의 비행기 조종사 직무를 맡고 있었으니. 난 그 애가 책임을 회피하는 것을 원치 않았어요. 그리고 그 애는 솜씨도 좋은 비행사였지요. 비행기가 산에 부딪쳤다고는 해도, 그것은 분명 동생의 조종미숙 탓은 아니었을 거예요."

"예, 그의 실책이 아니라는 것은 분명합니다." 오코너가 말했다.

"전하를 탈출시키기에는 상황의 여하를 불문하고 비행기를 이용하는 것밖에는 방법이 없었으니까요. 위험부담을 안은 비행이었는데, 역시 실패로 끝나고 말았습니다."

서트클리프 부인은 고개를 끄덕거렸다.

"잘 알겠어요. 소식을 전해 주러 오셔서 감사합니다."

"그 밖에 좀더 묻고 싶은 것이 있는데요. 동생분이 부인에게 뭐 맡긴 건 없습니까? 영국에 가지고 가달라고 하면서 말입니다."

"나에게 뭘 맡겼다고요? 그게 무슨 뜻이죠?"

"어떤 짐을—작은 물건을 건네주면서 영국에 가지고 돌아가 누구에겐가 전해 달라고 하지 않았나요?"

그녀는 이상하다는 듯이 머리를 흔들었다.

"아뇨. 왜 동생이 그런 일을 했다고 생각하세요?"

"중요한 어떤 물건을 고국에 가지고 돌아가기 위해서 누구에겐가 맡기지 않았나 하고 우리들은 생각하고 있습니다. 그는 그날 호텔로 부인을 찾아갔었습니다—혁명이 일어난 그날 말이죠."

"예, 그것은 알고 있어요. 쪽지를 남겼더군요. 하지만 거기에는 아무것도 쓰여 있지 않았어요—그저 그다음 날에 테니슨가 골프인가를 치자고 하는 시시한 얘기뿐이었어요. 그 편지를 쓸 때에는 그날 오후에 전하를 태우고 비행하게 되리라고는 꿈에도 몰랐던 것 같아요."

"그것밖에 쓰여 있지 않았습니까?"

"그 편지에요? 예."

"그 편지, 지금 가지고 계십니까?"

"동생이 남긴 편지를 가지고 있냐고요? 아뇨, 가지고 있지 않아요. 시시한 편지였거든요. 찢어버렸죠. 왜 내가 그런 것을 가지고 있어야 하지요?"

"별 이유는 없습니다. 그저 혹시나 해서요."

"혹시나 해서라뇨?" 서트클리프 부인이 뾰로통하여 물었다.

"뭐, 다른 전갈이라도 숨겨져 있지 않았나 해서 말입니다. 사실은(그는 싱긋 웃었다) 눈에 보이지 않는 잉크라는 것도 있으니까요."

"눈에 보이지 않는 잉크!"

서트클리프 부인은 참을 수 없이 혐오스럽다는 듯이 말했다.

"스파이 소설 같은 데서나 나오는 것 말인가요?"

"뭐 그런 종류의 것이지요." 오코너는 약간 변명하듯이 말했다.

"그런 어처구니없는 일이! 밥은 보이지 않는 잉크 같은 걸 사용하는 애가 아니에요. 그 애가 그럴 이유가 없잖아요? 그 애는 지극히 실질적인 상식을 지닌 애였어요."

눈물이 또 한 방울 그녀의 뺨을 타고 흘러내렸다.

"어머, 내 핸드백이 어디 있지? 손수건이 필요한데. 아마 다른 방에 두고 왔나 봐."

"제가 갖다드리죠." 오코너가 말했다.

그는 연결된 문을 통해 가다가 우뚝 멈춰 섰다.

여행가방 위로 몸을 구부리고 있던 작업복 차림의 젊은 남자가 약간 놀란 듯한 모습으로 몸을 일으키며 그를 쳐다보았다.

"난 전기수리공입니다." 그 젊은 남자가 서둘러 말했다.

"여기 전등이 고장이 나서요."

오코너는 스위치를 올렸다.

"별로 고장 난 것 같지 않은데." 그가 유쾌하게 말했다.

"방 번호를 잘못 알았습니다." 전기수리공이 말했다.

그는 연장통을 챙겨들고 재빨리 문을 빠져나가 복도로 나갔다.

오코너는 눈살을 찌푸리며 화장대에 놓여 있는 서트클리프 부인의 핸드백을 들고는 다시 그녀에게로 돌아왔다.

"잠깐 실례하겠습니다." 하고 말하고는 그는 수화기를 들었다.

"여기는 310호실입니다. 여기 전등을 살펴보라고 전기수리공을 보냈습니까? 아……예, 끊지 않고 기다리겠습니다."

그는 기다렸다.

"그런 일 없다고요? 나도 그런 일은 없을 거라고 생각했습니다. 아뇨, 전혀 고장이 없습니다."

그는 수화기를 내려놓고는 서트클리프 부인 쪽으로 돌아섰다.

"이 방의 전등은 어느 것도 고장 나지 않았습니다. 사무실 얘기로는 전기수리공을 보낸 적도 없다고 하는군요."

"그럼, 그 남자는 뭘 했지요? 도둑이었나요?"

"그랬을지도 모르죠."

서트클리프 부인은 당황해 하며 핸드백 안을 들여다보았다.

"핸드백 안은 아무것도 없어진 게 없어요. 돈도 그냥 있고요."

"부인, 잘 생각해 보세요. 분명 동생에게 부탁받아 짐 속에 넣어가지고 온 물건은 없습니까?"
"분명히 없어요." 서트클리프 부인이 말했다.
"그럼, 따님에게—따님이 계시지요?"
"예, 지금 아래층에서 차를 마시고 있어요."
"동생분이 따님에게 맡기진 않았을까요?"
"그럴 리가 없어요."
"또 다른 가능성이 있습니다. 동생은 그날 방에서 부인을 기다릴 때 부인 짐 속에 뭘 숨겼을지도 모릅니다."
"하지만 왜 밥이 그런 짓을 하지요? 그건 정말 터무니없는 소리예요."
"하지만 그렇게 터무니없는 소리는 아닙니다. 알리 유수프 전하가 동생에게 무엇인가를 맡겼고, 동생은 자신이 가지고 있는 것보다 부인의 짐 속에 넣어 두는 편이 안전하다고 생각했을지도 모르니까요."
"난 있음직하지 않은 일이라고 생각해요." 서트클리프 부인이 말했다.
"한번 찾아봐 주시지 않겠습니까?"
"내 짐 속을 찾아보라고요? 짐을 풀란 말이에요?"
뒤의 말을 할 때의 서트클리프 부인의 목소리는 울부짖듯이 높아졌다.
"압니다. 대단히 성가신 부탁인 줄 압니다만, 그것은 꽤 중요한 문제일지도 모릅니다. 물론 저도 도와드릴 테니까요." 그는 설득하듯이 말했다.
"전 어머니의 짐을 여러 번 싸드린 적이 있습니다. 어머니는 제가 짐을 아주 잘 싼다고 하시더군요."
그는 파이커웨이 대령에게 요긴히 쓰이고 있는 자신의 자질 중 하나인 매력을 충분히 발휘했다.
"하는 수 없군요." 서트클리프 부인도 양보했다.
"당신이 그렇게까지 말하니, 정말 중요한 문제일지도 모르겠군요."
"실제로 중요한 문제일지도 모릅니다, 자, 그럼."
데릭 오코너는 그녀에게 싱긋이 웃었다.
"시작해 볼까요?"

2

그로부터 45분 정도 지났을 무렵 제니퍼가 차를 마시고 돌아왔다. 그녀는 방 안을 둘러보고는 놀라서 숨 막혀 하며 말했다.

"엄마, 도대체 뭘 하고 있는 거예요?"

"짐을 풀었잖냐." 어머니는 화가 난 듯이 말했다.

"그리고 지금은 다시 짐을 싸고 있고. 이쪽은 오코너 씨, 저 애는 내 딸 제니퍼예요."

"그런데 왜 풀었다 쌌다 하는 거예요?"

"이유 같은 건 묻지 마라." 어머니는 내뱉듯이 말했다.

"밥 외삼촌이 무엇인가를 내 짐 속에 넣어가지고 돌아가게 한 게 아니냐는 거란다. 제니퍼, 설마 외삼촌에게 뭐라도 건네받지는 않았겠지?"

"밥 외삼촌이 저에게 맡긴 게 있지 않느냐고요? 아뇨. 제 짐도 풀었나요?"

"모두 풀어보았습니다." 데릭 오코너가 유쾌하게 말했다.

"아무것도 찾지 못해 다시 싸고 있는 중이지만요. 부인, 차라도 마셔야 되잖겠습니까? 뭣 좀 주문할까요? 브랜디나 소다수라도?"

그는 전화 있는 곳으로 갔다.

"맛좋은 홍차라면 마시겠어요." 서트클리프 부인이 말했다.

"전 뭘 좀 먹었어요." 제니퍼가 말했다.

"버터 바른 빵에 샌드위치에 케이크를요. 샌드위치를 웨이터가 더 갖다 주더군요. 그에게 괜찮냐고 했더니 괜찮다고 하던데요. 아주 맛있었어요."

오코너는 차를 주문하고 나서 다시 서트클리프 부인의 짐 싸는 것을 도와 끝마쳤는데, 그 빈틈없고 솜씨 좋은 것을 보고 내키지는 않았지만 그녀도 칭찬하지 않을 수 없었다.

"당신 어머니는 짐 싸는 것을 아주 잘 가르쳐 주신 것 같군요."

"예. 저는 무엇이든 척척 잘 해내니까요." 오코너는 웃으며 대답했다.

사실 그의 어머니는 이미 오래전에 돌아가셨고, 짐 싸고 푸는 솜씨는 파이커웨이 대령을 도와주게 되고 나서 처음으로 몸에 익힌 것이었다.

"부인, 한 가지만 더 말씀드리고 싶은 게 있는데, 아무쪼록 몸조심하시라는 겁니다."

"몸조심하라고요? 어떻게요?"

"예, 그것은요, 혁명이란 것은 복잡하고 괴이한 것이라서 이러저러한 여파가 있게 마련이니까요." 오코너는 애매모호하게 말했다.

"런던에는 오래 머무르실 겁니까?"

"내일 시골로 돌아가려고 해요. 남편이 자동차로 태워갈 거예요."

"그렇다면 다행이군요. 하지만, 위험스런 일은 하지 않도록 하십시오. 만일 조금이라도 이상한 일이 일어나면 재빨리 999로 전화해 주십시오."

"어머!" 제니퍼가 매우 재미있어하며 말했다.

"다이얼 999, 전 전부터 항상 걸어보고 싶었어요."

"제니퍼, 쓸데없는 소리 하지 말거라." 어머니가 타일렀다.

3

지방신문 기사에서의 발췌

어제 이곳 지방재판소에서는 절도 목적으로 헨리 서트클리프 씨의 저택에 침입한 사람에 대한 재판이 있었다. 서트클리프 씨 일가족 모두가 일요일 아침 교회에 예배보러 간 사이에 부인의 방을 샅샅이 뒤져서 커다란 혼란을 빚은 사건이었다. 부엌일 보는 사람들은 점심식사 준비를 하고 있었던 탓인지 전혀 소리를 듣지 못했다. 범인은 집을 빠져나와 도망치려는 순간 경찰에 체포됐다. 아마 무엇엔가 놀랐는지 그자는 아무것도 훔치지 않고 도망치려 했다.

범인은 사는 곳이 일정치 않았고, 이름은 앤드류 볼이라고 했으며, 범행 사실을 시인했다. 본인의 자백에 의하면 직업을 잃어 돈이 궁해서 한 짓이라고 한다. 서트클리프 부인의 보석류는 몸에 지닌 것 이외는 전부 은행에 맡겨놓았었다.

"전부터 저 응접실 창은 잘 잠그라고 했잖아."

서트클리프 씨는 온 가족이 한데 모였을 때에 한마디 했다.

"아니, 여보, 전 요 3개월 동안 외국여행을 했어요. 도둑이 들자고만 하면 어떻게 해서든 방법은 다 있다고 어디에선가 읽었다고요."

서트클리프 부인이 말했다.

그녀는 한 번 더 지방신문을 흘끗 보고는 생각에 잠겨 이렇게 덧붙였다.

"'부엌일 보는 사람들'이란 말이 얼마나 멋지게 들려요? 하지만 사실은 그렇지 않다고요. 엘리스 노파는 거의 귀머거리에 제대로 일어설 수도 없으며, 일요일 아침에 일을 도와주러 오는 바드웰스의 딸은 얼뜨기인걸요."

"전 아무래도 이상해요." 제니퍼가 입을 열었다.

"경찰은 어떻게 해서 도둑이 든 것을 알았으며, 어떻게 정확하게 바로 제시간에 달려와 붙잡은 거죠?"

"도둑이 아무것도 훔치지 않은 것이 난 더 이상하단다."

그녀의 어머니가 말했다.

"조안, 그 점에 대해서는 확신했잖아?" 그녀의 남편이 따지듯이 물었다.

"그런데 당신은 처음에는 약간 미심쩍어했다고."

서트클리프 부인은 화가 나 숨을 몰아쉬었다.

"그런 일은 바로 대답할 수 있는 것이 아니에요. 침실은 어수선했었으니까요—이곳저곳에 물건이 어지럽게 널려져 있었고, 서랍은 빠져서 뒤집혀 있었어요. 무엇 하나 조사해 보지 않고서는 확실한 것을 말할 수가 없었어요. 그러고 보니 내가 제일 아끼는 자크마르 스카프가 보이지 않는 것 같더라고요."

"엄마, 미안해요. 그것은 저였어요. 배 갑판에 서 있었는데, 지중해에서 날려버리고 말았어요. 제가 빌려갔었는데 얘기한다면서 깜빡 잊고 말았네요."

"정말 도리가 없구나, 제니퍼. 엄마에게 허락받기 전에는 빌려가지 말라고 몇 번이나 얘기했니, 응?"

"알아요, 엄마. 푸딩 조금 더 먹어도 돼요?"

제니퍼는 말을 딴 데로 돌렸다.

“그러려무나. 정말 엘리슨은 요리 솜씨가 좋아. 그렇게 큰소리를 질러야만 하지만 그래도 그 값어치는 있어. 그건 그렇다 치고, 제니퍼는 학교 선생님들에게 너무 게걸스레 먹는다고 생각되지나 않을까 걱정이야. 메도뱅크는 보통 학교가 아니니까 조심해야 돼.”

“전 메도뱅크 학교에는 별로 가고 싶지 않아요.” 제니퍼가 말했다.

“사촌이 거기에 다니고 있는 여자아이를 알고 있는데, 지독한 학교라고 하더래요. 매일 롤스로이스에 타고 내리는 방법과 여왕과 함께 점심식사를 할 때의 예법만을 가르친다고 하면서 말이에요.”

“그래서 좋은 거란다.” 서트클리프 부인이 말했다.

“너는 메도뱅크 학교에 입학하게 된 것이 얼마나 행운인지 그 고마움을 잘 모르는구나. 벌스트로드 교장 선생님은 아무나 다 입학시키지 않는단다. 전적으로 아빠의 중요한 지위와 로자먼드 큰어머니의 세력 덕분이란다. 너는 더할 수 없이 운이 좋은 거야. 그러니—.” 하고 그녀는 말을 덧붙였다.

“여왕님과 점심식사를 같이 하게 될 경우에 그 예절을 알고 있으면 좋지 않겠니?”

“하지만 여왕님은 예법 같은 건 잘 모르는—아프리카의 추장이나 경마의 기수, 아라비아인 족장들과도 점심식사를 해야 할 때가 있다고 생각해요.”

제니퍼가 말대꾸했다.

“아프리카 추장만큼 세련된 예법을 갖춘 사람도 없단다.”

최근에 잠깐 가나에 출장을 다녀온 아버지가 말했다.

“아라비아 족장도 그래요. 그렇게 예의가 바를 수가 없어요.”

서트클리프 부인도 맞장구를 쳤다.

“엄마는 벌써 잊으셨어요, 족장의 연회에 초대받았을 때의 일을요? 족장이 양(羊)의 눈알을 도려내어 엄마에게 내밀었을 때에 소란피우지 말고 먹으라고 밥 외삼촌이 팔꿈치로 슬쩍 찔렀잖아요. 버킹검 궁전에서도 새끼 양 바비큐가 나올 때에 족장이 그런 식으로 한다면 여왕님이 얼마나 놀라시겠어요?”

“제니퍼, 그만 됐다.” 그녀의 어머니가 말을 막았다.

4

일정한 주거가 없는 앤드류 볼이 가택침입죄로 3개월 형을 선고받았을 때에 그 지방재판소 법정의 뒤쪽에서 조심스럽게 방청하고 있었던 데릭 오코너는 박물관에 기증해도 좋을 만한 번호에 전화를 걸었다.

"체포했을 때에는 아무것도 몸에 지니고 있지 않았습니다." 그가 말했다.

"시간은 충분히 주었습니다만."

"누구지? 우리가 알고 있는 자인가?"

"게코 일당이라고 생각됩니다. 하찮은 놈입니다. 이런 종류의 일을 시키기 위해 고용된 놈 같습니다. 별로 머리는 좋지 않지만 철저한 놈이었습니다."

"그래서 선고에 순순히 복종했다는 말인가?"

전화 저쪽에서 파이커웨이 대령이 씩 웃으며 말했다.

"그렇습니다. 이른바 정도(正道)에서 벗어난 어리석은 자의 표본이었지요. 거물급 조직 같은 것과는 관계가 없는 듯합니다. 물론 그것이 그가 쓸모있는 면이긴 하겠습니다만."

"그럼, 그자도 아무것도 찾아내지 못했단 말인가?"

파이커웨이 대령은 생각에 잠긴 채 말했다.

"자네도 찾지 못했다면 아무래도 찾아낼 게 없는 것 아닐까? 롤린슨이 그것을 누나의 짐 속에 숨겼을 거라는 우리의 생각이 틀린 것 같네."

"다른 무리들도 같은 생각을 가지고 있는 듯합니다만."

"실제로 꽤 명백해졌지……. 아마도 우리를 난처하게 만들려는 책략인지도 모르네."

"있을 수 있는 일이지요. 그 밖에 다른 가능성은요?"

"얼마든지 있네. 그것은 아직 라맛에 있을지도 모르네. 아마 리츠 사보이 호텔 어딘가에 숨겨져 있을지도 모르지. 그렇지 않으면 비행장으로 가는 도중에 롤린슨이 누구에겐가 건네주었던가, 아니면 로빈슨이 넌지시 비친 그 이야기에 힌트가 있을지도 모르네. 그 이야기 속의 여자가 가져가 버렸을지도 모르고. 또, 그렇지 않으면 서트클리프 부인이 아무것도 모르고 다른 쓸모없는 것들과 함께 배에서 홍해에 던져버렸을 가능성도 생각할 수 있지."
"그렇다면—." 하고 그는 차분하게 말을 덧붙였다.
"가장 잘된 일일지도 모르네."
"아니, 무슨 말씀입니까, 대령님? 그만한 값어치의 것을."
"인간의 생명도 역시 값지고 소중한 것이라네."
파이커웨이 대령이 말했다.

제5장

메도뱅크 학교에서 온 편지

줄리아 업존이 어머니에게 보낸 편지

엄마.

전 이제 여기에 익숙해져 이 학교가 아주 좋아졌어요. 저와 역시 이번 학기에 입학한 제니퍼라는 아이가 있는데, 그 아이와 사이좋게 지내고 있어요. 둘 다 테니스를 무척 좋아한답니다. 그 아이는 아주 잘 쳐요. 강한 서브가 들어가도 척척 받아내요. 라켓을 페르시아만까지 가지고 갔었기 때문에 휘었을 거라고 해요. 그쪽은 몹시 덥다나 봐요. 제니퍼는 그 혁명이 일어났을 당시에 갔었대요. 스릴을 느끼지 않았느냐고 했더니, 아니라면서 전혀 아무것도 보지 못했다는군요. 대사관인가 어딘가에서 데려갔기 때문에 못 봤을 거예요.

벌스트로드 교장 선생님은 착하기는 하지만 아주 무서운 분이세요. 즉, 무서워질 수도 있다는 얘기예요. 그렇지만 신입생이면 관대하게 대해 주세요. 뒤에서 우리 모두는 그녀를 벌(bull; 황소), 아니면 벌리(bully; 으스대는 사람)라고 불러요. 우리들은 리치 선생님에게 영문학을 배우고 있는데, 이 선생님도 무척 무서워요. 흥분하면 머리가 축 늘어진답니다. 이상하게 생기셨지만 사람의 마음을 흥분시키는 얼굴이어서, 이 선생님이 셰익스피어 작품을 읽어주시면 그 작품들이 아주 생소하고도 실감나게 느껴진답니다. 요전에도 이아고(《오셀로》에 나오는 간악하고 음흉한 인물)란 인물과 이아고가 느낀 감정에 대해서 이야기해 주셨어요—질투란 것에 대해서도요. 그것이 어떤 식으로 사람의 마음을 좀먹어 들어가서 결국에는 광기로 변해 자기가 아끼는 사람을 어떻게 해치게 하려는 마음을 일으키는지를 말이에요. 우리들은 모두 오싹해졌었어요—제니퍼만은 예외였는데, 그 아이는 어지간한 일에는 동요를 일으키지 않거든요. 리치 선생님은 지리도 가르치고 계세요. 전에는 지리란 지겨운 과목이라고만 생각했었는데, 리치 선생님에게 배워보니 그렇지가 않더군요. 오늘 아침에는 향료무역에 관하여 배웠는데, 당시에는 물건들이 부패하기 쉬웠기 때문에 향료가 필요했었다는 이야기를 해주시더군요.

전 로리 선생님에게 미술도 배우고 있어요. 이 선생님은 1주일에 두 번 나오시는데, 런던의 여러 화랑에 데리고 가기도 해요. 프랑스어는 블랑슈 선생님에게 배우고 있어요. 이 선생님은 교실의 질서를 잘 잡지 못하세요. 제니퍼가 그러는데 프랑스 사람들은 그렇대요. 별로 화를 내지는 않지만, 참고 있는 것 같아요. "정말 너희들에게는 질리겠다." 하고 말씀하세요. 스프링거 선생님은 싫어요. 체조와 운동을 가르쳐 주시는 선생님인데 적갈색 머리에다, 더워지면 몸에서 냄새가 나요. 채드윅(채디)이라고 하는 선생님도 있어요—이 학교 창립 당시부터 있었던 선생님이에요. 수학을 가르치고 있는데 좀 까다롭기는 해도 좋은 선생님이세요. 그리고 역사와 독일어를 가르치고 있는 밴시타트 선생님도 있고요. 이 선생님은 기력이 빠진 제2의 벌스트로드라고들 해요.

이 학교에는 외국 여자아이들도 많이 와 있어요. 이탈리아 아이가 둘에 독일 아이들도 몇 명 있고, 명랑한 스웨덴 아이(이 아이는 공주인 것 같아요), 터키인과 페르시아인과의 혼혈아도 있는데, 이 아이는 그 비행기 추락사고로 돌아가신 알리 유수프 황태자와 결혼하기로 되어 있었다고 본인은 말하지만, 제니퍼의 말에 의하면 그것은 거짓말이고 샤이스타는 사촌이 되기 때문에 사촌들과 결혼하는 풍습을 생각해서 그런 말을 했을 뿐이라고 해요. 유수프 황태자에게는 결혼할 생각은 없었고, 그냥 좋아하는 사람은 있었다고 제니퍼가 말하더군요. 제니퍼는 많은 것을 알고 있지만 좀처럼 얘기해 주질 않아요.

엄마는 이제 곧 여행을 시작하시겠군요. 전에처럼 여권을 빼놓으신다든가 하시면 안 돼요!!! 그리고 사고가 일어날 것에 대비해 구급약 상자를 꼭 갖고 가세요.

줄리아로부터.

제니퍼 서트클리프가 어머니에게 보낸 편지

엄마.

이 학교는 실제로 그렇게 나쁜 곳이 아니에요. 전 생각했던 것보다도 즐겁게 지내고 있어요. 날씨도 계속 아주 맑고요. 어제는 '좋은 성질은 과도하게 발휘해도 좋은가'라는 제목으로 작문을 했어요. 뭐라고 써야 할지 생각이 안 나서 혼났답니다. 다음 주는 '줄리엣과 데스데모나(《오셀로》의 여주인공)의 성격 비교'라는 제목이에요. 이것도 잘 안 될 것 같은 느낌이 들어요. 참, 엄마, 새 테니스 라켓을 사주시지 않겠어요? 작년 가을에 라켓줄을 새로 간 것은 알고 있어요. 하지만 모두 망가진 느낌이에요. 아마 줄이 뒤틀렸나 봐요. 그리고 그리스어를 배우고 싶어요. 배워도 되지요? 전 외국어를 아주 좋아하거든요. 다음 주에는 런던으로 발레를 보러 가는 학생도 있어요. 백조의 호수예요.

이곳의 식사는 아주 좋아요. 어제는 점심에 닭고기가 나왔고, 간식으로는 직접 만든 맛있는 케이크를 먹었어요. 그 밖에도 더 알려 드릴 것이 있는데 생각나지 않네요—그 뒤로 도둑은 다시 들어오지 않았나요?

제니퍼로부터.

상급반 반장 마거릿 고어—웨스트가 어머니에게 보낸 편지

엄마.

그 뒤 별로 달라진 것은 없어요. 전 이번 학기에는 밴시타트 선생님에게 독일어를 배우고 있어요. 벌스트로드 교장 선생님은 은퇴하시고 밴시타트 선생님이 그 뒤를 이을 거라는 소문이 있긴 하지만, 그런 소문이

나돈 지는 벌써 1년 이상이 되었으니 분명 소문일 거라고 생각해요. 채드윅 선생님에게 물어보았으나(감히 벌스트로드 교장 선생님에게 직접 물어볼 용기는 없었어요) 아주 냉담하게 대답하시더군요. 절대로 그런 일은 없고, 소문 같은 데 귀를 기울이지 말라고 하면서요. 우리들은 화요일에 발레를 보러 갔어요. 백조의 호주였지요. 그 환상적인 느낌은 뭐라고 말로 표현할 수가 없어요! 잉그리드 공주는 명랑하고 아주 파란 눈을 가졌어요. 하지만 이에 치아교정기를 달고 있어요. 독일인 신입생도 둘이나 있는데, 영어를 곧잘 해요.

리치 선생님도 건강한 모습으로 돌아오셨어요. 지난 학기는 쉬셨기 때문에 섭섭했었죠. 새로 오신 체조 선생님은 스프링거라고 하는데, 지나치게 독재적이라 아무도 호의를 갖고 있지 않아요. 하지만 테니스를 가르쳐 줄 때는 아주 좋아요. 신입생 중 제니퍼 서트클리프는 훌륭한 선수가 될 것 같아요. 백핸드가 약간 약하기는 해도 말이에요. 그 아이와 아주 사이가 좋은 줄리아라는 아이가 있어요. 우리들은 그 두 아이에게 어치새라는 별명을 붙여주었답니다.

20일에 저를 데리고 나가는 거 잊지 마세요. 운동회는 6월 29일이에요.

마거릿으로부터.

앤 샤플랜드가 데니스 라스본에게 보낸 편지

사랑하는 데니스에게

전 이번 학기 3주까지는 시간이 전혀 없을 것 같아요. 그때에는 식사라도 꼭 같이 하고 싶어요. 토요일이나 일요일이어야 되겠지요. 곧 연락드리겠어요. 학교에 근무하는 것도 뜻밖에 재미있다는 것을 알았어요. 하지만 여교사가 되는 것만은 딱 질색이에요. 나 같은 사람은 분명 미쳐버릴 거예요.

당신의 앤으로부터.

존슨 선생님이 여동생에게 보낸 편지

사랑하는 에디스에게

이곳은 그다지 달라진 것이 없단다. 여름학기는 늘 기분이 좋아. 정원도 아름답고. 늙은 브리그스 영감님을 도와주러 새 정원사가 왔단다—그것도 젊고 힘있는 남자가! 얼굴도 잘생겨서 그게 고민이란다. 여학생들은 분별이 없거든. 벌스트로드 교장 선생님은 그 뒤 은퇴란 말은 입에 올리지 않아 마음을 돌린 것이 아닌가 하는 생각이 든단다. 밴시타트 선생도 교장이 되면 지금 같지는 않을 거란다. 나도 계속해서 죽 근무하리라고는 생각지 않고.

딕과 아이들에게 안부 전해 주고 올리버와 케이트를 만나면 그들에게도 소식 전해 주기 바란다.

엘스페스가.

보르도 우체국에 보관된 마드모아젤 앙젤 블랑슈가 르네 뒤퐁에게 보낸 편지

사랑하는 르네

이곳은 모든 것이 순조로워요. 비록 전 즐겁게 지내고 있지 못하지만 말이에요. 여기 학생들은 교사에게 순종하지 않고 행동거지도 바르지 못해요. 하지만 벌스트로드 교장 선생님에게는 그런 불만을 얘기하지 않는 편이 더 낫다고 생각해요. 그 교장을 상대로 이야기하려면 이쪽도 꽤 경계를 해야만 하거든요. 지금으로서는 별로 할 얘기가 없네요.

당신의 블랑슈로부터.

밴시타트 선생이 친구에게 보낸 편지

친애하는 글로리아에게

여름학기도 순조로이 시작되었어. 신입생들도 모두 만족할만한 좋은 학

생들이야. 외국에서 온 학생들도 잘 적응해 가고 있고. 공주도 있는데(북유럽 쪽이 아니고 중동 쪽이야) 학구열은 결여되어 있지만 그거야 할 수 없지 뭐. 태도는 아주 세련됐어.

새로 온 체육교사 스프링거 양은 실패한 것 같아. 학생들도 싫어하고. 학생들에게 너무 고압적인 태도를 취하고 있어. 뭐라고 해도 여기는 보통의 학교와는 다른데 말이야. 사실 체조 성적 같은 것으로 흥하느냐 망하느냐 하지도 않거든! 그녀는 또 캐묻기를 좋아해서 쓸데없이 개인적인 질문을 너무 많이 해. 그런 것들은 꽤 신경에 거슬리고 교육에 나쁜 영향을 끼치기도 하지. 신임 프랑스어 선생 블랑슈 양은 상냥하고 호감을 주기는 하나 데퓌이 양의 실력에는 미치지 못하고 있어.

학기가 처음 시작되던 날에 약간 불미스런 일이 있었단다. 레이디 베로니카 칼턴—샌드웨이스가 완전히 술에 취해 왔지 뭐야! 채드윅 선생이 발견하고 데리고 가주지 않았더라면 그다지 유쾌하지는 못한 일이 벌어졌을지도 모를 일이었어. 쌍둥이 딸들은 그렇게 좋은 아이들일 수 없는데 말이야.

벌스트로드 교장은 앞으로의 일에 대해서 아직 확실한 얘기는 없어. 하지만 태도로 미루어보건대 마음을 결정한 듯싶어. 메도뱅크는 참으로 훌륭한 학교라서 그 전통을 받아 이어가는 데에는 나도 긍지를 느끼게 될 거야.

마저리를 만나면 내 안부 좀 전해 줘.

너의 친구 엘리노어로부터.

파이커웨이 대령에게 평상시의 연락망을 통해 보내어진 편지

위험한 곳으로 보내졌다니 말도 안 됩니다! 어림잡아 190명 정도의 여자들만 있는 곳에 신체 건강한 남자라고는 저 혼자뿐인데요.

공주가 있는 대로 멋을 부리고 도착했습니다. 으깨진 딸기 빛과 파스텔 분위기의 파란색이 섞인 캐딜락에 본국풍의 옷차림을 한 아랍 명사(名士)

와 파리의 최신유행 의상을 걸친 여인, 그리고 그 축소판(공주를 말함)이 함께 타고 왔었습니다.

그다음 날 교복으로 갈아입었을 때에는 구분하기가 좀 힘들었습니다. 그녀와 친해지는 것은 그다지 어려울 것 같지 않습니다. 벌써 그쪽에서 그런 태도를 보여 왔거든요. 상냥하고 순진해 보이는 모습으로 여러 가지 꽃의 이름을 저에게 물어왔는데, 바로 그때 주근깨가 있고 붉은 머리에 흰눈썹뜸부기 같은 목소리를 한 고곤(그리스 신화에 나오는, 머리가 뱀이며 보는 사람을 돌로 변화시켰다는 괴물)이 기습하듯이 와서는 그녀를 내 곁에서 데리고 가버렸습니다. 제가 들은 바로는 그런 동양의 여자아이들은 베일에 싸여 조심스럽게 길러진다는군요. 그런데 그 동양 여자아이는 아무리 보아도 스위스에서 학교생활을 하는 사이에 다소 세속적인 경험을 쌓은 듯합니다.

아까의 고곤이라는 별명이 붙은 스프링거 체육선생이 저에게 호통을 치러 다시 왔었습니다. 정원사는 학생들에게 말을 걸어서는 안 되게 되어 있다던가 뭐라고 하면서 말이죠. 그래서 제 쪽에서 순진한 듯 놀라는 척했죠. "선생님, 죄송합니다. 그 아가씨가 이 참제비고깔을 보고 뭐냐고 묻더군요. 아마 그 학생이 태어난 곳에서는 이런 꽃은 피지 않나 봅니다." 고곤은 쉽게 마음이 풀렸는지 나중에 가서는 억지 미소를 지으려고 하더군요.

벌스트로드 교장의 비서는 그다지 일이 잘되지 않았습니다. 그저 새치름한 시골 여자 타입이라는 것밖에는요. 프랑스어 여선생이 더 협조적입니다. 겉으로 보기에는 새침을 떼는 조심스러운 여자 같으나, 실제로는 그렇게 조심스럽지도 않습니다. 그리고 또 명랑하고 킬킬 잘 웃는 세 명의 무리들과 친구가 되었습니다. 세례명이 패밀라, 루이스, 그리고 메리인데, 성(姓)은 잘 모르지만 아마 귀족적인 집안을 자랑하는 위엄 있는 성이겠지요. 채드윅이라고 하는 날카롭고 노련한 노선생은 시종 저에게 경계의 눈초리를 보내고 있기 때문에 저도 경솔하게 행동하지 않으려고 조심하고 있습니다.

저의 윗사람인 브리그스 영감님은 성격이 꽤 까다로운 인물인데, 툭하면 옛날에는 이랬었다고 하면서 그 옛날을 그리워하지만, 그가 들먹이는 옛날에는 다섯 명의 정원사 중 서열이 아마 네 번째였던 것 같습니다. 대부분의 일과 사람들에 대해서는 불만을 표시하지만 벌스트로드 교장에게는 마음속으로부터 존경하고 있는 듯합니다. 저도 그렇습니다. 그분은 아주 상냥하고 별로 말은 없지만, 저의 정체를 알고, 더구나 제가 하려는 일을 모두 알고 있는 듯해서 두려운 느낌마저 듭니다.

지금까지 불길한 징조는 아무것도 보이지 않습니다만—저는 앞으로의 활동에 기대를 걸고 있습니다.

제6장

초반기

1

교무실에서는 서로 소식을 주고받고 있었다. 외국여행 이야기, 관람한 연극 이야기, 돌아본 미술전람회 이야기 등등.

스냅사진이 손에서 손으로 차례로 돌려졌다. 빛에 비춰보면 착색시킨 그림으로 변해 버릴 듯한 보잘것없는 것이었다. 사진광들은 모두 자신의 사진은 봐주기를 원하나 다른 사람들의 사진을 보는 것은 되도록 피하려고 했다.

마침내 이야기는 개인적인 것에서 벗어나 새로 지은 실내경기장에 대하여 비판도 나오고 찬탄의 말도 나왔다.

훌륭한 건물이란 점에서는 모두 의견이 일치했으나, 물론 모두 어딘가 좀 모양을 바꿔보고 싶다는 생각도 가지고 있었다. 나중에 신입생 하나하나에게 간단하게 질문을 했는데 반응은 대체로 좋다는 쪽이었다.

두 명의 새로 온 교사들에게도 유쾌한 질문이 던져졌다.

블랑슈 선생님은 전에도 영국에 오신 적이 있으세요? 프랑스 어디에서 태어나셨어요? 블랑슈 선생은 정중하게 대답하면서도 조심스럽게 삼가는 눈치였다.

스프링거 선생은 자기 쪽에서 더 나서서 떠들어댔다. 그녀는 열을 올리며 단정적으로 말을 했다. 일장연설을 했다고 해도 좋을 정도였다. 제목을 붙인다면 '스프링거 선생의 우수성'이라고나 할까.

그녀가 동료로서 얼마나 진가를 인정받았을까? 교장이 어떤 방법으로 그녀의 조언을 감사하게 받아들여 그 조언에 따라 예정을 재편성할까?

스프링거 선생은 감수성이 예민한 편은 아니었다. 듣고 있는 사람들이 지겨워하는데도 그녀는 눈치채지 못했다.

결국 존슨 선생이 부드러운 목소리로 이렇게 묻게 되었다.

"그런다고는 해도 당신의 착상이 항상, 그―가치대로 받아들여지리라고는 생각할 수 없지 않겠어요?"

"그거야 인간은 은혜를 저버릴 때가 있다는 각오가 되어 있어야만 하지요."

스프링거 선생이 말했다. 이미 높아져 있던 그녀의 목소리는 한층 더 높아졌다.

"문제는 사람들이 너무 비겁하다는 거예요―사실에 직면하려 하지 않아요. 자기 코앞에 닥친 일도 거들떠보지 않는 경우가 허다해요. 전 그렇지는 않아요. 곧바로 요점으로 들어가지요. 전 여러 번 지저분한 스캔들을 폭로한 적이 있어요―아주 적나라하게 밝혀냈지요. 전 냄새를 아주 잘 맡아요. 일단 추적을 시작하면 놓치지 않지요―소기의 목적을 달성할 때까지는요."

그녀는 호걸스레 웃어젖혔다.

"제 의견은 숨김없는 생활을 하는 사람만이 교사로서의 자격이 있다고 생각해요. 비밀을 가지고 있는 사람이 있다면 어서 털어놓으세요. 그렇고말고요! 여러분으로서는 아마 놀라실 거예요. 제가 밝혀낸 사람들의 비밀을 이것저것 얘기하면요. 다른 사람들은 아무도 꿈에라도 생각할 수 없는 일이었어요."

"당신은 그런 경험을 즐기고 있나 보죠?" 블랑슈 선생이 말했다.

"그렇지는 않아요. 자신의 의무를 다하고 있는 것뿐이지요. 하지만 전 응원은 원치 않아요. 부끄러워해야 할 규율이 느슨해졌어요. 그래서 전 사직했어요―항의하는 의미로요."

그녀는 모두의 얼굴을 둘러보면서 다시 또 호걸스레 웃었다.

"이 학교엔 비밀을 가지신 분이 없기를 바라요."

그녀가 유쾌하게 말했다.

재미있어하는 사람은 아무도 없었다. 하지만 스프링거 선생은 그런 것을 눈치챌 만한 여자가 아니었다.

2

"벌스트로드 선생님, 말씀드리고 싶은 게 있는데요."

벌스트로드 교장은 펜을 놓고 존슨 사감선생의 상기된 얼굴을 쳐다보았다.

"그러세요, 존슨 선생님."

"그 샤이스타라는 학생 말이에요—이집트인가 어딘가에서 태어났다고 하는 여학생 말입니다."

"그런데요?"

"그 아이의—저—, 속옷 말입니다."

벌스트로드 교장은 어처구니가 없어 눈썹이 치켜져 올라갔다.

"그 애의—예, 저—가슴에 대는 것 말인데요."

"그 아이의 브래지어에 이상이라도?"

"예, 그것이 평범한 모양이 아니에요. 자세히 말하자면 꼭 조이게 되어 있지 않다는 거지요. 마치, 저—밀어내듯이 되어 있답니다. 그것도 불필요한 데까지 말입니다."

벌스트로드 교장은 입술을 깨물며 웃음이 나오려는 것을 참았다. 존슨 선생과 얘기할 때는 흔히 있는 일이었다.

"내가 한번 가서 조사해 보지요." 그녀는 제법 진지하게 말했다.

그리하여 존슨 선생이 꺼낸 문제의 불합리성에 대해 진지한 검토가 이루어졌고, 샤이스타는 흥미 어린 눈초리로 그것을 지켜보았다.

"이런 식으로 철사와, 그리고 저—고래수염을 잇대어 만든 거랍니다."

존슨 선생이 맘에 안 든다는 듯이 말했다.

갑자기 샤이스타가 활기에 넘쳐 설명했다.

"하지만 보시다시피 제 가슴은 크지 않잖아요—만족할 만한 크기라고 할 수 없죠. 여자답게 보이기에 충분치 않아요. 그리고 이건 여자들에게 있어 아주 중요한 문제예요—남자가 아니고 여자답게 보이는 것이 말이에요."

"그것은 아직 이르지 않니? 넌 이제 열다섯 살이야."

존슨 선생이 말했다.

"열다섯 살이라면 이젠 성숙한 여자예요! 그래서 전 앞으로는 여자로 보이고 싶어요. 그러면 안 되나요?"

그녀는 벌스트로드 교장에게 동의를 구했고, 벌스트로드 교장은 진지한 모습으로 고개를 끄덕거렸다.

"단지 제 가슴이 너무 빈약해서 그렇게 보이고 싶지 않기 때문이에요. 아시겠지요?"

"그래 잘 알겠다." 벌스트로드 교장이 말했다.

"네가 얘기하는 요점도 이해 가고. 하지만 말이야, 이 학교에서는 너도 다른 영국인 여학생들 중 하나여야 되는데, 영국 여자아이들은 열다섯 살을 여자로 취급하지 않는 경우가 많단다. 난 이 학교 학생들이 수수한 화장을 하고 자신의 성장단계에 맞는 복장을 하기를 바라고 있단다. 네 경우엔 파티에 나간다거나 런던에 갈 때의 옷차림에만 그 브래지어를 하면 어떨까 생각하는데. 학교 내에서 늘 착용하는 것은 안 된다. 학교에서는 운동이나 경기를 많이 하기 때문에, 편하게 움직일 수 있도록 몸을 자유롭게 해둘 필요가 있거든."

"너무 많아요—뛰거나 달리는 것 말이에요."

샤이스타는 부루퉁해서 말했다.

"게다가 경기도 많고요. 전 스프링거 선생님이 싫어요. 늘, '더 빨리, 꾸물거리지 말고.'라고해요. 전 아주 지쳐버리고 만다고요."

"샤이스타, 이제 그만 해둬라."

벌스트로드 교장이 권위 있는 목소리로 타이르듯이 말했다.

"네 집안사람들은 영국의 관습을 배우게 하려고 너를 이 학교에 보내신 거야. 모든 운동은 너의 안색을 좋게 하고, 또 너의 가슴을 발달시키기 위해서도 아주 도움이 될 거란다."

샤이스타를 돌려보내고 그녀는 흥분해 있는 존슨 선생에게 미소를 지었다.

"정말 저 아이는 이제 완전히 성숙했어요. 보기에 스물을 넘겼다고 해도 좋을 정도예요. 사물에 대해 느끼는 것도 그 정도 수준이고. 예를 들어 줄리아 업존 같은 또래 정도로 느끼기를 바라는 것은 무리예요. 지적으로는 줄리아가 샤이스타보다는 훨씬 앞서 있다고는 해도, 육체적으로 그 아이는 아직 어린애 놀이복을 입혀도 좋을 정도이니까."

"모두가 줄리아 업존처럼만 해주면 좋겠어요." 존슨 선생이 말했다.

"난 그렇게 생각지 않아요."

벌스트로드 교장이 힘주어 말했다.

"모두 똑같은 여자아이들뿐인 학교라면 정말 따분하기 그지없을 테니까."

따분함. 그녀는 성서에 관한 논문을 채점하면서도 그것에 대해 계속 생각했다. 아까부터 그 단어가 머릿속에 맴돌고 있었던 것이다. 따분함이라……

그녀의 학교에 없는 것이 하나 있다면 그것은 따분함이라는 것이었다. 교장으로서 전 생애를 통해 그녀는 한 번도 따분함을 느껴본 적이 없었다. 예기치 못한 위기, 학부형과 학생들과의 감정상태의 어긋남, 고용인들의 반항 등. 늘 극복해야만 할 어려움이 있었다. 그녀는 늘 발단단계일 때 재앙에 대처했고, 또 재앙을 승리로 이끌었다. 모든 게 자극적이기도 했고 흥분을 야기시키기도 했으며, 더없이 해볼 만한 일이었다. 그래서 그런 까닭으로 지금도 결심은 굳혔으면서도 학교를 떠나지 못하고 있는 것이다.

그녀는 건강도 아주 좋아 채디와(그 충실한 채디!) 함께 몇 안 되는 학생을 모아 비범한 선견지명을 갖고 있었던 어떤 은행가의 후원을 얻어 이 대사업을 시작할 당시 그대로의 상태라고 해도 좋을 정도로 지칠 줄 몰랐다.

학문적인 우수성 면에서는 채디가 그녀보다 나았으나, 이 학교가 전 유럽에 알려질 정도로 유명하게 될 만큼 계획을 세우고 그것을 실행에 옮기는 등 빠른 두뇌회전을 보인 것은 그녀였다. 그녀는 늘 시험 삼아 해보는 것을 두려워하지 않았으나, 채디는 착실하게 흥분하는 일 없이 자신이 알고 있는 것을 가르치는 것만으로 만족해했다.

채디의 최고의 업적은 항상 충실한 방패막이로서 가까이 있으면서 도움이 필요할 때에는 재빨리 구원의 손길을 뻗쳐주는 것이었다. 이번 학기가 시작되던 날의 레이디 베로니카 경우처럼. 그녀의 충실함을 바탕으로 했기에 이 정도의 자극적인 대건축물이 세워질 수 있었던 것이라고 벌스트로드 교장은 생각했다. 어쨌든 물질적인 면에서는 이 두 여성 모두 학교 덕분에 멋지게 살아왔다. 지금 그녀들이 은퇴한다고 해도 둘 다 여생을 편하게 보낼 정도의 수입은 보장되어 있다고 해도 좋다.

내가 은퇴할 경우 채디도 은퇴하고 싶어 할까? 벌스트로드 교장은 생각해 보고 말고 할 것도 없는 그런 생각을 해보았다. 그녀는 그만두려고 하지 않을 거야. 그녀에게는 이 학교가 자신의 집과도 같을 테니까. 그녀는 계속해서 충실하게 신뢰받을 수 있는 인간으로서 내 후계자의 버팀돌 역할을 해주겠지.

그런 연유로 해서 벌스트로드 교장은 결심을 굳혔던 것이다—후계자를 세워야만 한다. 처음에는 자신과 함께 학교행정을 보다가 나중에는 혼자 할 수 있도록 해주는 것이다. 물러날 때를 안다는 것, 이것은 인생에서 정말로 필요한 것 중 하나다. 자신의 힘이 쇠약해지기 시작해 확실한 파악이 어려워지기 전에, 그리고 조금이라도 진부해지고 노력의 한계에 부딪치는 걸 느끼기 전에 물러나는 것이다.

벌스트로드 교장은 논문의 채점을 마치고 업존이라고 하는 학생이 독창적인 두뇌의 소유자라는 사실을 마음에 새겼다. 제니퍼 서트클리프는 상상력이 결여되어 있으나, 드물 정도의 사실파악 능력을 보여주었다. 물론 메리 바이스는 장학생반이다—놀라울 정도의 기억력을 가지고 있었다. 그렇다고는 해도 얼마나 따분한 여학생인가! 따분함—또다시 그 단어가 튀어나왔다.

벌스트로드 교장은 그 단어를 머리에서 떨쳐버리고 비서를 불렀다.

그녀는 편지를 받아쓰게 했다.

밸런스 부인

제인 양이 귀에 병이 생겼습니다. 의사의 진단서를 동봉합니다—.

본 아이젠거 남작님

오페라에서 헬스턴이 아이솔다 역을 맡을 경우에 헤드위그 양을 보내도록 분명히 선처할 수 있을 것 같습니다—.

한 시간이 눈 깜짝할 사이에 지나갔다. 벌스트로드 교장은 말이 막히는 경우가 좀처럼 없었다.

앤 샤플랜드는 원고지에 계속 써내려갔다.

정말 좋은 비서라고 벌스트로드 교장은 마음속으로 생각했다.

베라 로리머보다 훨씬 나았다. 베라는 성가신 여자였다. 갑자기 일을 내동

댕이치기도 했지. 신경쇠약이라고 본인은 말했었다. 남녀관계가 잘못된 게 틀림없어. 대개가 남자 문제이니까.

벌스트로드 교장은 체념했다는 듯이 그런 식으로 생각했었다.

"이것이 전부야."

마지막 말을 받아쓰게 하고는 벌스트로드 교장은 휴 하고 한숨을 내쉬었다.

"시시한 일에 시간을 너무 많이 낭비했어." 그녀가 말했다.

"학부형에게 편지를 쓰는 것은 개에게 먹이를 주는 것과 같아. 입을 벌리고 기다리고 있는 하나하나의 입에 상투적인 문구를 집어넣으니까."

앤은 웃었다. 벌스트로드 교장은 호감어림 눈초리로 그녀를 쳐다보았다.

"앤 양은 어떻게 비서 일을 하게 되었지?"

"저도 잘 모르겠어요. 별로 이렇다 하게 특별히 좋아하는 것도 없었고, 대개 누구나가 쉽게 힘들이지 않고 뛰어들 수 있는 종류의 일이라서요."

"단조로운 일이라고는 생각지 않나?"

"전 이제까지 운이 좋았다고 생각해요. 꽤 다양한 일을 해왔거든요. 고고학자 머빈 토드헌터 경과 1년간 일했었고, 그다음에는 셸 석유회사 앤드류 피터 경 밑에서 일했었지요. 오랫동안 여배우 모니카 로드의 비서를 지낸 적도 있고요—그것은 정말 열광적이었지요!"

그녀는 회상에 젖어 미소를 지었다.

"오늘날의 앤 양 또래 여성들에게는 그런 경향이 많지. 늘 갈팡질팡하며 자꾸 직업을 바꾸곤 하거든."

벌스트로드 교장은 불만스럽다는 투로 말했다.

"사실 전 어떤 일도 길게 할 수가 없는 형편이에요. 저에겐 병든 어머니가 계시거든요. 가끔, 약간이라도 거동이 어렵게 되면, 그때에는 제가 집으로 가서 돌봐 드려야만 해서 말이에요."

"그랬었군."

"그렇다고는 해도 저에게는 직업을 자꾸 바꾸는 경향이 없지 않아 있는 듯해요. 무엇을 계속해서 하는 소질이 없나 봐요. 직업을 바꿔보는 것이 훨씬 따분함을 덜어주는 것같이 생각되거든요."

"따분함……."

또다시 그 치명적인 단어에 맞닥뜨리자 깜짝 놀라면서 벌스트로드 교장은 중얼거렸다.

앤은 놀라 그녀의 얼굴을 쳐다보았다.

"신경 쓰지 말아요." 벌스트로드 교장이 말했다.

"가끔 단어 하나가 계속 입에 맴돌아서 그러는 거니까. 당신이 교사가 되었다면 어땠을까?"

그녀는 약간 호기심을 갖고 물어보았다.

"아마 끔찍했을 거예요." 앤은 솔직하게 말했다.

"왜?"

"지독히 따분한—어머, 죄송해요."

그녀는 당황해 하며 말을 멈추었다.

"가르친다는 것은 그렇게 따분한 일이 아니에요."

벌스트로드 교장이 힘주어 말했다.

"요즘 세상에 이 정도로 자극적인 일은 없을걸. 난 은퇴하면 얼마나 허전할까 생각하는데."

"하지만 정말로—." 앤은 그녀의 얼굴을 쳐다보았다.

"은퇴하려고 생각하시는 거예요?"

"이미 결정했어요—그렇게 하기로. 하긴 아직 1년 정도는—아니면, 2년 정도는 더 맡긴 하겠지만."

"그런데—왜 그러시죠?"

"난 학교에 최선을 다했으니까—그리고 학교에서도 내 최선이 받아들여졌고. 난 차선은 원치 않거든."

"학교는 계속하실 거잖아요?"

"물론이지. 좋은 후계자도 있으니까."

"밴시타트 선생님인가요?"

"앤 양도 기계적으로 그 사람이라고 생각하고 있나 보지?"

벌스트로드 교장은 날카로운 시선으로 앤을 쳐다보았다.

"흥미 있는 일이로군—."

"실은 그것에 대해 생각해 본 것은 아니에요. 그저 선생님들이 하는 이야기를 주워들었을 뿐이에요. 하지만 그분이라면 훌륭히 해내실 거라고 생각해요—교장선생님 전통대로요. 그리고 빼어난 용모에다, 당당한 모습이고요. 그런 것도 중요하잖겠어요?"

"그거야 그렇지. 그래요, 엘리노어 밴시타트라면 정말 걸맞은 인물이야."

"그분이라면 교장선생님이 못다 하신 부분부터 계속해서 하실 거예요."

앤은 이렇게 말하면서 자기의 물건들을 정리했다.

그런데 난 그것을 바라고 있는 것일까? 앤이 나가고 난 다음 벌스트로드 교장은 마음속으로 혼자 생각했다. 내가 못다 한 부분부터 계속 이어주기를?

분명 엘리노어 밴시타트라면 그렇게 할 것이다! 그러나 전혀 새로운 시도 없이는 혁명적인 일은 아무것도 할 수 없어. 내가 메도뱅크를 지금과 같은 학교로 육성시킨 것은 그런 방식이 아니었어. 난 모험을 무릅썼지. 많은 사람을 아연실색케 하기도 했었어. 마구 으스대기도 했고, 남을 감언이설로 속이기도 했으며, 다른 학교의 양식에 따르는 것을 거부하기도 했지. 지금도 이 학교가 그 방침에 따라주기를 난 바라고 있는 것은 아닐까? 누군가가 이 학교에 새로운 생명을 불어넣어 주기를. 누군가 정력적인 개성의 소유자가…….

예를 들어—그래, 아일린 리치같이. 하지만 아일린 리치는 나이가 아직 어리고 경험도 충분치가 않아. 그렇다고는 해도 학생들을 자극시켜 열심히 공부시키는 재능을 가지고 있고, 여러 가지 착상을 잘 해내기도 하지. 그녀라면 결코 따분한 인간은 만들지 않을 거야—바보 같긴. 이런 생각은 머리에서 지워버려야만 해. 엘리노어 밴시타트도 따분한 사람은 아니야…….

채드윅 선생이 들어오자 그녀는 얼굴을 들었다.

"오, 채디. 마침 들어와 줘서 정말 기뻐!"

채드윅 선생은 좀 놀란 듯한 모습이었다.

"왜 그래? 무슨 일이라도 일어났어?"

"문제는 나에게 있어. 내 자신이 내 마음을 모르겠는 거야."

"당신답지 않은 말이로군."

"아, 그래? 이번 학기는 잘 진행돼 가고 있나, 채디?"

"그래, 아주 잘 돼가고 있다고 생각해."

채드윅 선생의 말은 좀 확신 없는 투로 들렸다.

벌스트로드 교장이 재빨리 따지듯 물었다.

"어떻게 된 거야? 숨기지 말고 얘기해 줘. 뭐 심상치 않은 일이라도?"

"아니야. 정말 아무것도 아니야. 그저—."

채드윅 선생은 이마에 주름살을 지었으며, 마치 당혹스러워하는 불도그처럼 보였다.

"그저 느낌이야. 정말 딱 집어 말할 수 있는 게 하나도 없어. 신입생들은 모두 호감 가는 학생들처럼 보이고. 난 블랑슈 선생님에게는 그다지 호감이 가질 않아. 그렇게 말한다면 데퓌이 선생에게도 마찬가지긴 하겠지만. 그녀는 교활하거든."

벌스트로드 교장은 이 비판에는 크게 신경을 쓰지 않았다. 채디는 늘 프랑스인 선생을 교활하다고 비난하는 경향이 있었기 때문이다.

"훌륭한 교사는 아니지." 벌스트로드 교장이 대꾸했다.

"정말 의외일 정도야. 추천장은 그렇게 훌륭한데 말이야."

"프랑스인은 가르친다는 것이 불가능해. 전혀 규율을 지키지 못하거든."

채드윅 선생이 말했다.

"그리고 스프링거 선생도 그다지 큰 인물은 아니야! 그저 멋대로 이리저리 뛰어 돌아다니기만 하니, 이름만이 아니라 성질까지도 스프링거(뛰는 사람)같이……."

"그래도 본직(本職)은 훌륭하지."

"그건 그래. 일류거든."

"신임교사들은 늘 불안한 느낌을 갖게 한단 말이야."

벌스트로드 교장이 말했다.

"그건 그래."

채드윅 선생도 진지하게 동의를 표했다.

"그저 그것뿐이야. 그런데 이번에 새로 온 정원사는 아주 젊던데? 요즈음엔

흔치 않은 일이야. 정원사라고 하면 노인일 것이라고 생각할 정도인데 말이야. 유감스럽게 얼굴도 아주 잘생겼어. 우리들이 경계의 눈초리로 살펴야 할 거야."

두 여선생은 정말 그래야 되겠다는 듯이 고개를 끄덕거렸다.

그녀들은 잘생긴 청년이 사춘기의 여자 아이들에게 미칠 파괴적인 영향을 누구보다도 잘 알고 있었기 때문이었다.

제7장

조짐

1

"그렇게 못하지는 않았군. 서툰 솜씨는 아닌걸."

브리그스 노인은 마지못해 하며 칭찬의 말을 했다. 그는 새로 온 조수가 해놓은 작업을 점검하며 평가를 해주고 있는 중이었다. 그런데 젊은 사람을 너무 자만하게 만들면 좋지 않겠다고 그는 생각했다.

"자, 잘 들어두게." 그는 말을 계속했다.

"일을 급하게 해치우려고 하면 안 돼. 침착하게 하라는 얘길세. 침착하게 해야만 일이 잘 되거든."

청년은 노인이 일하는 속도에 비해 자기의 작업속도가 너무 눈에 두드러지는 것이라고 이해했다.

"그런데 여기에는 죽 멋있는 애스터(까실쑥부쟁이 과의 식물)를 심으려고 하네." 브리그스 영감이 계속해서 말했다.

"그 여자는 애스터를 싫어하지만, 그건 신경 쓰지 않아. 여자들은 변덕이 심하긴 하지만 이쪽이 모르는 척하면 십중팔구는 그쪽도 마음에 두지 않거든. 비록 그 여자는 신경이 예민한 편이긴 하지만 말이야. 이 정도의 학교를 운영하고 있으니 일로 머리가 꽉 차 있을 걸세."

브리그스의 이야기 중에 자주 나오는 '그 여자'라는 말이 벌스트로드 교장을 가리킨다고 하는 것은 아담도 알았다.

"그런데 바로 전에 자네와 얘기한 사람은 누구인가?"

브리그스는 의심스럽다는 듯이 물었다.

"자네가 육묘장에 대나무를 가지러 갔을 때 말이야."

"아, 예, 여기 학생이에요." 아담이 대답했다.

"아, 그래? 혹시 두 이탈리아 여자에게 말려들지 말게. 난 경험이 있거든. 나도 1차대전 당시에 이탈리아 여자와 알고 지낸 적이 있었는데, 그때에 지금처럼 사정에 밝았더라면 더 주의했을 거야. 그래서 하는 말일세."

"별로 나쁜 짓을 한 것도 아닌데."

아담은 일부러 부루퉁한 태도로 말했다.

"그 학생은 심심풀이로 꽃 이름을 한두 개 물어봤을 뿐인데요."

"그래도 조심하게. 자네는 학생들에게 말을 걸 처지가 아니니까. 그 여자에게 싫은 소리를 듣게 돼." 브리그스가 말했다.

"난 아무것도 나쁜 짓 한 게 없고, 해서는 안 될 말을 하지도 않았어요."

"내 말은 자네가 그랬다는 것이 아니야. 하나 여기에는 많은 젊은 여자들이 갇혀 있고, 주의를 딴 데로 돌려줄 미술선생조차도 없으니 하는 말일세. 어쨌든 주의하는 것이 좋을 거야. 그게 전부야. 어이, 그 늙은 여우가 오고 있군. 무슨 잔소리를 또 하려는 모양이지."

벌스트로드 교장이 잰걸음으로 다가오고 있었다.

"좋은 아침이에요, 브리그스. 좋은 아침이에요, 저—."

"아담입니다, 교장선생님."

"아 그래요? 아담, 이 밭을 아주 잘 갈았군. 브리그스, 저쪽 테니스 코트 철조망이 쓰러졌어요. 그것도 좀 고쳐줘야겠어요."

"잘 알겠습니다. 곧 가보지요."

"여기에는 뭘 심을 거죠?"

"글쎄요, 제가 생각하기엔—."

"애스터는 안 돼요. 폼폼 달리라—."

벌스트로드 교장은 끝까지 말을 하지 않고 이렇게 말하며 망설임 없이 벌떡 일어나서 가버렸다.

"와서 일만 시키고 가는군." 브리그스가 말했다.

"그래도 머리는 상당히 잘 돌아가네. 똑바로 일을 하지 않았다가는 금방 눈치채겠어. 그러니 내 말을 잊지 말고 조심하게. 이탈리아 여자건 다른 여자건 말이야."

"내게 뭐라고 하면 난 금방 그만둬 버릴 겁니다. 일자리는 얼마든지 있으니까요." 아담은 볼멘소리로 말했다.
"요즘 젊은 사람들은 모두 똑같군. 다른 사람의 말은 들으려고도 하지 않거든. 난 그저 조심하라고만 했을 뿐인데."
아담은 계속 부루퉁해 있다가 다시 일을 하기 시작했다.
벌스트로드 교장은 좁은 길을 따라 교사 쪽으로 돌아가고 있었다. 그녀는 얼굴을 약간 찡그리고 있었다.
밴시타트 선생이 반대쪽에서 오고 있었다.
"아주 더운 오후예요." 밴시타트 선생이 말을 걸었다.
"그래, 숨쉬기 어려울 정도로 덥군."
벌스트로드 교장은 또 얼굴을 찡그리며 말했다.
"밴시타트 선생은 그 청년에게서—그 젊은 정원사에게서 뭣 좀 눈치챈 게 있어?"
"아뇨, 별로."
"그 청년은 뭐랄까 좀 이상한 데가 있는 것 같아."
벌스트로드 교장이 생각에 잠겨 말했다.
"이 부근에서 흔히 볼 수 있는 평범한 노동자는 아닌 것 같거든."
"아마 옥스퍼드 학생인데 용돈이 필요해 와 있나 보죠."
"얼굴도 잘생긴데다 학생들이 주목하고 있단 말이야."
"늘 문제로군요."
벌스트로드 교장은 싱긋 웃었다.
"학생들을 자유롭게 해주는 것도 좋지만 경계도 아울러 하세요—이렇게 얘기하고 싶은 거 아니야, 엘리노어?"
"네, 그래요."
"우리는 잘 해내고 있어." 벌스트로드 교장이 말했다.
"정말 그건 그래요. 메도뱅크에서는 아직 한 번도 말썽이 일어난 적이 없지요?"
"한두 번은 문제가 있었지." 그녀는 이렇게 말하며 웃었다.

"학교를 운영하다 보면 한가한 때가 전혀 없어." 그녀는 계속 해서 말했다.
"엘리노어, 여기에서 무료함을 느껴본 적이 한 번이라도 있어?"
"아뇨, 전혀." 밴시타트가 대답했다.
"여기서의 일은 대부분 자극적이고 만족할 만해요. 이 정도의 위대한 사업을 이룩하신 데 대해서 선생님은 자부심과 행복을 느끼셔야 해요."
"나도 내 자신이 훌륭히 해냈다고는 생각해."
벌스트로드 교장은 생각에 잠겨 말했다.
"물론, 전부 처음 예상한 대로 되지는 않았지만……."
"저 엘리노어—." 그녀는 갑자기 어조를 바꾸었다.
"만일 내 대신 이 학교를 운영하게 된다면 어떻게 변화시켜 나갈 거지? 거리낌 없이 한번 말해 봐. 참고가 될 테니까."
"전 무엇 하나 변화시킬 생각이 없어요." 엘리노어 밴시타트가 말했다.
"이 학교의 정신도, 전체의 조직도 거의 완벽에 가깝다고 생각하거든요."
"똑같은 방침으로 해나갈 거라는 말인가?"
"물론 그래요. 이 이상의 훌륭한 방침이 있다고는 생각지 않으니까요."
벌스트로드는 잠시 침묵하고 있으면서 마음속으로는 이런 생각을 하고 있었다. 이 선생은 나를 기쁘게 해주기 위해 이런 말을 하는 것은 아닐까? 사람의 마음속은 알 수 없는 거니까. 몇 년을 가깝게 지냈지만, 분명 이 사람도 본심을 말하지는 않았을 거야. 조금이라도 창조적 감정을 가지고 있는 사람이라면 개혁을 시도해 보고 싶은 게 당연하니까. 그렇다고는 해도 입 밖으로 내서 말하는 것은 약삭빠른 게 아닐까 하고 생각할지도 몰라. 게다가 약삭빠르다는 것은 대단히 중요한 것이기도 해. 학부형과 학생들과 교사들을 다루는 데에도 중요하거든. 엘리노어는 확실히 약삭빠른 면을 지니고 있어.
그녀는 소리 높여 이렇게 말했다.
"하지만 시정해 나갈 필요가 항상 있는 거잖아, 그렇잖아? 사상이나 생활조건 전반에 걸친 변화와 함께 말이야."
"예, 그래요." 밴시타트가 말했다.
"사람은 일반적으로 말하듯이 시대변천과 함께 변해 가야만 하는 거니까요.

하지만, 호노리아 선생님, 이곳은 선생님의 학교고, 선생님이 이 학교를 지금 처럼 만드셨고, 선생님의 전통이 이 학교의 진수(眞髓)로 되어 있어요. 전통은 대단히 중요한 거라고 생각하는데요, 그렇지 않은가요?"

벌스트로드 교장은 뭐라고 대답할 수가 없었다. 그녀는 이제 막 결정적인 말을 하려던 차에 주저하게 되고 말았던 것이다. 공동경영의 제안이 공중에 붕 떠버리고 말았다.

밴시타트도 바른 행실 때문에 모르는 척하고 있기는 하지만, 그것을 분명 의식하고는 있을 것이다. 벌스트로드도 왜 자신이 그 말을 입 밖에 내기를 주저하고 있는 건지 자신도 잘 몰랐다. 왜 나는 태도를 분명히 하지 않을까? 어쩌면 지배력을 상실하는 것이 싫어서 그러는 건 아닐까? 이렇게 생각하니 자기 자신이 비참한 느낌마저 들었다. 물론 내심으로는 학교에 머물러 있고 싶고 학교를 계속 경영해 나가고 싶었다. 하지만 엘리노어만큼 훌륭한 후계자가 또 있을까? 그렇게 의지가 되고, 그렇게 신뢰할 수 있는 사람이? 물론 신뢰할 수 있다는 점에서는 채디도 마찬가지다—그렇게 신뢰할 수 있는 사람은 없을 정도로. 그렇지만 유명한 학교의 교장으로서의 채디는 결코 상상할 수가 없었다.

"나는 도대체 무엇을 원하고 있는 것일까?" 그녀는 혼자 중얼거렸다.

"에이, 속상해! 지금까지 내 결점 중에 우유부단이라는 것은 없었는데—."

멀리서 종이 울렸다.

"제가 맡은 독일어 시간입니다." 밴시타트 선생이 말했다.

"가봐야겠어요."

그녀는 빠르고 위엄 있는 발걸음으로 교사 쪽을 향해 걸어갔다. 벌스트로드 교장도 천천히 그 뒤를 따라 가다가 옆 골목길에서 급하게 뛰어나오던 아일린 리치와 하마터면 부딪칠 뻔했다.

"어머, 교장선생님, 죄송해요. 미처 보질 못해서요."

변함없이 단정치 못하게 묶은 머리가 흐트러져 있었다. 벌스트로드는 새삼스럽게 이 기묘하고 정열적이며 사람을 끄는 듯한 면이 있는, 젊은 여선생의 못생겼으나 뼈대가 재미있게 생긴 얼굴을 주목했다.

"리치 선생도 수업이 있어?"

"네, 영어—."

"가르치는 것이 재미있나 보지?" 벌스트로드 교장이 물었다.

"가르치는 것을 무척 좋아해요. 이 세상에서 가장 흥미 있는 일이라고 생각하거든요."

"왜지?"

아일린 리치는 갑자기 딱 멈춰 섰다. 한 손으로 머리를 쓸어 올리며 골똘히 생각하는 듯 눈썹을 치켜세웠다.

"흥미 있는 질문이네요. 그러나 전 아직 진지하게 그 문제에 대해 생각해 본 것 같지 않아요. 사람은 왜 가르치는 것을 좋아할까? 그것은 자신을 훌륭한 사람으로 생각해 주길 바라서가 아닐까요? 아니, 아니에요, 그런 해석은 너무 가혹해요. 그것보다 낚시질과 같지 않을까요? 무엇을 낚게 될지, 무엇을 바다에서 건져 올리게 될지 이쪽에서는 알 수 없거든요. 그건 반응의 질 문제라고 생각해요. 반응이 왔을 때에는 그렇게 흥분될 수가 없어요. 자주 있는 일은 아니지만, 물론."

벌스트로드 교장은 그렇다고 고개를 끄덕거렸다. 역시 자신이 생각한 대로였다. 이 여자는 훌륭한 교사 자질을 가지고 있다!

"리치 선생도 머지않아 자신의 학교를 세우게 될 것 같군." 그녀가 말했다.

"네, 그렇게 되기를 바라고 있어요." 아일린 리치가 말했다.

"정말 그렇게 되기를 원해요. 제가 무엇보다도 좋아하는 일이니까요."

"이미 학교를 어떤 식으로 운영해 나갈 건지 생각이 다 있는 거 아냐?"

"생각은 누구나 다 있다고 봐요. 아마 그 생각도 대부분은 공상적인 것이기 때문에 완전히 실패로 끝나버리겠죠. 물론 하나의 모험이겠지만요. 하지만 인간은 그런 생각을 시도해 볼 수밖에 없어요. 저도 경험에 의해 배우거든요. 두려운 것은 타인의 경험에 의해서만은 해나갈 수 없는 거 아니겠어요?"

"실제로 그것만으로는 안 되지. 인생은 자신이 실수를 저질러 보는 수밖에 없으니까."

"인생에서는 그것도 괜찮은 거예요. 인간은 일어서서 다시 한 번 해볼 수 있어요."

양쪽으로 늘어져 있던 그녀의 양손이 꽉 쥐어졌다. 그녀의 표정도 굳어졌다. 그러더니 갑자기 그 표정이 풀어지며 웃음기가 돌았다.

"하지만 학교는 일단 무너져 버리면 그것을 일으켜 세워 다시 시작할 수 있는 게 아니잖아요?"

"만일 리치 선생이 메도뱅크와 같은 학교를 경영하게 된다면 어떤 개혁과 시도를 해나갈 생각이지?"

아일린 리치는 당황해 하며 쳐다보았다.

"그것은—그것은 어려워서 뭐라고 대답할 수가 없군요." 그녀가 말했다.

"결국 개혁을 해보고 싶다는 얘기구먼." 벌스트로드 교장이 말했다.

"주저하지 말고 생각을 한번 말해 봐요."

"인간은 늘 자기 자신의 생각을 실행하고 싶어 한다고 생각해요. 그 생각이 도움이 된다고는 말하지 않겠어요. 도움이 되지 않을지도 모르니까요."

"그렇다고는 해도 모험해 볼 가치가 있다는 거로군?"

"늘 모험은 한번 해볼 정도의 가치가 있는 게 아닐까요? 어떤 것에 대해서 충분히 강한 느낌을 받았을 때에 말이에요."

"리치 선생은 모험을 하면서 사는 것에 대해 반대하지는 않는군. 알았어요……." 벌스트로드 교장이 말했다.

"저는 늘 위험스런 생활을 해왔다고 생각해요."

그녀의 얼굴에 그림자가 스쳐갔다.

"전 이만 가봐야겠어요. 학생들이 기다리고 있어서요."

그녀는 종종걸음으로 가버렸다.

벌스트로드 교장은 우뚝 서서 그녀의 뒷모습을 지켜보았다. 그녀가 여전히 그렇게 생각에 잠겨 있을 때 채드윅 선생이 그녀를 찾으러 급하게 달려왔다.

"아! 여기 있었군. 여기저기 찾아 돌아다녔지. 앤더슨 교수에게서 방금 전화가 왔었는데, 다음 주 주말에 머러 양을 데리고 나가도 괜찮겠느냐는 거야. 그게 바로 교칙을 위반하게 되는 것이라는 건 알고 있지만 갑자기 멀리 가게 되었다고 하면서 말이야—어디라고 하더라, 아주르 바신이라고 하던 것 같던데."

"아제르바이잔(카스피 해 연안에 있는 소련 내 연방공화국 중 하나)." 하고 벌스트로드 교장은 기계적으로 말했으나 아직 머릿속으로는 자신의 생각을 이어나가고 있었다.

"아직 경험이 충분치 않아. 그 점이 모험이야." 그녀는 혼자 중얼거렸다.

"채디, 지금 뭐라고 했지?"

채드윅 선생은 용건을 다시 말했다.

"샤플랜드 양에게 이쪽으로 곧 다시 전화해 달라고 얘기하라고 하고서 당신을 찾으러 나왔지."

"허락한다고 하지 마. 이것은 특별한 경우라는 것을 알아야 돼."

벌스트로드 교장이 말했다.

채드윅 선생은 날카로운 시선으로 그녀를 쳐다보았다.

"호노리아, 무슨 걱정되는 일이 있나 보지?"

"그래, 난 내 마음을 잘 모르겠어. 이런 것은 나로서는 특이한 일이야—그 정도로 낭패스러워……. 내가 어떻게 하고 싶은지는 알고 있어. 하지만 경험이 결여되어 있는 사람에게 넘겨주는 것은 학교에 대해 공정치 않다는 느낌이 드는 걸 어떻게 해?"

"난 은퇴한다는 생각은 버리는 게 좋다고 생각해. 당신은 이 학교에 속해 있어. 메도뱅크는 당신을 필요로 하고 있다고."

"채디, 당신에겐 이 메도뱅크가 큰 의미를 가지지?"

"영국 어떤 곳에도 이런 학교는 없어. 우리들은, 당신이나 나나 이 학교를 창립한 데 대해 자부심을 가져도 돼."

벌스트로드 교장은 애정 어린 팔로 그녀의 어깨를 감싸 안았다.

"그건 그래, 채디, 당신에 대해 말한다면 당신은 내 삶에 있어서 큰 위안이었어. 메도뱅크에 관한 것은 무엇 하나 당신은 모르는 게 없지. 나에 못지않게 당신도 학교를 사랑하고 있고. 그건 중요한 거야."

채드윅 선생은 기쁨에 얼굴을 붉혔다. 호노리아 벌스트로드가 마음속에 있는 말을 한 것은 흔히 있는 일이 아니었기 때문이다.

2

"난 이런 지독한 것으로는 게임을 할 수가 없어. 너무 형편없어."

제니퍼는 절망해서 라켓을 내팽개쳤다.

"어머, 제니퍼, 넌 너무 투덜대는구나."

"밸런스 문제야."

제니퍼는 다시 라켓을 집어들고는 시험 삼아 흔들어 보았다.

"밸런스가 맞지 않아."

"내 낡아빠진 것보다는 그래도 훨씬 좋아."

줄리아는 자신의 라켓과 비교해 보았다.

"내 건 정말 스펀지 같거든. 자, 이 소리 한번 들어와."

그녀는 라켓의 줄을 퉁겨 팅 하고 소리를 냈다.

"라켓 줄을 갈려고 했었는데 엄마가 잊어버렸어."

"그렇더라도 나라면 이쪽 것을 가질래."

제니퍼는 그 라켓으로 한두 번 휘둘러보았다.

"난 네 것이 좋은 것 같은데. 이걸로라면 나도 공을 잘 칠 수 있을 것 같아. 너만 좋다면 바꾸고 싶은걸."

"그래 좋아, 바꾸자."

두 소녀는 각각의 이름이 쓰여 있는 작은 테이프를 떼어서 서로 바꾼 라켓에 다시 붙였다.

"다시는 절대 바꾸지 않을 거야." 줄리아는 경고하듯 말했다.

"내 낡아빠진 스펀지가 맘에 안 든다든가 하면 안 돼."

3

아담은 신나게 휘파람을 불면서 테니스 코트 주위에다가 철조망을 세우고 있었다. 실내경기장의 문이 열리면서 예의 그 쥐같이 생기고 체구가 작은 프랑스어 여선생 블랑슈가 얼굴을 내밀었다. 그녀는 아담의 모습을 보고는 깜짝 놀란 듯이 보였다. 그녀는 잠시 망설이더니 다시 안으로 들어갔다.

"저 여자는 도대체 뭘 하고 있었지?" 아담은 혼자 중얼거렸다.

블랑슈 선생이 조금 전과 같은 태도만 보이지 않았더라도 그녀가 뭘 하고 있을까 하는 의문은 생기지 않았을 것이다. 그런데 그녀는 그런 추측을 불러일으킬 정도로 불안한 모습을 하고 있었다. 이윽고 그녀는 다시 밖으로 나와 뒤로 해서 문을 닫고는 그의 옆을 지나가다가 멈춰 서서 말을 걸어왔다.

"아, 철조망을 수리하고 있군요."

"예, 선생님."

"여기에는 훌륭한 테니스 코트, 수영장, 실내경기장까지 있어요. 오, 스포츠! 영국 사람들은 스포츠를 무척 중시하고 있다지요?"

"예, 그럴 겁니다."

"테니스를 치세요?"

그녀는 평가라도 하려는 듯 지극히 여성스러운 유혹의 눈길로 그를 쳐다보았다.

아담은 여전히 그녀에게 의문을 갖고 있었다. 이 여자는 어딘지 메도뱅크 학교에 어울리지 않는 프랑스어 여선생이라는 느낌이 들었다.

"아니오." 그는 거짓말을 했다.

"전 테니스는 치지 않습니다. 칠 시간이 없어요."

"그럼, 크리켓(영국의 구기)을 하나요?"

"예, 그건 어릴 때에 했지요. 대부분 꼬마 녀석들이 합니다."

"난 이제까지 시간이 없어 둘러보지 못했어요." 앙젤 블랑슈가 말했다.

"오늘은 날씨도 좋고 해서 실내경기장을 둘러보려 한 거예요. 프랑스에서 학교를 경영하고 있는 친구에게 편지로 알려주려고요."

여전히 아담은 약간 의심이 남아 있었다. 쓸데없는 설명을 한다고 생각했다. 마치 실내경기장에 있었던 것을 변명하고 있는 것 같았다. 꼭 그럴 필요가 있는 것일까? 그녀는 이 학교 안이라면 어디든지 가고 싶은 곳에 갈 수 있는 완전한 권리를 갖고 있으니, 보조정원사에게 변명할 필요는 전혀 없었던 것이다. 그 때문에 그의 머릿속에서는 또다시 의문이 일기 시작했다. 도대체 이 젊은 여자는 실내경기장에서 무엇을 하고 있었던 것일까?

그는 뚫어지게 블랑슈 양의 얼굴을 쳐다보았다. 그녀에 대해서 좀더 자세히 알아두는 편이 좋을 것 같았다. 그의 태도는 의식적으로 기묘하게 변하고 있었다. 여전히 경의를 표하는 태도이긴 했으나 그다지 정중하지는 않았다. 그는 눈빛으로 '당신은 매혹적인 젊은 여성입니다.'라고 말하고 있었다.

"여학교에 근무하고 있으면 때로는 좀 무료하다는 느낌이 들지요?"

그가 말했다.

"네, 그래요. 그다지 재미있지는 않아요."

"그래도 쉬는 날도 있지 않습니까?" 아담이 말했다.

잠시 침묵이 흘렀다. 그녀는 깊이 생각하고 있는 것 같았다. 그런 모습을 보니 그는 약간 후회스럽다는 느낌이 들었으나, 그녀는 의식적으로 두 사람 사이의 거리를 벌리려는 듯했다.

"그래요, 난 충분한 휴식시간도 갖고 있죠." 그녀가 말했다.

"학교는 근무조건이 대단히 좋아요."

그녀는 고개를 약간 숙이고, "자, 그럼." 하고는 교사 쪽으로 걸어갔다.

"당신은 실내경기장에서 무슨 일을 꾸미고 있었지?"

아담은 혼자 중얼거렸다.

그는 그녀의 모습이 보이지 않을 때까지 기다렸다가 일에서 손을 놓고는 실내경기장으로 가서 안을 둘러보았다. 그가 보기에는 아무것도 달라진 것은 없는 듯했다.

"그래도 그 여자는 일을 꾸미고 있었던 게 틀림없어."

그는 혼자 중얼거렸다.

밖으로 다시 나오려는 순간 그는 생각지도 않게 앤 샤플랜드와 맞닥뜨렸다.

"교장선생님이 어디 계신지 혹시 모르세요?"

"교사로 돌아가셨을 텐데요. 방금 전에 브리그스 영감님과 얘기하셨었는데."

앤은 눈썹을 치켜세웠다.

"실내경기장에서 뭘 하고 있었어요?"

아담은 약간이긴 했지만 깜짝 놀랐다. 어, 꽤 의심이 많은 여잔데 하고 그는 생각했다. 그는 약간 무례한 목소리로 이렇게 말했다.

"좀 안을 둘러보려고 했습니다. 별로 나쁠 것도 없지 않습니까?"

"자신의 일이나 하는 것이 옳지 않나요?"

"테니스 코트 주위에 철조망을 세우는 일은 이제 조금만 더하면 끝납니다."

그는 돌아서서 뒤의 건물을 올려다보았다.

"이건 새로 지은 건물 아닙니까? 꽤 돈이 많이 들었겠는데요. 이곳 학생들은 뭐든지 최고의 것을 가지고 있군요?"

"학생들은 그만큼 돈을 내고 있어요."

"눈이 튀어나올 정도의 월사금 얘기군요."

그는 자신도 이유는 잘 모르겠으나, 이 여자를 기분 상하게 하고 귀찮게 해주고 싶다는 욕망을 느꼈다. 그녀는 항상 너무 쌀쌀맞고 너무 자신감에 차 있었다. 이 여자의 화난 모습을 보면 즐거울 거라고 생각했다.

하지만 앤은 그에게 그런 만족을 주지 않았다. 그녀는 그저 이렇게 말했을 뿐이다.

"철조망 세우는 일이나 빨리 끝내는 게 좋은 거예요."

그러고는 교사 쪽으로 돌아갔다. 중간쯤 가서 그녀는 걸음을 늦추고 뒤돌아보았다. 아담은 바쁘게 철조망 일을 하고 있었다. 그녀는 그 아담의 모습에서 눈길을 돌려 실내경기장 쪽으로 당혹스런 시선을 보냈다.

제8장

살인

1

허스트 세인트 시프리언 경찰서의 야근 담당이던 그린 경사가 하품을 하고 있을 때에 전화벨이 울렸다. 그는 수화기를 들었다. 잠시 뒤 그의 태도는 완전히 변했다. 그는 재빨리 메모지에 뭐라고 휘갈겨 쓰기 시작했다.

"예? 메도뱅크 학교라고요? 예—그리고 이름은? 스펠링을 말해 주십시오. S—P—R—I—N—G—그린게이지(자두)의 G입니까? E—R. 스프링거. 예, 알았습니다. 현장을 어지럽히지 마세요. 곧 사람을 그곳으로 보낼 테니까요."

이어서 그는 신속하면서도 조직적으로 지정된 절차를 밟아 일을 진행했다.

"메도뱅크 학교라고?"

보고가 켈시 경감 앞으로 왔을 때 그가 말했다.

"그곳은 여학교잖아? 누가 살해당했다고?"

"체육선생의 죽음이라—." 켈시는 생각에 잠겨 말했다.

"역 매점에 진열돼 있는 스릴러 책 제목 같군."

"어떤 자의 소행일까요?" 경사가 말했다.

"좀 이상한 사건입니다."

"아무리 체육선생이라도 연애 정도는 했을지도 모르잖나. 시체가 발견된 곳은 어딘가?"

"실내경기장이라고 합니다. 아마 비올 때 사용하는 체육관을 말하겠지요?"

"그러겠지. 체육관 속의 체육교사의 시체라. 뭐랄까, 스포츠적인 느낌이 충만한 범죄 같다는 느낌 안 드나? 그건 그렇고 총에 맞았다고 했나?"

"예, 그렇습니다."

"총은 찾았다고 하던가?"

"아뇨"

"흥미 있는 사건이군."

켈시 경감은 이렇게 말하며 부하를 모아 직무를 수행하기 위해 떠났다.

2

메도뱅크 학교에 도착하니 현관문이 열려져서 빛이 흘러나오고 있었고, 벌스트로드 교장이 친히 현관까지 나와 있었다. 이 부근의 사람들이 대개 그렇듯이 그도 그녀의 얼굴을 알고 있었다. 이 혼란과 불안의 순간에도 정말이지 벌스트로드 교장은 자신을 지키고 있었으며, 사태를 한 손에 파악하고 교직원들을 지휘하고 있었다.

"수사과 경감 켈시라고 합니다." 경감은 자기소개를 했다.

"켈시 경감님, 우선 무엇부터 시작하시겠습니까? 실내경기장에 가보시겠습니까, 아니면 전체 사정을 먼저 들으시겠습니까?"

"의사와 함께 왔으니까 의사와 제 부하 둘을 현장에 안내해 주십시오. 전 교장선생님과 잠시 얘기를 나누고 싶습니다만."

"알겠습니다. 제 방으로 가시지요. 로원 선생, 의사 선생님과 다른 분들을 안내해 주겠어요?" 그리고 그녀는 이렇게 덧붙여 말했다.

"이곳 의사에게 현장을 어지럽히지 않도록 지키게 했습니다."

"잘하셨습니다."

켈시는 벌스트로드 교장의 뒤를 따라 그녀의 방으로 들어갔다.

"시체를 발견한 사람은 누굽니까?"

"사감인 존슨 선생입니다. 학생 하나가 귀가 아프다고 해서 존슨 선생은 자지 않고 곁에서 돌보아주었답니다. 커튼이 다 쳐져 있지 않아 커튼을 치려고 일어섰는데, 새벽 1시라 불이 켜져 있을 리가 없는 실내경기장에서 불빛이 보인 겁니다."

벌스트로드 교장은 냉담하게 말을 마쳤다.

"그랬군요." 켈시가 말했다.

"존슨 선생님은 지금 어디에 계십니까?"

"여기에 있는데 만나보시겠습니까?"

"잠시 뒤에요. 자, 계속하십시오."

"존슨 선생은 채드윅 선생을 깨우러 갔습니다. 두 사람은 조사하러 가보기로 했지요. 두 사람이 옆문으로 나가려 할 때 총소리가 들렸기에 그들은 재빨리 실내경기장 쪽으로 달려갔습니다. 그곳에 가보니—"

경감은 말을 가로막았다.

"감사합니다. 벌스트로드 교장선생님이 말씀하신 대로 존슨 선생을 만날 수 있으면 그다음은 그분에게 직접 듣기로 하지요. 그전에 피해자에 대해서 듣고 싶습니다만."

"이름은 그레이스 스프링거라고 합니다."

"이곳에서 오래 근무했나요?"

"아닙니다. 이번 학기에 왔죠. 전에 있던 체육선생이 오스트리아로 가게 되어 사표를 냈거든요."

"그 스프링거 선생에 대해서는 전부터 알고 계셨습니까?"

"그 선생의 추천장은 훌륭했습니다." 벌스트로드 교장이 말했다.

"그렇다면 그것 말고는 개인적으로는 전혀 모르셨다는 얘기군요?"

"예, 그렇습니다."

"막연하게나마 이번 비극을 초래할 만한 의심 가는 점은 없으십니까? 그 선생은 불행했습니까? 뭐, 연애상의 골치 아픈 문제라도?"

벌스트로드 교장은 머리를 흔들었다.

"제가 아는 바로는 아무것도. 주제 넘는 말입니다만, 제가 보기엔 그런 일은 없는 듯합니다. 그런 여자가 아니었어요."

"사람이란 모르는 겁니다." 켈시 경감이 넌지시 말했다.

"자, 그럼, 존슨 선생을 데려올까요?"

"예, 괜찮으시다면 그분 얘기를 듣고 나서 그 체—아니, 뭐라고 하셨더라, 실내경기장이라고 하셨던가요?—거기에 가보죠."

"올해 새로 증축한 겁니다." 벌스트로드 교장이 말했다.

"장소는 풀장 옆인데 넓은 테니스 코트와 그 밖의 특별시설도 갖추고 있지요. 라켓 경기와 라크로스(캐나다의 국기인 하키 비슷한 구기), 하키 스틱도 넣어둘 수 있게 되어 있고, 수영복 건조실도 있습니다."

"스프링거 선생님은 밤중에 실내경기장에 갈 필요가 있었습니까?"

"그런 일은 전혀 없습니다."

벌스트로드 교장은 딱 잘라 말했다.

"자, 좋습니다, 교장선생님. 이제 존슨 선생님과 얘기하기로 하지요."

벌스트로드 교장은 방을 나가 사감을 데리고 다시 왔다. 존슨 선생은 시체 발견 뒤의 기분을 가라앉히기 위해 꽤 많은 양의 브랜디를 마셨다. 그 탓에 평소보다 약간 수다스러웠다.

"이쪽은 수사과 켈시 경감님." 벌스트로드 교장이 소개했다.

"엘스페스 선생, 정신 똑바로 차리고 벌어졌던 일을 상세히 얘기해 봐요."

"무서운 일이에요." 존슨 선생이 말했다.

"정말 무서워요. 이런 일은 내 생전 처음이에요. 정말로 처음이라고요! 믿을 수 없을 정도예요. 더구나 스프링거 선생이!"

켈시 경감은 민감한 남자였다. 어떤 이상한 낌새가 있거나 캐물을 필요가 있을 때에는 항상 그의 쪽에서 옆길로 벗어났다.

"그럼, 뭐랄까, 살해당한 사람이 스프링거 선생님이라는 것이 당신에게는 아주 이상하다는 말씀인가요?"

"네, 그래요. 그녀는 무척 강인한 여자였거든요. 그리고 기운도 셌고요. 강도 한두 명쯤은 혼자서도 거뜬히 붙잡을 수 있을 정도의 여자였으니까요."

"강도라고요? 흠." 켈시 경감이 말했다.

"실내경기장에는 뭐 훔쳐갈 만한 것이라도 있습니까?"

"글쎄요, 없어요. 없습니다. 물론 수영복이랑 스포츠 용구는 있지만요."

"좀도둑이나 가져갈 그런 물건들뿐이었군요." 켈시도 맞장구를 쳤다.

"문을 부수고 들어갈 정도의 물건은 없었던 모양이군요. 그런데 문은 억지로 열려 있었나요?"

"글쎄요, 실은 그런 걸 살펴볼 정신이 없었어요." 존슨 선생이 말했다.

"우리가 갔을 때에는 문이 열려져 있었고, 그리고—."
"억지로 열려 있지는 않았습니다." 벌스트로드 교장이 끼어들었다.
"아, 열쇠를 사용했다는 얘기로군요."
켈시는 존슨 선생의 얼굴을 보면서 이렇게 물었다.
"스프링거 선생님을 모두들 좋아했나요?"
"글쎄, 그건 좀 뭐라고 얘기할 수가 없군요. 그녀는 이미 죽은 사람이에요."
"그렇다면 선생님은 별로 좋아하지 않았군요?"
켈시는 존슨 선생의 미묘한 마음씀을 무시한 채 직감력 있게 말했다.
"아무도 그녀를 좋아했다고는 생각지 않아요." 존슨 선생이 말했다.
"아주 고압적인 태도의 소유자였으니까요. 다른 사람들 말에 아무렇지도 않게 거침없이 반대하곤 하던 사람이었어요. 하지만 대단히 유능했고 자신의 일을 아주 진지하게 생각했어요. 그렇지 않나요, 교장선생님?"
"그래요, 맞아요." 벌스트로드 교장이 대답했다.
켈시는 추적해 보려고 벗어났던 옆길에서 돌아왔다.
"자, 존슨 선생님, 사건의 자초지종을 있는 그대로 얘기해 주시지요."
"제인이라는 학생이 전부터 귀를 앓아왔는데, 통증이 심해져서 잠에서 깨어나 저 있는 곳으로 왔더군요. 전 치료를 좀 해주고 다시 침대로 데리고 가서 보니, 창의 커튼이 바람에 펄럭이고 아무래도 그곳에서 바람이 들어오는 듯했어요. 전 어젯밤만은 그 방의 창을 닫아두는 것이 좋겠다고 생각했습니다. 물론 학생들은 항상 창을 열어둔 채로 잠자리에 들지요. 외국에서 온 학생들은 가끔 불평을 하지만 전 항상—."
"그런 것은 지금 아무래도 상관없어요." 벌스트로드 교장이 주의를 주었다.
"이 학교의 건강관리에 관한 일반원칙 같은 것은 켈시 경감님에게는 흥미 없는 일일 테니까."
"아, 그렇겠군요." 존슨 선생이 말했다.
"어쨌든 지금도 말씀드렸듯이 창을 닫으려고 가보니 놀랍게도 실내경기장에서 불빛이 보이는 거였습니다. 아주 분명한 불빛이었기에 제가 잘못 봤을 리는 없지요. 더구나 그 불빛이 움직이고 있는 듯했거든요."

"결국 전등이 켜져 있었던 것이 아니고 손전등 같은 불빛이었다는 건가요?"
"네, 네. 틀림없었어요. 저는 곧, '어머, 누군지 몰라도 이런 밤중에 무엇을 하고 있는 거지?'라고 생각했습니다. 물론 강도일 거라고는 생각지 못했지요. 그런 것은 경감님도 방금 말씀하셨듯이 너무 엉뚱한 생각이거든요."
"무엇이라고 생각하셨습니까?" 켈시가 물었다.
존슨 선생은 벌스트로드 교장을 흘끗 보았다.
"글쎄요, 별로 뚜렷하게 생각이 떠오른 것 같지는 않아요. 다시 말해 아무런 상상도 할 수 없었던 것 같아요—."
벌스트로드 교장이 끼어들었다.
"아마 존슨 선생은 우리 학생 하나가 살며시 다른 사람하고 만나려고 가 있는지도 모른다고 생각했을 거예요. 그렇지요, 엘스페스 선생?"
존슨 선생은 숨이 찼다.
"네, 그래요. 잠깐 동안은 그런 생각도 들었답니다. 이탈리아인 학생이 아닐까 하고요. 영국 여학생에 비해 외국인 학생은 훨씬 조숙해서요."
"그렇게 편협하게 얘기하면 안 돼요." 벌스트로드 교장이 말했다.
"영국인 학생들도 어울리지 않는 밀회를 한 적이 여러 번 있었잖아요. 당신 머리에 그런 생각이 떠오른 것은 아주 자연스러운 것이고, 나 역시 그랬을 거예요."
"얘기를 계속하시죠." 켈시 경감이 말했다.
"그래서 전 채드윅 선생님에게 말씀드려서 같이 가보자고 하는 게 가장 좋겠다고 생각했답니다."
"왜 채드윅 선생님인가요?" 켈시가 물었다.
"특별히 그 선생님을 택한 이유라도?"
"그건, 벌스트로드 교장선생님께 걱정을 끼치고 싶지 않아서였어요."
존슨 선생이 말했다.
"벌스트로드 교장선생님께 걱정을 끼치고 싶지 않을 경우에는 채드윅 선생님에게 얘기하러 가는 것이 일종의 관습처럼 되어 있거든요. 채드윅 선생님은 오래전부터 여기 계셨고 경험도 많으시니까요."

"아무튼 선생님은 채드윅 선생님을 깨우러 갔다 그거죠?"

"네, 그분도 가볼 필요가 있다고 하는 제 의견에 찬성하셨답니다. 옷을 갈아입을 시간조차 없었기에 스웨터와 오버를 걸쳐 입고 옆문으로 나갔지요. 바로 그때였어요. 막 골목길로 접어들려고 하는데 실내경기장에서 총소리가 들렸어요. 그래서 우리는 힘껏 골목길로 뛰어갔지요. 바보스럽게도 손전등을 갖고 가는 것을 잊어 어디를 뛰어가고 있는 건지 알 수 없을 정도였어요. 한두 번 넘어지면서도 무척 빠르게 뛰어갔어요. 문은 열려 있더군요. 우리가 스위치를 넣어 전등을 켜보니—."

켈시가 말을 가로막았다.

"그럼, 선생님들이 가셨을 때에는 불빛이 보이지 않았군요? 손전등이나 그 밖의 어떤 불빛도 말입니다."

"네, 안은 깜깜했어요. 전등을 켜보니 그녀가 있더군요. 그녀는—."

"예, 됐습니다." 켈시 경감이 친절하게 말했다.

"그 밖의 설명은 필요 없습니다. 나도 이제 거기에 갈 거니까 가서 직접 보지요. 혹시 뛰어가는 도중에 누구하고 만나지는 않으셨습니까?"

"네."

"도망치는 발소리도 듣지 못하셨습니까?"

"네, 전혀 아무 소리도 듣지 못했어요."

"교사에 남아 있었던 선생님들 중에 혹시 총소리를 들은 사람은 없습니까?"

켈시는 벌스트로드 교장을 보고 물었다.

그녀는 머리를 흔들었다.

"없습니다. 제가 아는 바로는 지금까지 들었다고 하는 사람은 아무도 없습니다. 실내경기장은 꽤 떨어져 있고, 총소리가 주의를 끌 만했는지 어땠는지 의심이 갑니다."

"실내경기장 쪽을 향해 있는 방이라면 어떨까요?"

"무리입니다. 일부러 들으려고 귀를 기울이고 있었다면 모르지만, 분명 잠을 깨울 정도의 큰소리는 아니었던 것 같아요."

"자, 감사했습니다." 켈시 경감이 말했다.

"이제 실내경기장에 가보도록 하지요."

"저도 같이 가겠습니다." 벌스트로드 교장이 말했다.

"저도 갈까요?" 존슨 선생이 물었다.

"괜찮으시다면 가겠습니다. 일을 회피하는 것은 좋지 않잖아요. 늘 생각하는 거지만 사람은 어떤 일이 벌어지면 그것에 직면해야만 하고, 또—."

"감사합니다만 그럴 필요는 없습니다." 켈시 경감이 대답했다.

"이 이상 더 선생님을 긴장시켜 드리고 싶지 않으니까요."

"정말 무서운 일이에요." 존슨 선생이 말했다.

"전 그녀를 그다지 좋아하지 않은 만큼 더욱더 견딜 수가 없어요. 사실 바로 어젯밤에도 휴게실에서 논쟁을 벌였었거든요. 전 체육도 도가 지나치면 결과가 좋지 않은 경우도 있다고(바로 신체가 허약한 학생에게는요) 주장했답니다. 그랬더니 스프링거 선생은 당치도 않은 소리라고 하더군요. 그런 학생에게야말로 체육이 필요한 거다, 맹렬히 훈련시켜 새로운 여자로 만들어내야 한다고 하지 뭡니까? 그래서 제가 그랬지요. 당신은 뭐든지 다 잘 알고 있는지는 모르지만, 실제는 그런 게 아니라고요. 뭐라고 해도 난 전문교육을 받은 사람이고 허약한 신체나 병에 대해서는 스프링거 선생보다도 훨씬 많은 지식을 갖고 있다고 말입니다—하기야 평행봉이나 안마, 테니스 따위를 가르치는 일이라면 스프링거 선생은 뭐든지 알고 있겠지만요. 그런데 이런 일이 벌어지고 보니 그런 말은 안 했더라면 좋았을 걸 하는 후회가 들더군요. 사람은 어떤 무서운 일이 벌어지면 뒤에 가서 그런 식으로 느끼는 것 같아요. 전 정말로 제 자신을 나무라고 있어요."

"자, 거기에 앉아요." 벌스트로드 교장은 그녀를 소파에 앉혔다.

"가만히 앉아 쉬면서 하찮은 말다툼 같은 것에 대해서는 신경 쓰지 말아요. 모든 문제에 관해 서로 의견이 같다 보면 인생은 무료하기 짝이 없어지고 말아요."

존슨 선생은 소파에 앉아 머리를 흔들더니 하품을 했다. 벌스트로드 교장은 켈시의 뒤를 따라 복도로 나왔다.

"브랜디를 너무 많이 먹였나 봅니다." 그녀는 변명하듯이 말했다.

"좀 수다스러웠지요? 그래도 머리는 혼란스럽지 않은 것 같은데."

"예, 일어난 일에 대해 아주 확실히 설명하시더군요." 켈시가 말했다.

벌스트로드 교장은 교사의 옆문으로 안내했다.

"존슨 선생님과 채드윅 선생님이 나갔다던 문이 바로 여깁니까?"

"네, 여기서 만병초 사이로 난 골목길을 똑바로 가면 실내경기장 앞이 나오지요."

경감이 강력한 손전등을 갖고 왔기에 두 사람은 곧바로 지금은 전등이 환하게 켜 있는 건물에 다다랐다.

"훌륭한 건물이군요." 켈시는 실내경기장을 둘러보았다.

"상당히 비용이 많이 들었답니다." 벌스트로드 교장이 대답했다.

"우리들에게 그 정도의 여유는 있지요."

그녀는 태연하게 덧붙여 말했다.

열려 있는 문은 꽤 넓은 방으로 통하고 있었다. 거기에는 각각의 학생의 이름을 붙인 개인 사물함이 있었다. 방 한쪽 모퉁이에는 테니스 라켓 걸이와 라크로스 스틱 걸이가 놓여 있었다. 옆의 문은 샤워실과 옷 갈아입는 칸막이를 한 작은 방으로 통하고 있었다.

켈시는 안으로 들어가기 전에 잠깐 멈춰 섰다. 그의 두 명의 부하가 바쁘게 움직이고 있었다. 사진사는 막 사진촬영을 끝냈고, 열심히 지문채취를 하고 있던 또 한 사람이 올려다보며 말했다.

"똑바로 가로질러오셔도 괜찮습니다, 경감님. 이쪽 끝은 아직 조사가 끝나지 않았습니다만."

켈시는 시체 옆에서 무릎을 꿇고 조사하고 있는 경찰 쪽으로 다가갔다. 켈시가 다가가니 의사가 쳐다보았다.

"약 4피트(약 1.2m) 떨어진 지점에서 쏘았군." 켈시가 말했다.

"총알이 심장을 관통해서 즉사한 모양이군."

"예, 그렇습니다."

"죽은 지 얼마나 됐나?"

"대략 한 시간, 그 정도입니다."

켈시는 고개를 끄덕거렸다. 그는 주위를 천천히 거닐며 한쪽 벽에 집 지키는 개처럼 엄숙한 표정으로 기대 서 있는 키가 큰 채드윅 선생을 쳐다보았다.

50세 전후일 거라고 그는 판단했다. 수려한 이마, 완고해 보이는 입, 희끗희끗한 흐트러진 머리, 그러나 히스테리컬한 모습은 전혀 보이지 않았다. 평범한 일상생활에서는 그냥 보아넘길 존재일는지 모르나, 이런 위기상황에서는 의지가 될 타입의 여자라고 그는 생각했다.

"채드윅 선생님이십니까?"

"예."

"선생님께서 존슨 선생님과 함께 시체를 발견하셨다죠?"

"예, 그때에도 그녀는 지금과 같은 상태였어요. 이미 숨은 끊어져 있었죠."

"시간은?"

"존슨 선생이 저를 깨웠을 때 시계를 보니 1시 10분 전이었습니다."

켈시는 고개를 끄덕거렸다. 존슨 선생이 얘기한 시간과 일치했다. 그는 생각에 잠겨 시체를 내려다보았다. 그녀는 빛나는 빨간 머리를 짧게 자르고 있었다. 얼굴에는 주근깨, 턱은 뾰족 튀어 나와 있었으며, 몸은 말랐고, 과연 여성 스포츠맨다운 몸매였다. 트위드 천 스커트에 두껍고 검은 스웨터를 입고 있었다.

"흉기는 있던가?" 켈시가 물었다.

부하 하나가 머리를 흔들었다.

"전혀 보이지 않습니다."

"손전등은?"

"한쪽 모퉁이에 하나 있었습니다."

"지문은?"

"있습니다만 피해자의 겁니다."

"그럼, 손전등을 갖고 있었던 사람은 이 여자였단 말이군."

켈시는 곰곰이 생각했다.

"그녀는 손전등을 갖고 나왔다—왜지?"

그것은 자신에게 하는 질문이기도 했고, 일부는 부하에게, 일부는 벌스트로드 선생과 채드윅 선생에게 하는 질문이기도 했다. 결국 그는 채드윅 선생에게 집중적으로 질문을 하려는 듯했다.

"혹시 짚이는 데라도?"

채드윅 선생은 머리를 흔들었다.

"전혀. 아마, 여기에 두고온 물건이 있어, 어제 오후나 저녁때라도 그것을 가지러 왔었는지도 모르지요. 그런데 한밤중이라 그것도 좀 이상해요."

"만일 그랬다고 한다면 꽤 중요한 물건이었을 겁니다." 켈시가 말했다.

그는 주위를 둘러보았다. 한쪽 구석의 라켓 걸이를 제외하고는 아무것도 흐트러진 흔적이 없었다. 라켓 걸이는 앞으로 세차게 잡아당긴 듯이 보였다. 라켓 몇 개가 바닥에 나뒹굴고 있었다.

"분명 그녀도 존슨 선생과 마찬가지로 여기에 불이 켜져 있는 것을 보고 살펴보러 왔을 거예요. 그렇게 생각하는 것이 제일 타당한 것 같습니다."

채드윅 선생이 말했다.

"아마 그랬겠지요." 켈시가 말했다.

"단 한 가지 아주 작은 의문은 남습니다만. 그녀는 혼자서 여기에 왔지요?"

"그랬지요." 채드윅 선생이 아무 주저 없이 대답했다.

"하지만 존슨 선생님은 선생님을 깨우러 갔었습니다."

켈시는 그녀의 주의를 환기시켰다.

"그거야 저도 알고 있지요. 저도 불빛을 보았다면 똑같이 행동했을 테니까."

채드윅 선생이 말했다.

"분명 벌스트로드 선생이나 밴시타트 선생을 깨웠을 거예요. 하나, 스프링거 선생은 틀려요. 자신감에 넘쳐 있었으니까요—오히려 혼자서 침입자를 붙잡으려고 했을 겁니다."

"한 가지 더 물어보고 싶은 게 있습니다만." 경감이 말했다.

"선생님께서 존슨 선생님과 옆문으로 나가셨을 때 말인데요, 그 문이 잠겨 있지 않았습니까?"

"네, 잠겨 있지 않았습니다."

"그렇다면 스프링거 선생이 잠그지 않은 채로 두었다는 거군요?"

"당연히 그렇게밖에 생각할 수 없지요." 채드윅 선생이 대답했다.

"그럼, 이렇게 추정이 되는군요." 켈시 경감이 말했다.

"스프링거 선생님은 이 우천시의 체육관(아니, 실내 경기장입니까?—그거야 뭐 아무래도 좋습니다만)에 불이 켜져 있는 것을 보고 살피러 왔다가 이 안에 숨어 있었던 누군가에게 살해당했다."

그는 입구에 우뚝 서 있는 벌스트로드 교장 쪽을 홱 돌아보았다.

"선생님께서는 이것이 이치에 맞는다고 보십니까?" 그가 물었다.

"이치에 맞는다고는 볼 수 없죠." 벌스트로드 교장이 대답했다.

"스프링거 선생은 여기서 불빛이 보여 혼자 살피러 왔었다. 그거야 충분히 있을 수 있는 일이겠지요. 하지만 그녀에게 들킨 사람이 총을 쏘았다는 것은 —그 점은 아무래도 이치에 맞지 않는 것 같아요. 만일 여기에 아무런 용무도 없는 사람이 숨어 있었다고 하면 도망치던가, 적어도 도망치려고 하는 것이 당연하지요. 권총을 갖고 한밤중에 이런 곳에 몰래 숨어들어올 사람이 어디 있겠어요? 그건 어처구니없는 얘기예요, 어처구니없어요! 여기에는 훔쳐갈 만한 물건이 아무것도 없으니까. 특히 사람을 죽여가면서까지 가져갈 만한 물건은요."

"결국 어떤 일로 밀회하는 현장을 스프링거 선생에게 들켰다고 생각하는 것이 타당하다는 얘기로군요?"

"그쪽이 자연스럽고 무엇보다도 타당한 설명이지요."

벌스트로드 교장이 말했다.

"그렇다고 해도 그것으로 역시 살인사건은 설명되지 않지요. 이곳 여학생들은 권총을 갖고 다니지 않고, 그 아이들이 만났을지도 모를 젊은 남자도 역시 권총을 가지고 있지는 않을 테니까."

켈시 경감도 그 점엔 같은 의견이었다.

"갖고 있었다 해도 기껏해야 자동으로 날이 튀어나오는 칼 정도겠지요."

그가 말했다.

"또 한 가지 경우도 생각할 수 있습니다." 그는 말을 계속했다.

"예를 들어 스프링거 선생이 남자와 만나러 나왔다가—."

갑자기 채드윅 선생이 킥킥거리며 웃었다.

"어머, 아니에요. 스프링거 선생은 아니에요." 그녀가 말했다.

"반드시 애인을 만나는 거라고는 할 수 없죠." 경감이 냉담하게 말했다.

"제 말은 이 살인은 계획적이고, 누가 스프링거 선생님을 죽이려고 여기서 만나기로 하고서 쏘아죽인 것이 아닌가 하는 얘깁니다."

제9장

비둘기 속의 고양이

1

제니퍼 서트클리프가 어머니에게 보낸 편지

엄마.

어젯밤 여기에서 살인사건이 일어났어요. 스프링거 체육선생님이 살해당하셨답니다. 한밤중에 벌어진 일인데 경찰이 오고, 오늘 아침에는 모두에게 무슨 말인가를 물어보러 다녔어요.

채드윅 선생님은 누구에게도 말을 해서는 안 된다고 했지만 엄마에게는 알려 드리는 것이 좋겠다고 생각했어요. 그럼, 안녕히 계세요.

제니퍼.

2

메도뱅크 학교는 저명한 학교인 만큼 경찰서장이 직접 진두지휘에 나섰다. 형식적인 조사가 계속되는 동안 벌스트로드 교장으로서도 손 놓고 그냥 있지는 않았다. 그녀는 개인적으로 친분이 있는 신문계의 거물과 내무상에게 전화를 걸었다. 이런 치밀한 공작 덕분에 이 사건은 신문에는 극히 작게 보도되었다. 어떤 여자 체육교사가 학교의 실내경기장에서 시체로 발견되었다. 사인은 총탄에 의한 것이다. 과실에 의해서인지 어떤지는 아직 확실치 않다. 이 사건에 관한 대부분의 기사는 거의 변명조였고, 마침 체육교사라고 하는 사람이 그런 상황에서 총에 맞았다는 것은 더할 수 없이 분별없는 행동이라는 듯이 일관되어 있었다.

앤 사플랜드는 학부형들에게 보내는 편지를 받아쓰느라고 바쁜 하루를 보냈다. 벌스트로드 교장은 학생들의 입을 막기 위해 시간을 낭비하지는 않았다. 그런 일은 해봐도 시간을 낭비하는 것밖에 안 된다는 것을 잘 알고 있었기 때문이다. 아무래도 얼마간은 탐탁지 않은 보고가 걱정하고 있는 부모님들과 보호자들에게 전해질 것이 뻔한 일이다. 그녀는 이번 사건에 관한 자신의 편견없고 조리 있는 설명이 학생들이 보낸 편지와 거의 동시에 배달될 수 있도록 하려고 생각한 것이다.

그날 오후 늦게 그녀는 경찰서장 스톤 씨, 그리고 켈시 경감과 함께 비밀회의를 열었다. 경찰 측도 신문에 될 수 있는 대로 사건이 가볍게 다뤄지는 것에 전면적으로 찬성했다. 그들로서도 아무런 방해 없이 비밀리에 조사를 진행시킬 수 있기 때문이다.

"벌스트로드 교장선생님, 이런 엄청난 일이 벌어져 정말 유감스럽게 생각합니다." 경찰서장이 말했다.

"학교 측에서도 정말 곤란하실 겁니다."

"그거야 어느 학교에 살인사건이 벌어졌다 해도 마찬가지겠지요."

벌스트로드 교장이 대답했다.

"하나 지금은 그런 말을 해도 아무런 소용이 없지요. 지금까지도 이런저런 어려움을 뚫고 나왔으니, 이번에도 잘 헤쳐나가리라 생각합니다. 제가 바라는 것은 한시라도 빨리 사건이 해결되는 것뿐입니다."

"물론 많은 시간은 안 걸릴 거라고 봅니다, 그렇지 않나?" 하고 말하면서 스톤은 켈시 쪽을 보았다.

켈시가 말했다.

"그 여자의 이전의 경력을 알면 도움이 될지도 모르겠습니다만."

"정말 그렇게 생각하세요?" 벌스트로드 교장이 냉담하게 되물었다.

"누군가가 그녀에게 원한을 품었을지도 모르니까요." 켈시가 넌지시 말했다.

벌스트로드 교장은 대답하지 않았다.

"교장선생님께서는 이 학교가 어떤 사건에 관계되어 있다고 생각하십니까?"

경찰서장이 물었다.

"실은 켈시 경감님도 그렇게 생각하고 계신답니다."

벌스트로드 교장이 말했다.

"그저 제가 염려스러워 말을 못하실 뿐이지요."

"전 메도뱅크 학교와 관계가 있는 사건이라고 생각하고 있습니다."

경감이 천천히 말했다.

"스프링거 선생님도 다른 선생님들과 마찬가지로 자유스럽게 그녀의 시간을 가질 수 있었으니까요. 그러니 누구와도 좋아하는 곳에서 만날 약속을 할 수는 있는 겁니다. 그런데 한밤중에 실내경기장을 택한 것은 아무래도 이상하지 않습니까?"

"벌스트로드 선생님, 학교 안을 수사해도 괜찮겠습니까?"

"괜찮고말고요. 권총인지 하는 것을 찾으시려고요?"

"그렇습니다. 외제 소형 권총 말입니다."

"외제?"

벌스트로드 교장이 생각에 잠긴 얼굴로 말했다.

"선생님께서 알고 계시기로 교직원이나 학생들 가운데 권총 같은 것을 가지고 있는 사람은 없습니까?"

"제가 아는 바로는 절대로 없습니다. 학생들 가운데는 아무도 없다고 확언할 수 있고요. 학교에 도착하면 바로 짐은 풀도록 되어 있으니까요. 그런 것이 있다면 눈에 띄었을 테고, 상당히 문제가 되었을 테죠. 하지만, 경감님, 그 점에 대해서는 경감님 마음대로 확인해 주세요. 오늘은 부하직원들이 교정을 수색하고 있는 것 같더군요."

경감은 고개를 끄덕거렸다.

"그렇습니다." 그는 계속해서 말했다.

"다른 선생님들과도 만나보고 싶습니다. 어느 분이 우리에게 단서가 될 만한 것을 스프링거 선생님에게서 들었을지도 모르니까요. 그렇지 않으면 그녀의 기묘한 태도에 관해 알고 있을지도 모르고."

그는 잠시 사이를 두었다가 다시 말을 계속했다.

"그 일은 학생들에게도 똑같이 해당될 수 있습니다."

벌스트로드 교장이 말했다.

"전 오늘 밤 기도 뒤에 학생들과 잠시 얘기를 나누려고 합니다. 스프링거 선생의 죽음에 관계가 있을지도 모를 일을 알고 있는 학생이 있으면 저한테 얘기하러 오도록 말해 두려고요."

"그거 좋은 생각입니다." 경찰서장이 말했다.

"하지만 이것만은 기억해 두셔야 합니다." 벌스트로드 교장이 말했다.

"학생들 가운데는 사소한 일을 과장해 떠벌인다거나, 좀더 지나치면 꾸며낸 이야기를 가지고 와서 자신을 굉장하게 보이고 싶어 하는 학생이 있을지도 모른다는 거지요. 소녀들이란 이상한 행동을 잘하니까요. 물론 당신들도 그런 자기선전벽을 취급하는 데 익숙해져 있을 테지만요."

"예, 그런 경험은 있습니다." 켈시 경감이 말했다. 그리고 그는 덧붙였다.

"자, 그럼, 교직원들 명단을 저에게 좀 주시지요."

3

"경감님, 실내경기장의 개인 사물함은 전부 조사했습니다."

"그럼, 뭣 좀 발견했나?"

"아뇨. 이렇다 할 것은 아무것도 찾지 못했습니다. 몇 군데 이상한 물건이 들어 있었습니다만, 우리들의 수사선상과는 아무런 관계가 없는 것들뿐이었습니다."

"어느 것도 잠겨 있지 않았다는 거로군?"

"예, 잠글 수 있게 되어 있었습니다만 열쇠는 사물함 속에 들어 있었고, 어느 것도 잠겨 있지 않았습니다."

켈시는 생각에 잠겨 드러난 바닥을 둘러보았다. 테니스 라켓과 라크로스 스틱은 원래대로 정돈되어 걸려 있었다.

"자, 그럼, 난 교사로 가서 교직원들을 만나보겠네." 그가 말했다.

"내부인의 소행이라고는 생각지 않으십니까?"

"있을 수 있는 일이지." 켈시가 대답했다.

"채드윅과 존슨이라고 하는 두 여선생과, 귀를 앓고 있는 제인이라는 학생 이외엔 누구 하나 알리바이가 없네. 이론상으로는 모두 침대에서 자고 있었다고 하지만 그걸 증명할 만한 사람이 아무도 없다는 거야. 학생들은 각기 방을 따로 갖고 있고, 교직원들도 물론 마찬가지지. 벌스트로드 교장 자신을 포함해 누구라도 스프링거와 만날 수 있는 일이고, 여기까지 스프링거의 뒤를 쫓아올 수도 있는 일이네. 그것이 누구이든 간에 그 여자를 쏘아 죽여 놓고 수풀 속으로 몸을 피한 뒤 몰래 옆문으로 다시 돌아와 소동이 벌어졌을 때에는 시치미를 떼고 침대에 누워 있을 수도 있는 일이지. 해결하기 힘든 것은 동기, 바로 그것이지. 문제는 동기야. 이 학교에서는 우리들이 전혀 모르는 사건이 일어나고 있는지도 몰라. 그렇지 않다면 동기 같은 것은 전혀 없을 수도 있고."

그는 실내경기장을 나와 천천히 교사 쪽으로 되돌아갔다. 이미 근무시간은 지났으나 늙은 정원사 브리그스가 화단에 약간의 손질을 하고 있다가 경감이 지나가자 몸을 일으켰다.

"늦게까지 일하시는군요." 켈시가 웃으면서 말했다.

"아, 네." 브리그스가 대답했다.

"젊은이들은 정원 돌보는 일이 어떤 건지 잘 모릅니다. 8시에 나와서 5시에 퇴근—그거면 다되는 줄 알아요. 날씨 문제도 생각해야만 하고, 어떤 날은 전혀 정원에 나가보지 않아도 되는 날이 있고, 아침 7시부터 밤 8시까지 일해야 하는 날도 있습니다. 그것도 정원을 사랑하고 남이 보아 자랑할 만한 경우이지요."

"이 정원은 자랑해도 좋을 만하군요." 켈시가 말했다.

"이렇게 훌륭히 손질이 되어 있는 정원은 보지 못했습니다. 요즈음엔 말입니다."

"요즈음이란 말이 맞습니다." 브리그스가 말했다.

"그런데 전 운이 좋아요. 힘 좋은 젊은이 하나가 제 밑에서 일하게 되었으니까요. 어린애 둘이 있긴 한데, 그들은 크게 도움이 되지 않지요. 요즘 젊은이들은 대개 이런 일을 하려 들지 않는답니다. 모두 공장에 가고 싶어 해요. 그렇지 않으면 양복을 입고 사무실에서나 일하려고 들고. 정직한 땅덩이에 손을 더럽혀 자기의 품위를 떨어뜨리고 싶어 하지 않는 겁니다. 하지만 조금 전에 말했듯이 전 운이 좋습니다. 힘센 젊은이가 자진하여 일하러 와주었으니 말입니다.

"최근에 말입니까?"

"이번 학기 초부터죠. 아담이라고 하는데, 아담 굿맨이라고 합니다."

"아직 그런 남자는 보지 못한 것 같은데." 켈시가 말했다.

"오늘은 쉬게 해달라고 해서 그러라고 했지요. 사람들이 어디 할 것 없이 다 밟고 돌아다녀 오늘은 일을 할 수도 없어서요."

"아무에게도 그 남자 얘기를 듣지 못했다는 것이 좀 이상하군요."

켈시는 불쾌한 듯이 말했다.

"그 남자 얘기를 듣지 못했다니, 그게 무슨 말입니까?"

"그 남자는 내가 받은 명단엔 없었습니다. 여기서 일하고 있는 사람들의 명단에 말입니다."

"그렇다고는 해도 내일은 만나보실 수 있습니다. 경감님께 도움이 될 만한 얘기를 해줄지는 모르겠지만."

"그거야 모르죠." 경감이 말했다.

이번 학기초에 자진해서 들어온 힘 좋은 젊은 남자? 켈시는 처음으로 어딘가 수상쩍음을 느꼈다.

4

학생들은 그날 밤도 평소처럼 기도드리러 줄을 서서 강당으로 들어갔다가 기도가 끝나 나가려는데, 벌스트로드 교장이 한 손을 들어 그냥 있게 했다.

"잠시 여러분에게 할 얘기가 있습니다. 여러분도 잘 알고 있겠지만 스프링거 선생님이 어젯밤 실내경기장에서 살해당하셨어요. 여러분 가운데 요 1주일 동안에 이 사건과 관계있는 걸 보았거나, 들은 사람은—스프링거 선생님과 관련해서 이것은 좀 이상하다고 생각했던 거라든가, 그분이 말씀하셨던 거라든가, 또 그 선생님에 관해 다른 사람이 말한 것으로라도 조금이라도 문제가 될 만하다고 생각되는 일이 있으면 나에게 알려주기 바랍니다. 오늘 밤 언제라도 좋으니 내 방으로 와서 얘기해 주었으면 합니다."

학생들이 차례로 강당을 빠져나가자 줄리아 업존은 한숨을 쉬었다.

"휴우, 우리들이 정말 뭣 좀 알고 있다면 좋겠는데. 하지만 아무것도 모르잖아, 제니퍼?"

"그래, 아무것도 몰라." 제니퍼가 말했다.

"스프링거 선생님은 늘 그렇게 평범해 보였었는데."

줄리아가 슬픈 듯이 말했다.

"너무나 평범해서 수수께끼 같은 방법으로 살해당했다고는 생각할 수 없을 정도야."

"난 그렇게 수수께끼 같은 살인사건이라고는 생각지 않아, 그저 강도짓이야." 제니퍼가 말했다.

"분명 우리들의 테니스 라켓을 훔치러 왔었을 테니, 뭐."

줄리아가 빈정거리며 말했다.

"분명히 누군가가 그 선생님을 협박하고 있었던 거야."

다른 학생 하나가 알고 있다는 듯이 넌지시 말했다.

"뭐라고?" 제니퍼가 말했다.

하지만 스프링거 선생을 협박할 만한 이유는 아무도 생각해낼 수 없었다.

5

켈시 경감은 교직원들과의 면담을 우선 밴시타트 선생부터 시작했다. 미모를 갖춘 여자라고 그는 마음속으로 재빨리 평가했다. 아마 사십 아니면 사십을 약간 넘겼을 거야. 키가 크고 단단한 몸매에 희끗희끗한 머리를 멋지게 손질했다. 어느 구석에서인지 자신의 지위가 높음을 의식하고 있는 느낌이었고, 권위와 편안함을 함께 가지고 있었다. 이 여자를 보고 있으니까 벌스트로드 교장이 떠올랐다. 아무리 보아도 여교장 타입이었다. 그렇다고 해도 벌스트로드 교장은 밴시타트에게 없는 면을 가지고 있다고 그는 바꿔 생각했다. 벌스트로드 교장은 전혀 예상하지 못했던 점을 찌르는 데가 있었으나 밴시타트는 이쪽이 예상 못했던 일은 할 것 같지 않았다.

형식적인 질문과 대답이 이어졌다. 결국 밴시타트는 아무것도 보지도 듣지도 눈치채지도 못했음을 알게 되었다. 스프링거 선생은 일에 있어서는 유능한 사람이었다. 그녀의 태도는 약간 무뚝뚝한 데가 있었으나 그렇게 심한 정도는 아니라고 생각했다. 매력 있는 선생이라고는 말할 수 없겠으나, 물론 체육선생에게 매력 있는 성격이란 불필요한 거다. 사실상 매력 없는 성격의 여선생이 더 좋다. 여학생들이 열을 올리면 곤란하니까. 밴시타트 선생은 아무런 실속 있는 말을 들려주지 못하고 나갔다.

"보지 않고 듣지 않고 생각지 않고 마치 손으로 눈, 귀, 입을 가리고 있는 원숭이의 형상 같군요."

켈시 경감의 업무를 도와주고 있던 퍼시 본드 경사가 말했다.

켈시는 싱긋이 웃었다.

"정말 그렇군, 퍼시."

"여선생이라고 하면 전 부아가 납니다." 본드 경사가 말했다.

"어릴 때부터 죽 무서워했지요. 되게 무서운 선생이 있었으니까요. 얼마나 잘난 체하고 거만했는지, 무엇을 가르치려고 하는 건지 전혀 몰랐습니다."

다음에 나타난 여선생은 아일린 리치였다. 정말 추녀라고 하는 것이 켈시 경감의 첫인상이었으나 곧 그는 이 여자에게는 다른 매력이 있다는 것 같다고 고쳐 생각했다. 그는 형식적인 질문을 시작했으나 대답은 그가 예상했었던 형식상의 것이 아니었다. 아일린 리치는 스프링거의 일로 다른 사람의 말에서나 스프링거 본인의 말에서도 특별히 주의를 끌 만한 것은 아무것도 없었다고 대답했으나, 그 뒤에 경감도 예상 못했던 것을 이야기했다. 그는 이렇게 물었다.

"선생님이 아는 한 그 선생님에게 개인적으로 원한을 품고 있었던 사람은 아무도 없었습니까?"

"네, 없었어요." 아일린 리치가 재빨리 대답했다.

"원한 같은 것을 가질 리도 없어요. 그것이 그 여자의 비극이었다고 전 생각해요. 사람에게 미움도 받지 못한 사람이었거든요."

"그게 대체 무슨 뜻입니까, 리치 선생님?"

"다시 말해서, 그 여자는 죽이고 싶은 기분이 들게 하는 사람이 아니었다는 얘기예요. 그 여자는 사람들을 성가시게 했지요. 심한 말도 몇 번 주고받았었으나 그런 것은 별로 의미도 없는 것이었어요. 깊은 의미 같은 것은 없었죠. 제 말의 뜻을 아실지 모르겠지만, 그 여자는 자기 자신이 원인이 되어 살해당한 것이 아닌가 하고 생각해요."

"역시 잘 이해가 가지 않는데요, 리치 선생님."

"요컨대 은행강도가 침입했다고 할 경우에 그 여자가 출납원이었다면 분명 살해당했을 건데, 그 경우도 출납원이어서 살해당한 것이지 그레이스 스프링거로서는 아닐 거라는 얘깁니다. 그 여자를 죽이고 싶을 정도로 절실하게 사랑했다거나 미워한 사람이 있다고는 생각지 않으니까요. 아마 그 여자도 스스로 생각해 보지 않았다 해도, 그런 것은 알았을 거예요. 그로 인해 그 여자가 그렇게 간섭 잘하는 성격으로 만들어졌는지도 몰라요. 남의 흠을 들춰내고 규칙을 강요했으며, 사람들이 부정한 행동을 하면 그것을 찾아내 속속들이 드러내는 식으로 말이에요."

"시시콜콜 캐냈다는 겁니까?" 켈시가 물었다.

"아뇨. 엄밀히 말해서 시시콜콜 캐냈다고도 할 수 없어요."

아일린 리치는 잠시 생각해 보는 듯했다.

"그 여자는 발소리를 죽여가며 살그머니 엿듣는 사람도 못되었어요. 하지만 자신이 이해할 수 없는 일이 벌어지게 되면 끝까지 추구해 보지 않곤 못 견뎠죠. 꼭 그 근원을 밝혀내고야 말았거든요."

"알겠습니다." 그는 잠시 말을 멈추었다.

"선생님도 별로 그 여자를 좋아하지 않았군요?"

"전 그 여자에 대해 생각해 본 적도 없어요. 그 여자는 그저 체육교사였어요. 어머! 이건 누구에게고 할 것 없이 지독한 말투가 됐군요! 그저 이런 사람이다, 저런 사람이다 하다니! 하지만 그 여자도 자신의 직업에 대해서는 그런 식이었어요. 일을 훌륭히 하는 것이 그 여자의 자랑이었죠. 그 여자는 일에서 즐거움을 찾지는 않았거든요. 테니스에 소질이 있어 보이는 학생이나 스포츠에 특히 뛰어난 학생을 발견해도 그렇게 기뻐하지도 않았어요. 그런 것을 기뻐한다거나 의기양양해하는 사람이 아니었어요."

켈시는 이상한 듯이 그녀의 얼굴을 쳐다보았다. 좀 특이한데가 있는 젊은 여자라고 그는 생각했다.

"선생님은 모든 방면에 독자적인 생각을 갖고 계시는 것 같군요."

"예, 그럴지도 모르지요."

"메도뱅크 학교에 근무한 지는 얼마나 되셨습니까?"

"1년 반 조금 넘었습니다."

"지금까지는 어떤 사건도 일어나지 않았습니까?"

"메도뱅크 학교에서 말인가요?" 그녀는 놀란 듯한 목소리로 말했다.

"예."

"전혀. 모든 것이 다 순조로웠답니다. 이번 학기까지는요."

켈시는 그 대목에서 갑자기 끼어들었다.

"이번 학기에는 좋지 않은 일이 있었나요? 이번 살인사건을 얘기하시는 것 같지는 않은데요? 선생님은 무엇인가 다른 일을—."

"별로 전—." 하고 그녀는 말을 하려다가 그만두었다.

"예, 다른 일이란—하지만 그건 너무 애매모호해 놔서—."

"괜찮습니다. 계속하시지요."

"벌스트로드 교장선생님이 요즘 죽 마음이 편치 않으신 것 같았어요."

아일린이 천천히 말했다.

"그것이 한 가지예요. 경감님은 그런 것은 잘 모르실 거예요. 이곳에서도 다른 사람들은 아무도 눈치채지 못했을 거고요. 그런데 전 알아요. 마음이 편치 않은 것은 특히 그분만이 아니에요. 하지만 경감님이 말씀하시는 것은 그런 게 아니지요? 그런 것은 그저 기분상의 문제일 뿐일 테니까요. 좁은 곳에서 함께 지내며 한 가지 일만 지나치게 생각하면 그렇게 되기 쉬워요. 경감님이 물으시는 의미는 특별히 이번 학기에 정상적이 아닌 어떤 일이 있었나 하는 거지요, 그렇지요?"

"그렇소." 켈시는 호기심을 가지고 그녀를 쳐다보았다.

"그래요, 그것입니다. 그 점은 어떻습니까?"

"분명 이 학교에서는 좋지 않은 일이 벌어지고 있다고 생각해요."

아일린 리치는 천천히 말했다.

"뭐랄까요, 이곳 사람이 아닌 인물이 우리들 속으로 끼어들어 와 있는 느낌이에요."

그녀는 경감의 얼굴을 쳐다보며 싱긋 웃는 듯하더니 이렇게 말했다.

"비둘기 속의 고양이, 뭐 그런 느낌이에요. 우리들이, 즉 이곳 사람들 모두가 비둘기이고 그 무리들 속에 고양이가 끼어들어와 있는 듯한, 그렇지만 우리들 눈에는 그 고양이가 보이질 않아요."

"그 말은 아무래도 너무 막연하군요, 리치 선생님."

"아, 그래요? 정말 바보 같은 얘기예요. 그건 저도 잘 알고 있어요. 아마 제가 얘기하고 싶은 것은 뭐라고 할까, 사소한 일이 벌어지고 있다는 느낌이 들면서도 그 느낌이 드는 일의 내용이 무엇인지 잘 모르겠다는 겁니다."

"어떤 특정한 인물에 대해서 말입니까?"

"아뇨. 방금도 말했듯이 그저 그 정도의 얘기예요. 누구의 얘긴지 저도 잘 몰라요. 요약해서 말한다면 이래요. 이 학교에는 누구인가—여하튼 성질이 다른 사람이 있다! 이 학교에는 그 사람이 있어서—그것이 누구인지는 나도 잘 모르지만 나에게 불안한 느낌을 갖게 한다. 그것도 내가 그 사람을 보고 있을 때가 아니고 이쪽이 그 사람에게 보이고 있을 때다. 뭐라고 말할 수 없는 느낌에 사로잡히는 것은 그 사람에게 내가 보이고 있을 때이니까. 저, 제가 더 얘기하면 점점 더 앞뒤가 맞지 않는 것만 떠들어댈 거예요. 그리고 어차피 이건 느낌에 불과한 거예요. 경감님이 원하는 내용은 아니지요. 증거가 될 만한 것이 아니니까요."

"그렇습니다." 켈시가 말했다.

"증거는 되지 못하지요. 아직 지금으로서는. 하지만 흥미 있는 얘기였고, 선생님의 그 느낌이 좀더 확실한 것이 되면, 그때 다시 기꺼이 들려주시지요."

그녀는 고개를 끄덕거렸다.

"네, 그러지요. 살인사건이 심각한 문제이기 때문이겠지요? 목전에 살해당한 사람이 있는데도 우리들은 그 원인도 모르고—범인은 멀리 떨어진 곳에 있는지도 모르고, 아니면 이 학교 안에 있을지도 모르는 거니까요. 게다가 이 경우엔 흉기인 권총인가 하는 것도 이 학교 안에 있으니 말입니다. 그것을 생각하면 그리 유쾌한 기분은 아니지요."

그녀는 목례를 하고 나갔다.

본드 경사가 입을 열었다.

"허풍쟁이라고 생각지 않으십니까?"

"아니, 그렇게는 생각지 않네." 켈시가 말했다.

"요컨대 감수성이 예민한 여자라고 생각하네. 아직 눈에 보이지 않는데도 방 안에 고양이가 있음을 눈치채는 그런 여자 말이야. 저 여자는 아프리카 종족 가운데에 태어났더라면 마법사가 되었을지도 모르지."

"마법사라면 악귀를 찾아내려고 다니는 무리 아닙니까?"

본드 경사가 말했다.

"그렇다네, 퍼시." 켈시가 말했다.

"내가 지금부터 하려는 것도 바로 그런 일일세. 구체적인 사실에 맞닥뜨린 사람이 한 사람도 없으니 내가 돌아다니며 찾아나서는 수밖에 없지 않겠나? 자, 다음은 그 프랑스 선생 차례네."

제10장

기상천외한 이야기

앙젤 블랑슈 선생은 보기에 서른다섯 정도였다. 화장은 하지 않았고 암갈색의 머리를 가지런히 묶고 있었으나 조금도 어울리지 않았다.

그리고 수수한 윗도리에 스커트 차림이었다. 블랑슈 선생은 메도뱅크 학교에서의 생활은 이번 학기가 처음이라고 말했다. 다음 학기에도 여기에 머물고 싶게 될지는 확실히 말할 수 없다고 했다.

"살인사건이 일어난 학교에 있는 것은 그리 유쾌하지 않으니까요."

그녀는 불만스러운 듯이 말했다.

게다가 교내 어디에도 도난경보기가 설치되어 있는 것 같지 않다—그것은 실로 위험한 일이라고 덧붙였다.

"도둑의 눈을 끌 만한 귀중품 같은 건 없지 않습니까, 블랑슈 선생님?"

블랑슈 선생은 어깨를 으쓱했다.

"그걸 어떻게 알겠어요? 어쨌든 여기 와 있는 여학생들 가운데는 부잣집 딸도 있어요. 그런 학생들은 막대한 가치의 물건을 몸에 지니고 있을지도 모르잖아요? 도둑이 그걸 알면 여기라면 훔치기 쉽다고 생각하고서 잠입해 들어올 거예요."

"학생이 비싼 물건을 가졌다고 해도 실내경기장에 두지는 않을 겁니다."

"어떻게 그걸 알지요?" 블랑슈 선생이 말했다.

"거기에는 개인 사물함이 있잖아요, 학생들 것 말이에요."

"운동용구 따위를 넣어두기 위한 것뿐입니다."

"그거야 그런 식으로 생각되는 거지요. 그렇다고는 해도 운동화 밑바닥에 넣어 숨길 수도 있고 떨어진 스웨터나 스카프에 넣어둘 수도 있어요."

"어떤 종류의 물건을 말입니까, 블랑슈 선생님?"

하지만 블랑슈 선생에게도 어떤 종류의 것이라고는 생각이 떠오르지 않았다.

"어떤 관대한 아버지라도 딸에게 다이아몬드 목걸이를 학교에 가지고 가게 하는 사람은 없지요." 경감은 말했다.

블랑슈 선생은 다시 또 어깨를 으쓱했다.

"아마 다른 종류의 귀중품—예를 들어 갑충석(왕쇠똥구리 모양으로 조각한 보석, 옛 이집트 사람의 부적)이라든가 수집가라면 많은 돈을 내고서라도 손에 넣고 싶어 할 물건일 거예요. 아버지가 고고학자인 학생도 있으니까요."

켈시는 빙그레 웃었다.

"그다지 현실성이 있다고는 생각지 않습니다, 블랑슈 선생님."

그녀는 어깨를 으쓱했다.

"저도 그저 떠오른 생각을 말해 봤을 뿐이에요."

"어디 다른 영국 학교에서도 가르치신 적이 있습니까, 블랑슈 선생님?"

"오래전에 한번 영국 북부에서 가르쳤던 적이 있어요. 대부분은 스위스와 프랑스에서 가르쳤지요. 그리고 독일에서도. 제 영어 실력을 향상시키기 위해 영국에 오기로 한 거예요. 여기에는 친구도 있거든요. 그 친구가 병에 걸려서 벌스트로드 교장선생님이 급하게 후임을 찾고 있으니 자기의 후임으로 오지 않겠냐고 해서 왔어요. 하지만 여기는 그리 맘에 들지 않아요. 방금 전에도 말했듯이 여기에 머무르리라고는 생각지 않으니까요."

"왜 맘에 들지 않습니까?" 켈시는 끈덕지게 물었다.

"총알이 난무하는 곳은 좋아하지 않아요. 어린아이들도 예의가 없고요."

"이미 어린아이라고 할 만한 나이는 아니잖습니까?"

"정말 애기 같은 애도 있고 스물다섯이라고 해도 좋을 학생도 있어요. 각양각색이지요. 아주 자연스럽기도 하고요. 전 좀더 꽉 짜인 학교를 좋아해요."

"스프링거 선생님을 잘 아십니까?"

"실제로는 전혀 모르는 거나 마찬가지예요. 예의범절이 없는 여자라 전 되도록이면 말을 하지 않으려고 했어요. 체격도 울퉁불퉁하고 주근깨투성이에다 목소리도 굵고 거칠었지요. 그녀는 마치 영국 여자를 풍자해서 그려놓은 것 같았어요. 저에게 자주 무례하게 굴어 전 그게 싫었어요."

"선생님에게 무엇을 무례하게 굴었습니까?"

"그녀는 제가 실내경기장에 가는 것을 싫어했어요. 그녀는 그 경기장에 그런 식의 감정을 가지고 있는 듯했어요—아니, 가지고 있었어요. 그것은 자기의 실내경기장이라고 하는 식으로. 전 흥미를 가지고 있었기에 어느 날 거기에 갔었죠. 지금까지 한 번도 들어가 본 적이 없었고, 또 그것은 새 건물이었지요. 방의 배치와 설계가 훌륭하게 되어 있어서 전 그저 둘러보고 있었어요. 그랬는데 스프링거 선생이 와서 이렇게 말하는 거예요. '이런 곳에서 뭘 하고 있는 거죠? 여기는 당신이 올 데가 아니에요.' 저에게 그렇게 말했어요—이 학교 선생인 저에게 말이에요! 절 뭐로 생각했는지, 학생으로라도 생각했는지."

"그랬군요. 정말 화가 나실 만했군요."

켈시는 진정시키듯이 말했다.

"마치 그녀는 돼지처럼 행동했어요. 그러더니 또 이렇게 큰소리로 떠들더군요. '열쇠를 가지고 도망가지 말아요.' 전 너무 당황했어요. 제가 문을 열려고 할 때 열쇠가 바닥에 떨어져 있어서 전 그걸 주웠지요. 그 여자가 하도 무례하게 구는 바람에 그만 그것을 제자리에 두는 걸 잊어버린 것뿐인데. 그랬는데도 그 여자는 제가 열쇠를 훔쳐가려고 했다는 듯이 제 뒤에다 대고 소리친 거예요. 그 실내경기장이 자기 것인 양, 또 열쇠도 자기의 것인 양 말이에요."

"그건 좀 이상하군요." 켈시가 말했다.

"그 여자가 실내경기장에 그런 감정을 가지고 있다는 것은 말이죠. 그렇다면 마치 그것이 그 여자의 사유재산이거나, 마치 어떤 물건을 거기에 숨겨놓아 그것을 다른 사람들에게 들킬까 봐 두려워하는 것 같군요."

그는 시험 삼아 은근히 속을 떠보려고 했으나 앙젤 블랑슈는 그저 웃어넘길 뿐이었다.

"숨겨요? 그런 곳에 뭘 숨길 수 있겠어요? 연애편지라도 숨겼다고 생각하세요? 그 여자는 아마 연애편지 같은 것은 한 번도 받아본 적이 없을 거예요! 다른 선생님들은, 그 사람들은 적어도 예의를 차릴 줄은 알아요. 채드윅 선생님, 그분은 구식이고 수다스러운 편이에요. 밴시타트 선생님, 그분은 아주 친절하고 동정심이 있는 멋진 분이고요. 리치 선생님, 그분은 좀 미친 것 같아도 상냥해요. 그리고 젊은 선생님들도 모두 호감이 가는 사람들뿐이랍니다."

앙젤 블랑슈에게는 몇 가지 별로 중요하지 않은 질문을 한 뒤 나가게 했다.

"성미가 까다롭군요." 본드가 말했다.

"프랑스 사람들은 모두가 까다로운 편이긴 하지만."

"그래도 흥미가 있군." 켈시가 말했다.

"스프링거는 그녀의 실내체육관—아니, 실내경기장이라고 했던가, 어쨌든 그것에 사람들이 기웃거리는 것을 싫어했다. 도대체 왜 그랬을까?"

"아마 그 프랑스 여자에게 감시당하고 있다고 생각했나 보죠."

본드는 넌지시 말했다.

"그렇다고는 해도 왜 그 여자는 그런 식으로 생각했을까? 앙젤 블랑슈가 무엇인가를 찾아낼까 봐 두려워하지 않았다면, 그 여자에게 감시당한다 해도 문제될 것은 없지 않나?"

"이제 누가 남아 있나?" 켈시 경감이 덧붙여 말했다.

"두 젊은 여선생 블레이크와 로원, 그리고 벌스트로드 교장의 비서입니다."

블레이크 선생은 사람 좋아 보이는 둥근 얼굴에 젊고 성실한 여자였다.

생물과 물리를 가르치고 있다고 했다. 그녀는 도움이 될 만한 정보는 거의 가지고 있지 않았다. 스프링거와는 얼굴을 마주친 적도 거의 없었고, 죽음을 초래한 원인에 대해서도 전혀 상상도 가지 않는다고 대답했다.

로원 선생은 심리학 학위 소지자에 걸맞게 피력할 만한 견해를 가지고 있었다. 그녀는 스프링거가 자살했을 가능성이 크다고 말했다.

켈시 경감은 놀라서 눈썹을 치켜세웠다.

"그녀가 왜요? 그녀가 울적하게 지내기라도 했다는 말인가요?"

"그녀는 공격적인 성격의 소유자였어요."

로원 선생은 상체를 앞으로 굽히고 도수 높은 안경알 너머로 물끄러미 아래를 내려다보았다.

"무섭게 공격적이었어요. 거기에는 깊은 의미가 내포되어 있다고 봐요. 그것은 열등감을 은폐시키기 위한 자기방어적 심리과정이었던 거지요."

"내가 지금까지 들은 바로는 모두 그 여자가 자신감에 넘쳐 있었다고 했습니다만?" 켈시 경감이 말했다.

"자신감이 너무 넘쳤지요." 로원 선생이 의미 있게 말했다.

"그녀 자신이 말한 몇 마디의 말이 제 추정의 정확함을 입증하고 있어요."

"예를 들면?"

"그녀는 '인간은 보는 것하고는 다르다'는 것을 넌지시 암시했거든요. 여기에 오기 전에 근무한 학교에서 누군가의 '가면을 벗겼다'고도 했어요. 그런데 그 학교의 교장선생님은 편견을 가지고 있어 그녀가 밝혀낸 사실을 진심으로 들으려고 하지 않았대요. 다른 몇 명의 여선생들도 그녀의 말에 의하면 '자신에게 반감을 가지고 있었다.'고 했어요. 경감님, 그것이 무엇을 의미하는지 아시겠어요?"

로원 선생은 흥분해서 몸을 앞으로 굽히는 순간 거의 의자에서 굴러 떨어질 뻔했다. 숱 많은 검은 머리가 흐트러져 얼굴로 흘러내렸다.

"피해망상의 시초지요."

켈시 경감은 로원 선생의 추정이 맞을지도 모르겠으나, 자신으로서는 스프링거 선생이 적어도 4피트(약 1.2m)떨어진 곳에서 어떻게 그녀 자신에게 총을 쏘았고, 더구나 그 뒤에 권총을 흔적도 없이 없앨 수 있었는지 그것을 설명해 내지 못하는 한 자살설은 받아들일 수 없다고 정중하게 말했다.

로원 선생은 경찰이 심리학에 대해 편견을 가지고 있다는 것은 모르는 사람이 없다고 신랄하게 반박했다.

그녀의 뒤를 이어 앤 샤플랜드가 들어왔다.

켈시 경감은 그녀의 정숙하고 사무적인 태도에 호의의 눈빛을 보내며 입을 열었다.

"자, 샤플랜드 양, 당신은 이 사건에 무엇을 밝혀주실 수 있겠습니까?"

"유감스럽지만 전혀 도움이 될 만한 것이 없어요. 전 제 방을 따로 갖고 있어서, 선생님들과 얼굴을 마주치는 적이 거의 없거든요. 이번 사건은 정말 믿을 수 없는 일이에요."

"어떤 점에서 믿을 수 없습니까?"

"글쎄요, 우선 스프링거 선생이 총에 맞아 살해당했다는 것부터요. 예를 들어 누가 실내경기장에 침입하여 그녀가 그 사람의 정체를 알아내려고 갔었다고 해봐요. 그것은 있을 수 있는 일이지만, 그렇다고 해도 실내경기장 같은 데 침입해 들어가고 싶어 할 사람이 있을까요?"

"소년들이, 어쩌면 이 지방 젊은이들이 비품을 슬쩍하려고 했는지도 모르고, 반 장난으로 한 짓인지도 모릅니다."

"그렇다고 해도 스프링거 선생님은, '너희들, 여기서 뭐하고 있어? 어서 나가.' 하고 꾸짖었을 거고, 그러면 그들도 나갔을 거라고 전 생각해요."

"스프링거 선생이 실내경기장에 대해 특별한 태도를 보인 듯한 느낌을 받은 적은 없습니까?"

"태도라고요?"

앤 샤플랜드는 무슨 뜻인지 모르는 듯한 표정을 지었다.

"요컨대 그 여자는 그곳을 특별히 자신의 구역이라고 보고 다른 사람들이 그곳에 가는 것을 싫어하지는 않았습니까?"

"아뇨. 제가 알기로는 그런 적은 없었어요. 그리고 그럴 리도 없잖아요? 그것도 이 학교 건물 중 하나인데."

"당신은 아무것도 눈치채지 못했단 말이군요? 앤 양이 갔을 때는 그 여자에게 싫은 소리를 들었다던가—그런 적은 없었다는 거군요?"

앤 샤플랜드는 머리를 흔들었다.

"전 겨우 두 번밖에 간 적이 없어요. 그럴 여유도 없고요. 한 번인가 두 번인가 벌스트로드 교장선생님이 학생들에게 보내는 전갈을 갖고 간 적이 있었지요. 그것뿐이에요."

"스프링거 선생님은 블랑슈 선생님이 그곳에 가는 것을 싫어했다고 하던데, 그건 모르셨습니까?"

"아뇨. 아무것도 듣지 못했어요. 아, 네, 그러고 보니 들은 것도 같네요. 언젠가 블랑슈 선생이 무슨 일로 좀 언짢아한 적이 있었어요. 하긴 그분은 좀 화를 잘 내는 편이긴 하지만요. 언젠가도 미술실에 들어가 미술선생에게 무슨 소리를 듣고 화를 낸 적이 있었어요. 물론 하는 일이 별로 없는 탓도 있지만요—블랑슈 선생은 프랑스어 한 과목만을 가르치고 있어서 시간이 남아 주체를 못해요. 게다가(그녀는 잠시 망설였다), 게다가 호기심이 많기도 하고."

"그 선생님이 실내경기장에 들어가서 다른 사람의 사물함 속을 뒤질 수도 있다고 보십니까?"

"학생들의 사물함을요? 글쎄요, 뒤질 수도 있다고 봐요. 그분이라면 장난삼아 할 수도 있을 거예요."

"스프링거 선생님도 거기에 개인 사물함이 있었습니까?"

"네, 물론이지요."

"그 개인 사물함 속을 블랑슈 선생님이 뒤지는 것을 들켰다고 한다면 스프링거 선생님은 필시 화를 냈겠지요?"

"분명 그랬을 거예요."

"스프링거 선생님의 사생활에 대해서는 알고 있는 게 없습니까?"

"알고 있는 사람이 있다고는 생각지 않아요." 앤이 대답했다.

"아니, 무엇보다도 그 여자에게 사생활 같은 게 있었을까요?"

"그밖에도 뭐—예를 들어 실내경기장에 대해서라도, 아직 얘기하지 않으신 것은 없습니까?"

"글쎄요—." 앤은 잠시 주저했다.

"자, 샤플랜드 양, 얘기해 보세요."

"실은 아무것도 아닌 얘기지만—." 앤은 천천히 말을 꺼냈다.

"정원사 한 사람 말이에요—브리그스가 아니고 젊은 남자. 언제였던가 그 남자가 실내경기장에서 나오는 것을 보았어요. 그 남자에게는 그런 곳에 들어갈 용무는 없을 텐데 말이에요. 물론 그저 호기심에서였는지도 모르죠. 그렇지 않으면 게으름을 피우기 위해서였는지도—테니스 코트에 철조망을 두르는 일을 하고 있었으니까요. 실제로는 아무런 의미도 없는 생각일지도 모르겠네요."

"하지만 아직까지 기억하고 있었군요. 왜지요?" 켈시가 지적했다.

"그것은—." 그녀는 난색을 나타냈다.

"아, 그래요. 그 남자의 태도가 좀 이상해서였어요. 반항적이었거든요. 게다가, 이 학교가 학생들을 위한 시설에 많은 돈을 투자하는 것을 비꼬았어요."

"그런 태도는……, 알겠습니다."

"별로 의미도 없는 얘기였다고 생각하지만."

"아마 그럴지도 모르죠. 하지만 염두에 두겠습니다."

앤 샤플랜드가 나가자 본드 경사가 말했다.

"뽕나무 숲 주위만 계속 빙글빙글 돌고 있군요. 같은 일만 반복되는군요. 제발 고용인들에게서는 뭐라도 좀 알아낼 수 있으면 좋겠는데."

하지만 고용인들에게서도 거의 정보는 알아낼 수 없었다.

"저에게 물어봤자 소용없어요." 요리사인 기본스 부인이 말했다.

"무엇보다도 전 그런 얘기는 듣지도 못했고, 그리고 무엇 하나 아는 게 없으니까요. 지난밤에는 잠자리에 들어 언제인지도 모르게 잠에 곯아떨어졌고, 그런 소동이 있었는데도 아무것도 몰랐어요. 아무도 깨워주지 않았고, 아무것도 얘기해주지 않았으니까요."

그녀는 분개하고 있는 듯한 목소리였다.

"겨우 오늘 아침에서야 들었다니까요."

켈시는 큰소리로 몇 가지 질문을 더 해보았으나 아무런 의미 없는 대답만 들었을 뿐이었다.

스프링거 선생은 이번 학기에 새로 온 사람으로, 전임자인 존스 선생만큼이나 사람들이 싫어했었다. 샤플랜드 양도 역시 새로 온 사람인데, 그 여자는 호감이 가는 아가씨다. 블랑슈 선생은 정말이지 프랑스인다운 사람이다—다른 선생들도 그 여자에게 반감을 가지고 있고, 교실에서도 학생들이 그 여자에게 심한 장난을 친 모양이다.

"하지만 큰소리로 말할 정도의 일은 아니에요. 제가 있었던 어떤 다른 학교에서도 프랑스인 여선생은 지나치게 함부로 소리쳐대곤 했거든요."

고용인들의 대부분은 출퇴근을 하고 있었다. 학교에서 자고 먹고 하는 고용인이 달리 한 사람 더 있었는데, 그 여자도 이쪽의 질문을 알아듣긴 했으나 역시 아무것도 아는 게 없었다.

자기는 아무것도 모른다. 스프링거 선생은 퉁명스러운 데가 있었다. 실내경기장에 대해서는 거기에 무엇이 놓여 있는지도 전혀 몰랐고 권총 같은 것은 어디에서고 본 적이 없다.

이런 부정적인 대답만을 하고 있는데 벌스트로드 교장이 들어와 말했다.

"경감님, 학생 하나가 경감님께 드리고 싶은 얘기가 있다고 하는데요."

켈시는 홱 얼굴을 들었다.

"정말입니까? 그 학생은 뭣 좀 알고 있나요?"

"그 점은 좀 의문입니다만, 그래도 경감님이 직접 얘기를 해보시는 편이 좋겠어요. 그 학생은 외국인 학생 중 하나입니다. 샤이스타 공주라고—이브라힘 대공의 조카딸입니다. 실제 이상으로 자신을 대단한 사람인 양 생각하는 경향이 있는 듯한데 이해하시겠지요?"

켈시는 잘 알겠다는 듯이 고개를 끄덕거렸다.

벌스트로드 교장은 나가고 검은 얼굴에 중키의 날씬한 여학생이 들어왔다.

그녀는 아몬드 씨 모양의 눈으로 새침을 떨며 두 사람을 쳐다보았다.

"당신들은 경찰이세요?"

"그래요. 우린 경찰입니다." 켈시가 웃으며 말했다.

"자, 여기 앉아 스프링거 선생님에 대해서 아는 것을 얘기해 주시겠습니까?"

"네, 얘기하지요."

그녀는 걸터앉아 상체를 앞으로 굽히고 연극을 하듯이 목소리를 낮추었다.

"전부터 학교를 감시하고 있는 사람이 있어요. 그자들은 확실히 모습을 나타내지는 않았지만 분명히 있어요!"

그녀는 의미심장하게 고개를 끄덕거렸다.

켈시 경감은 조금 전 벌스트로드 교장이 말한 의미를 알 것 같았다. 이 학생은 자신을 연극의 주인공인 양 여기고 있었고, 그리고 그것을 즐기고 있는 것이었다.

"왜 그 사람들은 이 학교를 감시하는 거죠?"

"저 때문이에요! 저를 납치하려고요."

그 대단한 켈시에게도 이 대답은 예상 밖이었다. 그의 눈썹이 추켜세워졌다.

"왜 학생을 납치하려는 건가요?"

"뻔하잖아요? 절 인질로 잡고 제 친척들에게 막대한 돈을 요구하려는 거죠."

"아, 그래, 그럴지도 모르겠군." 켈시는 의아스러운 듯이 말했다.

"하지만, 저—만일 그렇다고 해도 그 일이 스프링거 선생님의 죽음과 무슨 관계가 있지요?"

"선생님은 그자들의 소행을 밝혀내려고 했을 거예요." 샤이스타가 말했다.

"선생님은 분명 그자들에게 당신네들의 비밀을 알아차렸다고 말했을 거예요. 그자들을 협박한 거지요. 그리고 상대는 선생님에게 입 다물고 있으면 돈을 주겠다고 약속했을 거라고 생각해요. 그것을 선생님은 믿으신 거예요. 그래서 그자들이 돈을 건네주겠다고 한 실내경기장에 나갔다가 살해당한 거예요."

"하지만 설마 스프링거 선생님이 남을 협박해서 돈을 요구했으리라고는 생각지 않는데."

"학교 선생—체육선생이 재미있는 일이라고 생각하세요?"

샤이스타는 비웃듯이 말했다.

"선생 같은 걸 하고 있느니보다는 돈을 손에 넣어 여행을 한다거나 하고 싶은 일을 하는 편이 얼마나 좋은지 모르시지는 않겠죠? 특히 스프링거 선생님같이 예쁘지도 않은 사람은요. 그 선생님은 남자가 돌아보지도 않아요! 그런 사람은 다른 사람들보다도 훨씬 돈에 마음이 끌리는 거 아니겠어요?"

"글쎄요, 그것은—나로선 뭐라고 말할 수 없겠군요." 켈시가 말했다.

그는 그런 견해를 듣기는 태어나서 처음이었다.

"그것은—저—, 학생 자신이 생각한 건가요? 스프링거 선생님이 그런 종류의 이야기를 학생에게 얘기한 것은 아닌가요?"

"스프링거 선생님이 한 말이라면 '죽 펴고, 굽히고' 하고 '더 빨리' 하고 '꾸물거리지 말고' 같은 것들뿐이에요."

샤이스타는 분개하며 말했다.

"정말, 싫었겠군. 그런데 아까 그 납치 얘기는 학생 자신의 상상뿐인지도 모른다고 생각지는 않나요?"

샤이스타는 금세 화난 얼굴이 되었다.

"당신들은 아무것도 몰라요! 제 사촌 오빠는 라맛 국의 알리 유수프 황태자였어요. 그분은 혁명이 일어났을 때에 살해당했어요. 혁명으로부터 피하려고 하다가 그만. 전 성인이 되면 그분과 결혼하기로 되어 있었어요. 그것만으로도 제가 중요인물이라는 것을 알 수 있지 않겠어요? 어쩌면 공산주의자들이 학교로 올지도 몰라요. 그것도 납치하기 위해서만이 아니에요. 절 암살하려는 건지도 몰라요."

켈시는 여전히 믿기지 않는 듯한 표정이었다.

"그건 좀 너무 엉뚱하지 않나요?"

"경감님은 그런 일이 일어날 리가 없다고 생각하시는군요. 분명 일어날 거예요. 공산주의자들은 아주 극악무도한 자들이니까요! 그런 정도는 누구라도 다 안다고요."

그가 여전히 의심스러운 표정을 짓고 있으니까 그녀는 계속해서 말했다.

"어쩌면 그자들은 제가 보석이 어디 있는지 안다고 생각하는지도 몰라요."

"보석이라고 했나요?"

"제 사촌 오빠는 보석을 가지고 있었어요. 그분 아버지도 가지고 있었고요. 저의 집안사람들은 항상 보석을 모으고 있어요. 위급한 때에 대비하기 위해서지요." 그녀는 그런 것은 흔히 있는 일인 양 얘기했다.

켈시는 어이없어 하며 그녀의 얼굴을 쳐다보았다.

"그렇지만 그런 일이 학생과, 아니면 스프링거 선생님과 무슨 관계가 있는 거지요?"

"제가 이미 얘기했잖아요! 그자들은 분명 제가 그 보석이 어디 있는지 안다고 생각하는 거라고요. 그래서 저를 붙잡아 강제로 말하게 하려는 거예요."

"학생은 실제로 그 보석이 어디 있는지 알고 있나요?"

"아니, 몰라요. 그 보석은 혁명과 함께 사라져 버렸어요. 아마 사악한 공산주의자들 손에 들어갔을 거예요. 하지만 어쩌면 그렇지 않을지도 모르죠."

"도대체 그것은 누구의 것인가요?"

"사촌 오빠는 죽었으니까 지금은 내 것이지요. 그분의 집안에는 더 이상 남자는 한 사람도 없으니까요. 그분의 숙모인 우리 어머니도 돌아가셨어요. 사촌 오빠는 그것이 내 것이 되기를 원할 거예요. 그분이 죽지 않았다면 난 그분과 결혼했을 거고요."

"그런 약속이 되어 있었나요?"

"전 그와 결혼해야만 했어요. 아시다시피 그는 제 사촌 오빠니까요."

"그럼, 학생이 그분과 결혼했다면 그 보석은 학생이 가졌겠네요?"

"그렇지 않아요. 전 새 보석을 받았을 거예요. 파리의 까르띠에에서 들어온 걸로요. 아까부터 얘기한 보석은 역시 위급한 때를 대비해서 그냥 두었을 거예요."

켈시 경감은 눈을 깜빡이면서 위급한 경우에 대비하는 이 동양적인 보험방법을 자신의 의식 속에 새겨넣었다.

사이스타는 힘차게 계속 얘기해 나갔다.

"무슨 일이 일어날 것만 같아요. 누군가가 라맛 국에서 그 보석을 가지고 나왔는데, 그 사람은 선량한 사람일지도 모르고 악한 사람일지도 몰라요. 선량한 사람이라면 그 보석을 저에게 가지고 와서, '이건 당신 겁니다.' 하고 말할 거예요. 그리고 전 그 사람에게 사례금을 줄 거고요."

그녀는 국왕처럼 고개를 끄덕거리며 그때의 역할을 연기해 보았다.

제법 귀여운 여배우 같다고 경감은 생각했다.

"하지만 그가 악한 사람이라면 보석을 자기가 갖고 팔아치울 게 뻔해요. 아니면 제게 와서 이렇게 말하겠죠. '보석을 돌려주면 얼마나 사례금을 주겠소?' 그쪽이 낫다고 생각되면 돌려주러 올 거고, 그렇지 않으면 돌려주러 오지 않을 거예요!"

"그렇지만 실제로는 아무도 그런 말을 하러 오지 않았잖습니까?"

"그래요."

사이스타도 그것을 인정했다.

켈시 경감은 마음을 정했다.

"학생 자신도 알겠지만, 학생이 말하는 것은 터무니없는 이야기뿐이군요."

경감이 상냥하게 말했다.

사이스타는 발끈하여 그를 쏘아보았다.

"전 제가 알고 있는 것을 말씀드렸을 뿐이에요."

그녀는 화난 듯이 말했다.

"그건 그렇겠지요. 어쨌든 아주 고마웠습니다. 염두에 두고 있지요."

그는 일어서서 그녀를 위해 문을 열어주었다.

"마치 아라비안나이트 같군."

그는 테이블로 돌아와 이렇게 말했다.

"납치와 막대한 값어치의 보석! 다음에는 무엇이 등장할까?"

제11장

회담

켈시 경감이 경찰서로 돌아오자 근무 중이던 경사가 말했다.

"아담 굿맨이라고 하는 남자가 기다리고 있습니다, 경감님."

청년 하나가 경의를 표하며 일어섰다.

키가 크고 검은 얼굴에 잘생긴 남자였다. 더러운 코르덴바지를 오래된 허리띠로 느슨하게 붙잡아 매고, 아주 밝은 청색의 앞이 터진 셔츠를 입고 있었다.

"저에게 용무가 있으시다고 해서—."

그의 목소리는 요즈음 대다수의 청년들같이 좀 거친 데가 있었다.

켈시는 그저, "그렇소. 내방으로 갑시다." 하고 말했다.

"전 살인사건에 대해 아무것도 모릅니다."

아담 굿맨이 부루퉁해서 말했다.

"저하고는 아무런 상관도 없는 것입니다. 전 어젯밤에는 집에 돌아가서 잤으니까요."

켈시는 아무 말 없이 그저 고개만 끄덕거렸다.

그는 자신의 책상에 걸터앉아서 청년에게도 손짓으로 맞은편 의자에 앉도록 했다. 사복 차림의 젊은 경관 한 사람이 조심스럽게 그들 두 사람을 뒤따라 들어와 조금 떨어진 곳에 앉았다.

"자—." 켈시가 말했다.

"당신은 아담—." 그는 잠시 책상 위의 메모를 보았다.

"아담 굿맨?"

"예, 맞습니다, 경감님. 한데, 그전에 보여 드리고 싶은 게 있습니다."

아담의 태도는 아까와는 변해 있었다. 지금은 거친 데도 부루퉁해하는 구석도 없었다. 온순하고 경의를 표하는 태도였다.

그는 주머니에서 무엇인가를 꺼내 책상 너머로 건네주었다.

켈시 경감은 그것을 보면서 그저 약간 눈썹을 치켜세웠다. 그러고는 얼굴을 들었다.

"바버, 자네는 여기 있지 않아도 되네." 그가 말했다.

조심스러운 젊은 경관은 일어서서 나갔다.

경감은 놀란 기색을 보이려 하지 않았으나 실제로는 놀라고 있었다.

"아아!" 켈시가 말했다.

그는 살피는 듯한 시선으로 아담의 얼굴을 보았다.

"그럼, 당신은 그런 사람이었소? 그러면 도대체—"

"여학교 같은 데서 무엇을 하고 있는 건가?" 하고 청년은 상대의 질문을 대신해서 말을 이었다.

그의 목소리는 여전히 경의를 표하고 있었으나, 그는 이내 씩 웃었다.

"저도 이런 종류의 임무를 맡기는 정말 처음입니다. 어떻습니까, 정원사같이 보이지 않습니까?"

"이 부근에서는 정원사라면 대개 늙은이라오. 정원 돌보는 일에 대해 좀 아시오?"

"제법 알죠. 제 어머니가 원예사였거든요. 영국의 명물이시죠. 그분 덕분에 전 어머니의 유능한 조수가 될 수 있도록 배웠습니다."

"대체 메도뱅크 학교에서 무슨 사건이 벌어지고 있는 겁니까—당신을 현장에 파견할 정도의 일이란 게?"

"실은 우리도 잘 모릅니다, 메도뱅크 학교에서 어떤 일이 일어날지는. 저의 임무는 감시하는 거죠. 아니, 그랬었다고 해야 할지—어젯밤까지는요. 체육선생 살해사건, 학교의 교육과정에는 들어 있지 않아요."

"그런 일도 일어날 순 있소." 켈시 경감이 말했다.

그는 한숨을 쉬었다.

"어떤 일이라도 일어날 가능성은 있소—어디에서라도 말이오. 난 그것을 깨달았소. 그래도 이번 사건은 좀 상식 밖이라는 것을 나도 인정하오. 이 뒤에는 도대체 무엇이 숨겨져 있는 걸까?"

아담은 전후사정을 이야기했다.

켈시는 흥미롭게 그 이야기를 들었다.

"난 그 학생의 가치를 잘못 보았군." 그는 후회하듯이 말했다.

"사실이라기에는 너무나도 기상천외한 이야기잖소? 시가 50만 파운드에서 100만 파운드에 달하는 보석이라니? 도대체 그건 누구 거요?"

"그것은 꽤 골치 아픈 문젭니다. 그 의문에 답하기 위해서는 국제법률학자들이 옥신각신해야만 할 겁니다—그래도 결국엔 의견의 일치를 보지 못한 채 끝나고 말 테지요. 그 문제는 여러 각도에서 논할 수 있으니까요. 그 보석은 3개월 전까지는 라맛 국의 알리 유수프 황태자의 것이었습니다. 하지만 지금은, 만일 그것이 라맛 국 내에서 발견됐을 경우는 현재 정부의 소유로 돌아갈 것이고, 물론 정부에서도 그걸 확보하기 위해 손을 썼을 겁니다. 알리 유수프 황태자는 그것을 누구누구에게 남긴다고 하는 유언장을 썼을지도 모릅니다. 그 경우는 그 유언장이 어디에서 집행되고, 입증할 수 있는가 하는 점에서 문제가 좌우됩니다. 그 보석은 그분 집안의 소유로 되어 있는지도 모르지요. 하지만 그 문제의 진짜 본질은 만일 경감님이나 제가 길에서 그것을 주워 주머니에 넣어버리는 경우, 그 보석은 실질적으로 우리의 것이 된다는 점에 있습니다. 바꿔 말하면 우리에게서 그 보석을 되찾을 만한 법적인 기구가 존재하는지 의심스럽다는 겁니다. 물론 되찾을 수 있다고는 해도 국제법의 복잡미묘함은 믿기지 않을 정도지만요……."

"그렇다고 하면 사실상은 발견자, 즉 소유자의 것이란 뜻이오?"

켈시 경감이 물었다. 그는 불만스러운 듯이 머리를 흔들었다.

"아무래도 심상치 않군." 그는 딱딱하게 말했다.

"그렇습니다. 아무래도 심상치 않습니다." 아담도 힘주어 말했다.

"그것을 노리고 있는 것이 한 패거리만이 아닙니다. 또 그들은 목적을 위해서는 수단과 방법을 가리지 않는 무리들이지요. 여러 가지 정보가 들어오고 있습니다. 그저 낭설일지도 모르고 아니면 사실일지도 모르지만, 아무튼 그 보석은 폭동이 일어나기 직전에 라맛 국에서 유출되었을 거라는 얘깁니다. 가지고 나온 방법에 대해서는 열두 가지도 넘는 다른 얘기들이 나돌고 있습니다."

"하지만 왜 하필 메도뱅크 학교요? 그 태연한 어린 공주 때문인가?"

"알리 유수프의 사촌 여동생 샤이스타 공주, 그렇습니다. 문제의 보석을 공주에게 전해 주든지 공주와 연락을 취하든지 하려는 사람이 나타날지도 모르기 때문이지요. 그 주위에는 우리의 관점에서 보면 수상한 인물이 몇 명 어슬렁거리고 있습니다. 예를 들어 그랜드 호텔에 묵고 있는 콜린스키 부인, 국제 인간 쓰레기주식회사라고 이름 붙여도 좋을 무리들 중에서도 유명한 멤버입니다만, 경감님 수사선상에 끌어들일 인물은 아닙니다. 항상 법률을 준수하고 정확하고 빈틈없는 생활을 하고 있지만, 도움이 될 만한 정보는 빠뜨리지 않고 모으는 사람이지요. 그리고 라맛 국의 카바레에서 춤을 춘 여자도 있습니다. 보고에 의하면 이 여자는 어떤 외국 정부의 앞잡이라고 합니다. 그 여자가 지금 어디에 있는지는 우리들도 모르고, 어떻게 생긴 여자인지도 모르지만, 이 부근에 와 있을지도 모른다는 소문을 들었습니다. 모두가 메도뱅크 학교를 중심으로 하고 있는 것 같지 않습니까? 그런데 어젯밤 거기에서 스프링거 선생이 살해당한 사건이 벌어진 거지요."

켈시는 생각에 잠겨 고개를 끄덕거렸다.

"상당히 복잡하게 얽혔군." 그가 말했다.

그는 잠시 동안 자신의 감정과 싸우는 듯했다.

"당신도 아는 대로 텔레비전에 나오는 그런 사건들은……, 너무 엉뚱하다고 하는 느낌이라서, 현실에서는 일어날 리도 없고, 실제로도 일어나지 않는—정상적인 상태에서는 말이오."

"첩보기관, 강도, 폭행, 살인, 절도—." 하고 아담도 맞장구를 쳤다.

"모두가 상식에서 벗어난 일들뿐입니다. 그러나 인생에는 그런 면도 존재하고 있지요."

"그래도 메도뱅크 학교에서 일어난 것은!"

그 말은 켈시 경감의 가슴에서 우러나온 듯했다.

"말씀하신 뜻은 잘 알겠습니다." 하고 아담도 말했다.

"바로 불경죄지요."

두 사람은 잠시 말이 없다가 얼마 안 있어 켈시 경감이 물었다.

"당신은 어젯밤 사건에 대해 어떻게 생각하시오?"

아담은 잠시 여유를 두었다가 천천히 이렇게 말했다.

"스프링거는 실내경기장에 갔었습니다—한밤중에요. 왜 그랬을까요? 우리는 거기서부터 출발해야만 합니다. '그녀가 왜 그런 야심한 시각에 실내경기장 같은 곳에 가 있었을까?'라는 그 점을 풀지 않고서는 범인을 찾는 것은 아무 소용이 없습니다. 이렇게는 말할 수 있겠지요. 그녀는 결백하고 스포츠맨다운 생활을 하고 있었다. 우연히 자지 않고 일어나 창밖을 보는 순간 실내경기장에 불이 켜져 있는 것을 보았다—그녀의 방 창문은 그쪽으로 향해 있습니까?"

켈시는 고개를 끄덕거렸다.

"그 여자는 강인하고 무서움을 모르는 젊은 여자였기에 조사해 보러 나갔다. 그녀에게 방해를 받은 그 누군가는—도대체 무엇을 하고 있었을까? 그것이 우리가 모르는 점입니다. 하지만 그녀를 쏘아 살해한 점을 보면, 필시 목숨 아까운 줄 모르는 놈일 겁니다."

이번에도 켈시는 고개를 끄덕거렸다.

"우리들도 같은 시각으로 보고 있었소." 그가 말했다.

"하지만 난 당신의 마지막 말이 내내 마음에 걸리는군. 보통은 죽이려고 쏘지는 않소—죽일 각오로 쏘지는 않는단 말이오. 단—"

"단 커다란 목적을 노리고 있는 경우엔 예외지만 말이죠? 동감입니다! 그러나 지금 말씀하신 것은 죄 없는 스프링거가 살해당했다고 해도 좋을 경우입니다—직무를 수행하다 살해당한 거니까요. 그런데 또 하나의 다른 가능성도 있습니다. 스프링거는 남모르는 정보를 갖고 메도뱅크 학교에 근무한다. 또는 두목의 명령에 의해 잠입해 있는 것이다—체육교사라는 자격으로. 그녀는 적당한 밤을 기다려 몰래 실내경기장에 들어간다(여기에도 또 우리에게 장애가 되는 의문이 생깁니다—도대체 왜 들어갔을까?). 그녀의 뒤를 밟는다—그렇지 않으면 그녀를 기다리고 있다. 그 누군가는 권총을 가지고 있고 그것을 사용할 각오로 있다. 하지만 여기에서도 또 의문에 부딪칩니다—왜 그랬을까? 무엇 때문에? 실제로 그 실내경기장에 무엇이 있습니까? 그런 곳에 무슨 물건을 숨긴다고는 생각할 수 없습니다만."

"거기에는 아무것도 숨겨져 있지 않다고 내가 보증할 수 있소. 우리들이 철저하게 조사해 보았으니까—학생들의 개인 사물함도, 스프링거 선생의 것도 말이오. 여러 가지 스포츠용품이 있었으나 모두 흔한 물건이고, 용도도 확실한 것이오. 그리고 아주 새 건물들이라오! 거기에는 보석 같은 것은 하나도 없었소."

"무엇이 있었다 해도 이미 옮겨졌을 수도 있지요. 범인에 의해서 말입니다."

아담이 말했다.

"또 하나의 가능성은 실내경기장이 단순히 밀회의 장소로만 쓰였을 경우입니다—스프링거 선생이나 다른 누군가에게요. 그러기에는 아주 적당한 곳이니까요. 교사에서 상당히 떨어져 있으나, 그렇다고 해서 그렇게 멀지도 않지요. 게다가 다른 사람들에게 그곳에 가는 것을 들켰다 해도 그것이 누구든지 그저 불빛이 보여서 그런다든가 하고 대답하면 되니까요. 만일 스프링거 선생이 누군가를 만나러 갔다고 해요—그러고는 언쟁이 벌어져 그녀가 살해당했다, 혹은 그 변형입니다만 스프링거 선생이 누군가가 교사에서 나가는 것을 알아차리고 그 뒤를 밟았고, 그녀가 보거나 듣거나 해서는 안 될 일에 빠져들었다고 한다면?"

"난 그 여자가 살아 있을 때에는 한 번도 만난 적이 없소." 켈시가 말했다.

"하지만 모든 얘기를 종합해 보면 참견하기 좋아하는 여자가 아닌가 하는 인상을 받았소만."

"저도 그것이 가장 가능성 있는 해석이 아닐까 하고 생각합니다. 호기심 때문에 몸을 망친 거지요. 그래요. 실내경기장이 등장하는 것도 그런 관계에서지요."

"하지만 밀회의 현장을 목격했다고 하면—" 켈시는 말을 머뭇거렸다.

아담은 세차게 고개를 끄덕거렸다.

"그렇습니다. 그 학교에 우리의 엄중한 감시를 필요로 하는 인물이 있다는 겁니다. 바로 비둘기 속의 고양이지요."

"비둘기 속의 고양이라고?"

켈시는 그 말에 한방 얻어맞은 듯했다.

"그곳 선생 중에 리치 선생이라고 하는 사람도 오늘 그와 같은 말을 했는데." 그는 1~2분 생각에 잠겨 있었다.

"이번 학기에 새로 들어온 교직원이 세 사람 있소" 그가 말했다.

"비서 샤플랜드 양과 프랑스인 선생 블랑슈, 그리고 스프링거 선생이오. 그 여자는 이미 죽었으니 그 가운데서 제외합시다. 비둘기 속에 고양이가 섞여 있다고 한다면 나머지 두 사람 가운데 어느 쪽일 공산이 큰 게요."

그는 아담을 보았다.

"그 두 사람 가운데 어느 쪽일까 하는 점에 대해서 무슨 의견이 없소?"

아담은 잠시 생각하는 듯했다.

"언젠가 전 블랑슈 선생이 실내경기장에서 나오는 것을 보았습니다. 뭐랄까, 뒤가 켕기는 듯한 표정이었어요. 해서는 안 될 일을 한 것 같다고나 할까요? 그렇다고는 해도 대체적인 느낌으로는—저라면 또 한 사람 지목하겠습니다, 샤플랜드 양을. 그 여자는 상당히 뻔뻔스럽고 머리도 좋아요. 제가 경감님이었다면 그 여자의 과거를 조심스럽게 들추어 조사해 보겠습니다만, 경감님은 무엇이 수상스럽습니까?"

켈시는 씩 웃었다.

"그 여자 쪽에서도 당신을 의심하고 있소" 그가 말했다.

"당신이 실내경기장에서 나오는 것을 보았는데, 당신의 태도가 좀 이상하다고 생각했다더군!"

"허, 놀랍군요! 정말 뻔뻔스럽네!"

아담은 화가 났다.

켈시 경감은 원래의 권위 있는 태도로 돌아갔다.

"문제는 이 주변의 사람들은 모두 메도뱅크 학교를 자랑으로 삼고 있다는 거요. 훌륭한 학교에다, 벌스트로드 교장도 훌륭한 분이지. 우리가 조금이라도 빨리 진상에 도달할 수 있다면 그 학교를 위해서도 좋은 일이라오. 우리의 손으로 사건을 해결해 메도뱅크 학교에 깨끗한 건강증명서를 건네주고 싶소"

그는 잠시 말을 멈추고 생각에 잠긴 얼굴로 아담을 바라보았다.

"벌스트로드 교장에게 당신의 정체를 얘기해 둘 필요가 있을 것 같소"

그가 말했다.
"입이 가벼운 분은 아니라오—그 점은 걱정 안 해도 좋소."
아담은 잠시 생각하는 듯하더니 얼마 안 있어 고개를 끄덕거렸다.
"그래요. 현 상태로는 그것을 피할 수 없을 것 같군요."

제12장

헌 램프와 새 램프의 교환

1

벌스트로드 교장은 다른 어떤 여성보다도 뛰어난 인물이라는 것을 증명하는 또 다른 재능을 가지고 있었다.

그녀는 다른 사람의 말을 가만히 잘 들어주는 사람이었다. 그녀는 켈시 경감과 아담이 얘기하는 것을 묵묵히 듣고 있었다. 눈썹 하나 움직이지 않았다.

그러고 나서 그녀는 그저 한마디 이렇게 말했다.

"놀랄 만한 일이군요."

당신이야말로 놀랄 만한 인물이라고 아담은 생각했으나 입 밖으로 말하지는 않았다.

벌스트로드 교장은 언제나처럼 바로 이야기의 요점으로 들어갔다.

"그래서 경감님은 제가 어떻게 하기를 바라십니까?"

켈시 경감은 헛기침을 했다.

"실은 이런 겁니다. 우리들은 선생님에게 뭐든지 알려둘 필요가 있다고 생각합니다—이 학교를 위해서요."

벌스트로드 교장은 고개를 끄덕거렸다.

"저로서도 당연히 학교가 제일의 관심사입니다. 그럴 수밖에 없지요. 전 학생들의 안전에 대해 책임을 지고 있는 몸이니까요—그것보다도 정도는 덜하지만 교직원의 안전에 대해서도요. 그리고 이 기회에 덧붙여두고 싶은 것은 스프링거 선생이 죽게 된 사정을 될 수 있으면 세상에 알리지 말았으면, 저로서는 고맙겠다고 하는 얘깁니다 이것은 정말 염치없는 부탁입니다만, 무엇보다 저의 학교가 학교 자체로서의 중요성을 가지고 있기 때문이지 단지 저 때문만은 아닙니다. 하지만 만일 사건 일체를 발표할 필요가 생길 경우엔 경감님으로서는 그렇게밖에 할 수 없다는 입장이라는 것도 저는 잘 알고 있습니다. 그러나 그럴 필요가 있을까요?"

"아닙니다. 이번 사건은 될 수 있는 한 발표를 삼가는 쪽이 더 좋다고 봅니다." 켈시 경감이 말했다.

"검시 재판도 연기할 예정으로 있고, 경찰에서는 단순한 지방 사건으로 보고 있다고 하는 식으로 발표할 예정입니다. 불량청년들이(요즈음은 비행청소년이라고 불러야 하겠지만) 총을 자랑스럽게 꺼내서 함부로 쏘아댔다. 대개는 칼을 휘두르는 정도이나 개중에는 총을 갖고 있는 소년들도 있다. 스프링거 선생은 불시에 그들을 덮쳤다. 그 때문에 그들에게 살해당했다. 대충 이런 식으로 발표하게 할 겁니다—그렇게 하면 우리들도 조용히 수사를 진행시킬 수 있지요. 신문에는 최소한의 사실만 싣도록 했습니다. 하지만 물론 메도뱅크는 유명한 학교라서 뉴스거리가 될 겁니다. 더욱이 메도뱅크 학교에서 일어난 살인사건이라고 하면 특종이겠지요."

"그 방면이라면 저도 도울 수 있다고 생각합니다."

벌스트로드 교장이 또렷하게 말했다.

"유력한 관계자와 연줄이 있으니까요."

그녀는 웃으며 몇 사람의 이름을 죽 얘기했다. 그 가운데에는 내무상과 신문계의 거물이 두 사람, 주교, 문교상 등의 이름도 포함되어 있었다.

"저도 제가 할 수 있는 일은 해보겠습니다."

그녀는 아담 쪽을 보았다.

"아담 씨도 이견(異見)은 없으시죠?"

아담은 재빨리 이렇게 대답했다.

"물론입니다. 우리는 늘 비밀리에 일이 진행되는 것을 더 좋아합니다."

"당신은 여기 정원사 노릇을 계속하실 건가요?"

벌스트로드 교장이 물었다.

"선생님만 지장이 없으시다면요. 제가 원하는 곳에 있을 수 있으니까요. 그래야 무슨 일인지 감시도 할 수 있고 말입니다."

이번만은 벌스트로드 교장의 눈썹이 치켜 올라갔다.

“설마 또 다른 살인사건이 일어날 거라고 예상하고 있는 건 아니겠죠?”

“당치도 않습니다.”

“그 말을 들으니 안심이 되는군요. 어떤 학교라도 한 학기에 두 번이나 살인사건이 일어난다면 살아남을 수 있을지 의문입니다.”

그녀는 켈시 쪽을 보았다.

“실내경기장에 대한 조사는 끝났습니까? 그곳을 사용할 수 없으면 불편해서 곤란한데요.”

“끝났습니다. 아주 깨끗합니다—우리의 입장에서 본 얘기지만 말이지요. 어떤 이유로 범행이 저질러졌든 거기에는 이미 우리에게 실마리가 될 만한 것은 아무것도 없습니다. 통상의 설비를 갖춘 그저 실내경기장일 뿐이지요.”

“학생들의 개인 사물함에도 말입니까?”

켈시는 쓴웃음을 지었다.

“실은 여러 가지 물건이—책도 있었습니다, 프랑스어로 된. 《캉디드(볼테르의 철학소설)》라는 제목인데, 그것이 삽화가 들어 있는 거였습니다. 비싼 책이지요.”

“아, 그 학생은 그런 곳에 그런 것을 두었군요!” 벌스트로드 교장이 말했다.

“지젤 도브레이지요?”

켈시는 벌스트로드 교장에 대한 존경의 마음이 한층 더 깊어졌다.

“선생님은 무엇이든 그냥 지나쳐 보지 않으시는군요.”

“《캉디드》를 읽어도 별로 해는 없을 겁니다.”

벌스트로드 교장이 말했다.

“그것은 고전이니까요. 저도 외설적인 책은 압수하고 있습니다. 자, 이제 처음 질문으로 돌아가겠는데요. 덕분에 이 학교가 신문의 뉴스거리가 될 걱정은 없어졌군요. 학교 쪽에서 경감님께 도움이 될 수 있는 일은 없을까요? 제가 도와드릴 수 있는 일이라도?”

“지금으로서는 없다고 봅니다. 그저 한 가지 묻고 싶은 것이 있다면 이번 학기에 들어 불안하게 느낀 적이 없으신가 하는 겁니다. 어떤 일이라든지, 아니면 어떤 사람의 일로라도.”

벌스트로드 교장은 잠깐 동안 조용하더니 조금 뒤에 천천히 이렇게 말했다.

"정확한지는 저도 잘 모르겠다고 대답할 수밖에 없겠습니다만."

아담이 재빠르게 말했다.

"무엇인지 심상치 않은 느낌을 가지셨군요?"

"네, 그런 느낌입니다. 확실하지는 않아요. 누구의 일이라고도 지적할 수 없지만, 그저—."

그녀는 잠시 입을 다물었다가 다시 계속해서 말했다.

"꼭 들어야 할 것을 못 듣고 만 그런 느낌이에요—그때 그런 느낌을 가졌었거든요. 이유를 설명하지요."

그녀는 업존 부인에 대한 것과 레이디 베로니카의 예상치 못한 방문으로 난처했었던 일을 간단하게 이야기했다.

아담은 흥미로워했다.

"선생님, 이 점을 확실히 해주십시오. 업존 부인은 현관 앞길이 보이는 창으로 밖을 내다보고 있었는데 아는 사람이 있는 것을 알아차렸단 말이지요? 그 정도의 일이라면 별로 문제가 되지 않습니다. 이 학교에는 백 명이 넘는 학생들이 있고, 업존 부인이 학생의 학부형이라든가 친척 가운데 자신이 아는 사람을 보았다고 해도 이상하지는 않으니까요. 그런데 그 부인은 그 사람을 보고 깜짝 놀란 것 같다고 하는 확실한 인상을 선생님은 갖고 계십니다—깜짝 놀랄 정도의 그 인물이 메도뱅크 학교에서 보리라고는 꿈에도 생각지 못했던 인물이었던 것 같았느냐 하는 겁니다."

"네, 그래요. 분명 전 그런 인상을 받았습니다."

"그런데 선생님께서는 창에서 반대 방향을 쳐다보고 있다가 추태를 부리는 한 학생의 어머니를 보고 그쪽으로 주의를 빼앗겨 업존 부인의 말을 듣지 못한 거군요?"

벌스트로드 교장은 고개를 끄덕거렸다.

"업존 부인과는 오래 얘기하셨습니까?"

"네."

"선생님께서 다시 그쪽으로 주의를 돌렸을 때에는 그 부인은 첩보활동에 대해, 자신이 결혼 전 전쟁 중에 했었던 첩보활동에 대한 이야기를 하고 있었다는 거군요?"

"네, 그래요."

"어떤 관련이 있을지도 모르겠는데요." 아담은 생각에 잠겨 말했다.

"그 부인이 전쟁 중에 알게 된 사람, 여기 학생의 학부형이나 친척일지도 모르고, 어쩌면 이곳 교직원 중 누구였다고도 생각할 수 있습니다."

"설마 우리 교직원이?" 벌스트로드 교장이 반발을 했다.

"하지만 있을 수 있는 일입니다."

"그 업존 부인에게 연락을 취할 필요가 있을 것 같은데요." 켈시가 말했다.

"그것도 될 수 있으면 빨리. 부인의 주소는 알고 계시겠죠, 벌스트로드 선생님?"

"네, 물론입니다. 하지만 그분은 분명 지금은 외국에 계실 겁니다. 잠시 기다려 주세요. 알아볼 테니까."

그녀는 책상 위의 버저를 두 번 누르더니, 뒤이어 가만히 있지 못하고 문까지 가서 지나가는 여학생을 불렀다.

"폴라, 줄리아 업존을 찾아다 줄래?"

"네, 교장선생님."

"전 그 학생이 오기 전에 나가는 것이 좋겠습니다." 아담이 말했다.

"제가 경감님이 하시는 수사를 도와주고 있다는 것은 부자연스럽게 보일 테니까요. 표면상으로는 저의 신분을 자세히 조사해 보기 위해 경감님께서 저를 부르신 걸로 해두죠. 그런데 지금으로서는 의심할 만한 점이 없어 내보내 주는 걸로 하는 겁니다."

"이제 돌아가도 좋으나 내가 지켜보고 있다는 걸 잊지 마시오!"

켈시는 씩 웃으며 볼멘소리로 말했다.

아담은 문 쪽으로 가더니 멈춰 서서 벌스트로드 교장에게 말을 걸었다.

"여기서의 제 지위를 조금 악용해도 되겠지요? 제가, 글쎄요, 이곳 선생님 누군가와 조금 친밀해져도?"

"이곳 선생 누구하고 말입니까?"

"글쎄요—예를 들어 블랑슈 선생님하고라도."

"블랑슈 선생? 당신은 그 여자가—."

"그 여자는 여기서 좀 무료해 하고 있는 듯하니까요."

"아아!"

벌스트로드 교장은 약간 엄숙한 표정이 되었다.

"그럴지도 모르지. 그 밖에 누구와?"

"모두와 그래 볼 생각입니다." 아담은 유쾌하게 말했다.

"학생 중 누가 몰래 빠져나가 정원에서 밀회를 하는 듯한 어리석은 행동을 보셔도 아무쪼록 저를 믿어주십시오. 저의 의도는 어디까지나 탐정적이니까요—그런 단어가 있다고 한다면 말입니다."

"학생들이 뭘 좀 알고 있는 것 같다고 생각하세요?"

"누구라도 어느 정도는 알고 있지요." 아담이 말했다.

"본인은 자기가 아는 것을 눈치채지 못하고 있다 할지라도요."

"그것은 그럴지도 모르겠네."

문에서 노크 소리가 나자 벌스트로드 교장은 들어오라고 말했다.

줄리아 업존이 매우 숨을 헐떡거리며 나타났다.

"들어와요, 줄리아."

켈시 경감은 호통치듯 말했다.

"굿맨, 자네는 이제 돌아가도 좋아. 나가서 자네 일을 계속하게."

"전 아무것도 모른다고 하지 않았습니까?"

아담은 부루퉁해서 말대꾸를 했다. 그러고는, "지독한 게슈타포로군." 하고 투덜거리며 나갔다.

"선생님, 숨을 헐떡거려서 죄송해요." 줄리아가 사과했다.

"테니스 코트에서부터 죽 뛰어와서 그래요."

"그런 것은 괜찮아. 네 어머니가 가신 곳을 알고 싶은데, 어디로 편지를 쓰면 연락이 될까?"

"오! 그 일이라면 이사벨 숙모님께 편지를 내는 수밖에 없을 거예요. 어머니는 외국에 계시거든요."

"너의 숙모님 주소라면 알고 있어. 하지만 어머니께 직접 연락할 필요가 있어서 그래."

"그것이 가능할지 모르겠네요." 줄리아는 눈썹을 치켜세웠다.

"어머니는 버스를 타고 터키의 아나톨리아에 가셨거든요."

"버스를 타고?"

벌스트로드 교장은 아연실색했다.

줄리아는 힘차게 고개를 끄덕거렸다.

"어머니는 그런 것을 좋아하세요. 게다가 그쪽이 훨씬 여비도 적게 드니까요. 그다지 편하지는 않지만 어머니는 그런 것을 걱정하지 않는 분이세요. 대개 3주일 정도 걸려 밴(동터키의 산중에 있는 오래된 호반의 도시)에 도착하지 않을까 생각해요."

"아, 그래, 알았다. 그런데, 줄리아, 혹시 어머니가 전쟁 중에 군대에서 활동하셨을 때 알던 사람을 여기서 만났다고 하는 얘기를 듣지 못했니?"

"아뇨, 못 들은 것 같아요. 예, 분명 듣지 못했어요."

"너의 어머니는 첩보활동을 하셨다지?"

"네, 그래요. 그런 일을 좋아하셨던 것 같아요. 전 그렇게 스릴 있는 일이었다고는 생각지 않지만요. 어머니는 아무것도 폭파시킨 적도 없고, 게슈타포에 붙잡힌 적도 없으며, 발톱을 뽑힌 적도 없어요. 그런 것은 없었어요. 스위스에서 일을 했었던 것 같아요—그렇지 않으면 포르투갈에서였던가?"

줄리아는 사과하듯이 덧붙여 말했다.

"그런 옛날 전쟁 이야기 같은 건 듣기만 해도 따분해요. 그래서 전 항상 똑바로 듣지 않았던 것 같아요."

"그래, 고맙다, 줄리아. 다됐어."

"정말 어이없군요!"

줄리아가 나가자 벌스트로드 교장이 말했다.

"버스로 아나톨리아에 갔다고! 마치 자기 어머니가 73번 버스를 타고 마셜 앤드 스넬그로브 상점에 물건이라도 사러 간 듯이 얘기하는군요."

2

제니퍼는 약간 언짢은 얼굴로 테니스 라켓을 휘두르며 테니스 코트를 빠져 나왔다. 오늘 하침 연습에서 더블 폴트(두 번 계속된 서브의 실패)가 많아서 풀이 죽어 있었다.

누가 뭐라고 해도 이런 라켓으로 강한 서브는 불가능해. 그래도 요즈음은 아무래도 서브 조절을 잘 못하는 것 같아. 하지만 백핸드는 눈에 띄게 좋아졌어. 스프링거 선생님의 지도 덕분이야. 선생님이 돌아가신 것은 여러 의미에서 애석한 일이야—하고 그녀는 생각했다.

제니퍼는 테니스에 대해서는 대단히 진지했다. 테니스는 그녀가 늘 머리에 생각하고 있는 일 중의 하나였다.

"실례해요—."

제니퍼는 놀라 얼굴을 들었다. 잘 차려입은 금발의 여인이 길고 넓적한 꾸러미를 들고 골목길에서 그녀에게서 몇 피트 떨어진 곳에 서 있었다.

그때까지 그 여자가 걸어오는 모습이 눈에 띄지 않은 것이 이상했다. 나무 그늘이나 철쭉 수풀 그늘에라도 숨어 있다가 갑자기 모습을 나타냈을지도 모른다는 생각은 그녀의 머릿속에서는 떠오르지 않았다. 그것도 당연했을 것이다. 그 여자가 철쭉 수풀 같은 데 숨어 있다가 갑자기 거기에서 나온 게 아니었으니까.

그 여자는 약간 미국 사투리가 섞인 말로 얘기를 걸어왔다.

"찾고 있는 학생이 있는데, 어디에 있는지 가르쳐 주지 않을래요? 이름은—."

그녀는 쪽지를 꺼내보았다.

"제니퍼 서트클리프라고 하는데."

제니퍼는 깜짝 놀랐다.

"제가 제니퍼 서트클리프예요."

"어머! 정말 우스운 일이군! 이거야말로 우연의 일치네. 이런 큰 학교에서 학생 하나를 찾고 있었는데, 마침 물어본 상대가 바로 그 장본인이라니. 그런 일은 생기지 않을 것 같다고들 하던데."

"전 가끔 생기는 일이라고 생각해요."
제니퍼는 무관심하게 말했다.
"난 오늘 여기에 있는 친구와 점심을 함께 하기로 되어 있었어요." 하고 그 여자는 계속해서 말했다.
"그래서 어제 칵테일파티에서 잠깐 그 얘기를 했더니 학생 큰어머니가—아니, 대모(代母)라든가—난 지독하게 기억력이 나빠요. 이름도 물어보았었는데 그것도 잊어버렸지 뭐야. 어쨌든 그분에게서 가능하면 이곳에 들러 학생에게 새 라켓을 전해 줄 수 없느냐는 부탁을 받았어요. 학생이 전부터 조르던 거라고 하더군."
제니퍼의 얼굴이 확 밝아졌다. 마치 진짜 기적 같았다.
"분명 그분은 저의 대모 캠벨 부인이세요. 전 자이나 큰어머니라고 부르고 있죠. 로자먼드 숙모님은 아닐 거고요. 그 숙모님은 크리스마스에 겨우 10실링을 주었을 뿐 그밖에는 아무것도 준 적이 없어요."
"그래그래, 겨우 생각났어. 분명 그런 이름이었어. 캠벨이라고."
꾸러미가 건네졌다. 제니퍼는 진지하게 그것을 받았다. 그것은 그저 대강 싸여져 있었다.
라켓이 포장지에서 모습을 나타내자 제니퍼는 기뻐서 탄성을 질렀다.
"어머, 멋져! 이렇게 좋을 수가 없네. 그전부터 새 라켓을 갖고 싶었어요—좋은 라켓이라야 멋지게 테니스를 칠 수 있거든요."
"그렇겠지."
"가지고 오기까지 해주시다니 정말 고맙습니다."
제니퍼는 감사하게 생각하며 말했다.
"아무것도 아닌 일인데 뭐. 그저 솔직히 말해 좀 겁내고 있었어. 학교라고 하면 난 항상 좀 벌벌 떠는 버릇이 있거든. 무엇보다 젊은 여자가 너무 많아서 말이지. 자, 그건 그렇고, 학생의 낡은 라켓을 가지고 오라고 하셨는데."
그녀는 제니퍼가 내던진 라켓을 주워들었다.
"학생의 큰어머니—아니, 그 대모님은 라켓 줄을 바꾼다고 하시는 것 같던데. 그럴 필요가 있을까?"

"그렇게 할 값어치는 없다고 생각하는데." 하고 제니퍼는 말했으나 이미 그런 일에는 관심도 없었다.

그녀는 여전히 자신의 새 보물로 스윙과 밸런스를 시험해 보고 있었다.

"하지만 예비 라켓이 있으면 편리할 텐데."

그녀의 새 친구가 말했다. 그녀는 시계를 흘끗 보았다.

"어머, 생각보다 늦어지고 말았네. 뛰어가야겠는걸."

"자동차를—택시를 부를까요? 전화하면—."

"아니, 됐어. 자동차를 문 바로 옆에 세워놓았거든. 좁은 곳에서 돌리지 않아도 되게끔 말이야. 자, 그럼, 잘 있어. 학생과 만나서 기뻐요. 그 라켓이 길이 잘 들었음 좋겠네."

그녀는 문자 그대로 종종걸음으로 문 쪽을 향해 골목길을 걸어갔다.

제니퍼는 한 번 더 뒤에서 인사를 했다.

"정말 감사합니다."

뒤이어 그녀는 혼자서 히죽 웃으며 줄리아를 찾으러 갔다.

"얘, 이것 좀 봐."

그녀는 야단스럽게 라켓을 휘두르며 보여주었다.

"어머! 어디서 났니?"

"우리 대모님이 준 선물이야. 자이나 큰어머니가 진짜 큰어머니는 아니지만 난 그렇게 불러. 굉장한 부자란다. 내가 라켓 때문에 툴툴댄다고 엄마가 얘기하셨나 봐. 어때, 멋지지? 잊지 말고 고맙다고 편지를 써야지."

"물론 잊으면 안 돼지!" 줄리아는 설교조로 말했다.

"하긴 누구든지 때로는 잊는 적이 있어. 정말로 그러려고 한 것까지도 말이야. 어머, 저기 봐, 샤이스타야."

그녀는 두 사람 쪽으로 다가오는 학생에게 말을 걸었다.

"난 새 라켓이 생겼어. 멋지지 않니?"

"어머, 아주 비싸겠다."

샤이스타는 정중하게 잠시 라켓을 자세히 보았다.

"나도 테니스를 잘 칠 수 있으면 좋을 텐데."

"넌 항상 공에 맞더라."

"난 공이 어디로 날아올지 모르는 것 같아." 샤이스타는 모호하게 말했다.

"집에 돌아가기 전에 런던에서 정말 멋진 셔츠를 입어봐야만 할 텐데. 그렇지 않으면 미국 챔피언 루스앨런이 입고 있는 것 같은 테니스복이라도. 그거라면 아주 스마트할 거야. 난 꼭 둘 다 입어볼 거야."

그녀는 즐거운 기대로 미소 지었다.

"샤이스타는 입는 것밖에 생각 안 하나 봐."

다시 두 사람만 걷게 되자 줄리아는 경멸하듯이 말했다.

"우리도 저런 식으로 될까?"

"그럴 수도 있다고 생각해." 제니퍼는 어두운 목소리로 말했다.

"두려운 일이야."

두 학생은 지금은 이미 경찰도 표면상으로는 모습을 나타내지 않고 있는 실내경기장으로 들어가 제니퍼는 자신의 라켓을 조심스럽게 라켓 걸이에 걸었다.

"멋지지?"

그녀는 그것을 애정을 갖고 어루만졌다.

"낡은 것은 어쨌니?"

"응, 그 여자가 가지고 갔어."

"누가?"

"이걸 가져다 준 여자. 그 여자가 칵테일파티에서 자이나 큰어머니를 만났을 때, 오늘 여기에 올 거라고 얘기했더니 이것을 내게 전해 달라고 부탁하셨대. 자이나 큰어머니가 낡은 것도 줄을 바꿔 끼우신다고 가지고 오라고 했다면서."

"아, 그랬구나……." 하지만 줄리아는 눈썹을 치켜세웠다.

"교장선생님이 너에게 무슨 볼일이 있었어?"

제니퍼가 물었다.

"교장선생님? 응, 아무것도 아니야. 엄마가 계신 곳을 물어보셨을 뿐이야. 하지만 엄마는 어디에 머무르는지 몰라. 버스로 여행하고 있으니까. 터키의 어딘가를 말이야. 자, 이것 봐, 제니퍼, 네 라켓은 줄을 바꿔 끼울 필요가 없었어."

"있었어. 마치 스펀지 같았는걸."

"그것은 알아. 하지만 그것은 실은 내 라켓이었잖아. 얘, 우린 바꿨잖니. 줄을 바꿔 끼울 필요가 있는 것은 내 라켓이었어. 지금 내가 갖고 있는 네 라켓은 이미 줄을 간 거야. 외국에 가시기 전에 어머니가 갈아주었다고 네가 말하지 않았니?"

"그래, 그랬었지."

제니퍼는 약간 놀란 모습이었다.

"뭐, 괜찮을 거야. 분명 그 여자가 누군지는 모르지만—이름을 물어봤어야만 하는 건데. 난 너무 황홀해 있었기 때문에 줄을 갈아 끼울 필요가 있다고 본 거야."

"하지만 넌 그 여자가 자이나 큰어머니가 줄을 갈아 끼울 필요가 있다고 하셨다고 얘기하지 않았니? 그렇지만 줄을 갈아 끼울 필요가 없다면 자이나 큰어머니가 그런 생각을 하실 리가 없잖겠니?"

"그거야 그렇지만—." 제니퍼는 초조한 얼굴이 되었다.

"분명, 분명히—."

"분명 뭐야?"

"분명히 자이나 큰어머니는 내가 새 라켓을 갖고 싶어 한다고 했으니 낡은 것은 줄을 갈아 끼울 필요가 있다고 생각하셨을 거야. 하지만 어차피 이젠 상관없잖아?"

"그거야 그렇겠지." 줄리아는 천천히 말했다.

"하지만 난 좀 이상한 것 같아. 마치—마치 헌 램프와 새 램프를 교환한 것 같지 않니? 너도 아는 알라딘 얘기 말이야."

제니퍼는 킥킥거리고 웃었다.

"내 낡은 라켓(아니, 네 낡은 라켓이었지)을 문질러서 귀신이 나오면 어쩌지! 램프를 문질러 귀신이 나오면 넌 무엇을 부탁하겠니, 줄리아?"

"그야 얼마든지 있지."

줄리아는 황홀해하며 속삭이듯 말했다.

"테이프레코더에다 독일종 셰퍼드 개—그렇지 않으면 그레이트데인(덴마크

종의 큰 개), 그리고 돈 10만 파운드, 검은색공단 파티용 드레스, 그리고 아직도 얼마든지 있어. 너라면 어때?"

"난 모르겠어." 제니퍼가 말했다.

"이미 이런 멋진 새 라켓을 받았으니 그밖에는 아무것도 갖고 싶은 게 없어."

제13장

파국(破局)

1

학기가 시작되고 나서 세 번째 주말은 평소의 일정대로 진행되었다. 그 주말은 학부형이 학생을 데리고 나가도 좋은 최초의 주말이었다.

그 결과 메도뱅크 학교에는 거의 사람 그림자도 보이지 않을 정도였다.

그 일요일에 학교에 남아 점심을 먹는 학생은 스무 명 정도밖에 안 되었다. 교직원도 몇 명인가는 주말휴가를 얻어 일요일 밤늦게가 아니면 월요일 아침 일찍 돌아오기로 되어 있었다. 특별히 이번 주말에는 벌스트로드 교장도 학교를 비울 예정이었다. 그녀는 학기 중에는 학교를 떠나지 않는 습관이었으나 이번은 예외였다. 그러나 거기에는 그럴 만한 이유가 있었던 것이다.

그녀는 웰싱턴의 웰셤 공작부인 저택에 머무르기로 했다. 공작부인에게서 꼭 방문해 달라고 하는 초대가 있었고, 헨리 뱅크스도 온다고 덧붙였기 때문이다. 헨리 뱅크스는 학교의 이사장이었다. 그는 유력한 후원자 중 한 사람이었다. 따라서 이 초대는 말하자면 명령과도 같은 것이었다. 무엇보다도 벌스트로드 교장은 자신의 뜻에 맞지 않는 명령에 따를 사람은 아니었으나, 이번 경우는 그녀 쪽에서도 반갑게 그 초대를 받아들였다. 그녀는 공작부인이라고 하는 신분에 결코 무관심하지 않았고, 웰셤 공작부인은 이전에 자신의 딸들도 메도뱅크 학교에 입학시킨 적이 있는 세력 있는 여인이었다. 그리고 벌스트로드 교장은 특히 헨리 뱅크스를 만나 학교의 장래에 관해 의논하고, 최근의 비극적인 사건에 대한 그녀 자신의 설명도 들려주고 싶었다.

메도뱅크 학교가 유력한 연줄을 가지고 있는 덕분에 스프링거 선생의 살인사건도 신문에는 솜씨 좋게 가벼이 취급되었을 뿐이었다. 미궁의 살인사건이라기보다는 비극적인 참사라고 취급되었다. 확실히 그렇게 쓰여 있지는 않았지만, 아마 불량배들이 실내경기장에 들어갔다가 계획적이지는 않고 우발적인 동기에서 스프링거 선생을 죽였다고 생각할 수 있는 기사였다. 몇 명의 청년이 '참고인으로서' 경찰에 출두할 것을 명령받았다고도 보도되었다.

벌스트로드 교장은 이 두 유력한 학교의 후원자들이 받을지도 모를 불쾌한 인상을 어떻게든 완화시키고 싶었다. 그 두 사람이 그녀가 넌지시 비친 은퇴 문제에 관해 의논하고 싶어하는 것도 알고 있었다. 공작부인이나 헨리 뱅크스도 그녀가 그대로 있기를 원하고 있었다. 이번에야말로 엘리노어 밴시타트의 뒤를 밀어 그녀가 우수한 여성이고 메도뱅크 학교의 전통을 유지해 나가는 데 적임자라는 것을 피력해둘 좋은 기회라고 느꼈다.

토요일 아침 벌스트로드 교장이 앤 샤플랜드에게 편지 받아쓰게 하는 걸 막 끝냈을 때에 전화벨이 울렸다.

앤이 받았다.

"벌스트로드 선생님, 이브라힘 대공에게서 온 전화예요. 대공은 클래리지 호텔에 도착했는데, 내일 샤이스타 양을 데리고 나가신다고 하는군요."

벌스트로드 교장은 수화기를 받아 대공의 시종무관과 간단하게 이야기를 했다. 샤이스타 양은 일요일 오전 11시 반 이후라면 언제든지 데리고 나가도 좋다. 하지만 오후 8시까지는 학교에 돌아와야 한다고 그녀는 대답했다.

그녀는 전화를 끊었다.

"동양 사람들도 좀 예고하는 습관을 가졌으면 좋겠어. 샤이스타는 내일 지젤 도브레이와 함께 외출할 예정이었는데. 그럼, 그쪽도 취소해야 하잖아. 편지는 이것으로 끝인가?"

"네, 이것뿐이에요."

"그럼, 덕분에 홀가분한 마음으로 나갈 수 있겠는걸. 타이프로 쳐서 부치기만 하면 샤플랜드 양도 주말을 자유로이 지낼 수 있으니 잘됐군. 월요일 점심 무렵까지는 일도 없을 테니까."

"감사합니다, 교장선생님."

"즐기다 와요."

"네, 그러려고 해요." 앤이 말했다.

"젊은 남자와?"

"네, 그래요." 앤은 얼굴을 살짝 붉혔다.

"하지만 별로 깊은 관계는 아니에요."

"그렇다면 그렇게 하는 편이 좋겠군. 결혼할 생각이라면 시기를 놓치지 않는 것이 좋고."

"어머, 그전부터 친구 사이일 뿐이에요. 가슴이 두근거린다든가 하는 일은 전혀 없었고요."

"가슴이 두근거리는 것이 결혼생활의 건전한 기초가 된다고는 할 수 없어."

벌스트로드 교장은 경고하듯이 말했다.

"채드윅 선생을 좀 불러주겠어?"

채드윅 선생이 허둥지둥 들어왔다.

"채디, 샤이스타의 숙부인 이브라힘 대공이 내일 그 애를 데리고 나간다는군. 대공이 직접 오면 샤이스타의 성적이 올라가고 있다고 말해 줘."

"그 애는 그리 머리가 좋지는 않은 것 같아." 채드윅 선생이 말했다.

"그래. 지적으로는 미성숙했어." 벌스트로드 교장이 맞장구를 쳤다.

"하지만 다른 면에는 뛰어나게 성숙한 머리를 가지고 있어. 그 아이와 얘기를 하면 때로는 스물다섯 살 먹은 여자가 아닌가 하는 생각이 들 정도야. 아마 지금까지의 세파에 닳고 닳은 생활을 한 탓일 거라고 생각해. 파리, 테헤란, 카이로, 이스탄불 등지에서는 어린이들을 너무 어리게 취급하는 경향이 있어, '저 애는 아직 그저 어린애다' 하고 간주하고 그것을 장점인 양 말하지만, 실은 장점이 아니야. 사회생활을 하는 데는 아주 불리하다고."

"난 당신 의견에는 찬성하기 어려운걸." 채드윅 선생이 말했다.

"자, 그럼, 난 가서 샤이스타에게 숙부가 데리러 온다고 얘기하겠어. 아무 걱정 말고 주말여행이나 다녀와."

"오, 걱정 같은 건 하지 않아." 벌스트로드는 대답했다.

"좋은 기회라서 엘리노어 밴시타트 선생에게 일절을 맡기고 그 선생이 어떤 식으로 처리해 내는지 보려고 해. 당신과 밴시타트 선생에게 맡기면 잘못될 리는 없을 테니까."

"그러길 바라. 난 가서 샤이스타를 찾아보겠어."
샤이스타는 놀란 모습이긴 하나, 숙부가 런던에 도착했다고 전해도 조금도 기뻐하지 않았다.
"내일 절 데리고 나가시겠다고요?" 그녀는 불평하듯이 말했다.
"하지만, 선생님, 모처럼 지젤 도브레이와 그 애 어머니와 함께 외출하기로 되어 있는데요."
"그거야 다른 기회로 미루는 수밖에 없지 뭐."
"하지만 지젤하고 같이 나가는 게 훨씬 좋아요."
샤이스타는 부루퉁하여 말했다.
"숙부님은 조금도 재미있지 않아요. 음식을 먹거나 투덜거리기만 하지 그렇게 따분할 수가 없어요."
"그렇게 말하면 못써. 무례한 짓이야." 채드윅 선생이 타일렀다.
"숙부님은 일주일 정도밖에 영국에 머무르시지 못할 텐데, 널 만나보시고 싶은 것은 당연하잖니?"
"아마 숙부님은 저의 새 배우자감을 정해 주실 거예요."
샤이스타는 환한 얼굴로 말했다.
"그렇다면 재미있겠지만."
"만일 그렇다면 숙부님께서 너에게 얘기하시겠지. 하지만 넌 아직 결혼하기에는 너무 빠른 것 같구나. 우선 그전에 학교를 마쳐야만 돼."
"학교는 너무 따분해요." 샤이스타가 말했다.

2

일요일 아침은 화창하게 맑게 갠 날씨였다.
샤플랜드 양은 토요일에 벌스트로드 교장이 나간 뒤 바로 뒤따라 외출했다. 존슨 선생과 리치 선생, 그리고 블레이크 선생은 일요일 아침에 나갔다.
밴시타트 선생과 채드윅 선생, 로완 선생, 그리고 블랑슈 선생이 남아 학교를 지키기로 했다.

"학생들이 너무 떠들어대지 않았으면 좋겠는데."
채드윅 선생이 미심쩍어하며 말했다.
"죽은 스프링거 선생에 대해서 말이에요."
"이번 사건은 빨리 잊혔으면 좋겠어요."
엘리노어 밴시타트도 말했다. 그리고 그녀는 이렇게 덧붙였다.
"학부형들 가운데 그 이야기를 들추어내는 사람이 있어도 난 상대하지 않을 생각이에요. 이쪽이 확고한 태도를 보이는 것이 가장 좋을 것 같아요."
학생들은 10시에 밴시타트 선생과 채드윅 선생을 따라 교회에 갔다. 로마 가톨릭 교도인 네 학생은 앙젤 블랑슈 선생의 호위를 받으며 경쟁 종파의 교회에 갔다. 11시 반쯤 되자 슬슬 자동차가 현관 앞길에 와서 닿기 시작했다.
밴시타트 선생은 우아하고 침착하며 기품 있는 태도로 현관 입구에 섰다.
그녀는 웃는 얼굴로 어머니들을 맞이해서는 그들의 자녀들을 내보냈고, 일전의 비극에 대한 원치 않는 이야기가 나오면 교묘하게 이야기를 다른 데로 돌렸다.
"무서운, 정말 무서운 일이었어요." 그녀가 말했다.
"하나 이해하시겠지만, 학교에서는 그 이야기는 하지 않기로 하고 있답니다. 무엇보다 어린 학생들뿐이라서 그런 사건을 자꾸 깊이 생각하면 별로 안 좋을 것 같아요."
채디도 바로 그 자리에 서서 낯익은 어머니들에게 인사를 하거나 휴가계획에 대한 상담에 응하거나, 딸들에게 애정을 갖고 이야기를 걸었다.
"이사벨 숙모님이 날 데리러 와줄지도 모른다고 생각해." 줄리아가 말했다.
그녀는 제니퍼와 나란히 서서 교실 창에 코를 디밀고 밖의 현관 앞길의 왕래를 지켜보고 있었다.
"다음 주말에는 엄마가 날 데리러 올 거야." 제니퍼가 말했다.
"이번 주말에는 아빠한테 중요한 손님들이 오셔서 엄마가 올 수 없었어."
"어머, 샤이스타." 줄리아가 말했다.
"런던행 옷차림이네. 와! 저애 구두 뒤축 좀 봐. 존슨 사감선생님이 보았다면 분명 뭐라고 한마디 했을 거야."

제복을 입은 운전사가 커다란 캐딜락의 문을 열었다. 샤이스타는 자동차에 올라타고 떠났다.

"괜찮으면 다음 주말에 우리 집에 가지 않을래?" 제니퍼가 말했다.

"엄마에게도 데려가고 싶은 친구가 있다고 말했어."

"가고 싶어." 줄리아가 말했다.

"야, 밴시타트 선생님이 특기를 보이고 있어."

"너무 지나치게 점잔 빼시지 않니?" 제니퍼도 말했다.

"왜 저러는진 몰라도 저런 모습을 보고 있으면 난 웃음이 나오려고 해. 벌스트로드 선생님의 모조품 같진 않니? 훌륭한 모조품이긴 하지만 뭐랄까, 조이스 그렌펠인가 누군가가 남의 흉내를 내고 있는 것 같아."

"저 사람은 팜의 엄마야." 제니퍼가 손으로 가리켰다.

"어린애를 몇 명 데리고 왔네. 저런 조그만 모리스 마이너에 어떻게 다 타고 왔나 몰라."

"모두 소풍을 가나 봐." 줄리아가 말했다.

"저기 봐, 모두 바구니를 들고 있어."

"넌 오늘 오후에 뭘 할 거니?" 제니퍼가 물었다.

"난 이번 주에는 엄마에게 편지를 써야 할 것 같아. 어차피 다음 주에는 만날 테지만."

"넌 편지 쓰는 것이 느리잖아, 제니퍼?"

"그래, 난 쓸 말이 잘 떠오르질 않아."

"난 잘 떠오르는데. 쓰고 싶은 말은 얼마든지."

줄리아가 말했다. 그리고 쓸쓸하게 이렇게 덧붙여 말했다.

"하지만 지금은 편지 보낼 상대가 없어."

"엄마에게 쓰면 되잖아?"

"그전에도 말했잖아. 버스로 아나톨리아에 갔다고. 버스로 아나톨리아에 가 있는 사람에게 편지를 쓸 순 없잖니, 더군다나 늘 쓸 순 없잖아?"

"보낼 때에는 어디로 보내니?"

"응, 여기저기의 영사관으로 보내. 엄마가 그 목록표를 써주고 가셨거든. 처음이 이스탄불, 다음은 앙카라, 그다음은 좀 이상한 이름이었어."

그녀는 덧붙였다.

"그런데 왜 교장선생님은 그렇게 엄마에게 연락을 취하고 싶어 하실까? 엄마의 행선지를 가르쳐 드렸더니 몹시 당황해 하시는 것 같았어."

"네 일은 아니잖아." 제니퍼가 말했다.

"넌 별로 화낼만한 일을 하지 않았잖니?"

"난 짐작 가는 게 아무것도 없어. 아마 엄마에게 스프링거 선생님의 일을 얘기하고 싶어서 그랬나 봐."

"왜 그럴 필요가 있지? 스프링거 선생님 일을 모르는 엄마가 한 사람이라도 있으면 교장선생님은 오히려 기뻐하실 텐데 말이야."

"자기 딸도 살해당하지나 않을까 하고 엄마들이 걱정할지도 모른다는 뜻이니?"

"우리 엄마는 그 정도는 아니라고 생각하지만, 그래도 상당히 겁내고 있어."

제니퍼가 말했다.

"그래서 생각났는데 말이야." 줄리아는 곰곰이 생각하며 말했다.

"스프링거 선생님 일에 대해 아직 우리에게 얘기하지 않은 것이 많은 것 같아."

"예를 들어 어떤 일?"

"이상한 일이 일어나고 있는 것 같아. 너의 새 테니스 라켓 같은 것—."

"아, 그래. 너에게도 얘기하려고 했었는데" 제니퍼가 말했다.

"내가 자이나 큰어머니에게 감사의 편지를 썼거든. 그랬더니 오늘 아침 큰어머니에게서 답장이 왔는데, 새 라켓을 갖게 되어 큰어머니도 무척 기쁘지만, 자기가 보낸 것은 아니라고 쓰여 있었어."

"그것 봐. 내가 말한 대로지. 그 라켓은 이상하다고 생각했었어."

줄리아는 의기양양하게 말했다.

"게다가 너의 집에도 도둑이 들어왔었다고 했잖아?"

"그래. 하지만 아무것도 훔쳐가지는 않았어."

"이거 더 흥미진진해지는데." 줄리아가 말했다.

"어쩌면." 그녀는 생각에 잠겨 덧붙여 말했다.
"곧 두 번째 살인사건이 일어날지도 몰라."
"설마, 줄리아, 어떻게 두 번째 살인사건이 일어나겠니?"
"아니, 소설에선 대개 두 번째 살인사건이 일어나잖니?" 줄리아가 말했다.
"내가 생각하고 있는 것은 말이야, 제니퍼, 이번에는 네가 살해당하지 않도록 더욱 조심해야 한다는 거야."
"내가?" 제니퍼는 놀랐다.
"왜 나를 살해하지?"
"왜냐하면 넌 이번 사건에 휘말려 있으니까."
줄리아가 말했다. 그리고 그녀는 생각에 잠겨 이렇게 덧붙였다.
"그래, 제니퍼, 우리는 다음 주에 너의 엄마에게서 좀더 이야기를 들을 필요가 있어. 어쩌면 누군가가 라맛 국에서 너의 엄마에게 비밀문서를 전해 주었는지도 모르잖아."
"어떤 비밀문서를?"
"그건 내가 알 리가 없지." 줄리아가 말했다.
"새로운 원자폭탄 제조법이나 수식, 뭐 그런 거겠지."
제니퍼는 역시 납득이 가지 않는다는 얼굴 표정이었다.

3

밴시타트 선생과 채드윅 선생이 휴게실에 있는데 로원 선생이 들어왔다.
"샤이스타는 어디에 있지요? 어디에 있는지 찾을 수가 없어요. 대공의 자동차가 그 애를 데려가려고 막 도착했는데."
"뭐라고요?" 채디는 놀라 쳐다보았다.
"뭐가 잘못된 게 틀림없어요. 대공의 자동차는 약 45분 전에 왔었어요. 실제로 난 그 애가 그것을 타고 나가는 것을 보았는데. 제일 처음으로 나간 조(組) 중에 끼어 있었으니까."
엘리노어 밴시타트는 어깨를 으쓱했다.

"아마 각기 다른 자동차에다 두 번 부탁했을 거예요." 그녀가 말했다.

그녀는 직접 운전사에게 가서 말을 걸었다.

"무슨 일이 잘못된 것 같아요. 말씀하시는 학생은 이미 45분 전에 런던으로 떠난걸요."

운전사는 의외라는 표정을 지었다.

"선생님께서 그렇게 말씀하시니 아마 일이 잘못됐나 보군요." 그가 말했다.

"전 메도뱅크 학교로 학생을 데리러 가라고 분명히 명령을 받았습니다만."

"때로는 그런 혼란이 일어나지요." 밴시타트가 말했다.

운전사는 별로 당황하는 기색도 놀란 기색도 보이지 않았다.

"흔히 있는 일이지요." 그가 말했다.

"전화연락이 있어 받아 써놓고는 잊어버리는 식이지요. 하지만 우리 회사는 그런 실수를 하지 않는 것을 자랑으로 여기고 있습니다. 물론 이렇게 말하기는 좀 뭣하지만 동양 사람들은 도무지 알 수가 없어요. 무엇보다 수행원이 하도 많아 두 번, 심지어 어떤 때는 세 번이나 같은 명령을 내리거든요. 이번 경우도 분명 그랬을 겁니다."

그는 커다란 자동차를 능숙하게 돌려가지고 돌아갔다.

밴시타트 선생은 잠시 의심스러운 듯한 표정을 짓고 있다가, 이내 아무 일도 걱정할 것 없다고 자신에게 타이르고는 만족스러운 기분으로 평화로운 오후를 기대해 보았다.

점심식사 뒤에 남아 있는 몇 명의 학생들은 편지를 쓰거나 정원을 거닐고 있었다. 테니스를 치는 학생도 있고 풀장도 제법 이용했다. 밴시타트 선생은 만년필과 종이를 가지고 삼나무 그늘로 갔다.

4시 반에 전화벨이 울렸을 때 전화를 받은 사람은 채드윅 선생이었다.

"메도뱅크 학교입니까?" 본데 있게 자란 영국 청년의 목소리였다.

"아, 예. 벌스트로드 교장선생님 계십니까?"

"오늘은 여기에 안 계십니다만, 전 채드윅 선생입니다."

"실은 그곳 학생에 관한 일인데요, 전 지금 클래리지 호텔의 이브라힘 대공의 방에서 전화하고 있는 겁니다."

"아, 그럼, 샤이스타 양 말이군요?"

"그렇습니다. 아무런 연락도 없어서 대공께서 좀 화가 나셨습니다만."

"연락? 무슨 연락 말인가요?"

"예. 샤이스타 양이 올 수 없다든지, 아니면 안 온다든지 하는 그런 것 말이죠."

"안 왔다고요! 샤이스타 양이 아직 도착하지 않았다는 얘깁니까?"

"네, 확실히 도착하지 않았습니다. 그럼, 메도뱅크 학교를 떠나기는 떠났단 말입니까?"

"네, 그래요. 오늘 아침 데리러 온 자동차가 와서—맞아, 11시 반쯤이었을 거예요. 그 차를 타고 갔어요."

"그거 이상하군요. 여기에는 안 왔는데—대공께서 자동차를 부탁한 회사에 전화를 해보는 것이 좋겠군요."

"어머나, 어쩌지, 무슨 사고라도 일어나지 않았으면 좋을 텐데."

채드윅 선생이 말했다.

"아닙니다. 그렇게 걱정할 일은 아니라고 생각합니다."

상대방 청년은 유쾌하게 말했다.

"사고가 일어났다면 그쪽으로 연락이 갈 테니까요. 그렇지 않으면 이쪽으로라도요. 제가 선생님이라면 걱정하지 않겠습니다."

하지만 채드윅 선생은 걱정이 되었다.

"난 아무래도 이상한 생각이 들어요." 그녀가 말했다.

"혹시—." 청년은 머뭇거렸다.

"예?" 채드윅 선생이 되물었다.

"이 일은 대공의 귀에 들어가지 않기를 바랍니다만, 선생님과 저만의 얘기로 묻겠는데요, 혹시—저—남자친구와 붙어 다니는 것은 아닙니까?"

"그런 적은 결코 없었어요." 채드윅 선생은 단호하게 말했다.

"아니, 아닙니다. 그런 일이 있다는 것은 아니지만, 여학생들이란 모르거든요. 제가 경험한 일들을 들으시면 아마 놀라실 겁니다."

"그 점은 보증해요." 채드윅 선생은 위엄 있게 말했다.

"그런 일은 절대로 있을 수 없습니다."

하지만 실제로 있을 수 없는 일일까? 여학생의 일이라 모르는 것은 아닐까?

그녀는 수화기를 내려놓고 내키지 않는 기분으로 밴시타트 선생을 찾으러 갔다. 밴시타트 선생이 자신보다도 이런 사태를 잘 처리할 거라고 생각할 만한 이유는 전혀 없었으나, 어쨌든 누군가와 의논할 필요를 느낀 것이다. 밴시타트 선생은 즉시 이렇게 말했다.

"그 두 번째 자동차?"

두 사람은 서로 마주보았다.

"이 일을 경찰에 알려야 하지 않을까?" 채디가 천천히 말했다.

"경찰에 알리다니요, 안 돼요."

엘리노어 밴시타트는 깜짝 놀란 듯한 목소리로 말했다.

"그 애도 말했었잖아요." 채디가 말했다.

"자기를 납치하려고 할지도 모른다고."

"그 아이를 납치해요? 어처구니없어라!" 밴시타트 선생이 날카롭게 말했다.

"그래도—." 채드윅 선생은 계속해서 고집을 부렸다.

"벌스트로드 선생님이 제게 학교를 맡겼어요." 엘리노어 밴시타트가 말했다.

"전 그런 일은 절대로 허락할 수 없어요. 이 이상 더 경찰에 수고를 끼치고 싶지는 않아요."

채드윅 선생은 차가운 시선으로 그녀를 바라보았다. 그녀에게 밴시타트 선생의 태도는 근시안적이고 어리석게 생각되었다. 그녀는 교사로 돌아와 웰셤 공작부인의 저택으로 전화를 걸었다. 하지만 공교롭게도 모두 외출했다고 하는 거였다.

제14장

채드윅 선생, 뜬눈으로 밤을 지새다

1

채드윅 선생은 잠을 이루지 못했다. 그녀는 엎치락뒤치락하며 숫자를 세어 보기도 하고 아주 오랜 옛날부터 내려오는, 잠을 청하는 여러 가지 방법을 써 보기도 했다. 그렇지만 아무 소용이 없었다.

8시가 되었다. 아직 샤이스타는 돌아오지 않았고 아무런 연락도 없었기에 채드윅 선생은 사태를 자신의 책임으로 돌려 처리하기로 하고 켈시 경감에게 전화를 걸었다.

경감은 그렇게 심각한 사건이라고 보지 않는 것 같았기에 그녀도 안심했다. 경감은 모든 일을 자기에게 맡겨도 된다고 말했다. 사고가 있었는지 아닌지는 간단하게 조사할 수 있다. 나중에 런던에 연락을 취해 보겠다. 필요하다고 생각되는 모든 조치를 취할 생각이다. 아마 그 학생은 제멋대로 농땡이나 부리고 있을 거다. 학교에서도 되도록 일을 덮어두는 것이 좋겠다. 샤이스타는 클래리지 호텔에서 숙부와 함께 밤을 보낸 걸로 하자. 그런 식으로 경감은 채드윅 선생에게 충고했다.

"선생님이나 벌스트로드 선생님으로서도 더 이상 뉴스거리가 되는 것은 원치 않으실 겁니다." 켈시가 말했다.

"그 학생이 설마하니 납치됐으려고요? 그러니 너무 걱정하지 마십시오, 채드윅 선생님. 우리에게 모두 맡겨주십시오."

그래도 채드윅 선생은 걱정하지 않을 수 없었다.

잠들지 못한 채로 침대에 누워 있는 그녀의 머릿속에서는 납치의 가능성에서 살인사건으로 생각이 깊어지고 있었다.

'메도뱅크 학교에서 살인사건이! 무서운 일이야! 믿을 수 없는 일이야! 메도

뱅크 학교에서 살인사건이 일어나다니.'

채드윅 선생은 메도뱅크 학교를 사랑하고 있었다. 약간 다른 의미에서겠지만 어쩌면 벌스트로드 교장보다도 더 깊은 애정을 갖고 있는지도 모른다. 메도뱅크 학교의 경영은 모험적이고 용기 있는 사업이었다. 그녀는 충실하게 벌스트로드 선생과 함께 대담한 사업에 뛰어들어 여러 번 불황을 참고 견디어왔다. 만일 모두가 실패로 끝났다면—자금도 넉넉지 않았었다. 만일 잘되지 않았다면—만일 후원자들이 손을 뗐다면—채드윅 선생은 걱정이 많았고, 항상 생길 수 있는 만반의 상황을 일람표로 만들었다.

벌스트로드 교장은 모험을 즐겼고 사업의 위험을 즐겼으나 채드윅은 그렇지 않았다. 그녀는 때때로 불안으로 몸부림치며 메도뱅크 학교를 좀더 평범한 방법으로 경영해야 한다고 애원한 적도 있었다. 그러는 편이 안전하다고 그녀는 주장했다. 하지만 벌스트로드는 안전성에는 무관심했다. 그녀에게는 학교라는 것의 독자적인 이상형이 있었고, 그녀는 대담하게 그것을 추구했다. 결국 벌스트로드의 대담함이 옳았음이 입증되었다. 그래도 성공이 기정사실로 되었을 때 채디는 얼마나 안도의 한숨을 내쉬었던가?

메도뱅크 학교가 영국의 유수한 학교 중 하나로 무사히 기초가 확립되었을 때에 메도뱅크 학교에 대한 그녀의 사랑은 점점 더해 갔다. 걱정도 두려움도 불안도 모두 사라졌다. 평화와 번영이 왔다. 그녀는 기뻐서 목구멍을 가르랑거리는 암고양이처럼 편안하게 메도뱅크 학교의 번영에 안주했다.

벌스트로드 교장이 처음으로 은퇴의사를 비쳤을 때에 그녀는 크게 당황했었다. 지금 은퇴를 하다니, 모든 것이 겨우 순조롭게 되어가는 지금? 정신 나간 짓이다! 벌스트로드 교장은 여행을 하고 싶고, 세상에는 아직 자신이 보지 못한 것이 많다고 했다. 채디는 동요하지 않았다. 어디에고 무엇 하나 메도뱅크 학교의 반푼어치의 가치가 있는 것은 하나도 없다! 지금까지는 메도뱅크 학교의 안전을 해치는 거라곤 무엇 하나 있을 리가 없다고 생각했었는데, 그런데 지금—살인사건이?

이런 추악하고 광폭한 단어가 예의도 모르는 폭풍같이 바깥세상으로부터 비집고 들어올 줄이야. 살인—그것은 채드윅 선생에게는 날이 자동적으로 튀어나오는 칼을 가진 비행소년이나 자기 아내를 살해하는 비도덕적인 의사를 연상시킬 뿐인 단어였다. 그런데 살인이 여기서, 학교 안에서, 그것도 다른 학교도 아닌 메도뱅크 학교에서? 믿어지지 않는 일이다.

정말 스프링거 선생도—스프링거 선생, 그것은 당연히 불쌍하고 죄 없는—그래도 비논리적이긴 하지만—스프링거 선생에게도 어떤 의미에서는 잘못이 있다고 채디는 느꼈다. 그녀는 메도뱅크 학교의 전통을 몰랐다. 분별없는 여자였다. 어떤 형태로든 그녀 자신이 살인을 초래했을 것이다. 채드윅 선생은 몸을 뒤척이며 베개를 뒤집어 베고서 혼잣말을 했다.

"이런 일을 계속 생각하면 안 되겠어. 일어나 아스피린이라도 먹는 게 좋겠군. 50까지 숫자를 세어보아야지……."

50까지 다 세기도 전에 그녀의 상념은 다시 같은 궤도를 더듬기 시작했다. 걱정스러운 생각, 이런 생각 모두가—아마 이번 납치 사건도 신문에 실리는 것은 아닐까? 학부형들이 그것을 읽고 당황하여 딸들을 퇴교시키는 사태가…….

이래선 안 된다. 마음을 편히 갖고 자보도록 하자. 지금 몇 시나 됐을까?

그녀는 불을 켜고 시계를 보았다. 12시 45분을 조금 지나 있었다. 바로 이 시간쯤에 불쌍한 스프링거는……, 안 돼, 이제 그 일은 생각하지 말자. 그래도 다른 사람을 깨우지 않고 그런 식으로 혼자서 나가다니 스프링거 선생은 정말 어리석었어.

"역시 아스피린을 먹는 수밖에 없겠어." 채드윅은 중얼거렸다.

그녀는 일어나 세면대로 갔다. 아스피린 두 알을 먹었다. 돌아오다가 그녀는 창의 커튼을 젖히고 밖을 내다보았다. 별 이유가 있어서는 아니고, 자신을 안심시키기 위해서였다. 이런 한밤중에 실내경기장에 불이 켜져 있을 리가 없다는 것을 실제로 확인하고 싶어서였다.

그런데 불빛이 보였다.

채디는 곧 행동으로 옮겼다. 튼튼한 신발에 발을 집어넣고, 두꺼운 오버를 걸쳤으며, 손전등을 손에 들고는 방을 뛰어나가 계단을 내려갔다. 조금 전에 그녀는 스프링거 선생이 조사해 보러 가기 전에 응원을 청하지 않았던 것을 나무랐었으나, 자신의 경우가 되니 그런 것은 전혀 머리에 떠오르지 않았다. 그저 오로지 실내경기장에 뛰어가 침입자의 정체를 밝혀내고 싶은 마음뿐이었다. 그녀는 멈춰 서서 무기를—좋은 무기는 아니더라도 무기가 될 만한 것을 움켜쥐고 옆문으로 나가 관목 수풀 속으로 나 있는 오솔길을 잰걸음으로 걸어갔다. 숨을 헐떡거리고 있었으나 결의는 확고했다.

마침내 문에 도착한 그녀는 발걸음을 늦추고 발소리가 나지 않도록 조심했다. 문은 어느 정도 열려진 채로 있었다. 그녀는 그 문을 더 밀어서 열고는 안을 들여다보았다.

2

바로 채드윅 선생이 아스피린을 찾으러 일어났을 무렵, 앤 샤플랜드는 검은 댄스 파티복을 입고 매력적인 모습으로 르 니드 소베지 테이블에 앉아 최고급 닭요리를 먹으며 맞은편에 앉아 있는 청년에게 미소를 보내고 있었다. 사랑스러운 데니스, 이 사람은 정말 항상 변함없는 사람이야 하고 앤은 마음속으로 생각했다. 이 사람과 결혼하면 난 그 단순함을 참을 수 없을 것이다. 그래도 역시 사랑스러운 사람이야. 그녀는 입 밖으로는 이렇게 말했다.

"정말 즐거워요, 데니스. 멋진 변화예요."

"이번 새 직장은 어때?" 데니스가 물었다.

"글쎄, 그저 재미있게 보내고 있어요."

"난 당신의 성격에 맞지 않는 일이라고 생각하는데."

앤은 웃었다.

"무엇이 내 성격에 맞는 일이냐고 누가 묻는다면 나 자신도 좀 곤란할 것 같아요. 난 변화를 좋아하거든요, 데니스."

"난 당신이 왜 머빈 토드헌터 경의 직장을 그만두었는지 이해할 수가 없어."

"그건 토드헌터 경 때문이에요. 그 노인이 나에게 관심을 보여 그 부인을 화나게 만들었어요. 부인들을 거슬리지 않도록 하는 것이 내 처세술 중 하나인데. 부인들을 거스르면 해를 입거든요."

"질투하는 거군." 데니스가 말했다.

"어머, 그렇지 않아요. 난 오히려 부인들 편인걸요. 그거야 어찌되었든 간에 난 머빈 노인보다는 토드헌터 부인을 더 좋아했어요. 내가 지금의 직장에 들어간 것이 왜 이상하게 생각되어요?"

"무엇보다도 학교라서. 당신은 전혀 학자적인 사람이 아니라고 말하고 싶거든."

"그거야 선생이 되는 것은 아주 싫어하죠. 난 갇혀 지내는 것이 싫거든요. 여자들만 잔뜩 모여서 산다는 것은 더더구나. 하지만 메도뱅크 같은 학교에서 비서 일은 재미있는 편이에요. 거기는 아주 특이한 학교니까. 벌스트로드 교장 선생님도 특이한 여성이고요. 확실히 거물이지요. 그녀가 푸른빛이 도는 잿빛의 눈으로 쳐다보면 가장 깊숙한 비밀까지도 꿰뚫어보는 듯한 느낌이 들어요. 그녀 옆에 있으면 내 마음도 확 긴장되는 느낌이에요. 나 같은 사람도 그녀의 편지를 받아쓸 때에는 한 자도 틀리기 싫어요. 그래요, 그녀는 분명 거물이에요."

"당신이 그런 일에 싫증 났으면 좋겠어." 데니스가 말했다.

"당신도 이제 이 직장 저 직장 옮겨다니는 것은 그만두어도 좋을 때라고 생각해—그리고 가정에만 편안히."

"당신은 참 자상한 분이군요, 데니스." 앤은 모호한 태도로 말했다.

"우리들은 아주 재미있게 살 수 있을 것 같아."

"글쎄요." 앤이 말했다.

"하지만 난 아직 마음의 준비가 안 되었어요. 게다가 어머니의 일도 있고."

"그래, 실은, 나도 그 얘기를 하려고 했어."

"어머니에 대해서요? 무슨 얘기를!"

"난 당신도 알다시피 당신을 훌륭한 여자라고 생각해. 재미있어하며 다니던 직장도 아까워하지 않고 버리고 어머니가 계신 곳으로 돌아가니."

"그건 가끔 어머니가 심한 발작을 일으키기 때문에 할 수 없이—."

"그건 알고 있어. 방금도 말했듯이 난 당신을 훌륭하다고 생각해. 하지만 지금은 시설이 갖추어진 곳이 있으니까—대단히 잘된 시설 말이야, 그런 곳이라면 당신 어머니 같은 분들도 간호를 잘 받을 수 있을 거야. 정신병원 같은 곳은 아니고."

"하지만 막대한 비용이 들 거예요." 앤이 말했다.

"아니야, 반드시 그렇지는 않아. 왜 그 국민보건보험에 의해서라면—."

앤의 목소리에는 불쾌한 기색이 섞여 있었다.

"그래요, 언젠가는 그렇게 되겠지요. 하지만 지금은 자상한 할머니가 돌봐 주고 있고, 평상시에는 잘 해낼 수 있어요. 어머니도 이젠 거의 정상적인데, 만일의 경우에는—정상이 아닐 때에는 내가 돌아가 돌봐 드릴 수도 있고 말이에요."

"어머니는—저—, 전혀—?"

"광폭하지 않으냐고요, 데니스? 당신은 별 무서운 상상을 다하는군요. 아니에요. 우리 소중한 어머니는 절대로 광폭하지 않아요. 그저 머리가 혼미해져 있을 뿐이에요. 자신이 살고 있는 곳도, 자신의 이름도 잊어버리고 언제까지고 여기저기 돌아다니고 싶어 해요. 그럴 때에는 가끔 기차나 버스를 타고 아무데나 가버리는 적도 있어요—그럴 때가 아주 곤란하지요. 때로는 혼자서는 어떻게 할 수 없는 적도 있고요. 하지만 어머니는 지극히 행복하세요. 머리가 혼란할 때에도 아주 유쾌해하실 때가 있거든요. 언제였더라, 그때도 이렇게 말했었는데. '그래, 앤, 정말 난처하구나. 난 티베트에 가고 싶은 것은 알지만, 도버의 그 호텔에 앉아보면 어떻게 가면 좋을지 떠오르지 않는단다. 그래서 난 왜 티베트에 가고 싶은지 생각해 보았지. 그랬더니 그냥 집에 돌아가는 게 좋겠다고 하는 생각이 드는 거야. 그런데 이번에는 언제 집을 떠났는지도 기억할 수가 없더구나. 정말 난처한 일이야. 무엇 하나 기억할 수 없다는 건 말이야.' 어머니는 정말이지 재미있는 이야기를 했어요. 자신도 자신의 행동의 유머러스한 면을 알아차리고 있는 거예요."

"난 아직 한 번도 실제로 만나뵌 적이 없어." 데니스가 말을 꺼냈다.

"난 다른 사람들에게는 어머니를 만나게 하지 않아요." 앤이 말했다.

"그것이 자기 가족에게 해줄 수 있는 단 하나의 봉사가 아닌가 하고 생각하거든요. 세상으로부터—호기심이나 연민의 눈길로부터 보호하는 것이 말이에요."

"호기심은 아니야, 앤."

"그거야 당신의 경우는 그렇지 않겠지요. 하지만 연민의 정은 있어요. 난 그것도 싫어요."

"당신 기분은 나도 잘 알겠어."

"하지만 내가 가끔 직장을 버리고 언제까지인지도 모르면서 집으로 돌아가는 것을 고통스러워한다고 생각한다면 그것은 틀려요." 앤이 말했다.

"난 처음부터 어떤 일에도 푹 빠져들 생각은 없었어요. 비서 공부를 하고 나서 처음 직장에 근무할 때에도 그랬어요. 중요한 것은 자신의 직업에 정말 능숙하게 되는 거라고 생각했어요. 정말 일솜씨가 좋으면 직장 같은 건 맘대로 선택할 수 있거든요. 여러 곳을 두루 보고 여러 가지 종류의 인생을 보는 거예요. 현재 난 학교생활을 관찰하고 있는 거예요. 영국에서도 최상의 학교를 안에서 관찰하고 있는 거라고요! 거기에는 약 1년 반 정도 있을 생각이에요."

"당신은 어떤 일에 몰두한 적이 거의 없었잖아, 앤?"

"그래요, 없었던 것 같아요." 앤은 생각에 잠긴 얼굴로 대답했다.

"선천적인 방관자인 것 같아요. 뭐라고 할까, 라디오의 해설자같이—."

"너무 초연해 있군." 데니스가 우울하게 말했다.

"어떤 일이나 어떤 사람에게도 별로 관심을 갖지 않고 말이야."

"나도 언젠가는 관심을 갖게 되겠지요." 앤이 격려하듯이 말했다.

"당신이 생각하는 방법이나 느끼는 방법은 나도 좀 이해하려고 해."

"어머, 그게 정말이에요?" 앤이 물었다.

"어쨌든 난 당신이 1년을 계속하리라곤 생각지 않아. 아마 여자들만의 생활에 진저리를 낼 거야." 데니스가 말했다.

"아주 잘생긴 정원사도 있는걸요." 앤이 말했다.

데니스의 표정을 보고 그녀는 웃었다.

"기운내세요. 난 그저 당신을 질투하게 만든 것뿐이니까."

"여선생이 살해당했다는 얘기는 어떻게 된 거지?"

"아, 네, 그거요?" 앤은 생각에 잠긴 심각한 표정이 되었다.

"그 사건은 기묘해요. 아주 기묘한 사건이에요. 피해자는 체육선생이었어요.

흔한 타입이었지요. '난 못생긴 체육 여선생이에요.' 하고 말하듯이 말이에요. 그 사건에는 아직 표면에 나타나지 않은 것이 잔뜩 숨겨져 있는 것 같아요."

"그래도 불유쾌한 사건에 휘말려서는 안 돼."

"그렇게 말하는 것처럼 쉽진 않아요. 난 아직 탐정으로서의 재능을 발휘할 기회를 한 번도 갖지 못했어요. 어쩌면 상당한 솜씨를 가지고 있을지도 모르는데 말이에요."

"그래서, 앤?"

"아니, 난 위험한 범죄자를 추적하겠다는 게 아니에요. 그저—다시 말해 약간의 이론적인 추리를 해보려고 하는 거예요. 왜, 누가, 어떤 목적으로, 하는 것들을요. 단지 하나 좀 흥미 있는 정보를 얻었어요."

"앤!"

"그렇게 심각한 얼굴은 하지 말아요. 그런데 도무지 연결이 안 되는 것 같아요." 앤은 생각에 잠겨 말했다.

"어떤 점까지는 딱 들어맞는 것 같다가도 갑자기 소용없게 돼버리는 거예요." 그리고 그녀는 유쾌하게 이렇게 덧붙였다.

"머지않아 두 번째 살인사건이 일어나면, 어느 정도는 사정이 확실해질 거예요."

바로 그 순간이었다. 채드윅 선생이 실내경기장의 문을 밀어서 연 것은.

제15장

살인사건은 되풀이된다

"따라 들어오시오."

켈시 경감은 몹시 언짢은 얼굴로 방으로 들어가면서 말했다.

"또 일어났소."

"또라뇨, 무엇이 말입니까?" 아담은 휙 얼굴을 들었다.

"또 살인사건이오." 켈시 경감이 대답했다.

그는 먼저 일어서서 방을 나갔고, 아담도 그를 따라갔다. 두 사람이 조금 전까지 켈시의 방에 앉아 맥주를 마시며 여러 가지 가능성에 대해 논하고 있을 때에 켈시는 전화로 불려갔었다.

"당한 사람은 누굽니까?"

아담은 켈시의 뒤를 따라 계단을 내려가면서 물었다.

"이번에도 선생이오—밴시타트 선생."

"장소는?"

"실내경기장이라오."

"또 실내경기장입니까?" 아담이 말했다.

"도대체 그 실내경기장은 어떻게 된 겁니까?"

"이번에는 당신이 그곳을 한번 조사해 보시오." 켈시 경감이 말했다.

"당신의 수색방법이 우리의 방법보다도 성과를 올릴지도 모르니까. 그 실내경기장에는 분명 단서가 될 만한 것이 있소. 그렇지 않고서는 둘 다 그런 곳에서 살해당할 리가 없지."

그와 아담은 경감의 차에 탔다.

"의사가 먼저 가 있을 게요. 그가 더 가까우니까."

환하게 불이 켜져 있는 실내경기장에 들어갔을 때 켈시는 똑같은 악몽을 되풀이해 꾸는 듯한 느낌이 들었다. 거기에는 또 시체가 누워 있었고, 의사가 그 옆에 무릎을 꿇고 앉아 있었다. 이번에도 의사는 무릎을 펴고 일어섰다.

"죽은 지 30분쯤 됐습니다." 의사가 말했다.

"기껏해야 40분 됐을 겁니다."

"발견자는?" 켈시가 물었다.

"채드윅 선생입니다." 그의 부하 하나가 대답했다.

"그럼, 그 나이 든 선생 말인가?"

"예, 그렇습니다. 불빛이 보여서 와보니 이 선생이 죽어 있었다고 합니다. 그 선생은 거의 넘어지다시피 해서 교사로 돌아갔다고 하는데, 약간 히스테리를 일으키고 있습니다. 전화를 건 사람은 사감인 존슨 선생이고요."

"알았네. 흉기는 뭐였지? 또 권총인가?" 켈시가 물었다.

의사는 머리를 흔들었다.

"아닙니다. 이번에는 뒤통수를 강타했습니다. 곤봉이나 샌드백일 겁니다. 아무튼 그런 종류입니다."

머리 부분이 강철로 된 골프채가 문 가까이에 나뒹굴고 있었다. 다소 어지럽혀져 있는 듯한 느낌을 주는 것이라고는 그것뿐이었다.

"저것은 뭐지? 저것으로 얻어맞은 건가?" 켈시는 손으로 가리키며 물었다.

의사는 머리를 흔들었다.

"불가능합니다. 시체에는 전혀 상처가 없습니다. 무거운 고무로 된 곤봉이나 샌드백, 필시 그런 것이 분명합니다."

"그럼, 전문가의 소행인가?"

"아마 그럴 겁니다. 범인이 누구이든 이번에는 전혀 소리를 내지 않으려고 했었던 것 같습니다. 뒤에서 살며시 다가와서 뒤통수에 일격을 가한 겁니다. 피해자는 앞으로 쓰러져 아마 무엇으로 얻어맞았는지도 몰랐을 겁니다."

"이 여자는 무엇을 하고 있었을까?"

"아마 무릎을 꿇고 있었을 겁니다. 이 개인 사물함 앞에서요."

의사가 말했다.

경감은 그 개인 사물함 옆으로 다가가서 안을 들여다보았다.

"이건 학생 이름 같은데. 샤이스타—." 그가 말했다.

"자, 보게. 이건 그 이집트 여자아이 이름 아닌가? 샤이스타 공주네."

그는 아담 쪽을 보았다.

"딱 맞아 들어가는 것 같지 않소? 잠깐, 그 여자아이라면 오늘 저녁 행방불명됐다고 신고된 그 학생 아닌가?"

"네, 맞습니다, 경감님." 경사가 대답했다.

"자동차로 데리러 왔었답니다. 런던 클래리지 호텔에 묵고 있는 숙부가 부탁한 걸로 되어 있는 자동차가요. 그 아이는 그것을 타고 간 겁니다."

"아무런 보고도 없었나?"

"지금까지는 전혀 없습니다. 수사망은 펴놓았습니다. 런던경시청에서도 수사에 나서주고 있습니다."

"납치수단으로는 솜씨 좋고 간단한 방법이군." 아담이 말했다.

"격투도 벌이지 않고 비명도 없이. 그 아이가 자동차가 데리러 올 것을 예상하고 있는 것만을 알아내 고급 운전사 같은 옷차림을 하고 다른 자동차보다 먼저 도착하기만 하면 되는 거였군. 아이는 아무런 주저도 없이 타서는 자신의 몸에 어떤 일이 일어날지 조금도 의심하지 않았겠지."

"어디에서도 버려진 자동차는 발견 못 했나?"

"아직 그런 보고는 하나도 들어오지 않았습니다." 경사가 대답했다.

"방금도 말씀드렸듯이 런던경시청에서도 수사에 나서 주었습니다."

그는 덧붙여 말했다.

"그리고 특수부대에서도요."

"좀 정치적 음모의 냄새가 나는데." 경감이 말했다.

"하지만 그 아이를 국외로 데려나갈 수 있다고는 쉽사리 생각할 수 없네."

"도대체 왜 그 아이를 납치한 겁니까?" 의사가 물었다.

"아무도 모르지." 켈시는 어두운 얼굴로 말했다.

"납치될까 봐 두렵다고 본인이 말했을 때, 난 부끄러운 얘기지만, 자신의 신분을 자랑하고 싶어 한다고만 생각해 버렸네."

"저도 그 얘기를 들었을 때 그렇게 생각했었습니다." 아담이 말했다.

"난처한 것은 경찰이 내부사정을 충분히 모르고 있다는 게요. 마구 여기저기 흩어져 있는 나부랭이 단서들만 잔뜩 있으니." 켈시가 말했다.

그는 주위를 둘러보았다.

"자, 여기서는 더 내가 할 수 있는 일이 없는 것 같구먼. 늘 하던 대로 계속해 주게—사진이나 지문채취 등. 난 교사로 가봐야겠어."

교사에서는 존슨 선생이 그를 맞이했다. 그녀도 동요하고는 있었으나 자제심은 잃지 않고 있었다.

"경감님, 무서운 일이에요." 그녀가 말했다.

"교사가 두 사람이나 살해당하다니, 불쌍한 채드윅 선생님은 아주 맥을 못 추고 있어요."

"되도록 빨리 만나 뵙고 싶습니다만."

"의사선생님이 준 약을 드시고 지금은 훨씬 안정을 되찾으셨어요. 그분 계신 곳으로 안내할까요?"

"예, 1~2분 있다가요. 그전에 밴시타트 선생과 마지막으로 만났을 때의 일을 될 수 있는 대로 자세히 얘기해 주십시오."

"전 오늘 내내 만나지 못했어요." 존슨 선생이 대답했다.

"오늘은 죽 외출했었으니까요. 11시 조금 전에 이곳에 돌아와 바로 제 방으로 가서 잠자리에 들었는걸요."

"창으로라도 실내경기장 쪽을 보지 않으셨습니까?"

"보지 않았어요. 그런 건 생각도 하지 못했어요. 오랜만에 만난 여동생과 함께 하루를 보냈기 때문에 집에서 들은 여러 가지 얘기로 머리가 꽉 차 있었거든요. 목욕을 하고 잠자리에서 책을 읽다가 불을 끄고 자버렸어요. 다음에 정신이 들었을 때에는 채드윅 선생님이 백지장 같은 창백한 얼굴로 비틀거리면서 뛰어 들어오셨을 때였어요."

"밴시타트 선생도 오늘 외출했었습니까?"

"아뇨, 학교에 남아 있었어요. 교장선생님 대리를 하고 있었지요. 벌스트로드 선생님도 외출하셨으니까요."

"그 밖에 누구누구가 남아 있었습니까? 선생님들 중에 말입니다."

존슨 선생은 잠시 생각해 보는 듯했다.

"밴시타트 선생, 채드윅 선생, 프랑스어 블랑슈 선생, 그리고 로원 선생이에요."

"그렇습니까? 자, 그럼, 채드윅 선생님께 데려다 주시지요."

채드윅 선생은 자신의 방 의자에 앉아 있었다. 따뜻한 밤이었는데도 전열기의 스위치를 넣고 담요로 무릎을 덮고 있었다.

그녀는 핼쑥한 얼굴로 켈시 경감 쪽을 보았다.

"그녀는—정말 죽었나요? 가망은 없을까요—소생할 가망은요?"

켈시는 천천히 머리를 흔들었다.

"어떡하면 좋을지 모르겠어요." 채드윅 선생은 한숨을 쉬었다.

"벌스트로드 선생도 없는데." 그녀는 울음을 터뜨렸다.

"이제 학교는 끝이에요. 메도뱅크 학교는 끝이라고요. 이런 가혹한 일이—이런 가혹한 일이 또 있을까요?"

켈시는 그녀 옆에 앉았다.

"잘 알겠습니다." 그는 동정어린 투로 말했다.

"잘 알겠습니다. 정말 무서운 충격이었을 겁니다. 하지만, 채드윅 선생님, 아무쪼록 용기를 내어 일어나십시오. 그리고 아시는 대로 모두 얘기해 주십시오. 경찰이 빨리 범인을 잡을 수 있으면 귀찮은 일이나 뉴스거리는 적게 끝낼 수 있는 거니까요."

"예, 예. 그건 저도 알아요. 실은 전 일찍 잠자리에 들었어요. 하룻밤 기분 좋게 자고 싶어서요. 그런데 잠이 오지 않는 거였어요. 잔뜩 걱정이 되어서요."

"학교 일로 말입니까?"

"예, 그리고 샤이스타 양이 행방불명이 된 일로도 말이에요. 그 사이에 스프링거 선생의 일도 생각나게 되었고 어쩌면—어쩌면 그녀의 죽음이 학부형들에게 나쁜 영향을 미치지 않을까, 다음 학기에는 학생들을 학교에 보내지 않는 것은 아닐까 하는 걱정도 했어요. 벌스트로드 선생을 생각하면 전 견딜 수가 없었어요. 그 친구가 이 학교를 창립했기 때문이지요. 이렇게 훌륭한 업적을 쌓은 거예요."

"그건 그렇습니다. 얘기를 계속하시지요. 선생님은 여러 가지 걱정거리 때문에 잠이 오지 않으셨다는 거지요?"

"예, 그래요. 여러 가지 숫자를 세어보기도 했어요. 그리고 일어나 아스피린을 먹었는데, 바로 그때에 우연히 창의 커튼을 젖혔던 거예요. 왜 그랬는지는 저도 잘 모르겠어요. 스프링거 선생 일을 생각하고 있었기 때문이라고도 생각해요. 바로 그때였어요. 저의 눈에 비친 거예요—그곳의 불빛이."

"어떤 종류의 불빛이었습니까?"

"글쎄요, 번쩍번쩍 움직이고 있는 듯한, 다시 말해, 손전등이 틀림없다고 생각했어요. 저번에 존슨 선생과 함께 봤을 때의 불빛 같은 거였어요."

"똑같은 거였습니까?"

"네, 그래요. 그랬다고 생각돼요. 오늘 밤 불빛이 좀 약했는지도 모르겠지만, 잘 모르겠어요."

"그랬군요. 그리고?"

"그리고—." 채드윅 선생의 목소리는 갑자기 쩌렁쩌렁해지는 듯했다.

"전 이번에야말로 무엇을 하고 있는지 밝혀내려고 결심했어요. 그래서 오버를 입고 신발을 신고는 교사를 뛰어나갔지요."

"다른 사람을 부르려고는 생각지 않으셨습니까?"

"예, 생각지 않았어요. 서둘러 가보려고만 했었으니까요. 그 사람이 누구인진 모르지만, 도망쳐 버리지나 않을까 하는 것만 걱정했었죠."

"그랬군요. 계속하시죠, 채드윅 선생님."

"그래서 전 되도록 빨리 뛰어갔어요. 문에 다가가서는 바로 앞에서부터 발끝으로 걸어갔죠—발소리를 내지 않고 안을 들여다보려고 했거든요. 문에 다다라서 보니 문을 닫혀 있질 않더군요—좀 열려진 채로 있었기에 전 그저 그것을 밀어 열었을 뿐이에요. 그러고서 안을 들여다보니, 그녀가 앞으로 쓰러져 죽어 있는 거예요……."

그녀는 부들부들 떨기 시작했다.

"그랬군요. 예, 잘 알겠습니다. 그런데 말입니다. 거기에 골프채가 떨어져 있던데, 선생님이 가지고 가신 겁니까? 아니면 밴시타트 선생님이 가지고 간 겁니까?"

"골프채?" 채드윅 선생은 의아해하며 말했다.

"기억나지 않아요—아, 그랬어요. 제가 현관에서 손에 잡은 생각이 나요. 만일의 경우에 대비해 가져갔었던 거예요—어쩌면 필요할지도 모른다고 느꼈거든요. 엘리노어 선생의 모습을 본 순간 떨어뜨렸을 거예요. 그리고 어떻게 왔는지 교사로 돌아와 존슨 선생을 찾았어요—아! 무서운 일이에요. 이런 무서운 일이—이것으로 이제 메도뱅크 학교는 끝이에요."

채드윅 선생의 목소리는 히스테릭하게 높아졌다.

존슨 선생이 앞으로 와 말했다.

"두 번이나 사람이 죽은 것을 보면 누구라도 신경이 곤두설 거예요. 특히 이런 나이 드신 분에게는요. 경감님도 이 이상 더 물어보시지는 않겠지요?"

켈시 경감은 머리를 끄덕였다.

계단을 내려왔을 때에 벽의 후미진 구석에 구식의 샌드백이 양동이와 함께 쌓여 있는 것이 그의 눈에 띄었다. 어쩌면 전쟁 중에 시작된 습관일는지는 몰라도, 그는 밴시타트 선생을 쳐서 넘어뜨린 범인은 반드시 곤봉을 가진 전문가라고는 할 수 없지 않을까 하는 불안한 생각에 휩싸였다. 이 건물에 있는 사람이라면 두 번이나 총소리를 내는 위험을 무릅쓰고 싶진 않았을 테고, 어쩌면 지난번에 흉기로 사용한 증거품인 권총은 이미 처분해 버린 뒤였을 테니까, 이 언뜻 보기엔 아무런 위험성이 없게 보여도 치명적인 흉기가 되는 저것을 이용했을지도 모른다—게다가 그 뒤에 원래의 장소에 잘 정돈되게 갖다놓는 것마저도 가능했을 것이다!

제16장

실내경기장의 수수께끼

1

"내 머리는 피투성이가 되었지만 난 굴복할 수 없어."

아담은 마음속으로 중얼거렸다. 그는 벌스트로드의 모습을 보고 있었다.

그는 그녀에게 더 이상의 경의를 느낄 수 없으리라고 생각했다. 그녀는 평생의 사업이 일순간에 와르르 무너져 내리려는 지금도 냉정하게 아무런 동요도 없이 앉아 있었다.

이따금 전화가 걸려왔고, 그때마다 학생이 또 하나 퇴교한다는 소식을 알려왔다. 마침내 벌스트로드 교장은 결심을 굳혔다.

경찰에게는 잠시 양해를 구하고 그녀는 앤 샤플랜드를 불러 간단한 성명서를 받아쓰게 했다.

> 학교는 이번 학기말까지 휴교합니다. 사정이 있어 학생을 집으로 데려가기 어려운 학부형들께서는 학교에 그대로 두시면 학교에서 기꺼이 그 학생을 맡아 공부를 계속 시키겠습니다.

"학부형들의 주소록은 앤 양이 가지고 있지? 그리고 전화번호도?"

"네, 교장선생님."

"그럼, 전화를 걸어줘요. 그러고 나서 타이프친 통지서를 빠뜨리지 말고 보내도록 하고."

"네, 알겠습니다."

앤 샤플랜드는 나오다가 문 가까이에서 멈춰 섰다. 그녀는 얼굴이 새빨개져 있었고 말이 한꺼번에 튀어나왔다.

"죄송합니다만, 교장선생님, 제가 관여할 일이 아니라는 것은 알지만—애석한 일 아닐까요, 너무 서두르는 것은요? 다시 말해 처음 느꼈던 겁먹은 기분이 사라지면 학부형들도 차분히 생각할 시간을 갖게 되어 아마 학생들을 데려가려고는 하지 않을 거예요. 분별 있게 되어 생각을 고칠 거라고 생각해요."

벌스트로드 교장은 날카롭게 그녀를 쳐다보았다.

"앤 양은 내가 쉽게 패배를 자인했다고 생각하나?"

앤은 얼굴을 붉혔다.

"알고는 있어요. 분명 건방진 여자라고 생각하시겠죠? 하지만—하지만, 네, 역시 저에게는 그런 느낌이 들어요."

"앤 양은 강한 투지를 가진 사람이야. 나도 그것을 알고 기뻐했어. 하지만 이번에는 앤 양 생각이 틀려. 나는 패배를 인정하고 있는 게 아니야. 인간의 성격에 대한 나의 지식에 기초하여 행동하는 거지. 학부형들에게 학생을 데려가도록 하고 학생을 내보내는 거야—그러면 별로 데려가고 싶지 않은 기분이 될 걸. 그들 자신들 쪽에서 학생을 학교에 남겨둘 구실을 찾을 거라고. 최악의 경우에라도 다음 학기에는 학생을 학교로 돌려보내려고 할 거고—만일, 다음 학기가 시작될 수만 있다면." 그녀는 우울하게 덧붙였다.

그녀는 켈시 경감을 쳐다보았다.

"그건 경감님이 하실 일이에요." 그녀가 말했다.

"지금까지의 살인사건을 해결해 주시는 일—누구인진 모르지만 그 범인을 체포하는 것 말이에요. 그러면 이 학교도 다시 일어설 수 있어요."

캘시 경감은 우울한 얼굴을 하고 있다가 말했다.

"우리들도 최선을 다하고 있습니다."

앤 샤플랜드는 나갔다.

"유능한 여자예요. 게다가 충실하기도 하고." 벌스트로드 교장이 말했다.

이 말은 괄호 안에 넣어도 좋을 성질의 것이었다. 그녀는 더욱더 공격적인 어조로 강하게 말했다.

"실내경기장에서 우리 두 선생의 목숨을 빼앗은 범인에 대해서는 아직 짐작도 가지 않는 겁니까? 이미 뭐가 나왔어도 나와야 할 만한 시간 아닌가요? 게

다가 납치 사건도 있어요. 그 사건은 저 자신에게도 책임이 있어요. 그 아이는 자기를 납치하려고 벼르고 있는 사람이 있다고 했었으니까요. 변명할 여지가 없지만, 전 그 아이가 자신을 중요하게 부각시키려 하고 있다고 생각했었어요. 이제 와보니, 그 뒤에 무슨 일이 있었던 게 틀림없어요. 누군가가 그런 것을 넌지시 비추었던지 경고했었던 게 틀림없는데도, 전 그 어느 쪽도 몰랐던 거예요—."

그녀는 잠시 말을 멈췄다가 다시 계속했다.

"아무런 정보도 들어오지 않았나요?"

"예, 지금까지는. 하지만 그 사건에 대해서는 그다지 걱정하지 않으셔도 된다고 생각합니다. 사건은 런던경시청 수사과의 손에 넘어가 있습니다. 특수부도 나서주고 있고요. 24시간 이내에는, 아니 늦어도 36시간 이내에는 그 아이를 찾을 겁니다. 이 나라는 섬나라라는 유리한 점이 있습니다. 항구나 공항에 경계망을 펼쳐놓았습니다. 전 지역의 경찰도 엄중한 감시를 하고 있고요. 사람을 납치하는 것은 쉽지만, 납치한 사람을 숨겨놓는 것엔 문제가 있습니다. 꼭 우리의 손으로 찾아내겠습니다."

"그 아이가 살아 있는 동안에 찾아내시길 바라요."

벌스트로드 교장은 엄숙한 표정으로 말했다.

"무엇보다 상대는 인간의 생명 같은 건 아랑곳하지 않는 것 같으니까요."

"그 아이를 죽이려고 했다면 일부러 납치하는 수고는 하지 않았을 거라고 생각합니다." 아담이 말했다.

"여기서 더 간단히 죽일 수도 있었을 테니까요."

그는 뒤의 말은 실수했다는 느낌이 들었다. 벌스트로드 교장은 그에게 시선을 보냈다.

"그랬을 테지." 그녀는 냉담하게 말했다.

전화벨이 울렸다.

벌스트로드 교장이 수화기를 들었다.

"네?"

그녀는 손으로 켈시 경감을 불렀다.

"경감님 전화예요."

아담과 벌스트로드 교장은 전화를 받고 있는 경감을 지켜보았다.

그는 낮은 목소리로 대답을 하면서 한두 번 종이에 끼적이더니 마지막에 가서는 이렇게 말했다.

"알겠습니다. 앨더턴 프라이어스. 월셔로군요. 예, 양쪽에서 힘을 합치도록 하지요. 알겠습니다, 총경님. 그럼, 전 이쪽에서 계속 일을 보겠습니다."

그는 수화기를 놓고 잠시 동안 선 채로 생각에 잠겨 있었다. 마침내 그가 얼굴을 들었다.

"대공에게 오늘 아침 몸값을 요구하는 편지가 왔다고 합니다. 신형 코로나로 타이프 쳤고 소인은 포츠머스(영국 남부의 군항)인데, 그건 속임수가 틀림없어요."

"장소와 방법은요?" 아담이 물었다.

"앨더턴 프라이어스의 북쪽 2마일(약 3.2km) 지점의 네거리, 풀도 나무도 없는 황무지요. 돈 넣은 봉투를 내일 아침 오전 11시에 그곳 방공신호소 뒤의 돌 밑에 놓아두라는 거요."

"금액은?"

"2만 파운드." 그는 머리를 흔들었다.

"아무래도 풋내기 같아."

"경감님은 이제 어떻게 하실 건가요?" 벌스트로드 교장이 물었다.

켈시 경감은 그녀 쪽을 보았다. 그는 사람이 달라져 보이는 것 같았다. 직무상의 과묵함이 외투처럼 그의 몸을 둘러싸고 있었다.

"저는 책임자가 아닙니다. 경찰에는 경찰의 방법이 있지요."

"그 방법이 성공했으면 좋겠네요." 벌스트로드 교장이 말했다.

"뭐, 그런 일은 쉬울 겁니다." 아담이 말했다.

"풋내기 같다고요?"

벌스트로드 교장은 아까 두 사람이 사용한 단어를 들먹였다.

"어쩌면……."

뒤이어 그녀는 날카롭게 이렇게 말했다.

"이곳 교직원들은 어때요? 남아 있었던 사람들 말입니다만, 그 사람들을 믿어도 될까요?"

켈시 경감은 대답을 망설이고 있었기에 그녀는 또 이렇게 덧붙였다.

"혐의를 받고 있는 사람들의 이름을 대면, 그 사람들에 대한 저의 태도가 달라질까 봐 걱정하시죠? 그렇지 않아요. 전 결코 그렇게 되지 않아요."

"물론 선생님이 그렇게 하시리라고는 생각지 않습니다. 하지만 모험은 하고 싶지 않습니다. 잠시 지켜본 바로는 이 학교 교직원들 중에는 우리가 찾고 있는 범인은 없는 것 같습니다. 물론 그것은 지금까지 조사할 수 있었던 범위 내에서의 얘깁니다만. 우리들은 특히 이번 학기에 새로 부임해 온 사람들에게 주의를 기울여 왔습니다—다시 말해 블랑슈 선생, 스프링거 선생, 그리고 선생님의 비서인 샤플랜드 양입니다. 샤플랜드 양의 경력은 완전하게 확인되었습니다. 그녀는 퇴역장군의 딸로 그녀 자신이 말한 대로의 직장에 근무했었고, 이전에 고용했었던 사람들도 그녀에 대해서 보증하고 있습니다. 그리고 어젯밤 그녀는 알리바이를 가지고 있습니다. 밴시타트 선생이 살해됐을 무렵에 그녀는 데니스 라스본이라는 남자와 어느 나이트클럽에 있었거든요. 둘 다 그곳에서 얼굴이 잘 알려져 있을 뿐더러, 라스본이라고 하는 남자는 평판이 좋은 사람입니다. 블랑슈 선생의 경력도 조사해 보았습니다. 그녀는 영국 북부의 어떤 학교와 독일의 두 군데 학교에서 가르친 적이 있고, 역시 평판이 좋은 듯합니다. 일류교사라고들 하더군요."

"이 학교의 표준으로는 그렇지도 않은 듯한데."

벌스트로드 교장은 경멸하듯 말했다.

"그녀의 프랑스에서의 배경에 대해서도 조사했습니다. 스프링거 선생에 대해서는 확실치 않은 점이 있습니다. 학력은 본인 말대로였으나, 그 뒤 근무한 기간에 대해서는 설명하지 않은 부분이 있었습니다."

"하지만 본인은 살해되었으니 무죄를 입증했다고 봐도 좋겠지요." 하고 경감은 덧붙여 말했다.

"저도 스프링거 선생과 밴시타트 선생 두 사람이 용의자에서 제외됐다고 하는 점에는 같은 의견입니다." 벌스트로드 교장은 냉정하게 말했다.

"더욱 이치에 맞는 얘기를 하지요. 블랑슈 선생은 비난할 게 없는 경력을 가지고 있는데도 불구하고 살아 있다고 하는 이유만으로 용의자로 몰리고 있는 건가요?"

"그분은 양쪽 범행을 모두 할 수 있는 가능성을 가지고 있습니다. 어젯밤에도 여기 이 건물 안에 있었죠." 켈시가 말했다.

"어젯밤엔 일찍 잠자리에 들어 잠이 들어버렸고, 사건이 일어난 것을 알려 주기까지는 아무것도 듣지 못했다고 하더군요. 물론 그 반대의 증거도 없지요. 그분에게 불리한 자료는 무엇 하나 발견하지 못했습니다. 하지만 채드윅 선생님은 분명히 그분이 음흉하다고 했습니다."

벌스트로드 교장은 안타까워하며 손을 내저었다.

"채드윅 선생은 항상 프랑스인 선생을 음흉하다고 했어요. 그녀에게는 프랑스인에 대한 편견이 있어요."

그녀는 아담을 쳐다보았다.

"당신 생각은 어때요?"

"블랑슈 선생님에게는 남의 일을 꼬치꼬치 캐내는 버릇이 있는 것 같더군요." 아담은 천천히 말했다.

"선천적으로 호기심이 많아서 그런지도 모르겠으나, 그 이상 무엇이 숨겨져 있는지도 모르지요. 저도 그 점은 판단하기 어렵습니다. 그녀가 남을 살해할 사람이라고는 저도 생각지 않습니다만, 사람이란 모르는 거니까요."

"정말 그렇습니다." 켈시가 말했다.

"여기에는 분명 살인범이 있고, 그것도 두 번이나 살인을 저지른 잔인한 인간이—하지만 그것이 교직원 중 한 사람이라고는 아무래도 믿기 어렵습니다. 존슨 선생님은 어젯밤 여동생과 라임스턴 온 시에 있었고, 게다가 7년간이나 이 학교에 근무한 분입니다. 채드윅 선생님은 개교 이래 죽 여기에 근무한 분이고요. 그 점이야 어떻든 두 분 다 스프링거 선생님의 죽음에 대해서는 혐의 밖입니다. 리치 선생님은 1년 이상 여기에 근무했고, 어젯밤엔 2마일(약 3.2km) 떨어진 앨턴 그랜지 호텔에 묵었습니다. 블레이크 선생님은 친구와 함께 리틀 퍼트에 있었고, 로원 선생님은 1년간 여기에 근무한데다가 경력도 훌륭합니다.

고용인들에 대해서는 솔직히 말해 어느 누구도 살인범이라고는 볼 수 없습니다. 게다가 모두 이 지역 사람들뿐이고……."

벌스트로드 교장은 기분 좋게 고개를 끄덕거렸다.

"경감님의 추리에는 저도 찬성입니다. 다음은 이제 더 없습니까? 그렇다면—." 그녀는 말을 멈추고 비난하는 눈초리로 아담을 보았다.

"아무래도, 범인은 당신인 것 같은데요."

그는 놀라 입을 딱 벌렸다.

"현장에 있었고—." 그녀는 깊이 생각했다.

"출입도 자유롭고……, 여기에 있을 만큼의 이유도 분명한 데다, 신원도 확실하고. 하지만 그럴 속셈만 있다면 당신은 배반할 수 있는 거니까."

아담은 겨우 자신을 되찾았다.

"정말 놀랐습니다, 벌스트로드 선생님." 그는 감탄 어린 목소리로 말했다.

"선생님께는 저도 손들었습니다. 선생님은 무엇 하나 놓치지 않으시군요!"

2

"어머, 큰일 났네!"

아침식사 테이블에 앉아 있던 서트클리프 부인이 소리쳤다.

"헨리!"

그녀는 막 신문을 펼쳐드는 순간이었다.

그녀와 남편 사이에는 테이블이 꽤 넓게 비어 있었다. 주말 손님들이 아직 식사에 모습을 나타내지 않고 있었기 때문이었다.

서트클리프는 아까부터 신문의 경제면을 펼쳐들고 어떤 주식의 예외적인 변동에 정신을 빼앗기고 있어 대답을 하지 않았다.

"헨리!"

이 클래리온(예전에 전쟁 때 쓰인 나팔) 같은 큰 목소리는 그의 귀에도 들렸다. 그는 놀라서 얼굴을 들었다.

"무슨 일이오, 조안?"

"무슨 일이 아니에요! 또 살인이에요! 메도뱅크 학교에서 말이에요! 제니퍼 학교에서 말이에요!"

"뭐라고? 그 신문 나도 좀 봅시다!"

"당신 신문에도 나와 있을 거예요." 하는 아내의 말에는 아랑곳하지 않고 서트클리프는 테이블 너머로 몸을 구부려 아내의 손에서 신문을 빼앗아갔다.

"엘리노어 밴시타트 선생은……실내경기장……스프링거 체육교사의 살해현장에서……흠……흠……."

"믿을 수 없어요!" 서트클리프 부인은 울부짖고 있었다.

"메도뱅크 학교라니, 그런 훌륭한 학교에서, 왕족들도 가는……."

서트클리프는 신문을 구깃구깃 구겨 테이블 위에 던지고 말했다.

"해야 할 일은 딱 한 가지요. 당신이 어서 가서 제니퍼를 데리고 와요."

"그 아이를 퇴교시키라는 말인가요—아주?"

"그렇소."

"그건 좀 성급하다고 생각지 않아요? 로자먼드가 그렇게 친절하게 손을 써준 덕분에 겨우 들어가게 됐는데."

"아이를 데려오는 부모가 당신뿐만이 아닐 거요! 당신의 그 둘도 없는 메도뱅크 학교에는 조만간 결원이 꽤 생길 거야."

"어머, 헨리, 당신은 그렇게 생각해요?"

"그렇소. 거기에서는 심상찮은 일이 벌어지고 있소. 오늘 중으로 제니퍼를 데리고 와요."

"그래요, 물론, 당신 말대로인지도 몰라요. 그 아이를 어떻게 하면 좋지요?"

"어디 가까운 현대적인 고등학교에 넣으면 되지 않소? 그런 곳이라면 살인사건 같은 건 일어나지 않을 테니."

"그런데 그렇지 않아요. 당신은 기억하지 못하세요? 남학생이 과학선생을 쏜 적이 있어요. 지난주 뉴스 오브 더 월드에 실렸었잖아요."

"도대체 영국은 어떻게 돼가는 거지?" 서트클리프는 개탄했다.

그는 다만 정떨어졌다는 말만 안 했을 뿐이지 냅킨을 테이블 위에 던져버리고 성큼성큼 걸어서 식당을 나갔다.

3

아담은 혼자 실내경기장에 있었다. 그의 능숙한 손가락은 개인 사물함 속의 물건들을 휘젓고 있었다. 경찰이 실패한 장소에서 뭘 찾아낸다고 하는 것은 좀 가망 없는 일이었지만, 그래도 만에 하나라는 것도 있는 거였다. 켈시가 말했듯이 각각의 부문에 따라 방법도 조금씩 달라지는 거니까.

이 막대한 돈이 들어간 현대적인 건물과 갑작스러운 폭력에 의한 죽음을 연결시키고 있는 것은 도대체 무엇일까? 밀회설은 말도 되지 않는다. 살인사건이 일어난 장소에서 두 번이나 밀회를 하려 했다고 생각하는 사람은 없을 것이다. 그럼, 역시 누군가가 노리고 있는 물건이 여기에 있다고 하는 얘기가 된다. 그것이 보석이라고는 도무지 생각할 수 없다. 보석은 아니라고 생각해도 좋을 것 같다. 비밀스런 은닉장소라든가, 숨길 수 있는 서랍이라든가, 용수철 장치의 문고리라든가 그런 것이 여기에 만들어져 있을 리도 없을 테니까. 그리고 개인 사물함 속도 보잘것없는 단순한 것들이었다. 개인 사물함에는 사물함대로의 비밀품은 있었으나, 그것은 학교생활의 비밀품이었다. 인기 있는 젊은 배우의 사진이라든가 담배, 때로는 조잡한 종이 표지의 싸구려 책이었다.

그는 특히 샤이스타의 개인 사물함으로 되돌아가 보았다. 밴시타트 선생은 이 개인 사물함을 들여다보다가 살해당한 것이다. 그녀는 여기에서 무엇을 찾으려고 한 걸까? 실제로 그것을 찾았을까? 그녀를 살해한 사람은 그것을 죽은 그녀에게서 빼앗아 채드윅 선생에게 들키기 전에 몰래 이 건물에서 도망쳐 나간 것일까?

그렇다면 찾아봐도 소용없다. 그 물건은 어디에 있었든지 간에 이미 없어져 버렸을 것이다.

밖에서 발소리가 들렸기 때문에 그는 생각을 멈추었다. 일어서서 마루 중앙에서 담배에 불을 붙이고 있으려니 입구에서 줄리아 업존이 조금 머뭇거리며 나타났다.

"뭐, 볼일이라도?" 아담이 물었다.

"라켓을 가져가도 될까요?"
"상관없어요." 아담이 말했다.
"경찰이 나를 여기에 두고 갔어요." 아담은 거짓말을 했다.
"경찰서에 볼일이 있다면서 돌아올 때까지 여기에 있으라고 하더군요."
"그 사람이 돌아올지도 몰라서 그렇군요." 줄리아가 말했다.
"경찰이?"
"아뇨, 살인범. 그런 거 아니에요? 범죄현장에 돌아와 보는 거 말이에요. 그렇게 해야만 하니까. 일종의 강박관념이지요."
"그럴지도 모르겠군." 아담이 말했다.
그는 라켓 걸이에 빽빽이 늘어서 있는 라켓을 바라보았다.
"학생 것은 어디쯤 있지요?"
"U라고 쓰인 곳이에요." 줄리아가 말했다.
"오른쪽 맨 끝이에요. 각각의 이름이 쓰여 있어요."
라켓을 받아들고 그녀는 풀로 붙인 테이프를 손으로 가리켰다.
"많이 썼군. 하지만 원래는 좋은 라켓이었던 것 같은데."
"제니퍼 서트클리프 것도 가져가도 돼요?" 줄리아가 물었다.
"새것이군." 아담은 그것을 건네주면서 감탄한 듯이 말했다.
"아주 새 거예요." 줄리아가 말했다.
"바로 얼마 전에 큰어머니가 보내주셨거든요."
"운이 좋은 학생이로군."
"제니퍼는 좋은 라켓을 가지는 것이 당연해요. 테니스를 아주 잘 치거든요. 이번 학기가 되어서 그 애의 백핸드는 굉장히 좋아졌어요."
그녀는 주위를 둘러보았다.
"돌아올 거라고 생각지 않으세요?"
아담은 곧바로 무슨 뜻인지 몰랐다.
"아, 범인? 그런 일은 실제로는 일어날 것 같지 않은데, 좀 모험이 아닐까?"
"당신은 살인범이 그렇게 해야 한다고 느낄 거라곤 생각지 않으시는군요?"
"잊어버린 물건이라도 있지 않은 한은."

"단서 말이군요? 전 단서를 꼭 찾고 싶어요. 경찰은 찾았나요?"

"나 같은 것에게는 얘기하지 않지."

"예, 그렇겠군요……. 당신은 범죄에 흥미가 있나요?"

그녀는 캐묻듯이 그의 얼굴을 쳐다보았다. 그도 마주보았다. 그녀에게는 아직 여자다운 티는 전혀 없었다. 샤이스타와 같은 또래임은 틀림없겠으나, 그녀의 눈에는 호기심 이외에는 아무것도 비치지 않았다.

"글쎄, 아마 어느 정도까지는 모두 그렇지 않을까?"

줄리아는 동의한다는 듯이 고개를 끄덕거렸다.

"그래요, 저도 그렇게 생각해요……. 전 여러 가지 해결방법을 생각할 수 있어요—그렇지만 대개의 것들이 현실과 아주 동떨어져 있어요. 그래도 재미있어요."

"학생은 밴시타트 선생님을 좋아하지 않았나 보군요?"

"그 선생님에 대해서는 생각해 본 적도 없어요. 하지만 빈틈없는 선생님이었지요. 약간 황소 같은 벌스트로드 교장선생님과도 닮았고—실제로는 닮지 않았지만. 그보다도 연극의 대역 같았어요. 그 선생님이 돌아가셔서 재밌다는 의미는 아니에요. 그 일은 슬프게 생각해요."

그녀는 라켓 두 개를 들고 나갔다.

아담은 뒤에 남아 실내경기장을 둘러보았다.

"도대체 여기에 무엇이 있었을까?" 그는 혼자 중얼거렸다.

4

"어머!" 제니퍼는 줄리아의 포핸드 타구를 받으려고도 하지 않았다.

"엄마다."

두 여자아이는 그쪽으로 시선을 돌리고는, 리치 선생에게 안내되어 큰 몸짓을 해가면서 빠른 걸음으로 이쪽으로 오고 있는 서트클리프 부인의 모습을 지켜보았다.

"또 공연한 소란을 피우는 걸 거야." 제니퍼는 체념한 얼굴로 말했다.

"그 살인사건으로 넌 좋겠다, 줄리아. 너의 엄마는 버스로 코카서스에 가 계시니 저렇게 오시지도 않을 테고."

"하지만 이사벨 숙모님이 계시잖아."

"숙모님과 엄마는 틀려."

"엄마, 안녕하세요." 그녀는 서트클리프 부인이 다가오자 인사를 했다.

"제니퍼, 어서 가서 짐을 싸거라. 나하고 집으로 돌아가야 하니까."

"집으로?"

"그래."

"하지만, 아주 가자는 건 아니죠? 아주 말이에요."

"아니, 아주 가자는 거란다."

"아니, 그렇게 할 순 없어요—그래요. 테니스도 제법 능숙해졌는데. 단식에서는 우승할 좋은 기회이고, 복식에서도 줄리아와 함께 우승할지도 몰라요. 그것은 좀 믿을 수 없긴 하지만."

"엄마하고 오늘 돌아가는 거야."

"왜요?"

"이러쿵저러쿵 말하지 말거라."

"분명 스프링거 선생님과 밴시타트 선생님이 살해당한 것 때문이지요? 하지만 학생은 아무도 살해당하지 않았어요. 범인도 학생은 원치 않고 있을 거예요. 그리고 3주일 뒤면 운동회에요. 난 분명 멀리뛰기에서는 1등 할 거고, 허들에서도 1등 할 수 있을 거예요."

"제니퍼, 말대꾸하지 마라. 엄마와 같이 오늘 돌아가는 거야. 아빠도 꼭 그렇게 하라고 말씀하셨으니까."

"하지만, 엄마—"

불평하면서도 제니퍼는 엄마와 나란히 교사 쪽으로 걸어갔다. 그러더니 갑자기 도망쳐 테니스 코트로 뛰어 돌아왔다.

"줄리아, 안녕. 엄마는 완전히 겁에 질려 있는 것 같아. 아빠도 그러시고. 정말 지겨워. 잘 있어, 편지 쓸게."

"나도 쓸게. 편지로 일어나는 모든 일을 알려줄게."

"다음에는 채디 선생님을 살해하지 않았으면 좋겠어. 차라리 블랑슈 선생님이 좋겠는데, 그렇잖니?"

"그래, 없어도 좋을 사람은 그 선생님인데. 그건 그렇고, 눈치챘니? 리치 선생님이 굉장히 기분 나쁜 것 같던데?"

"한마디도 하지 않더라. 엄마가 날 데려가서 화가 났나 봐."

"그 선생님이라면 너의 엄마를 막을 수도 있을 텐데. 그 선생님은 아주 힘이 세잖아? 그런 분은 그밖에 아무도 없어."

"난 그 선생님을 보고 있으면 누군가가 생각나." 제니퍼가 말했다.

"난 아무하고도 조금도 닮지 않았다고 생각하는데. 항상 아주 다르게 보이는 것 같아."

"그건 그래. 달라, 내가 말하는 건 외모가 아니야. 하지만 내가 알고 있는 사람은 되게 살이 쪘어."

"리치 선생님의 살찐 모습은 상상도 할 수 없다, 얘."

"제니퍼……." 서트클리프 부인이 불렀다.

"부모님들은 시끄러운 존재라고 생각해." 제니퍼는 화가 난 듯이 말했다.

"뭐든지 소란을 일으키기만 하거든. 그칠 줄 모르고 말이야. 넌 정말 좋겠다—."

"이젠 됐어. 넌 아까도 그렇게 말했잖니? 하지만 지금의 내 기분을 말하면 엄마가 버스로 아나톨리아에 돌아다니지 말고 아주 가까이에 있어주었으면 좋겠어."

"제니퍼……."

"지금 가요……."

줄리아는 천천히 실내경기장 쪽으로 걸어갔다. 그녀의 발걸음은 점점 느려져서 마침내는 우뚝 멈춰 서 버렸다.

그녀는 이맛살을 찌푸리고 생각에 빠졌다.

점심시간을 알리는 벨이 울렸으나, 그녀의 귀에는 그것도 들어오지 않았다. 그녀는 자신이 가지고 있는 라켓을 빤히 쳐다보며 오솔길을 한 걸음 두 걸음 걸어가더니 한 바퀴 뱅그르르 돌고는 이젠 아무런 주저함도 없이 결연한 태도로 교사 쪽으로 향했다. 그녀는 다른 학생들과 마주치는 것을 피하기 위해 보통은 출입을 금하고 있는 정면 현관으로 들어갔다. 현관홀은 텅 비어 있었다.

계단을 뛰어올라 자기의 작은 침실로 가서 재빠르게 주위를 둘러보고는 침대 매트리스를 들어 올려 그 밑에 라켓을 평평하게 찔러 넣었다. 그러고 나서 재빨리 머리를 매만지고는 시치미를 떼고 계단을 내려와서 식당으로 갔다.

제17장

알라딘의 동굴

1

그날 밤엔 학생들도 평소보다도 조용하게 2층 침실로 올라갔다. 한 가지 이유는 사람 수가 상당히 줄었기 때문이었다. 적어도 30명 정도는 집으로 돌아가 버렸다.

남은 학생들은 각각의 성격에 따라 다른 반응을 보이고 있었다. 흥분, 전율, 단순한 신경과민에서 오는 킬킬거리는 웃음, 그 가운데는 묵묵히 생각에 잠겨 있는 학생도 있었다.

줄리아 업존은 제일 처음의 무리에 섞여 조용히 2층으로 올라가서 자기 방으로 들어가 문을 닫았다. 그녀는 우뚝 선채로 속삭이는 소리, 킬킬거리며 웃는 소리, 발소리, 잘 자라는 인사소리에 귀를 기울이고 있었다.

마침내 정적이—정적에 가까운 상태가 찾아왔다. 멀리서는 희미한 사람의 목소리가 울려 퍼졌고, 욕실에서 왔다 갔다 하는 발소리가 들렸다.

문에는 자물쇠가 없었다. 줄리아는 의자를 끌어와 문에 밀어놓고 의자 끝이 손잡이 밑에 꼭 끼도록 했다. 이렇게 해두면 만에 하나 누군가가 들어와도 금방 알 거야. 학생들은 서로의 방에 들어가는 것을 엄격히 금지당하고 있었고, 선생도 들어오는 사람은 존슨 선생뿐이며, 그것도 학생이 병이 났다든가 몸 상태가 나쁠 경우에 한해서였다.

줄리아는 침대로 가서 매트리스를 들어 올리고는 그 밑을 더듬어 찾았다. 그러고는 라켓을 꺼내더니 손에 든 채로 잠시 동안 우뚝 서 있었다.

그녀는 뒤로 미루지 않고 지금 곧 라켓을 조사해 보려고 마음먹은 것이다. 소등 시간이 되고 나서도 문 밑으로 그녀의 방 불빛이 새어나가면 주의를 끌 염려가 있었다. 지금이라면 옷을 갈아입기 위해 불을 켜놓는 것이 보통이었고,

침대에 누워서 책을 읽는 사람은 10시 반까지는 불을 켜 놓아도 좋게 되어 있었다.

그녀는 우뚝 서서 라켓을 쳐다보았다. 테니스용 라켓 같은데 뭘 숨길 수 있다고는 생각지 않았지만.

"그래도 어떤 물건이 숨겨져 있는 게 틀림없어." 줄리아는 중얼거렸다.

"분명해. 제니퍼의 집에 침입한 도둑과, 새 라켓을 가지고 와서 이상한 얘기를 한 여자라든가……."

그런 이야기를 믿다니 제니퍼니까 그렇지 하고 줄리아는 속으로 비웃었다.

역시 그것은 '헌 램프와 새 램프의 교환'이고, 알라딘의 경우처럼 이 라켓에 무엇인가가 숨겨져 있다는 것을 의미하는 것이다.

우리가 서로의 라켓을 바꾼 것은 둘 다 아무에게도 얘기하지 않았다—적어도 줄리아 자신은 아무에게도 얘기하지 않았다. 그렇다면 역시 이것은 실내경기장에서 모두가 찾으려고 한 라켓이 틀림없을 것이다. 지금 그 라켓은 그 이유를 찾아내려고 하는 그녀 앞에 놓여 있다.

그녀는 라켓을 조심스럽게 조사했다. 보기엔 별로 특별한 점은 없었다. 조금씩 써서 낡긴 했지만 줄도 갈아 끼웠고, 아직 충분히 쓸 수 있는 질 좋은 라켓이었다. 제니퍼는 균형이 맞지 않는다고 불평을 했지만.

라켓에 숨길 수 있는 부분이 있다고 한다면 그것은 손잡이이다. 손잡이를 도려내고 숨길 곳을 만든다면 가능할 것이라고 그녀는 생각했다. 손잡이를 함부로 고쳤다면 당연히 균형도 맞지 않을 것이다. 손으로 잡는 부분에는 가죽이 감겨 있었고, 그 위의 글자가 지워져 있었다. 물론 이 부분은 그냥 붙어 있을 뿐이다. 이것을 떼어보면?

줄리아는 화장대 앞에 앉아 작은 칼로 마구 찔러 겨우 그럭저럭 가죽을 떼어낼 수 있었다. 안은 얇은 나무토막으로 채워져 있었다. 그러나 어딘지 모르게 모양이 이상했다. 이음새가 빙 둘러져 있었다. 줄리아는 칼을 찔러 넣어 보았으나 날이 딱 부러져 버렸다. 손톱 깎는 가위가 더 효과적이었다.

그녀는 마침내 여는 데 성공했다. 이번에는 빨간색과 파란색의 얼룩덜룩한 물체가 보였다. 그것을 찔러보다가 퍼뜩 생각이 났다. 공작용 점토다! 하지만 보통 라켓의 손잡이엔 점토가 채워 넣어져 있을 리가 없잖아?

그녀는 손톱 깎는 가위를 꽉 쥐고 점토를 쑤셔내기 시작했다. 점토 덩어리가 무엇인가를 싸고 있었다. 단추나 자갈 같은 감촉이 느껴졌다. 그녀는 힘을 다해 점토를 찔렀다.

어떤 물체가 테이블 위로 굴러 나왔다—계속해서. 그것들은 이내 산처럼 수북이 쌓였다.

줄리아는 몸을 뒤로 기대고 숨을 삼켰다. 그녀는 눈을 동그랗게 뜨고서 보고 또 보았다.

불꽃같은 물결, 빨간색, 초록색, 짙은 파란색, 눈부신 백색…….

그 순간에 줄리아는 어른이 되었다. 그녀는 더 이상 어린애가 아니었다. 여자가 되었다. 보석을 보고 있는 여자가……. 모든 환상적인 생각이 그녀의 머릿속을 온통 스치고 맴돌았다.

알라딘의 동굴……마거릿과 그 보석상자……(학생들은 지난주 코벤트가(런던 중심가에 있는 오페라 극장)에 가서 오페라 파우스트를 보았다)……운명의 보석……희망의 다이아몬드……로맨스……검은 벨벳 가운을 입고 반짝반짝 빛나는 목걸이를 한 그녀 자신의 모습…….

그녀는 앉아서 혼자 히죽 웃으며 몽상에 빠졌다. 보석을 손으로 들어 올려서 손가락 사이로 쏟아내려 불꽃의 시내를, 경이와 환희에 찬 섬광의 물결을 만들었다. 그러는 사이에 희미한 소리가 들리는 듯하면서 그녀를 그녀 자신으로 돌아오게 했다.

그녀는 생각에 잠겨 자신의 상식을 총동원해서 이때 어떻게 해야만 하는지 결정하려 했다.

아까의 희미한 소리가 그녀에게 경계심을 불러일으켰다. 그녀는 보석을 그러모아 세면대로 가지고 가서는 스펀지 주머니에 넣고 그 위에 스펀지와 손톱솔을 밀어 넣었다. 그리고 다시 라켓이 있는 곳으로 가서 점토를 또다시 손잡이 속에 집어넣고 나무 부분도 원래대로 하고는 그 위에 고무풀로 원래대로 가죽을 붙여놓았다. 가죽은 말려 올라가 있었으나 얇게 자른 반창고를 뒤집어 감아 그 위에 가죽을 눌러 그런대로 붙였다.

됐다. 라켓은 겉모양도 감촉도 전과 전혀 변함이 없었고, 무게도 느낌만으로 말한다면 거의 변하지 않았다. 그녀는 다시 한 번 라켓을 쳐다보고는 아무렇게나 의자 위에 던져놓았다.

그녀는 잘 정돈되고 접혀 있는, 잠들기를 기다리고 있는 침대로 눈을 돌렸다. 하지만 옷을 벗으려고도 하지 않았다. 그대로 앉아 귀를 기울였다. 그것은 밖에서 난 발소리가 아니었을까?

갑자기 예기치 않게 그녀는 공포심에 휩싸였다. 사람이 둘이나 살해당했다. 자신이 찾아낸 것을 다른 누구에게 알린다면 이번에는 그녀 자신이 살해될지도…….

방에는 꽤 무거운 나무로 된 서랍장이 있었다. 그녀는 메도뱅크 학교에도 자물쇠를 채우는 습관이 있었으면 좋았을 텐데 하고 생각하면서 겨우겨우 그것을 문 앞으로 끌고 갔다. 다음에는 창으로 가 내리닫이창의 윗부분을 끌어올려 빗장을 걸었다. 창 가까이에는 나무도 자라지 않았고 담쟁이덩굴이 벽을 휘감으며 뻗어나가지도 않았다. 그쪽으로 들어올 가능성이 있다고는 생각지 않았으나 그녀는 최선의 대비를 해두려고 했다.

그녀는 자신의 작은 탁상용 시계를 보았다. 10시 반이었다. 그녀는 한번 심호흡을 하고는 불을 껐다. 아무에게도 평소와 다른 낌새를 눈치채게 해서는 안 된다. 그녀는 창의 커튼을 조금만 열었다. 보름달이 떠 있어 그녀는 문을 똑똑히 볼 수 있었다. 그리고 그녀는 침대 가장자리에 걸터앉았다. 한 손에는 그녀의 구두 중에서도 가장 단단한 것이 움켜쥐어져 있었다.

"누가 들어오려고 하면—." 줄리아는 중얼거렸다.

"있는 힘을 다해 벽을 두드려야지. 옆방에는 메리 킹이 있으니까 그 소리에 잠을 깰 거야. 그리고 비명을 질러야지—있는 대로 소리를 높여서. 모두가 모여들면 무서운 꿈을 꾼 것 같다고 해야지. 이 학교에는 그런 일이 계속해 일어나고 있으니까, 무서운 꿈을 꾸는 것도 당연할 테지."

그녀가 그렇게 앉아 있는 사이에 시간은 흘러가고 있었다.

이윽고 들려왔다—복도를 지나는 희미한 발소리가. 그녀의 방 앞에서 발소리가 멈추는 것이 들렸다. 한참 손잡이가 천천히 돌아가는 것이 보였다.

비명을 질러야만 할까? 아니, 아직 이르다.

문이 밀렸다—잠깐 사이였으나 서랍장이 문을 떠받쳐 주었다. 밖에 있는 사람은 분명 이상해 할 것이다.

또 잠깐. 그러더니 문에서 노크 소리가, 그저 희미한 노크 소리가 났다.

줄리아는 숨을 삼켰다. 또 잠깐. 그러고 나서 다시 노크 소리가 났다—그러나 여전히 희미하고 조심스러운 소리였다.

"난 자고 있는 거야." 그녀는 중얼거렸다.

"그래서 아무 소리도 들리지 않아."

한밤중에 내 방문을 두드리는 사람은 도대체 누구일까? 노크할 권리가 있는 사람이라면 큰소리로 부르든지, 손잡이를 덜꺼덕거려 본다든지, 아니면 소리를 내든지 할 것이다. 그런데 이 사람은 소리도 내지 않고…….

오랫동안 줄리아는 그렇게 앉아 있었다. 노크 소리는 그 뒤 다시 나지 않았고 손잡이도 움직이지 않았다.

하지만 줄리아는 긴장했기 때문에 정신을 바짝 차리고 앉아 있었다. 그녀는 오랫동안 그렇게 앉아 있었다. 결국 잠에 곯아떨어져 버리기까지에는 얼마나 시간이 지난 걸까? 그녀 자신도 알 수 없었다.

마침내 학교의 벨소리에 잠이 깼을 때는 침대 끝부분에 답답하고 불편한 자세로 누워 있었다.

2

아침식사 뒤에 학생들은 2층으로 올라가 침대를 정리하고 내려와서 강당에서의 기도에 참가하고는 각자 교실로 흩어졌다.

학생들이 각자 교실로 가려고 서두르고 있는 그 마지막 움직임이 있는 동안에 줄리아는 어떤 교실로 들어갔다가 반대편 문으로 나왔다. 교사 옆을 빠른 걸음으로 지나가고 있던 학생들 무리에 섞여 휙 하니 철쭉 수풀 속으로 숨어들었다. 그러고 나서도 몇 번이고 교묘히 숨었다가 머리를 내밀었다가 하면서 커다란 린덴 나무 한 그루가 땅에 닿을 정도로 가지가 무성해 있는 운동장

담 옆까지 겨우 도착했다.

줄리아는 옛날부터 나무타기는 익숙해 있었기에 힘들이지 않고 그 나무에 기어올랐다. 잎이 무성한 가지 사이에 완전히 몸을 숨기고 앉아 가끔 시계를 보았다. 그녀는 자신이 없어진 것이 알려지기까지는 아직 상당한 시간이 있다는 확신을 가지고 있었다. 학교의 조직도 흐트러져 있었고, 선생님도 두 분이나 모자라며, 학생도 반수 이상은 집으로 돌아가 버렸다. 따라서 모든 학급이 재편성될 테니까 점심 무렵까지는 아무도 줄리아 업존이 없다는 것을 알지 못할 것이다. 그리고 그때까지는—.

줄리아는 다시 한 번 시계를 보고는 주르르 담 높이까지 내려와 담 위로 두 다리를 벌려 올라타고서 반대편으로 사뿐히 뛰어내렸다.

100야드(약 91m)앞에는 버스 정류장이 있고, 앞으로 몇 분 뒤면 버스가 올 것이다. 버스는 제시간에 왔고, 줄리아는 큰소리로 불러 버스를 탔다. 그때에는 이미 목면 윗도리 안에서 펠트 모자를 꺼내어 약간 헝클어진 머리에 쓰고 있었다. 역에 도착하자 버스에서 내려 런던행 기차를 탔다.

그녀는 벌스트로드 교장 앞으로 쓴 짧은 편지를 자기 방 세면대 위에 접어서 남겨두었다.

벌스트로드 선생님.
전 납치된 것도 실종된 것도 아니니까 걱정하지 마세요. 되도록 빨리 돌아오겠어요.

줄리아 업존

3

화이트 하우스 맨션 228호에서는 에르큘 포와로의 티 한 점 없는 복장을 한 시종 겸 하인인 조지가 문을 열고는 다소 놀란 기색으로 좀 꾀죄죄한 얼굴을 한 여학생을 찬찬히 훑어보았다.

"에르큘 포와로 씨를 만나 뵐 수 있을까요!"

조지는 대답하기 전에 평소보다도 그저 조금쯤 더 긴 사이를 두었다. 그는 이 방문객이 약속도 없는 손님이라는 것을 알아차렸다.

"포와로 씨는 약속이 없는 분하고는 아무하고도 만나시지 않습니다만."

"약속을 기다리고 있을 시간이 없어요. 지금 꼭 만나 봬야만 돼요. 아주 긴박한 일이에요. 몇 건의 살인사건과 하나의 도난사건 등의 일로요."

"그럼, 만나 뵐 수 있는지를 여쭤보고 오겠습니다." 조지가 말했다.

그는 줄리아를 홀에 남겨두고 주인의 의견을 들으러 갔다.

"젊은 아가씨가 급한 일로 만나 뵙고 싶어 합니다만."

"아, 그런가?" 에르큘 포와로가 말했다.

"하지만 모든 일이 그렇게 간단하게 진행되진 않지."

"저도 그렇게 말했습니다만."

"젊은 아가씨인가?"

"글쎄요, 겨우 소녀티를 벗은 정도인데요."

"소녀? 젊은 아가씨? 도대체 어느 쪽인가, 조지? 소녀와 아가씨는 의미가 같지 않다네."

"제가 말씀드린 의미를 잘 모르시는 것 같은데, 그 손님은 소녀라고 말씀드려야 좋을 겁니다—중고등학교에 다니고 있을 정도의 나이니까요. 하지만 입고 있는 윗도리도 더럽고 찢어지긴 했어도 본질적으로는 젊은 아가씨입니다."

"사회적인 관용어군. 알았네."

"그리고 그 여자는 몇 건의 살인사건과 하나의 도난사건 등에 관한 일로 만나 뵙고 싶다고 했습니다."

포와로의 눈썹이 치켜 올라갔다.

"몇 건의 살인사건과 하나의 도난 사건? 기발하군. 그 소녀—아니, 젊은 아가씨를 이리 데려오게."

줄리아는 그저 약간 머뭇머뭇 거리다가 방으로 들어갔다. 그녀는 정중하면서도 아주 자연스럽게 얘기했다.

"처음 뵙겠습니다, 포와로 씨. 전 줄리아 업존이에요. 저의 엄마와 아주 친하게 지내고 계시는 서머헤이스 부인을 잘 아시겠지만, 지난여름 그분 댁에 묵었을 때 그분에게서 선생님 얘기를 많이 들었어요."

"서머헤이스 부인이라고……."

포와로의 기억은 언덕을 오른 적이 있는 마을로, 그리고 그 언덕 정상에 있는 집으로 돌아갔다. 그는 주근깨가 있는 매력적인 얼굴과, 스프링이 고장 난 소파, 몇 마리의 개, 그 밖의 여러 가지 유쾌했던 일과 불쾌한 일들을 떠올렸다.

"모린 서머헤이스야. 그래, 기억하고 있지." 그가 말했다.

"전 모린 숙모라고 부르고 있지만 실은 진짜 숙모는 아니에요. 그분은 포와로 씨가 대단히 훌륭한 분이며, 살인죄로 형무소에 들어간 억울한 사람을 구해 내셨다는 얘기를 해주셨어요. 그래서 저도 어떡하면 좋을까, 어느 분을 찾아가면 좋을까를 망설이다가 선생님을 기억해 낸 거예요."

"그거 영광이군."

그가 진지하게 말하고는 의자를 끌어다 그녀에게 권했다.

"자, 그럼, 얘기해 봐요. 내 하인 조지의 말에 의하면, 하나의 도난사건과, 몇 건인가의 살인사건에 대해서 의논하고 싶다고 했다는데―그럼, 살인사건은 한 건이 아니란 말인가?"

"그래요. 스프링거 선생님과 밴시타트 선생님, 두 분이에요. 그리고 또 납치사건도 있지만, 그쪽은 저와 상관없는 일이라고 생각해요."

"도무지 이유를 잘 모르겠군." 포와로가 말했다.

"그런 엄청난 사건이 도대체 어디에서 일어났단 말이지?"

"저의 학교에서요. 메도뱅크 학교."

"메도뱅크 학교?" 포와로는 큰소리로 외쳤다.

"아!"

그는 옆에 잘 정돈되어 쌓여 있는 신문으로 손을 가져갔다. 그는 그중 한 장을 펴고 흘끗 제1면을 보더니 고개를 끄덕거렸다.

"조금은 이해가 가는군." 그가 말했다.

"자, 얘기해 봐요, 줄리아, 처음부터 모두를."

줄리아는 포와로에게 말했다. 아주 길고 포괄적인 얘기였으나, 그래도 그녀는 정확하게 이야기했다―가끔은 말을 중단하고 잊었던 얘기를 덧붙이기도 했지만. 그녀는 어젯밤 자기의 침실에서 라켓을 조사해 본 데까지 이야기를 끌고 왔다.

"그래서 전 알라딘의 얘기와 똑같다고 생각했어요—새 램프와 헌 램프를 교환한 얘기 말이에요. 그 라켓에는 어떤 물건이 틀림없이 들어 있다고 생각한 거죠."

"그래, 있었나?"

"예."

줄리아는 어떤 위선적인 수줍음도 없이 스커트를 걷어올리고 속의 반바지도 넓적다리 가까이 말아 올리고는 다리 위쪽에 반창고로 붙여놓은 회색의 찜질약 같은 것을 드러냈다.

그녀가, "아야!" 하고 아픈 소리를 내면서 반창고를 떼고는 찜질약 같은 것을 떼어내는 것을 보니, 회색의 플라스틱제 스펀지 주머니의 일부분으로 만든 꾸러미라는 것을 포와로는 알 수 있었다.

줄리아는 그 꾸러미를 풀어 아무런 예고도 없이 테이블 위에 쏟아 반짝반짝 빛나는 보석의 산을 쌓았다.

"아니?"

포와로는 두려운 듯이 소리 질렀다. 그는 보석을 퍼올려 손가락 사이로 쏟아보았다.

"세상에! 더구나 이것은 진짜잖아. 모조품이 아니고."

줄리아는 고개를 끄덕거렸다.

"저도 그렇게 생각해요. 그렇지 않고서는 이것 때문에 사람을 죽이지는 않을 거예요. 이것 때문이었다면 사람을 죽일 수도 있겠다는 생각이 들어요!"

그렇게 말함과 동시에 어젯밤과 같이 그녀의 어린애 같은 눈에는 갑자기 여자다운 자태가 비쳐졌다.

포와로는 날카로운 시선으로 그녀를 지켜보면서 고개를 끄덕거렸다.

"그래, 학생은 이해할 거야, 학생도 그 매력을 느끼고 있으니까. 학생에게도 이것은 예쁜 색깔의 장난감만은 아닐 테니까—그것만으로도 더 유감스럽군."

"이것은 모두 보석이에요." 줄리아는 황홀해하며 말했다.

"그런데 학생은 아까 말한 라켓 속에서 이것을 찾아냈다는 말이지?"
줄리아는 모든 얘기를 다 끝마쳤다.
"이제 얘기는 모두 다한 건가?"
"네, 그런 것 같아요. 어쩌면 군데군데 얼마쯤 과장했는지도 모르지만요. 전 가끔 허풍을 잘 떨어요. 그런데 저의 친한 친구 제니퍼는 저와는 반대예요. 가슴이 두근거리는 일도 시시한 얘기처럼 해버리는 거예요."
그녀는 또 반짝반짝 빛나고 있는 보석 더미로 눈을 돌렸다.
"포와로 씨, 정말 이게 누구 거지요?"
"아마 그것을 결정하는 것은 아주 어려울 거야. 하지만 학생의 것도 내 것도 아니지. 우리들은 이제부터 무엇을 해야 할지 결정해야 돼."
줄리아는 기대에 찬 눈으로 그를 지켜보았다.
"학생, 그 일은 나에게 맡겨주겠어? 좋아."
에르큘 포와로는 눈을 감았다. 그러다가 갑자기 눈을 뜬 그는 기운찬 모습이 되었다.
"이건 아무래도 의자에 가만히 머물러 있어서만은 안 될 경우 같아. 질서와 방법이 없이는 안 되는 것인데, 학생이 얘기해 준 것에는 질서도 없고 방법도 없어. 그것은 끌어당겨야 할 실이 여러 가닥이나 있기 때문이지. 게다가 그 실이 전부 한곳에 뭉쳐 있어. 메도뱅크 학교에 말이야. 서로 다른 목적을 가진 서로 다른 사람들, 서로 다른 이해를 대표하고 있는 서로 다른 사람들—전부가 메도뱅크 학교에 모여 있어. 따라서 나도 메도뱅크 학교로 가야겠어. 그리고 이건 학생 일인데—어머니는 어디에 계시지?"
"엄마는 버스로 아나톨리아에 가 계세요."
"아, 학생 어머니는 버스로 아나톨리아에 가 계시다는 말이로군. 이제 알겠어. 정말 서머헤이스 부인의 친구답군! 그래, 서머헤이스 부인의 집을 방문했을 때 재미있었나?"
"네, 아주 재미있었어요. 귀여운 개도 여러 마리나 있었고요."
"개 말이군. 그래, 나도 잘 기억하고 있지."
"그 여러 마리의 개가 아무 창으로나 들어왔다 나갔다 했어요—마치 무언

극처럼요.”

“정말 학생 말대로였어! 그리고 음식은? 음식도 맛이 있었나?”

“글쎄요, 가끔 좀 특이한 데가 있었어요.” 줄리아는 솔직하게 말했다.

“특이한 데라니, 그게 정말인가?”

“하지만 모린 숙모님은 근사한 오믈렛을 만들었어요.”

“근사한 오믈렛을 만들었다?”

포와로의 목소리는 행복한 것 같았다. 그는 한숨을 쉬었다.

“그렇다면 에르큘 포와로도 헛되이 살아온 것은 아니군. 학생의 모린 숙모님께 오믈렛 만드는 방법을 가르쳐 드린 것은 바로 나니까.”

그는 수화기를 들었다.

“자, 그럼, 학생의 선생님에게 학생이 무사한 것을 알려 드려 안심시켜 드린 다음, 나도 함께 메도뱅크 학교로 간다고 알려 드려야겠군.”

“선생님은 제 일을 걱정하고 계시지 않을 거예요. 납치된 것이 아니라고 편지에 써서 남겨두었으니까요.”

“그래도 더 확실히 해 드리면 기뻐하실 테지.”

이윽고 전화가 연결돼 벌스트로드 교장이 전화에 나왔다.

“아, 벌스트로드 교장선생님이십니까? 전 에르큘 포와로라고 하는 사람입니다. 지금 여기에 줄리아 업존이라는 학생이 와 있습니다. 곧바로 자동차로 그쪽으로 데리고 가려고 합니다만. 그리고 이번 사건을 담당하고 계신 경찰분에게도 어떤 귀중품 꾸러미를 무사히 은행에 맡겼다고 전해 주시지 않겠습니까?”

그는 전화를 끊고서 줄리아 쪽을 보았다.

“시럽이라도 한잔할까?” 그가 물었다.

“골든 시럽 말이에요?” 줄리아는 의아해하며 쳐다보았다.

“아니, 과일 주스 시럽. 까막까치밥나무, 나무딸기, 까치밥나무 열매 뭐 그런 거지—붉은 까치밥나무로 할까?”

줄리아는 붉은까치밥나무로 하기로 했다.

“그런데 아직 보석은 은행에 맡기지 않았잖아요.” 그녀가 지적했다.

“머지않아 곧 맡기게 될 게야.” 포와로가 말했다.

"하지만 메도뱅크 학교에는 방금 통화한 얘기를 듣고 있는 사람이라든지, 엿듣고 있는 사람이라든지, 아니면 나중에 이 이야기를 듣게 되는 사람 등이 있을 테니까 말이야. 그자들에게 보석은 모두 은행에 들어가 있고, 이제 학생의 손에는 없다고 생각하게끔 하는 편이 좋을 테니까. 은행에서 보석을 훔쳐내려면 거기에는 시간과 조직이 필요할 게야. 그리고 학생의 몸에 만일의 사태가 생기면 큰일 아니야? 솔직히 말해 학생의 용기와 기지에는 나도 탄복했어."

줄리아는 즐거운 듯이 보였으나 당혹케 하는 표정도 있었다.

제18장

협의

1

에르큘 포와로는 에나멜가죽 구두와 커다란 콧수염을 기른 나이 든 외국인에게 가졌을지도 모르는 여교장의 섬나라적 편견을 쳐부술 각오를 갖고 출발했다. 그런데 그는 뜻밖의 반응에 놀랐으나 기분은 좋았다. 벌스트로드 교장은 세계인다운 침착한 태도로 그를 맞이해 주었다. 그리고 만족스럽게도 그녀는 그에 대해 모두 알고 있었다.

"친절에 감사드립니다. 포와로 씨." 그녀가 말했다.

"빨리 전화를 해주셔서 저희들 걱정을 덜어주셨습니다. 실은 그 걱정은 미처 하지도 못했거든요. 그래서 더 감사하게 생각합니다. 줄리아, 네가 없어진 것은 점심때까지는 알지도 못했단다."

그녀는 줄리아 쪽을 보며 덧붙여 말했다.

"오늘 아침엔 학생들이 꽤 많이 집으로 돌아가 버려 식탁에도 빈자리가 많았어요. 학생들 반수 정도가 행방불명이 되어도 불안을 느끼지 못할 정도지요. 정말 이상한 상황이에요."

그녀는 다시 포와로 쪽으로 얼굴을 돌렸다.

"정상적이라면 이 학교도 이렇게 침체돼 있지 않을 텐데."

계속해서 그녀는 이렇게 말했다.

"전화를 받고 줄리아 방에 가보니 저 아이가 남긴 편지가 있더군요."

"제가 납치되지 않았나 하고 생각하시면 안 될 것 같아서요, 교장선생님."

줄리아가 말했다.

"그 마음씀씀이는 고맙구나. 그러나 무엇을 하려 했는지 나에게 미리 말해 주었더라면 좋았을 걸 그랬구나."

"그렇게 하지 않는 게 나을 거라고 생각했어요." 하고 줄리아는 대답하고는, 예기치 않게 프랑스어로 이렇게 덧붙여 말했다.

"벽에도 귀가 있으니까요."

"블랑슈 선생님은 아직 너의 악센트를 고쳐주지 못한 것 같구나."

즉시 벌스트로드 교장이 말했다.

"하지만 널 야단치는 건 아니란다, 줄리아."

그녀는 줄리아에게 보낸 시선을 포와로에게 옮겨갔다.

"자, 그럼, 괜찮으시다면 자세한 내용을 듣고 싶은데요."

"저, 잠깐." 포와로가 말했다.

그는 방을 가로질러가서 문을 열고 밖을 살펴보았다. 그러고 나서 과장된 동작으로 문을 닫았다.

그는 미소 지으며 자리로 돌아왔다.

"다른 사람은 아무도 없습니다." 그는 의미심장하게 말했다.

"자, 이젠 이야기를 시작해도 될 것 같군요."

벌스트로드 교장은 그의 얼굴을 보고 나서 문 쪽을 보고는, 다시 포와로의 얼굴로 시선을 돌렸다. 그녀의 눈썹이 올라갔다.

그도 물끄러미 마주 쳐다보고 있었다.

아주 천천히 벌스트로드 교장은 고개를 끄덕이는가 싶더니 다시 원래의 활기찬 태도로 돌아가서 이렇게 말했다.

"자, 그럼, 줄리아 양, 모든 얘기를 해봐요."

줄리아는 상세한 이야기를 시작했다. 테니스 라켓을 교환한 일, 미지의 여자 얘기, 마지막으로 라켓 속에서 찾아낸 물건 얘기.

벌스트로드 교장은 포와로 쪽으로 얼굴을 돌렸다.

포와로는 가볍게 고개를 끄덕였다.

"줄리아 양은 모든 일을 정확하게 얘기하고 있습니다." 그가 말했다.

"이 학생이 가져온 물건은 내가 맡아 가지고 있는데, 안전하게 은행에 맡겨 둘 겁니다. 따라서 이 이상 더 불유쾌한 사건은 일어나지 않을 거라고 생각하셔도 좋습니다."

"알겠습니다." 벌스트로드 교장이 대답했다.

"잘 알겠어요." 그녀는 잠시 생각하더니 이렇게 말했다.

"줄리아가 학교에 남아 있는 것이 현명할는지요? 런던의 숙모님께라도 가 있는 편이 낫지 않을까요?"

"선생님, 부탁이에요. 학교에 남아있게 해주세요." 줄리아가 말했다.

"학교에 있는 것이 마음 편한가 보지?" 벌스트로드 교장이 말했다.

"전 학교가 아주 좋아요. 게다가, 손에 땀을 쥐게 하는 일이 계속될 거고요."

"그런 것은 메도뱅크 학교의 정상적인 미래가 아니란다."

벌스트로드 교장은 냉담하게 말했다.

"줄리아 양은 이제 학교에 있어도 위험하지 않을 겁니다."

에르큘 포와로가 말했다. 그는 또 문 쪽을 보았다.

"알 것 같군요." 벌스트로드 교장이 말했다.

"그래도 말입니다. 신중한 태도는 필요합니다. 신중이란 말을 줄리아도 이해하지?" 그는 줄리아 쪽을 향해 물었다.

"포와로 씨가 말씀하시는 건 네가 찾아낸 일에 대해 떠들어대지 않는 편이 좋다는 뜻이란다. 학생들에게도 말이야. 잠자코 있을 수 있겠지?"

"네." 줄리아가 대답했다.

"친구에게 얘기하기에는 아주 안성맞춤인 얘깃거리이긴 하지만."

포와로가 말했다.

"한밤중에 라켓 속에서 그런 물건을 찾아냈다는 등의 얘기 말이야. 하지만 그 얘기를 입 밖에 내지 않는 편이 현명하다고 생각하는 중요한 이유가 있어요."

"알겠습니다." 줄리아가 대답했다.

"믿어도 되겠지, 줄리아?" 벌스트로드 교장은 다짐을 했다.

"걱정 마세요. 양심에 대고 맹세하겠어요."

벌스트로드 교장은 싱긋 웃었다.

"너의 어머니가 빨리 돌아와 주셨으면 좋을 텐데."

"엄마가요? 네, 저도 그랬으면 좋겠어요."

"경감님께 들었는데 네 어머니와 연락을 취하기 위해 최대한의 노력을 하고 있다구나. 단지 유감스러운 것은 아나톨리아의 버스는 늦기가 일쑤여서 항상 시간표대로 움직이지 않는대요—."

"엄마에게는 얘기해도 돼요?" 줄리아가 물었다.

"물론이란다. 자, 그럼, 줄리아, 이제 얘기는 끝났으니까 넌 가도 좋다."

줄리아는 나가서 손을 뒤로 해 문을 닫았다.

벌스트로드 교장은 물끄러미 포와로의 얼굴을 쳐다보았다.

"당신 생각은 저도 이해할 수 있을 것 같군요." 그녀가 말했다.

"아까 과장해서 문을 닫으셨지만 실제로는 일부러 문을 조금 열어두셨죠?"

포와로는 고개를 끄덕거렸다.

"우리들의 얘기를 엿듣게 하기 위해서였나요?"

"그렇소—엿듣고 싶어 하는 사람이 있다면 말이오. 그 학생의 안전을 꾀하기 위한 수단이었소. 이것으로 그 학생이 발견한 것은 은행에 보관되어 있고, 어느새 그 학생의 손에서는 벗어났다고 하는 소문이 쫙 퍼졌을 게요."

벌스트로드 교장은 잠시 그의 얼굴을 쳐다보았다. 그러더니 입술을 꽉 깨물었다.

"이제 이런 일은 끝내야 해요." 그녀가 말했다.

2

"서로의 의견과 정보를 가지고 모여보자는 게 근본 취지요."

경찰서장이 말했다.

"포와로 씨, 당신이 함께 일하는 것은 대환영이오."

그리고 그는 이렇게 덧붙였다.

"켈시 경감도 당신을 아주 잘 기억하고 있다고 했소."

"이미 아주 오래된 얘긴걸요." 켈시 경감이 말했다.

"워렌더 주임경감이 사건을 담당했을 때였죠. 전 아주 풋내기 경사였던 때라 제 분수를 지켰었죠."

"이쪽에 있는 편의상 아담 굿맨이라고 부르고 있는 이 젊은이는 포와로 씨가 잘 모를 거라고 생각합니다만, 이 사람의—이 사람의 주임되는 사람은 잘 아실 겁니다. 특수부니까요." 그는 덧붙여 말했다.

"파이커웨이 대령 말이오?"

에르퀼 포와로는 잠시 생각하고 나서 말했다.

"알고말고. 요즈음은 오랫동안 만나지 못했는데, 여전히 자는 듯한 얼굴을 하고 있소?" 그는 아담에게 물었다.

아담은 웃었다.

"그분을 잘 아시는 것 같군요, 포와로 씨. 저도 대령님이 확실히 깨어 있는 것을 본 적이 없습니다. 깨어 있기라도 하면 그것은 이상한 거고 오히려 주의하고 있지 않는 거라고 전 생각하지요."

"아, 그렇군. 꽤 잘 관찰했소."

"자." 서장이 말했다.

"일을 시작합시다. 난 주제넘게 나서거나 내 의견을 강요할 생각은 없습니다. 사실은 사건을 담당하고 있는 사람들의 정보와 의견을 듣는 것이 내 역할입니다. 이번 사건에는 실로 다양한 면이 있으나, 우선 무엇보다도 먼저 내가 얘기하고 싶은 점이 한 가지 있습니다. 그것도 실은, 음—각 방면의 높은 양반들로부터 항의가 있어서 그러는 거니까 이해해 주시오."

그는 포와로 쪽을 보고 말했다.

"이런 식으로도 말할 수 있겠지요. 어떤 여자아이가(여학생이) 당신에게 찾아가서 도려낸 라켓 손잡이 속에서 어떤 물건을 발견했다고 하는 굉장한 얘기를 했습니다. 그 여자아이로서는 꽤 흥분되는 사건입니다. 발견한 물건이라는 것은 말하자면 착색한 돌과 인조보석과 고급 모조보석(뭐, 그런 종류의 것) 또는 진짜와 구별되지 않을 정도로 근사해 보이는 준보석류라고 해도 좋겠지요. 어쨌든 어린아이가 발견하게 되면 손에 땀을 쥘 정도의 물건이라고 말해 두지요. 그 여자아이는 그 물건의 가치에 대해 대단히 과장된 생각을 가졌을지도 모릅니다. 그런 일은 충분히 있을 수 있는 일이겠지요?"

그는 에르퀼 포와로의 얼굴을 물끄러미 쳐다보았다.

"그것은 분명 있을 수 있는 일일 겁니다." 포와로가 대답했다.

"좋습니다." 서장이 말했다.

"그것들을, 그 착색한 돌을 이 나라에 가지고 들어온 사람은 정말 아무것도 모르고 한 일일 테니까 우리들도 밀수라는 문제를 들먹일 생각은 없습니다. 다음에는 우리나라 외교정책 문제가 있습니다."

그는 계속해서 말했다.

"내가 이해한 바로, 이번 일은 현재 사정이 약간 미묘한 것 같습니다. 석유, 광물자원이라고 하는 커다란 이해에 관계되는 문제에 부딪치며 우리들은 어떤 정부라 해도 현재의 정부와 교섭해야만 합니다. 우리들은 곤란한 문제는 일으키고 싶지 않습니다. 살인사건의 보도를 신문에 금지할 수도 없고 금지당하지도 않습니다. 하지만 보석 같은 종류의 일은 살인사건에 관련해서는 아직 신문에 보도되지는 않았습니다. 적어도 현재로서는 그럴 필요도 없지요."

"그것은 저도 같은 의견입니다." 포와로가 말했다.

"항상 국제분쟁은 고려해야만 하니까요."

"말씀하신 대로입니다." 서장이 말했다.

"고 라맛 국의 황태자는 이 나라의 친구로 여겨지고 있고, 정부당국에서도 이 나라에 남아 있을지도 모를 돌아가신 황태자의 자산은 그분의 희망대로 해 드리고 싶어 할 겁니다. 그 자산이 어느 정도의 액수에 달하는지는 현재 아무도 모르는 것 같습니다. 만일 라맛 국의 새 정부에서 자기네들에게 소유권이 있다고 주장하는 어떤 자산을 요구해 올 경우라면, 그런 자산이 이 나라에 있는지에 관해서는 차라리 우리들이 모르는 편이 훨씬 낫습니다. 명백한 거절은 서투른 짓일 테니까요."

"외교에서는 그런 명백한 거절은 하지 않지요." 에르퀼 포와로가 말했다.

"오히려 그런 문제는 충분히 고려하겠지만, 현재 고 라맛 국의 황태자 소유일 거라고 생각되는 자산에 대해서는(예를 들어 비상금 같은 소액도) 명확하게 판명되지 않았다고 하는 식으로 대답하는 겁니다. 그것은 아직 라맛 국내에 있을지도 모르고, 그 알리 유수프 황태자의 충실한 친구가 보관하고 있을지 모르며, 몇몇 사람에 의해 국외로 유출되었을지도 모르고, 라맛 국 내 어딘가에 묻혀 있을지도 모른다는 거지요.(그는 어깨를 으쓱했다) 그런 것은 아무도 모릅니다."

서장은 휴 하고 한숨을 쉬었다.

"감사합니다. 내가 말하고 싶었던 것도 바로 그 점입니다."

그리고 그는 계속해서 이렇게 말했다.

"포와로 씨, 당신은 이 나라 상층부에 많은 친구를 갖고 계시지요? 그 사람들은 당신을 꽤 신뢰하고 있습니다. 당신만 이의가 없다면 그 물건을 당신에게 맡기고 싶어 하는 것이 그 사람들의 비공식적인 희망일 겁니다."

"난 이의 없습니다. 그 문제는 이제 이것으로 중단하기로 합시다. 우리는 생각해야 할 더 중대한 문제를 눈앞에 두고 있지 않습니까?"

그는 주위 사람들을 둘러보았다.

"아니면 혹시 그렇게 생각지 않으시는 겁니까? 난 뭐라고 해도 75만 파운드, 아니 그 이상의 금액이라도 인간의 생명에 비한다면 문제가 되지 않는다고 생각합니다만."

"그렇습니다, 포와로 씨." 서장이 말했다.

"당신은 늘 지당한 말씀만 하시는군요." 켈시 경감이 말했다.

"우리가 원하는 것은 살인범입니다, 포와로 씨. 당신의 의견을 말씀해 주시면 감사하겠습니다만." 하고 그는 덧붙였다.

"왜냐하면 이 사건은 주로 추측에 의하는 수밖에 없는데, 당신의 추측은 누구에게도 뒤떨어지지 않을 정도에다 어떤 때는 기막히게 뛰어나기 때문이지요. 지금 모든 것은 헝클어진 털실 뭉치 같습니다."

"그리 나쁘지 않은 상태로군요." 포와로가 말했다.

"그 헝클어진 털실 뭉치를 손에 들고 우리가 원하는 한 가지 색의 실을, 다시 말해 살인범이라고 하는 색의 실을 뽑아낼 필요가 있습니다, 그렇지요?"

"그렇습니다."

"그럼, 같은 것을 반복해 얘기하게 해서 안됐지만 지금까지 알고 있는 사실 전부를 얘기해 주시겠소?"

그는 자리 잡고 앉아 들을 준비를 했다.

그는 켈시 경감의 얘기를 들었고, 아담 굿맨의 얘기를 들었다. 그리고 서장의 간단한 요약도 들었다. 그러고 나서 의자 뒤로 몸을 기대고는, 눈을 감고 천천히 고개를 끄덕거렸다.

그는 입을 열었다.

"같은 장소에서, 그리고 대체로 같은 상황 아래에서 일어난 두 건의 살인사건과 한 건의 납치 사건. 이 음모의 중심인물일 지도 모를 여자아이의 납치, 우선 그 여자아이가 납치된 이유를 조사해 봅시다."

"그 여자아이가 말한 것을 얘기하지요." 켈시가 말했다.

켈시는 얘기하고 포와로는 들었다.

"뜻을 모르겠군." 그는 불만스럽게 말했다.

"나도 그때는 그렇게 생각했었습니다. 사실은 자신을 중요한 사람으로 보이려고 한다고만……."

"하지만 납치됐다고 하는 사실은 변함이 없소. 왜 납치된 것일까!"

"몸값 요구가 있었습니다." 켈시는 천천히 말했다.

"하지만—" 그는 머뭇거렸다.

"하지만 저들이 속였다는 겁니까? 단지 납치설을 뒷받침하기 위해 편지를 보냈을 뿐이고요?"

"네, 그렇습니다. 저쪽에서는 자기들이 말한 약속을 지키지 않았습니다."

"그럼, 샤이스타는 다른 이유로 납치되었다는 거군. 그 이유는?"

"그 여자아이에게, 그—귀중품이 숨겨진 장소를 자백시키기 위해서가 아닐까요?"

아담은 자신 없는 듯이 자신의 생각을 말해 보았다.

포와로는 머리를 흔들었다.

"그 여자아이는 그것이 숨겨진 장소 같은 건 모를 거요." 그가 지적했다.

"적어도 그 점만은 확실하오. 역시 무슨 일인지 분명……."

그의 목소리는 점점 작아졌다.

그는 눈살을 찌푸리고 잠시 묵묵히 있었다. 그러더니 몸을 일으키고 이렇게 물었다.

"샤이스타의 무릎을, 그 여자아이의 무릎을 자세히 본 적이 있소?"

아담은 놀라 그의 얼굴을 빤히 쳐다보았다.
"아뇨, 볼 리가 없지 않습니까?"
"남자가 아가씨의 무릎에 주목하는 이유는 얼마든지 있지요."
포와로는 엄숙하게 되받아 말했다.
"유감스럽게도 당신은 보지 못했다는 거군요."
"그 여학생 무릎에 이상한 점이라도 있었다는 겁니까? 상처라도? 뭐, 그런 건가요? 전 잘 모르겠는데요. 학생들은 대개 항상 양말을 신고 있고, 스커트도 무릎 조금 아래까지 내려와 있으니까요."
"혹시 수영장에서는?"
포와로는 희망을 갖고 물어보았다.
"그 여자아이가 풀장에 들어가는 것은 한 번도 본적이 없었습니다."
아담이 대답했다.
"그 여학생에게는 물이 너무 찼나 봅니다. 따뜻한 기후에 익숙해져 있어서요. 무엇을 알아내려고 하십니까? 상처입니까? 그런 종류의 것이라도?"
"아니, 아니오. 그런 것은 전혀 아니오. 아, 좋아요. 유감스럽지만."
그는 경찰서장에게 몸을 돌렸다.
"허락만 해주신다면 내 오랜 친구인 제네바의 경시총감과 연락을 취하고 싶습니다만. 그 사람이라면 우리를 도와줄 수 있을 것 같거든요."
"그 여자아이가 거기서 학교에 다닐 때에 무슨 일이라도 일어나지 않았나 해서 말입니까?"
"그렇습니다. 그럴 가능성이 충분히 있으니까요. 허락하시는 겁니까? 좋습니다. 이것은 그저 대수롭지 않은 나의 생각일 뿐입니다."
그는 잠시 말을 멈추었다가 다시 이어서 말했다.
"그런데 신문에는 납치에 관한 기사가 전혀 나오지 않은 것 같던데요?"
"이브라힘 대공의 강력한 요구에 의한 겁니다."
"하지만 가십란에는 약간 언급되어 있던데요. 학교에서 갑자기 자취를 감춘 어떤 젊은 외국인 여학생에 대해서 말이죠. 사랑이 싹튼 것인가? 가능하면 미연에 방지하도록! 등등이 쓰여 있더군요."

"그것은 제 발상입니다." 아담이 말했다.

"그런 선에서 진행해 가는 편이 좋을 것 같아서요."

"잘했소. 자, 그럼, 납치 사건에서 더 중대한 문제로 옮겨가기로 합시다. 살인사건으로. 메도뱅크 학교에서 일어난 두 건의 살인사건."

제19장

협의의 계속

1

"메도뱅크 학교에서 일어난 두 건의 살인사건."

포와로는 생각에 잠겨 반복해서 말했다.

"사건 내용은 이미 말씀드렸습니다." 켈시 경감이 말했다.

"다른 의견이 있으시면—?"

"왜 실내경기장을 택했을까? 그것이 당신의 의문이지요?"

포와로가 아담에게 말했다.

"그런데 그 대답은 이미 나와 있소. 실내경기장에는 보석이라고 하는 보물이 들어 있는 라켓이 있었기 때문이오. 누군가가 그 라켓에 대해 알고 있었던 거요. 그것이 누굴까? 스프링거 선생 자신이었을 거라고도 생각할 수 있소. 그녀는 당신들의 말에 의하면 실내경기장에 대해 좀 이상한 태도를 갖고 있었다고 했소. 사람이—들어올 자격이 없는 사람들이 실내경기장에 들어가는 것을 싫어했지요. 그녀는 그 사람들의 동기를 의심했었던 것 같소. 특히 블랑슈 선생의 경우는 그랬소."

"블랑슈 선생이라."

켈시는 생각에 잠긴 얼굴로 중얼거렸다.

에르큘 포와로는 또 아담에게 물었다.

"당신도 실내경기장에 대한 블랑슈 선생의 태도가 이상했다고 생각하시오?"

"그 여자는 변명했었어요." 아담이 말했다.

"변명을 지나치게 하더군요. 일부러 그렇게까지 변명하지 않았더라면, 저도 그 여자가 실내경기장에 들어가는 권리에 대해 의혹을 품지는 않았을 거라고 생각합니다."

포와로는 고개를 끄덕거렸다.

"그렇소. 정말 그럴 경우엔 생각해 보지 않을 수 없을 거요. 하지만 우리가 아는 사실은 스프링거 선생이 새벽 1시에, 그런 시각에는 용무가 있을 리 없는 실내경기장에서 살해당했다는 것뿐이오."

그는 켈시 쪽으로 시선을 돌렸다.

"스프링거 선생은 메도뱅크 학교에 오기 전에 어디에 있었습니까?"

"그것을 모릅니다." 경감이 대답했다.

"그녀는 이전의 근무지를(그는 어떤 유명한 학교의 이름을 댔다) 작년 여름에 그만두었습니다. 그리고 그 뒤에 어디에 있었는지는 모릅니다."

그는 아무런 감정 없이 이렇게 덧붙여 말했다.

"그녀가 죽기 전에는 물어볼 기회도 없었지요. 가까운 친척도 없고 언뜻 보기에 친한 친구도 없었던 것 같습니다."

"그럼, 라맛에 갔었을지도 모르는 거로군."

포와로가 생각에 잠겨 말했다.

"혁명으로 소란스러운 때에 어떤 학교의 교사 일행이 거기에 머물고 있었던 것은 분명합니다." 아담이 말했다.

"그럼, 그녀도 그 나라에 가서 어떤 방법으로 테니스 라켓에 관한 것을 알았다고 합시다. 그녀는 메도뱅크 학교의 일상 업무에 익숙해질 때까지 얼마 동안 기다린 뒤 어느 날 밤 실내경기장에 갔다고 가정하고. 그녀가 노린 라켓을 손에 넣고 그 장소에서 보석을 꺼내려는 순간(그는 잠시 동안 말을 멈추었다)—그때에 누군가가 그녀를 방해했다. 이전부터 그녀를 감시하고 있던 사람이, 아니면 그날 밤 그녀의 뒤를 밟았던 사람이? 누구든지 간에 그자는 권총을 가지고 있었고 그녀를 쏘아죽였다. 하지만 총소리를 들은 사람들이 실내경기장으로 다가오고 있었기 때문에 보석을 꺼낼 시간도, 라켓을 가지고 갈 시간도 없었다." 그는 말을 멈추었다.

"그것이 사건의 진상이라고 생각하십니까?" 서장이 물었다.

"그것은 나도 모릅니다." 포와로가 대답했다.

"지금 말씀드린 건 하나의 가능성입니다. 또 하나의 가능성은 권총을 갖고 있었던 사람이 먼저 들어가 있다가 스프링거 선생에게 들킨 경우입니다. 그 사람은 이전부터 스프링거 선생이 의심을 품었던 사람입니다. 그 여자는 그런 종류의 여자였다고 얘기하셨지요? 남의 비밀을 캐내기 좋아하는 여자라고."

"그럼, 그 또 하나의 여자는요?" 아담이 물었다.

포와로는 그의 얼굴을 쳐다보았다. 그러고는 천천히 시선을 다른 두 사람에게로 옮겨갔다.

"여러분은 모릅니다." 그가 말했다.

"그리고 나도 모르지요. 외부 사람이라고도 생각할 수 있겠고―?"

반쯤 묻는 듯한 목소리였다.

켈시는 머리를 흔들었다.

"난 그렇게 생각하지 않습니다. 우린 이 부근의 사람들도 면밀히 조사해 봤습니다. 물론 낯선 사람에 대해서는 특히 엄중하게 말이지요. 가까이에 마담 콜린스키라는 여자가 묵고 있었습니다. 여기 있는 아담 씨도 아는 여자지요. 하지만 그 여자는 어느 쪽 살인에도 관련이 있었다곤 생각되지 않습니다."

"그렇게 보면 역시 문제는 메도뱅크 학교로 돌아오는군요. 진실에 도달하는 데는 한 가지 방법밖에 없습니다―소거법이지요."

켈시는 한숨을 쉬었다.

"그렇습니다. 결국 그것밖에 없겠지요. 첫 번째 살인사건의 경우는 거의 공개된 거나 마찬가지입니다. 대부분 누구라도 스프링거 선생을 죽일 수 있었다고 말할 수 있지요. 예외는 존슨 선생과 채드윅 선생, 그리고 귀를 앓고 있었던 학생 한 명 뿐입니다. 그런데 두 번째 살인사건의 경우는 범위가 훨씬 좁혀집니다. 리치 선생, 블레이크 선생, 그리고 샤플랜드 양은 혐의 밖입니다. 리치 선생은 20마일(약 32km) 떨어진 모턴 마시 호텔에, 블레이크 선생은 리틀퍼트 온 시에 머물고 있었고, 샤플랜드 양은 데니스 라스본이라는 남자와 런던의 니드 소베이지라는 나이트클럽에 있었거든요."

"그리고 벌스트로드 교장도 외박했다고 들었습니다만?"

아담은 싱긋 웃었다. 경감과 서장은 놀란 모습이었다.

"벌스트로드 교장은 웰셤 공작부인 댁에 머물렀습니다."

경감은 엄숙한 목소리로 말했다.

"그럼, 벌스트로드 교장도 제외해도 되겠군." 포와로는 진지하게 말했다.

"그렇게 되면 남아 있는 사람은 누구누구입니까?"

"교내에서 묵고 있는 고용인 두 사람, 기본스 부인과 도리스 호그라고 하는 여자아이가 있는데, 그 어느 쪽도 고려할 대상은 아닙니다. 그렇게 하면 남은 것은 로원 선생과 블랑슈 선생이지요."

"그리고 물론 학생들도 있겠죠."

켈시는 또 놀란 표정을 지었다.

"설마 학생들을 의심하고 계신 건 아니겠죠?"

"솔직히 의심하지는 않소. 하지만 정확을 기할 필요가 있으니까."

켈시는 그런 정확함은 문제 삼지도 않았다. 그는 계속해서 설명했다.

"로원 선생은 1년 이상 그 학교에서 근무했습니다. 훌륭한 경력의 소유자이기도 하고요. 혐의를 둘 만한 근거는 하나도 없습니다."

"그럼, 결국 블랑슈 선생에게 귀결되는 거로군. 귀착점은 바로 거기가 되는군요."

침묵이 흘렀다.

"증거가 하나도 없습니다." 켈시가 말했다.

"그 여자의 자격증명서는 정말 훌륭합니다."

"그건 당연하겠죠." 포와로가 말했다.

"그 여자는 시시콜콜 캐고 다니긴 했습니다." 아담이 입을 열었다.

"하지만 시시콜콜 캐고 다닌 것이 살인증거라고는 말할 수 없지요."

"잠깐만." 켈시가 말했다.

"열쇠 문제가 있소. 블랑슈 선생을 처음으로 심문했을 때에(나중에 조사해 보겠습니다만) 실내경기장의 열쇠가 문에서 떨어져 있어서 줍긴 했으나 제자리에 꽂아놓는 것을 잊었었다고 했던가, 열쇠를 가진 채 나가려고 해서 스프링거 선생에게 야단맞았다고 했던가 그런 얘기를 했었는데."

"누구든지 밤중에 거기에 몰래 들어가 문제의 라켓을 찾으려고 한 사람이라면 열쇠를 손에 넣어야만 했을 겁니다." 포와로가 말했다.

"그러기 위해서는 열쇠 모양을 떠둘 필요가 있었을 테지요."

"하지만 그 경우에는 그녀 쪽에서 경감님께 열쇠 이야기를 들먹이지는 않았을 겁니다." 아담이 말했다.

"그렇다고는 할 수 없지." 켈시가 되받아 말했다.

"스프링거 선생이 열쇠 이야기를 퍼뜨렸을지도 모르는 거니까 말이오. 그렇다면 자기 쪽에서 아무렇지도 않은 듯이 그 얘기를 들먹이는 편이 더 유리하다고 생각했을지도 모르는 게요."

"어쨌든 기억해 둘 만한 점이군." 포와로가 말했다.

"크게 도움이 될지도 모릅니다." 켈시가 말했다.

그는 어두운 얼굴로 포와로를 보았다.

"어딘지 한 가지 가능성은(내가 잘못들은 게 아니라고 한다면) 있는 것 같습니다." 포와로가 말했다.

"줄리아 업존 어머니가 학기가 시작되던 날에 여기서 안면 있는 사람을 알아보았다고 하는 거 말입니다. 그것도 이런 곳에서 만난 것이 뜻밖인 사람과 말이오. 전후의 관계에서 판단해 보면 그것은 외국에서 첩보활동에 관계가 있었던 사람같이 생각됩니다. 만일 업존 부인이 블랑슈 선생을 그 인물이라고 지적해 주면 우리도 어느 정도 확신을 갖고 수사를 진행시킬 수 있을 텐데."

"말은 쉽지만 행동에 옮기긴 어려운 노릇입니다." 켈시가 말했다.

"우리 쪽에서도 업존 부인과 연락을 취해 보려고 노력을 해왔지만 그것이 또 골칫거립니다! 그 아이가 버스라고 해서 난 예정표대로 운행하는 단체용 유람여행 버스라고만 생각했지요. 그런데 전혀 그런 것이 아닙니다. 그 부인은 그 지역을 버스를 타고 어디라도 마음 끌리는 곳에 가는 모양입니다! 쿡스 여행협회라든가 그 밖에 이름이 알려진 여행안내소를 통해 여행을 하고 있는 것이 아닙니다. 자신의 판단에 따라 이곳저곳 돌아다니며 여행을 하고 있는 겁니다. 상대가 그런 여자니 무엇을 할 수 있겠습니까? 어디에 있는지 짐작도 가지 않습니다. 아나톨리아만 해도 꽤 넓으니까요!"

"정말 난처하군요." 포와로가 말했다.

"얼마든지 좋은 유람버스가 있는데도 말입니다."

켈시는 감정이 상한 목소리로 말했다.

“모두가 승객에게 편리하게 되어 있고—숙박시설도, 구경하는 곳도 말입니다. 게다가 전부 요금에 포함되어 있어서 이쪽이 예산 세우기도 쉽습니다.”

“하지만 분명 그런 여행은 업존 부인의 취미에는 맞지 않을 겁니다.”

“덕분에 여기 있는 우리는 답답해 죽을 지경이지요!”

켈시는 계속해서 말했다.

“그 프랑스인 블랑슈 선생은 언제라도 마음 내키는 때에 가버릴 수 있습니다. 이쪽에서는 붙잡아둘 만한 아무런 구실도 없으니까요.”

포와로는 머리를 흔들었다.

“그녀는 그렇게는 하지 않을 게요.”

“믿을 수가 없어요.”

“아니, 난 믿어요. 살인죄를 범할 경우는 자신에게 어울리지 않는 행동은 하고 싶어 하지 않는답니다. 남의 주의를 끌 우려가 있으니까요. 블랑슈 선생은 학기가 끝날 때까지 조용히 이 학교에 머물러 있을 겁니다.”

“말씀대로라면 좋겠군요.”

“난 자신 있어요. 게다가 말입니다, 업존 부인이 봤다고 하는 사람은 업존 부인이 본 것을 눈치 못 채고 있습니다. 따라서 허를 찔렸을 때의 놀라움은 완전한 것이지요.”

켈시는 한숨을 쉬었다.

“우리가 해야 할 일이 그저 그것뿐이라면—.”

“그 밖에도 방법은 있소. 예를 들어 잡담이지요.”

“잡담!”

“대단히 가치가 있는 겁니다. 숨기고 싶은 것이 있으면 머지않아 마구 떠들어댈 게요.”

“자신도 모르게 입을 잘못 놀린다는 겁니까?”

서장은 회의적인 말투였다.

“그런 단순한 것이 아니지요. 사람은 자신이 감추려는 것에 대해서는 경계합니다. 그 대신에 다른 것에 대해서는 그냥 마구 떠들어대지요. 잡담에는 다른 용도도 있습니다. 죄 없는 사람이라도 알고는 있지만 자신이 알고 있는 사실의 중대함을 모르는 경우도 있으니까요. 그렇게 얘기하다 보니 문득 생각나는 것이―."

그는 일어섰다.

"잠깐 실례하겠습니다. 어느 분이든 그 학교에 그림을 그릴 수 있는 분은 없는지 벌스트로드 교장에게 가서 물어봐야겠군."

"그림?"

"그렇소."

"거 참." 포와로가 나가자 아담이 말했다.

"처음에는 여자아이의 무릎, 이번에는 그림, 다음엔 무엇일지―."

2

벌스트로드 교장은 전혀 놀라는 기색도 없이 포와로의 질문에 대답했다.

"외래 강사인 로리 양이 이 학교 미술선생입니다."

그녀는 힘있게 대답했다.

"하지만 오늘은 여기 없습니다. 뭘 그리게 하고 싶으세요?"

그녀는 마치 어린아이 같은 말투로 상냥하게 물었다.

"사람 얼굴입니다."

"리치 선생도 사람 얼굴을 아주 잘 그려요. 닮은 얼굴을 그리게 하면 그렇게 잘 그릴 수가 없지요."

"그렇다면 좀 데려와 주시겠습니까?"

그는 벌스트로드 교장이 이유를 물으려고도 하지 않는 데 감탄했다. 그녀는 묵묵히 방을 나가 리치 선생을 데리고 돌아왔다.

소개가 끝나자 포와로가 말했다.

"선생님은 사람 얼굴을 잘 그리신다면서요? 빨리 그릴 수 있겠습니까? 연필로 말이오."

아일린 리치는 고개를 끄덕거렸다.

"자주 그리고 있어요. 재미로요."
"됐소. 그럼, 죽은 스프링거 선생의 얼굴을 그려보시겠소?"
"그건 좀 어려워요. 그저 잠깐 같이 지냈을 뿐이거든요. 하지만 그려보죠."
그녀는 눈을 가늘게 뜨고 생각하더니 재빠르게 연필을 움직였다.
"아주 훌륭하군요."
그린 것을 받아들고 포와로가 말했다.
"그럼 말이죠, 이번에는 벌스트로드 교장선생님과 로원 선생님, 블랑슈 선생님, 그리고—그래요, 정원사 아담도, 아담도 그려주시오."
아일린 리치는 의심스러운 듯 그의 얼굴을 보더니 그림을 그리기 시작했다.
그는 다 그려진 그림을 보고 감탄하며 고개를 끄덕거렸다.
"잘했소, 정말 잘 그렸소. 이렇게 몇 개 안 되는 선을 사용해서 그리다니—게다가 아주 닮았구먼. 이번에는 좀더 어려운 것을 부탁하고 싶은데, 예를 들어 머리 모양을 바꿔 벌스트로드 교장선생님을 그려보지 않겠소? 눈썹 모양도 바꿔주시고."
아일린은 이 남자가 미치기라도 하지 않았나 생각하는 듯 빤히 그의 얼굴을 쳐다보았다.
"아니오, 미치지 않았소." 포와로가 말했다.
"그저 실험을 해보고 있는 것뿐이오. 내가 부탁한 대로 해보시지요."
얼마 뒤 그녀는, "다 됐어요." 하고 말했다.
"멋진 그림이군. 이번에는 블랑슈 선생님과 로원 선생님도 똑같이 그리시지요."
그녀가 그림을 마치자 그는 세 장의 그림을 나란히 놓았다.
"재미있잖소?" 그가 말했다.
"벌스트로드 교장선생님은 그런 정도의 변화를 주었어도 역시 영락없는 벌스트로드 교장선생님이오. 그런데 다른 두 사람을 보시오. 이 사람들은 외모상으로 별 특징이 없고 인간적으로도 벌스트로드 교장선생님만큼 개성이 없는 탓인지 거의 다른 사람처럼 보이잖소?"
"정말 그렇군요." 아일린 리치가 말했다.

그녀는 포와로가 그림을 조심스럽게 접는 것을 지켜보고 있었다.

"그걸 어떻게 하시려고요?" 그녀가 물어보았다.

"쓸데가 있어요."

포와로가 대답했다.

제20장

잡담

"저—어떻게 말해야 좋을지 모르겠네요." 서트클리프 부인이 말했다.

"정말 뭐라고 말씀드려야 좋을지—"

그녀는 역력히 싫은 기색을 보이며 에르퀼 포와로를 보았다.

"공교롭게도 남편도 집에 안 계시고."

이 말의 의미는 약간 모호했으나 에르퀼 포와로는 그녀가 무슨 생각을 하고 있는지 알 듯했다. 그녀는 남편인 헨리가 있으면 이런 일을 잘 처리해 줄 텐데 하고 생각하고 있었던 것이다. 헨리는 국제적인 거래를 하는 경우가 많았다. 늘 비행기로 중동과 가나, 남미, 제네바 등지에 가고, 가끔은 파리에 갈 때도 있었다.

"뭐라고도 말할 수 없는 걱정스러운 일이었어요."

서트클리프 부인이 말했다.

"전 제니퍼를 무사히 데리고 와서 정말 안심이에요. 하지만 사실을 말씀드리면요—" 하고 그녀는 속이 좀 상하는 목소리로 이렇게 덧붙였다.

"제니퍼가 애를 먹여요. 메도뱅크 학교에 입학할 때에는 그런 학교는 좋아하게 되지 않을 거다. 잘난 체하는 사람이나 가는 데다, 자신의 희망과는 맞지 않는 학교다 하고 몹시 떼를 쓰더니만 지금에 와서는 제가 퇴교시켰다고 하면서 하루 종일 부루퉁해 있는 거예요. 정말 감당할 수가 없어요."

"그곳은 아무리 보아도 정말 훌륭한 학교입니다." 포와로가 말했다.

"영국에서 최고의 학교라고 말하는 사람도 많지요."

"과거에는 그랬지요." 서트클리프 부인이 말했다.

"머지않아 다시 그렇게 될 겁니다." 포와로가 말했다.

"그렇게 생각하세요?"

서트클리프 부인은 의심스러운 듯 그의 얼굴을 보았다.

그의 동정어린 태도에 그녀의 방어자세도 차츰 무너져 갔다. 아이 때문에 생긴 일로 해서 오는 어려움, 장해, 억압 등의 무게에서 해방되는 것만큼 어머니들 생활의 짐을 덜어주는 것도 없다. 아이에게 충실하게 대해 주는 것은 대단한 인내를 자주 강요당한다. 에르큘 포와로와 같은 외국인에 대해서는 아이에게와 같은 충실함을 지킬 필요가 없다고 서트클리프 부인은 느꼈다. 같은 또래의 딸을 갖고 있는 다른 어머니와 얘기할 때와는 다른 거니까.

"메도뱅크 학교는 바로 지금 불행한 시기를 겪고 있는 중이지요."

포와로가 말했다.

그 순간에는 그로서도 이 이상 더 적당한 말이 떠오르지 않았다. 하지만 그 자신도 그 말이 부적당함을 느꼈고, 서트클리프 부인 쪽에서도 재빨리 그 말에 반격을 해왔다.

"불행한 게 아니지요!" 그녀가 말했다.

"두 번씩이나 살인사건이! 게다가 학생도 한 명 납치됐잖아요. 선생님이 계속 살해당하는 학교에 딸을 보낼 수는 없지요."

그것은 분명 이치에 맞는 견해였다.

"그 살인사건이 한 사람의 소행임이 판명되고, 그 범인이 체포되는 경우엔 달라지는 거 아닙니까?"

"글쎄요, 그렇게는 생각하지만." 서트클리프 부인은 모호하게 말했다.

"다시 말해, 당신이 말씀하시는 것은—네, 알겠어요. 살인마 잭(1888~1889년에 걸쳐 런던에서 여러 명의 여자를 찔러 죽인 정체불명의 인물)이나, 또 그 어떤 남자 같은 범인이라는 의미겠지요? 그 남자 이름이 뭐였더라? 데번셔와 관계가 있는 이름이었는데. 크림이었나? 네, 닐 크림이에요. 불행한 여자만을 골라 죽이고 다닌 남자. 이번 범인은 학교 여선생만을 노리는 것 같군요! 범인을 무사히 구치소에 집어넣고 교수형에 처해 버리면, 한 번의 살인사건만 인정한 게 되지 않나요?—단 한 번만 문 개처럼 말이에요. 어머, 내가 지금 무슨 애기를 하고 있었지? 아, 그래요. 범인만 무사히 잡으면 그때에는 사정도 달라질 거라고 생각해요. 물론 그런 인간들이 많이 있는 건 아니겠지요?"

"많이 있으면 안 되겠지요." 에르퀼 포와로가 말했다.

"하지만 그 납치 사건도 있잖아요?" 서트클리프 부인이 지적했다.

"학생이 납치될지도 모를 그런 학교에 딸을 보내려고 하겠어요?"

"그건 분명 그렇습니다. 부인은 모든 일을 실로 명쾌하게 판단하고 계시는군요. 말씀하시는 것마다 정곡을 찌르셨습니다."

서트클리프 부인은 약간 기뻐하는 표정을 지었다. 요즈음은 아무도 그녀에게 그런 말을 해준 사람이 없었다. 헨리도, "왜, 하필이면 그 아이를 메도뱅크 학교에 보낸 거요?" 하고 듣기 싫은 소리만 했고, 제니퍼는 부루퉁해서 대답도 하지 않으려고 들었었다.

"전 그것에 대해 생각했어요. 아주 많이." 그녀가 말했다.

"그렇다면 납치 사건만이라도 부인의 걱정을 덜어드려야겠군요. 이건 우리들만의 얘깁니다만, 샤이스타 공주 일은—그것은 정확히 말하자면 납치라고는 말할 수 없고, 아무래도 로맨스가 아닐까요—?"

"그럼, 그 불량한 아이는 누구하고 결혼이라도 할 생각으로 도망갔다는 거예요?"

"이 이상은 말씀드리지 않겠습니다." 에르퀼 포와로가 말했다.

"이해해 주실 수 있으리라 생각합니다만, 스캔들이 돼서는 곤란하거든요. 우리들만의 얘기로 말씀드렸으니까 부인도 그렇게 해주십시오."

"물론 아무에게도 얘기하지 않겠어요."

서트클리프 부인은 얌전하게 말했다. 그녀는 포와로가 가지고 온 경찰서장의 소개장을 내려다보았다.

"전 당신이 누군지 잘 모르지만, 저—포와로 씨지요? 당신은 소설 같은 데 잘 나오는 사립탐정인가요?"

"난 고문입니다." 에르퀼 포와로가 거만하게 말했다.

이 할리가(街)(일류 의사가 많은 런던의 한 거리)적인 분위기가 있는 말은 서트클리프 부인을 크게 북돋웠다.

"제니퍼에겐 무슨 얘기를 하시려는 거죠?" 그녀가 물었다.

"그저 여러 가지 일에 관한 인상을 물어보고 싶은 것뿐입니다. 따님은 관찰력이 있는 것 같아서요—그렇죠?"

"글쎄요, 그렇지는 않은 것 같은데." 서트클리프 부인이 말했다.

"제가 보기엔 주의력이 깊은 아이는 아니에요. 늘 지극히 실제적인 입장에서 생각하고 있지요."

"전혀 터무니없는 일을 꾸며내는 것보다는 낫지요."

"오, 제니퍼는 그런 행동만큼은 하지 않아요."

서트클리프 부인은 확신을 가지고 말했다. 그녀는 일어나 창 옆으로 가서, "제니퍼." 하고 불렀다.

그녀는 돌아오더니 포와로에게 이렇게 부탁했다.

"아무쪼록 제니퍼에게 아빠나 제가 자기를 위해 그저 최선을 다하고 있다는 식으로 이해시켜 주세요."

제니퍼는 골난 얼굴로 방으로 들어와서 어쩐지 수상쩍다는 표정으로 에르퀼 포와로를 바라보았다.

"잘 있었니?" 포와로가 말을 걸었다.

"난 줄리아 업존의 오랜 친구야. 그 아이가 나를 만나러 런던에 왔었지."

"줄리아가 런던에요?" 제니퍼는 좀 의외라는 듯이 말했다.

"왜요?"

"내 조언을 구하러." 포와로가 말했다.

제니퍼는 믿을 수 없다는 표정을 지었다.

"나는 조언을 해주었지." 포와로가 말했다.

"그 아이는 지금 메도뱅크 학교로 돌아갔단다." 그가 덧붙였다.

"그럼, 이사벨 숙모님은 그 애를 데려가지 않았군요." 하고 말하면서 제니퍼는 화난 듯한 시선을 엄마에게 보냈다.

포와로는 서트클리프 부인 쪽을 보았다. 그녀는 포와로가 왔을 때에 세고 있었던 세탁물이 생각났는지, 아니면 어떤 설명할 수 없는 심리적 압박 탓인지 일어서서 방을 나갔다.

"학교에서는 그런 여러 가지 일이 벌어지고 있는데 친구들과 떨어져 있다는 것은 정말 참기 어려워요." 제니퍼가 말했다.

"왜 이리 공연한 소란을 피우는지 모르겠어요! 전 엄마에게 말했어요. 어리석은 짓이라고요. 누가 뭐라 해도 학생은 한 명도 살해당하지 않았잖아요?"

"그 살인사건 일로 머리에 떠오르는 게 없니?" 포와로가 물었다.

제니퍼는 머리를 흔들었다.

"어떤 미친 사람의 짓거리 아니에요?"

그녀는 생각에 잠긴 얼굴로 이렇게 덧붙여 말했다.

"벌스트로드 교장선생님은 다시 새 선생님을 모셔와야겠네요."

"그렇게 해야 되겠지."

포와로는 대답하고서 계속 이렇게 말했다.

"난 말이야, 제니퍼 양, 그 새 라켓을 가지고 와서 제니퍼 양의 헌 것과 바꿔간 여자에 대해 흥미가 있어. 그때의 일을 기억하고 있겠지!"

"기억나는 것 같아요. 그걸 정말 누가 준 것인지 아직도 모르겠어요. 자이나 큰어머니는 아니었어요."

"그 여자는 어떤 모습을 하고 있었는데?"

"그 라켓을 가지고 온 사람 말이에요?"

제니퍼는 생각해 보는 듯 눈을 반쯤 감았다.

"글쎄요, 잘 모르겠어요. 작은 망토가 달리고 장식이 많은 드레스를 입었던 것 같아요. 푸른색의 헐렁한 모자를 쓰고요."

"어허, 저런." 포와로가 말했다.

"내가 묻고 있는 것은 입은 옷이 아니라 얼굴 생김생김을 말하는 거야."

"진하게 화장을 했었던 것 같아요." 제니퍼가 모호하게 말했다.

"제 말뜻은 시골에 오기에는 좀 진한 화장이었다는 거예요. 그리고 금발머리였고요. 미국인이 아니었나 생각되기도 하고."

"전에 본 적이 있는 사람이었니?" 포와로가 물었다.

"아뇨, 전혀. 그 주위에 사는 사람은 아닌 것 같았어요. 점심 파티인가 칵테일파티인가에 왔다고 했었으니까요."

포와로는 곰곰이 생각하며 그녀의 얼굴을 보았다. 그는 제니퍼가 뭐든지 듣는 대로 그대로 받아들이는 것 같아 거기에 흥미를 느꼈다. 그는 점잖게 이렇게 말했다.

"하지만 말이야, 그녀는 사실대로 말하지 않았는지도 모르지 않겠어?"

"뭐, 그건 그래요." 제니퍼가 말했다.

"저도 그렇게 생각해요."

"정말 한 번도 본 적이 없는 사람이었니? 예를 들어 말이야, 학생 누군가가 옷을 잘 차려입은 거라고는 생각할 수 없을까! 아니면 어떤 선생님이라도?"

"옷을 잘 차려입었다고요?" 제니퍼는 당황한 표정을 지었다.

포와로는 아일린 리치가 그려준 블랑슈 선생의 얼굴 그림을 그녀 앞에 놓았다.

"혹시 이 사람 아니었을까?"

제니퍼는 자신 없는 듯 그림을 보았다.

"좀 닮은 것 같긴 하지만, 그 사람은 아닌 것 같군요."

포와로는 생각에 잠겨 고개를 끄덕거렸다.

제니퍼가 그것이 블랑슈 선생의 얼굴이라고 알아보는 기색은 전혀 없었다.

"정말은요—" 제니퍼가 말했다.

"전 그 여자의 얼굴을 잘 보지 못했어요. 미국인에다가 낯선 사람이고, 게다가 바로 라켓 얘기를 꺼냈기 때문에—"

그러고 나서 제니퍼는 그 당시 자신의 새로운 소유물에만 눈이 팔려 있었음을 시인했다.

"그랬군." 포와로는 계속해서 말했다.

"메도뱅크 학교에서 이전에 라맛 국에서 본 사람과 만난 적은 없니?"

"라맛에서요?" 제니퍼는 생각했다.

"아뇨—적어도—제 느낌으로는."

포와로는 이 자신 없어 하는 표현에 얼른 끼어들었다.

"하지만 확신은 없군, 제니퍼 양?"

"글쎄요." 제니퍼는 걱정스러운 표정으로 이마를 긁었다.

"그래요, 선생님도 자주 누구와 닮은 사람을 보시잖아요. 그것이 누구와 닮았는지는 생각나지 않지만 말이에요. 때로는 분명히 만난 적이 있는 사람인데도 누군지 떠오르지 않는 적도 있고요. '날 기억하지 못하시군요.' 하고 그들이 말해도 정말 기억나지 않고 난처해지기만 하죠. 다시 말해서, 얼굴은 어딘지 본 기억이 나는데 이름이나 전에 만난 곳이 떠오르지 않는 일이 있는 거 말이에요."

"정말 그런 적이 있지." 포와로도 말했다.

"그렇지, 정말 그래. 누구라도 자주 그런 경험은 하게 되거든."

그는 잠시 사이를 두었다가 점잖게 부추기며 계속해서 말했다.

"예를 들어 말이야. 샤이스타 공주는 제니퍼 양이 봤을 때 아마도 알아봤을 거라고 생각하는데. 라맛 국에서 본 적이 있을 테니까 말이야."

"어머, 샤이스타가 라맛에 있었어요?"

"있었을 것 같은데. 그 아이는 그곳의 왕족이니까. 제니퍼 양이 거기서 봤을지도 모르는 거 아니야?"

"본 것 같지는 않아요." 제니퍼는 눈살을 찌푸리며 대답했다.

"그 아이가 거기에서는 얼굴을 내놓고 나다니지 않았는지도 모르잖아요? 그곳 여자들은 모두 베일 같은 것을 쓰거든요. 물론 파리나 카이로에서는 벗겠지만. 런던에서도요." 하고 그녀는 덧붙였다.

"어쨌든 메도뱅크 학교에서는 전에 본 적이 있는 사람은 아무도 만나지 않은 것 같다는 얘기로군?"

"네, 분명 만나지 않았어요. 물론 대개의 사람들은 조금씩은 닮은 데가 있어서 어디에서 본 적이 있는지도 모르지만 말이에요. 리치 선생님같이 이상한 얼굴을 한 사람이라면 기억이 날 거예요."

"리치 선생님은 전에 어디에서 만난 것 같은 생각이 드니?"

"사실은 만난 적이 없어요. 그 선생님과 닮긴 했지만 분명히 다른 사람이었어요. 그 선생님보다 훨씬 뚱뚱했는걸요."

"훨씬 더 뚱뚱한 사람이라고?" 포와로는 골똘히 생각하며 말했다.

"리치 선생님의 뚱뚱한 모습은 상상도 가지 않아요."

제니퍼는 킥킥거리며 웃었다.

"그 선생님은 너무 바싹 말랐고 울퉁불퉁하게 생겼잖아요. 게다가 리치 선생님은 라맛에 있었을 리도 없고요. 왜냐하면 지난번 학기엔 아파서 쉬셨으니까요."

"그리고 다른 학생들은? 전에 만난 적이 있는 학생은 없었니?"

"전부터 알고 있는 애들뿐이에요." 제니퍼가 말했다.

"한둘 알던 애들도 있어요. 하지만 전 그 학교에 겨우 3주일 있었는걸요. 실은 반 정도는 얼굴도 제대로 몰라요. 내일 만나도 전 그 애들 대부분을 모를 거예요."

"좀더 주의를 기울여야겠는걸." 포와로는 엄숙하게 말했다.

"그렇게 죄다 주의를 기울일 수는 없잖아요?"

제니퍼는 항변했다. 그리고 그녀는 계속해서 이렇게 말했다.

"메도뱅크 학교가 지금부터라도 계속된다면 돌아가고 싶어요. 엄마를 좀 설득해 주세요. 하지만요—" 하고 그녀는 덧붙여 말했다.

"정말 장애물은 아빠인 것 같아요. 이런 시골 생활은 싫어요. 테니스를 연습할 기회도 전혀 없다니까요."

"내가 할 수 있는 일은 해볼 테니 걱정 말아라." 포와로가 말했다.

제21장

실마리의 정리

1

“아일린 선생, 얘기하고 싶은 게 있어.” 벌스트로드 교장이 말했다.

아일린 리치는 벌스트로드 교장의 뒤를 따라 거실로 들어갔다.

메도뱅크 학교는 이상하게 조용했다. 학생은 아직 25명 정도는 남아 있었는데도 말이다. 가정 사정으로 데려가기 곤란하다거나 데려가는 걸 달가워하지 않는 집의 딸들이었다. 벌스트로드 선생이 바라는 바대로 그녀가 취한 전술 덕분에 부모들이 매우 당황해 하며 달려오는 소동은 수습되었다. 다음 학기까지에는 무슨 문제든 완전히 깨끗이 해결되리라는 것이 일반인들이 받은 느낌이었다. 벌스트로드 교장이 휴교하기로 한 것은 자기들이 생각한 것보다도 현명한 방법이었다고 그들은 느꼈다.

그만둔 교사는 한 사람도 없었다. 존슨 선생은 시간을 주체 못해서 괴로워했다. 하루라도 일없이 지내기란 그녀로서는 참으로 견딜 수가 없었다. 채드윅 선생은 늙은이 같은 초라한 모습으로, 불행에 빠져 무감각하게 된 사람처럼 이리저리 돌아다녔다. 아무리 보아도 그녀가 벌스트로드 교장보다는 훨씬 심한 타격을 받은 모양이었다. 사실 벌스트로드 교장은 언뜻 보기에는 아무런 어려움도 없이 완전하게 자신을 유지하고 있는 듯했고, 동요의 기색도 보이지 않았으며, 긴장되고 허탈해하는 모습도 없었다.

두 젊은 여선생에게는 남아돌아가는 시간이 싫지는 않았다. 그녀들은 풀장에서 수영을 하거나 친구나 친척에게 긴 편지를 쓰기도 했으며, 비교하기 위해 여행 안내서를 가지러 가기도 했다. 앤 샤플랜드에게도 많은 여유의 시간이 생겼으나 그것 때문에 화가 나지는 않았다. 그녀는 한가한 시간을 대개 정원 돌보기에 전념했다. 그녀가 브리그스 노인보다는 아담에게 일 배우는 걸 좋아한 것은 아마 부자연스런 현상은 아닐 것이다.

"무슨 일인가요, 교장선생님?" 아일린 리치가 물었다.

"전부터 얘기하고 싶었어." 벌스트로드 교장이 말했다.

"이 학교가 계속될 수 있을지는 나도 뭐라고 말할 수 없지만, 세상 사람들이 어떤 느낌을 받았는지 사람에 따라 각각 느끼는 바가 다르니까 예측하기 어려운 거지. 하지만 결국엔 가장 강하게 느낀 사람이 다른 사람 모두를 자신이 느낀 바대로 동조시킬 거라고 생각해. 따라서 메도뱅크 학교가 이것으로 끝을 낼 건가—"

"아니, 끝을 내다니요?" 아일린 리치가 말을 막았다.

그녀는 거의 발을 구르듯 했고, 머리카락이 금방 얼굴로 흘러내려왔다.

"어떤 일이 있어도 학교를 폐쇄해서는 안 돼요. 그런 건 어리석어요—죄악이라고 생각해요."

"리치 선생은 아주 강경하군." 벌스트로드 교장이 말했다.

"전 강하게 느꼈으니까요. 세상에는 정말 한 푼의 가치도 없다고 생각되는 것도 많이 있지만, 메도뱅크 학교는 분명 의미 있는 곳이라고 생각해요. 처음 이 학교에 온 순간부터 전 그런 느낌을 받았어요."

"당신은 투사로군. 난 투사를 좋아해. 나도 순순히 굴복하지는 않을 거고 어떤 의미에서는 내가 지금부터 시작될 싸움을 즐기려 한다고도 말할 수 있지. 모든 것이 너무 쉽고 만사가 너무 순조롭게 진행되면 사람은—글쎄, 금방 무료해진다고나 할까, 어쨌든 그 둘을 합친 것 같은 느낌에서 헤어나지 못하게 되지. 난 지금은 무료해 하지도 만족해하지도 않으면서, 가지고 있는 만큼의 힘을 다하고 가지고 있는 만큼의 돈을 투자해서 싸우려고 하는 거야. 그래서 말인데, 리치 선생에게 얘기하고 싶은 게 있어. 메도뱅크 학교가 존속하게 될 경우, 나의 공동경영자로서 참여해 주면 어떨까 해서."

"저요?" 아일린 리치는 놀라 그녀의 얼굴을 쳐다보았다.

"바로 저 말인가요?"

"그래, 바로 당신." 벌스트로드 교장이 말했다.

"전 가당치도 않아요." 아일린 리치가 대답했다.

"전 아무것도 모르고 너무 어려요. 경험도, 선생님이 원하시는 지식도 가지고 있지 않고요."

"당신이 무엇을 원하고 있는지는 내가 제일 잘 알고 있지."

벌스트로드 교장이 말했다.

"그리고 이런 얘기를 꺼낸 지금의 상황으로는 결코 이것이 올바른 제안이 아니라는 것을 알아줘. 하지만 말이야, 이것만은 리치 선생에게 말해 두고 싶었고, 당신도 내가 말한 것을 믿어주기 바라. 난, 밴시타트 선생의 불행한 죽음이 있기 이전부터 이 학교를 맡기고 싶은 사람은 리치 선생이라고 마음속으로 결정했었지."

"그때부터 그런 일을요?"

아일린 리치는 뜻밖인 듯이 빤히 그녀의 얼굴을 쳐다보았다.

"전—, 우리들은 모두 생각했었어요. 밴시타트 선생님이……."

"밴시타트 선생하고는 별다른 어떤 약속도 하지 않았어."

벌스트로드 교장이 말했다.

"고백하자면, 그녀를 머리에 떠올리기는 했었지. 지난 2년간 죽. 하지만 항상 무엇인가가 날 붙잡고 그녀에게 확실한 얘기를 못하게 했어. 아마 누구라도 내 후계자는 밴시타트 선생이라고 생각했을 거야. 그녀 자신도 그렇게 생각했을지도 모르지. 나 자신도 바로 최근까지는 그렇게 생각했었거든. 그런데 그러는 사이에 그녀는 내가 원하는 사람이 아니라고 결론을 내리게 됐어."

"하지만 그 선생님은 모든 점에서 적임자였어요." 아일린 리치가 말했다.

"그분이라면 선생님의 방법 그대로, 선생님의 이념 그대로 해나가실 거라고 생각했었어요."

"그래." 벌스트로드 교장이 말했다.

"그래서 좀 다른 방법을 써보기로 한 거야. 사람은 과거에 너무 매달려 있는 것은 안 좋아. 전통도 어느 정도까지는 좋지만 정도가 지나치면 안 돼. 학교는 오늘날의 아이들의 것이지 50년 전 아이들의 것도 30년 전 아이들의 것도 아니거든. 다른 무엇보다도 전통이 중요한 요소를 차지하고 있는 학교도 있지만, 메도뱅크 학교는 달라야 한다고 생각해. 오랜 전통을 뒤에 지닌 학교는 아니니까. 내가 이렇게 말하는 게 어떨는지 모르겠지만, 이 학교는 한 여자의 창작인 셈이야. 그 여자는 바로 내 자신이고. 난 몇 가지의 착상을 시험 삼아 내 능력이 미치는 한 그것을 실행에 옮겨보았어. 비록 기대대로의 성과가 오르지 않아 처음의 착상을 수정해야 하는 경우도 때로는 있었지만 말이야. 이 학교는 형식적인 학교는 아니지만, 그렇다고 해서 형식을 깨뜨리는 걸 자랑으로 해온 학교도 아니거든. 양쪽 세계를 최고로 이용하려고 노력하고 있는 학교지. 과거와 미래를 말이야. 하지만 정말 강조할 점은 현재에 있는 거야. 이 학교는 그런 식으로 계속되어 갈 것이고, 또 그런 식으로 계속돼 가야만 하는 학교야. 이념을 가진 사람이, 그것도 현재적인 이념을 가진 사람이 운영해야만 하는 학교라고. 과거의 지혜를 보존하는 동시에 미래를 내다보는 사람이. 당신은 내가 이 학교를 처음 시작했을 무렵과 같은 내 나이 또래지만 내가 미처 가지지 못한 것을 가지고 있어. 성경에 이런 말이 있지. '우리들 나이 든 자들은 꿈을 보고, 너희들 젊은이들은 이상을 보라.' 이 학교에는 꿈은 필요 없어. 이상이 필요한 거야. 난 당신이 이상을 가진 사람이라고 믿고 있고, 그래서 밴시타트 선생이 아닌 당신이야말로 적임자라고 결정한 거지."

"그렇다면 정말 놀랄 만한 일이겠네요." 아일린 리치가 말했다.

"놀랄 만한 일이에요. 제가 무엇보다도 기뻐할 만한 일이겠지요."

그녀가 이미 지나간 일처럼 얘기하자 벌스트로드 교장은 약간 놀랐으나, 얼굴에는 나타내지 않았다. 오히려 그녀는 곧바로 맞장구를 쳤다.

"그래, 놀랄 만했을 거야. 하지만 지금은 정말로 놀랄 만한 일이잖아? 그래, 나도 당신의 기분은 알 것 같은데."

"아니에요. 그런 뜻으로 말한 것은 아니에요." 아일린 리치가 말했다.

"전혀요. 전 자세한 사정을 설명할 수는 없지만, 만일 선생님이 1주일이나 2주일 전에 이런 얘기를 해주셨더라면, 전 그 자리에서는 제 힘에는 도저히 못 미치고 불가능한 일이라고 대답했을 거예요. 지금은—지금은 가능할지도 모른다는 생각이 드는 것은 그것이 그저, 이번 싸움의 경우엔 여러 가지 일을 떠맡아 책임지게 되어 있어서 그럴 거예요. 괜찮으시다면—괜찮으시다면, 좀 생각할 시간을 주시겠어요, 벌스트로드 선생님? 지금으로서는 어떻게 대답해야 좋을지 저도 모르겠어요."

"그럼, 물론이지." 벌스트로드 교장이 말했다. 그녀는 여전히 놀란 상태였다. 누구도 본마음은 정말 모르는 거라고 생각했다.

2

"리치 선생님이 또 머리가 흐트러진 채로 걸어가고 있네요." 하고 말하면서 앤 샤플랜드는 화단에서 일어섰다.

"제대로 묶을 수 없으면 왜 짧게 잘라버리지 않는지 모르겠어요. 머리 모양이 예뻐서 그게 더 어울릴 텐데 말이에요."

"직접 그렇게 얘기해 주지 그래요." 아담이 말했다.

"그 정도로 친한 사이는 아니에요."

앤 샤플랜드가 말했다. 그러고 나서 그녀는 화제를 바꿨다.

"이 학교가 계속 지탱해 나갈 수 있을 것 같아요?"

"그거 아주 어려운 질문이군요." 아담이 말했다.

"게다가 저 같은 사람이 판단할 수 있는 일도 아니잖습니까?"

"당신이라면 판단하지 못할 것도 없잖아요?" 앤 샤플랜드가 말했다.

"난 계속될 수 있을 것 같아요. 학생들이 그렇게 부르는 늙은 황소에게는 그런 힘이 있어요. 우선 학부형들에 대해서도 최면술적인 영향력을 가지고 있고 말이죠. 이번 학기가 시작되어 얼마나 지났지—아직 겨우 1개월도 지나지 않았잖아요? 그런데 벌써 1년이나 지난 느낌이에요. 학기가 끝나야 안심할 것 같아요."

"학교가 계속될 경우엔 당신도 돌아올 겁니까?"

"절대로 아니에요." 앤은 힘주어 말했다.

"이미 일생 동안 일한 것 같은 정도로 학교에 대한 경험을 충분히 쌓았어요. 게다가 난 여자들만 함께 갇혀 생활하는 것은 성격에 맞질 않아요. 그리고 솔직히 살인사건도 싫고요. 신문에서 읽거나 자기 전에 자장가 대신 소설로 읽는 거야 재미있죠. 하지만 진짜 살인사건은 달갑지 않아요, 난요." 하고 앤은 생각에 잠겨 덧붙여 말했다.

"이번 학기가 끝나면 여기를 그만두고 데니스와 결혼해서 가정에 안주할 생각이에요."

"데니스? 아아, 요전에 잠깐 얘기한 분? 내 기억엔 그분은 일 관계로 자주 미얀마나 말레이시아, 싱가포르, 일본, 그런 곳에 간다고 한 것 같은데, 그럼 결혼해도 가정에 안주하는 것은 아니잖습니까?"

앤은 갑자기 웃었다.

"그건 그러네요. 가정에 안주하는 것은 아니죠. 물리적이고 지리적인 의미에서는요."

"당신은 데니스 씨에겐 아까운 여자라고 생각하는데요." 아담이 말했다.

"어머, 나에게 구혼하는 거예요?"

"그렇지 않습니다. 당신은 야심이 큰 여자인데, 나 같은 임시고용직으로 있는 정원사와 결혼할 리가 없지요."

"난 형사하고 결혼할까 하고 생각한 적도 있는걸요." 앤이 말했다.

"난 형사도 아닙니다."

"네, 네, 물론 그렇겠죠. 우리 좀더 고상하게 말하기로 해요. 당신은 형사도 아니고, 샤이스타는 납치된 것도 아니며, 이 정원의 모든 것들은 아름답죠. 정말 아름다워요."

그녀는 주위를 둘러보았다.

"그래도 말이에요—."

그녀는 잠시 사이를 두었다가 다시 계속해서 말했다.

"샤이스타가 제네바에 모습을 나타냈다든가 하는 얘긴, 난 도무지 납득이 가질 않아요. 어떻게 갈 수 있었을까요? 그 아이를 외국으로 데리고 나가는 것을 놓쳤다니, 참 한심하군요."

"할 말이 없습니다."

"하긴 당신은 중요한 것은 모를 테니까."

"그건 말이죠, 에르큘 포와로 씨의 훌륭한 착상 덕분이라고 생각하는데요."

아담이 말했다.

"뭐라고요, 줄리아를 데리고 벌스트로드 교장선생님을 만나러 온 그 이상하게 생긴 키 작은 남자 말이에요?"
"그래요, 자신은 고문탐정이라고 하더군요."
"그 사람은 이미 과거의 사람이라고 난 생각했었는데." 앤이 말했다.
"무엇을 하려는지 나 같은 사람은 전혀 모릅니다." 아담이 말했다.
"우리 어머니까지 만나러 가기도 했었으니까요—누구 친구를 보냈는지도 모르겠지만 말입니다."
"당신 어머니를요?" 앤이 말했다.
"왜요?"
"짐작도 가지 않습니다. 그 사람은 어머니에게는 일종의 병적인 흥미를 가지고 있나 보죠. 제니퍼의 어머니도 만나러 갔었거든요."
리치 선생님의 어머니나 채디 선생님의 어머니도요?"
"리치 선생님의 어머니는 이미 돌아가신 것 같던데요." 아담이 말했다.
"돌아가시지 않았다면 분명 만나러 갔을 겁니다."
"채드윅 선생님의 어머니는 첼튼햄에 계시다고 들었는데. 하지만 이미 70세가 넘으셨을 거예요. 불쌍한 채드윅 선생님은 한 80세 정도로 보여요. 어머, 저기 그분이 이쪽으로 오고 있네요."
아담도 얼굴을 들어 그쪽을 보았다.
"그렇군요. 1주일 동안 아주 늙어버렸어요."
"저 선생님은 정말 학교를 사랑하셨으니까요." 앤이 말했다.
"학교가 저분의 모든 것이었어요. 학교가 무너져 내리는 것을 본다는 게 참기 어려울 거예요."
채드윅 선생은 학기가 시작됐을 때에 비해 열 살은 더 늙어보였다. 걷는 모습엔 항상 힘이 있었는데, 지금은 그렇지가 않았다. 이미 신나는 듯 종종걸음으로 급하게 돌아다니던 모습은 없어져 버렸다. 지금도 그녀는 거의 다리를 끌다시피 해서 두 사람 옆으로 왔다.
"벌스트로드 선생님께 가봐요." 그녀가 아담에게 말했다.
"정원 일로 지시할 문제가 있다나 봐요."

"그럼, 우선 손이라도 씻어야겠군요." 아담이 말했다.

그는 연장을 놓고 육묘장 쪽으로 갔다.

앤과 채드윅 선생은 교사 쪽으로 걸어갔다.

"정말 조용하네요." 앤은 주위를 둘러보면서 말했다.

"마치 텅 빈 극장에서 되도록 손님이 많은 것처럼 보이게 하기 위해 표 파는 곳에서 교묘하게 사이를 두고 손님을 앉힌 것 같아요." 하고 그녀는 차분하게 덧붙여 말했다.

"무서운 일이야." 채드윅 선생이 말했다.

"정말 무서워. 메도뱅크 학교가 이런 모습이 됐다고 생각하면 견딜 수 없는 심정이야. 난 밤에도 잠을 잘 수가 없어요. 모든 것이 허사가 되어버렸으니. 그렇게 긴 세월에 걸친 노력이, 정말로 훌륭한 모습으로 완성시켜 온 노력이 그만."

"다시 원래대로 될 거예요." 앤이 쾌활하게 말했다.

"사람들은 잘 잊어버리기 마련이니까요."

"그 모든 것들이 그렇게 금방 잊히지는 않지."

채드윅 선생은 침울한 목소리로 말했다.

앤은 뭐라고도 대답할 수가 없었다. 마음속에서는 오히려 채드윅 선생의 말대로라는 느낌도 들었다.

3

블랑슈 선생은 프랑스 문학 수업을 마치고 교실을 나왔다.

그녀는 흘끗 자신의 시계를 보았다. 계획했던 일을 끝낼 정도의 시간은 충분한 것 같았다. 학생 수가 많이 줄어들어서 요즈음은 늘 시간이 넉넉했다.

그녀는 2층 자기 방으로 가서 모자를 썼다. 그녀는 모자를 쓰지 않고 나다니는 여자가 아니었다. 그녀는 불만스럽게 거울에 비친 자신의 모습을 바라보았다. 남의 눈을 끌 만한 인물은 아니야! 하지만 그것이 유리할 경우도 있지!

그녀는 빙긋이 웃었다. 그것 덕분에 간단하게 언니의 증명서를 사용할 수 있었던 것이다. 여권 사진도 문제가 되지 않았다. 앙젤이 죽었을 때에 그렇게 훌륭한 자격증명서를 없애버렸다면 나중에 크게 후회했을 것이다. 앙젤은 정말 가르치는 것을 좋아했다. 하지만 블랑슈 자신은 그것이 이루 말할 수 없이 지겨웠다. 그래도 급료는 좋았다. 그녀가 지금가지 받았던 급료에 비하면 훨씬 좋았다. 게다가 믿을 수 없을 정도로 때맞춰 일이 진행되었다. 장래는 완전히 달라질 것이다. 그래, 아주 달라질 것이다. 지금까지의 멋없는 블랑슈가 다른 사람으로 되는 것이다. 그녀는 그 모두가 눈앞에 떠오르는 듯했다. 리비에라 지방. 나도 스마트한 옷을 입고 잘 어울리게 화장을 해야지. 이 세상에서 필요한 것은 돈뿐이야. 그래, 지금부터는 모든 게 정말 유쾌하게 될 거야. 이렇게 정말 끔찍한 영국 학교에 온 만큼의 성과는 있었어.

그녀는 핸드백을 들고 방을 나와 복도를 따라 걸었다. 복도에 쭈그리고 앉아 바쁘게 일을 하고 있는 여자가 눈에 띄었다. 새로운 날품팔이 식모였다. 물론 경찰 스파이가 틀림없겠지. 저들은 얼마나 단순한가—이쪽이 눈치채지 못했을 거라고 생각하다니!

그녀는 입가에 비웃는 미소를 띠고는 교사를 나와 현관 앞길로 해서 정문으로 향했다. 버스 정류장은 문 거의 바로 맞은편에 있었다. 그녀는 거기에 서서 기다렸다. 버스는 1~2분 지나면 곧 올 것이다.

이 조용한 시골길에는 사람의 그림자가 거의 뜸했다. 자동차가 한 대 서 있었고 어떤 남자가 자동차의 보닛을 열고 살펴보고 있었다. 울타리에 기대어 서 있는 자전거가 한 대, 버스를 기다리고 있는 남자가 있었다.

이 세 사람 가운데 누군가가 자신을 미행해 올 것이다. 미행은 눈에 띄게 하지 않고 교묘하게 할 것이다. 그녀는 직감적으로 그 사실을 눈치챘으나 걱정하지는 않았다. '미행자'가 자신이 가는 곳과 하는 일을 지켜보고 싶다면 그렇게 하라지 뭐.

버스가 왔다. 그녀는 그것을 탔다. 15분 뒤에 그녀는 도시의 어떤 번화가에서 버스를 내렸다. 일부러 뒤를 돌아다보는 행동은 하지 않았다. 그녀는 길을 건너 꽤 큰 백화점 쇼윈도 앞으로 갔다. 새로운 모양의 드레스가 진열되어 있었다. 그녀는 흥하고 입술을 삐죽거리며 촌스럽고 시시하다고 생각했다. 하지만 그래도 마음을 끄는지 서서 쳐다보고 있었다.

이내 그녀는 안으로 들어가서 한두 가지 시시한 물건을 사고는 2층으로 올라가서 여성용 휴게실로 들어갔다. 거기에는 필기용 테이블과 몇 개의 안락의자, 그리고 전화박스가 있었다. 그녀는 그 박스에 들어가 요금을 넣고 어떤 전화번호를 돌리고는 찾는 상대방이 나올 때까지 기다리고 있었다.

그녀는 번호가 맞았는지 고개를 끄덕거리며 A 단추를 누르고 이야기했다.

"여기는 블랑슈 상점입니다. 아시겠어요, 블랑슈 상점이라고요? 갚지 않은 금액에 관한 건데, 기한은 내일 저녁까지예요. 내일 저녁, 런던 내셔널 신탁은행 레드베리가(街) 지점의 블랑슈 상점 구좌에 다음의 금액을 입금시켜 주세요."

그녀는 그 금액을 말했다.

"만일 그 금액이 입금되지 않을 경우에 우리 상점으로서는 12일 밤에 목격한 일을 그 해당 부서에 보고하는 수밖에 없어요. 그 내용은―좋습니까―스프링거 선생에 관한 일입니다. 24시간 좀 넘는 시간의 여유를 드리겠어요."

그녀는 수화기를 놓고 휴게실에서 나왔다. 한 여자가 막 들어오는 참이었다. 아마 이 백화점의 손님이겠지. 아니야, 그렇지 않을지도 몰라. 하지만 그렇지 않다고 해도 엿듣기에는 너무 늦었어.

블랑슈는 옆의 화장실에서 화장을 고치고 나서 블라우스를 두 벌 입어보았으나 사지는 않았다. 그녀는 마음속으로 득의만만한 미소를 지으며 다시 거리로 나왔다. 잠깐 책방을 들여다보다가 버스를 타고 메도뱅크 학교로 돌아왔다.

그녀는 여전히 득의만만한 미소를 지은 채 앞길을 걸어갔다. 이것으로 협상은 잘된 것이다. 그녀가 요구한 금액은 그다지 많은 돈은 아니다. 더구나 단시간 내에 마련할 수 없을 정도의 돈도 아니다. 처음에는 그 정도가 좋을 것이다. 물론 앞으로 몇 번이고 요구할 거니까…….

그래, 앞으로는 이것이 만만찮은 수입원이 될 것이다. 그녀는 양심의 가책 같은 건 전혀 느끼지 않았다. 자신이 알고 있는 일이나 목격한 일을 경찰에 알릴 의무가 있다고도 생각지 않았다. 그 스프링거는 몹시 싫은 여자였고, 예의도 모르고, 본데없는 여자였다. 상관도 없는 일까지 꼬치꼬치 캐내려 했으니까. 그거야말로 자업자득이란 걸 거다.

블랑슈는 잠시 풀장 옆에 서 있었다. 아일린 리치가 다이빙하는 모습을 보았다. 그리고 뒤이어 앤 샤플랜드도 다이빙대로 올라가 다이빙했다—그녀도 역시 아주 솜씨가 좋았다. 학생들은 웃기도 하고 비명을 지르기도 했다.

벨이 울려 블랑슈는 하급생 반을 가르치기 위해 교실로 들어갔다. 학생들은 주의가 산만했고 지루해했으나, 블랑슈는 거의 신경 쓰지 않았다. 곧 머지않아 교사직과는 영원히 작별하게 될 텐데 뭐.

그녀는 저녁식사를 위해 몸치장을 하려고 자기 방으로 올라갔다. 그녀는 그 날만은 정원을 거닐 때 입는 윗도리가 제자리에 걸려 있지 않고 한쪽 구석 의자 위에 내던져져 있는 것을 보고도 별로 신경 쓰지 않았다.

그녀는 몸을 앞으로 굽히고는 거울에 비친 자신의 얼굴을 들여다보았다. 그녀는 분을 덧바르고 립스틱을—.

그 동작이 너무나 재빨라서 그녀는 완전히 기습을 당했다. 소리도 내지 못하고! 전문적인 솜씨로.

의자 위에 있는 윗도리가 저절로 걷어 올라가는가 싶더니 땅으로 떨어지는 순간, 블랑슈의 뒤에서 샌드백을 쥔 손이 번쩍 치켜들고는, 그녀가 비명을 지르려는 순간 둔탁한 소리를 내며 그녀의 뒤통수를 내리쳤다.

제22장

아나톨리아에서 일어난 일

업존 부인은 깊은 계곡이 내려다보이는 길옆에 서 있었다. 아까부터 반은 프랑스어로 반은 손짓 몸짓을 섞어 터키 여자와 얘기하는 중이었다. 그 여자는 키가 크고 튼튼해 보였다. 그런 전달 방법으로도 전할 수 있는 한 자세하게 최근에 겪은 자신의 유산 경험을 얘기했다. 그녀는 9명의 아이를 낳았다고 했다. 8명은 아들이고 유산은 다섯 번. 유산한 것도 아이를 낳는 것과 똑같이 즐거워하는 것 같았다.

"그런데 당신은?" 그녀는 상냥하게 업존 부인의 옆구리를 살짝 찔렀다. "몇 명—아들은—딸은—몇 명—?"

그녀는 손을 들어 손가락으로 표시했다.

"딸 하나예요." 업존 부인이 말했다.

"그리고 아들은?"

업존 부인은 이 터키 여자에게 경멸을 받은 것 같은 느낌이 들어, 애국심에 떠밀려 거짓말을 하기로 했다. 그녀는 오른손 다섯 손가락을 펴서 들어올렸다.

"다섯 명." 그녀가 말했다.

"아들이 다섯 명? 대단하군요!"

터키 여자는 찬성과 경의를 표하며 고개를 끄덕거렸다.

"프랑스어를 유창하게 하는 조카가 여기에 있다면 서로 좀더 많이 이해할 수 있을 텐데."

그녀가 말했다. 그러고는 또 최근에 유산한 얘기를 꺼냈다.

다른 승객들도 두 사람 옆에 드러누워, 가지고 온 바구니에서 잡다한 음식물을 꺼내어 게걸스럽게 먹고 있었다. 좀 오래되어 낡은 느낌이 드는 버스를 튀어나온 바위 그늘에 바짝 대놓고 운전사와 또 한 남자가 열심히 엔진을 손보고 있었다. 업존 부인은 완전히 시간관념을 잊어버리고 말았다.

홍수로 두 개의 도로가 불통이 되어 돌아가야만 했고, 한번은 하천의 물이 빠질 때까지 무려 일곱 시간이나 오도 가도 못하게 된 적도 있었다. 앙카라는 닿을 수 없을 정도로 아득히 먼 곳에 있는 게 아니라는 사실밖에 그녀가 아는 것은 없었다. 그녀는 감탄한 듯 고개를 끄덕거리거나 동정하는 듯 머리를 흔들어 적당한 때를 가늠하면서 길동무 여자의 진지하고 지리멸렬한 얘기에 귀를 기울여 주었다.

다른 목소리가, 현재의 환경과는 너무나 동떨어진 목소리가 그녀의 생각 속으로 뛰어 들어왔다.

"업존 부인이시죠?" 그 목소리가 말했다.

그녀는 얼굴을 들었다. 조금 전에 자동차가 한 대 와서 닿았었다. 눈앞에 서 있는 남자는 분명 그 자동차에서 내렸을 것이다. 얼굴도 목소리도 영락없는 영국인의 모습이었다. 그는 회색 면양복을 맵시 있게 잘 차려 입고 있었다.

"어머, 리빙스턴 박사(아프리카에서 미국의 신문기자 스탠리가 리빙스턴 박사와 만났을 때의 광경을 흉내 내고 있음)세요?" 업존 부인이 말했다.

"정말 그런 것 같군요." 낯선 남자도 유쾌하게 말했다.

"전 애트킨슨이라고 합니다. 앙카라 영사관에 있지요. 1~2일 전부터 부인과 연락을 하려고 했지만 도로가 끊어져서 말이죠."

"나와 연락을요? 왜요?"

업존 부인은 갑자기 일어섰다. 즐거운 관광객의 모습은 어느덧 사라지고 말았다. 완전히 발끝에서 머리끝까지 어머니로 되돌아가 있었다.

"줄리아가?" 그녀는 날카롭게 물었다.

"줄리아가 어떻게라도 됐나요?"

"아니, 아닙니다." 애트킨슨이 그녀를 안심시켰다.

"줄리아는 괜찮습니다. 그런 일이 아닙니다. 메도뱅크 학교에 대단치 않은 사건이 일어났는데, 부인께서 되도록 빨리 귀국하시길 바라고 있습니다. 제 차로 앙카라까지 모셔다 드릴 테니 한 시간 내로 비행기를 타십시오."

업존 부인은 무슨 말을 하려고 입을 열었으나 다시 닫아버렸다. 그녀는 일어서서 이렇게 말했다.

"저 버스 지붕에서 내 짐을 좀 내려주세요. 암청색 가방이에요."

그녀는 돌아서서 터키인 동행과 악수를 했다.

"유감스럽지만 전 지금 고국으로 돌아가야 해요."

그녀는 버스의 남은 승객들에게도 아주 상냥하게 손을 흔들며 알고 있는 몇 마디 안 되는 터키어 중 하나인 헤어지는 인사말을 남기고는, 곧바로 그 이상은 아무것도 물어보려고도 하지 않고 애트킨슨을 따라갈 준비를 했다. 다른 많은 사람들도 그랬겠지만, 그도 업존 부인이 아주 분별 있는 여자라고 생각했다.

제23장

대단원

1

벌스트로드 교장은 비교적 작은 교실 하나에 모여 있는 사람들의 얼굴을 둘러보았다. 교직원들은 전부 모여 있었다. 채드윅 선생, 존슨 선생, 리치 선생, 그리고 두 명의 젊은 여선생.

앤 샤플랜드는 벌스트로드 교장이 필기하게 할 경우에 대비해서 종이와 연필을 가지고 앉아 있었다. 벌스트로드 교장 옆에는 켈시 경감이 앉아 있었고, 그 건너편에는 에르큘 포와로가 있었다. 아담 굿맨은 교직원들과 그 자신이 집행부라고 부르고 있는 사람들의 일행, 그 어느 쪽에도 끼지 않고 중간에 혼자서 진을 치고 앉아 있었다.

벌스트로드 교장이 일어나더니 언제나처럼 그 단호한 목소리로 이렇게 말했다.

"이곳 교직원들과 이 학교의 앞날에 관심을 기울여주신 여러분께 수사가 어느 정도까지 진행되어 있는지를 알려 드리는 것이 내 의무라고 생각합니다. 난 켈시 경감님께 몇 가지 사실을 들었습니다. 국제적인 연줄을 가지신 에르큘 포와로 씨도 스위스로부터 귀중한 원조를 얻어주셨으니, 곧 그 점에 대해서는 본인이 직접 말씀해 주시리라 생각합니다. 유감스럽게도 아직 수사가 종료단계에 와 있지 않지만 몇 가지 작은 문제는 해결되었고, 현재 어떤 정세에 놓여 있는지 아시면 여러분도 한결 안심하지 않을까 생각한 겁니다."

벌스트로드 교장이 켈시 경감을 쳐다보자 경감이 일어섰다.

"직무상 내가 알고 있는 모든 것을 얘기할 수 있는 입장은 아닙니다. 내가 보증할 수 있는 것은 수사가 진전을 보이고 있다는 것과, 이 학교에서 일어난 세 건의 범죄의 범인에 대해서도 짐작이 간다고 하는 것뿐입니다. 그 이상은 말씀드리기 어렵습니다. 내 친구인 에르큘 포와로 씨는 공직상의 비밀에 얽매어 있지도 않고 자신의 생각을 자유롭게 얘기할 수 있는 입장이니까, 대부분 그분의 노력으로 입수한 정보들을 얘기해 주시리라 생각합니다. 여러분은 메도뱅크 학교와 벌스트로드 교장선생님에게 충실한 분들이시니까 포와로 씨가 지금부터 얘기하시는, 그것도 일반인들에게는 관심도 없는 여러 가지 문제에 대해선 결코 입 밖에 내지 않으시리라 믿습니다. 그런 문제에 대해서 소문을 낸다거나 억측을 하는 일이 적으면 그만큼 일이 잘 되어갈 수 있으니까, 오늘 지금부터 아시게 될 사실은 여러분 머릿속에만 넣어두시기 바랍니다. 이해하시겠지요?"

"물론입니다." 채드윅 선생이 누구보다도 먼저 힘있게 말했다.

"물론 우리들은 모두 메도뱅크 학교에 충실합니다. 적어도 전 그렇게 생각하고 있습니다."

"당연한 일이에요." 존슨 선생이 말했다.

"그렇고말고요." 두 명의 젊은 선생도 말했다.

"저도 동의합니다." 아일린 리치도 말했다.

"그럼, 포와로 씨, 자."

에르큘 포와로는 일어서서 청중에게 밝게 미소 짓고는 조심스럽게 콧수염을 비틀었다.

두 젊은 여선생은 갑자기 킥킥거리고 웃게 될 것 같아 입술을 오므리고는 서로 얼굴을 마주보려 하지 않았다.

"여러분은 어렵고 불안한 날들을 보내셨으리라 생각합니다." 하고 그는 입을 열었다.

"난 여러분의 그 고생을 이해하고 있다는 것을 우선 말씀드리고 싶습니다. 당연히 벌스트로드 교장선생님이 가장 큰 고생을 하셨겠지만 여러분도 괴로우셨으리라는 건 짐작이 갑니다. 우선 여러분은 세 명의 동료를 잃었고, 그 가운데 한 사람은 상당히 오랜 기간 이 학교에 근무하셨지요. 내가 말씀드리고 있는 분은 밴시타트 선생님입니다. 스프링거 선생님과 블랑슈 선생님은 물론 새로 오신 분들이지만, 역시 그 두 분의 죽음도 여러분에게는 분명 큰 충격이었을 것이고, 슬픈 사건이었을 겁니다. 더욱이 또 여러분 자신의 안전에 대해서도 불안하게 느끼셨을 것이 분명합니다. 일종의 복수자가 메도뱅크 학교의 선생님들을 노리고 있는 것은 아닐까 하고도 생각하실 테니까요. 하지만 그렇지 않다고 하는 것은 내가 자신을 갖고 말씀드릴 수 있고, 이 점은 켈시 경감님도 보증해주시리라고 생각합니다. 메도뱅크 학교는 일련의 우연한 사건 때문에 여러 달갑지 않은 인물들의 관심의 표적이 되어버렸습니다. 말하자면 비둘기 속의 고양이가 숨어 있었던 것이지요. 이 학교에서 세 건의 살인사건과 한 건의 납치 사건이 일어났습니다. 난 우선 납치 사건부터 문제 삼아 보았습니다. 왜냐하면 이번 수사를 통해서 어려운 점은, 쓸데없는 군더더기를 어떻게 해서 떼어버리느냐 하는 문제에 달려 있었기 때문이지요. 그들 군더더기는 그것 자체도 범죄적인 행위이지만 더욱 중요한 실마리를—다시 말해 여러분 가운데에 섞여 있는 잔인하면서도 용서받지 못할 살인자를 가려낼 실마리를 덮어놓아 숨기고 있었던 겁니다."

그는 주머니에서 사진 한 장을 꺼냈다.

"우선 이 사진을 돌리겠습니다."

켈시가 사진을 받아 벌스트로드 교장에게 건네주었고, 그리고 그녀가 교직원들에게 돌렸다. 사진은 포와로의 손으로 다시 돌아왔다.

그는 모두를 둘러보았으나 한결같이 무표정한 얼굴이었다.

"여러 선생님에게 묻겠는데, 그 여자아이를 보신 기억이 없습니까?"

한 사람도 남김없이 모두 머리를 흔들었다.

"기억이 나셔야 할 겁니다. 왜냐하면 이것은 내가 제네바에서 가져오게 한 샤이스타 공주의 사진이니까요."

"아니, 그건 샤이스타가 아니에요." 채드윅 선생이 소리쳤다.

"맞습니다." 포와로가 말했다.

"이 사건의 실마리는 모두 라맛에서 시작되었습니다. 아시는 대로 그 나라에서는 약 3개월 전에 혁명적인 쿠데타가 일어났지요. 알리 유수프 황태자는 도망쳐야만 할 처지에 놓여 자신의 비행기로 국외로 탈출했습니다. 하지만 그 비행기는 라맛 북방 산맥 속에서 추락했고, 기체가 발견된 것은 꽤 뒤의 일이었습니다. 그땐 이미 알리 황태자가 늘 몸에 지니고 있었던 대단히 비싼 어떤 물건이 분실된 뒤였습니다. 비행기 잔해 속에서도 발견되지 않았고, 벌써 이 나라에 들어왔다는 소문도 있었습니다. 여러 단체가 그 엄청나게 비싼 물건을 손에 넣으려 했지요. 그들이 갖고 있는 단서 중 하나는 알리 유수프 황태자의 유일한 친척이며 그의 사촌 여동생인, 그 당시 스위스 학교에 다녔었던 여자아이입니다. 만일 그 귀중품이 무사히 라맛에서 유출되었다고 하면 샤이스타 공주나 그 친척이나 또는 후견인에게 가져갔을 가능성이 있지요.

그래서 어떤 스파이들은 공주의 숙부인 이브라힘 대공을, 또 다른 스파이들은 공주를 감시하게 되었습니다. 공주가 이번 학기에 이 학교에, 다시 말해 메도뱅크 학교에 입학하기로 되어 있다는 것도 알고 있었습니다. 따라서 누군가가 이 학교에 일자리를 얻어서 공주에게 가까이 하는 사람이나 편지, 전화, 모든 것을 감시하는 임무를 지시받았다고 해도 지극히 자연스러운 일일 겁니다. 그런데 그것보다도 간단하고 효과적인 방법이 계획되었습니다. 그것은 샤이스타를 납치하고 그 대신에 그들의 인물 하나를 샤이스타 공주로 둔갑시켜 이 학교에 보내는 방법이지요.

이브라힘 대공은 이집트에 머물고 있었고, 여름이 끝날 무렵에야 영국으로 돌아올 예정이기 때문에 이 방법은 가능성이 있었습니다. 벌스트로드 교장선생님도 샤이스타 공주와는 한 번도 만난 적이 없었고, 공주를 맞아들이기 위한 일체의 준비도 런던 주재 대사관을 통해 이루어졌지요.

이 계획은 더없이 단순한 것이었습니다. 진짜 샤이스타는 런던 대사관원이 수행하여 스위스를 출발했습니다. 적어도 그렇게 생각됩니다. 실제로 런던 대사관에도 스위스 학교의 대표자가 공주를 런던으로 데리고 간다는 통지가 와 있었습니다. 진짜 샤이스타는 스위스의 아주 쾌적한 산장으로 데려가서 그 뒤 계속 그곳에 머물고 있습니다. 런던에는 전혀 다른 여자아이가 도착해서 대사관원이 맞이했고, 그 아이는 이 학교로 왔습니다. 물론 이 대역은 진짜 샤이스타보다도 훨씬 나이가 위였지요. 그런데 동양의 여자아이들은 나이보다는 훨씬 어른스럽게 보이는 것이 보통이라 들킬 염려가 전혀 없었던 것입니다. 여학생 역할을 전문으로 하는 어떤 젊은 프랑스 여배우가 이 임무 수행자로 뽑힌 스파이였습니다.

나는 그전에—." 하고 에르퀼 포와로는 깊이 있는 목소리로 말했다.

"어느 분에게인가 샤이스타의 무릎을 주의 깊게 본적이 없느냐고 물은 적이 있었습니다. 무릎이란 데는 실로 나이를 잘 나타내 주는 곳이지요. 스물서너 살 정도의 여자 무릎은 결코 열네댓 살 여자아이 무릎과 같지 않습니다. 그런데 유감스럽게도 어느 분도 그 아이의 무릎을 주의 깊게 본 분이 없었습니다.

이 계획은 기대했던 것만큼 성공했다고는 말할 수 없습니다. 샤이스타에게 연락을 하려는 사람도 없었고, 그녀 앞으로 오는 편지나 전화도 없었으며, 시간이 흘러가면서 오히려 걱정거리까지 생겼습니다. 이브라힘 대공이 예정을 앞당겨 언제 영국으로 돌아올지도 모르는 일이었기 때문이지요. 그 사람은 미리 앞서 예정을 발표하는 사람이 아닙니다. 저녁때 갑자기, '나 내일 런던으로 가.' 하고 말하면 그대로 하는 습관이 있는 사람이라고 들었습니다.

따라서 가짜 샤이스타는 언제 진짜 샤이스타를 알고 있는 사람이 나타날지도 모른다는 것을 알고 있었습니다. 바로 살인사건이 일어난 뒤에 그 걱정 때문에 자신이 납치당할지도 모른다는 말을 켈시 경감에게 한 거지요. 물론 실제의 납치 사건은 그 같은 내용은 아니었습니다. 숙부가 다음 날 아침 데리러 온다는 사실을 알고는 그녀는 곧바로 간단한 연락을 했고, 진짜 자동차보다 30분 전에 가짜 C. D. 표찰을 붙인 멋진 차가 와서 샤이스타는 공식적으로 '납치'된 것이지요. 물론 실제로는 지나는 길 제일 처음의 대도시에서 내려 곧바로 원래의 자신으로 되돌아갔습니다. 나중에 그 꾸며낸 일을 뒷받침하기 위해서 서투른 몸값 요구의 편지를 보낸 것이고요."

에르퀼 포와로는 여기서 잠시 한숨 돌리고는 다시 이야기를 계속했다.

"여러분도 아시는 일이겠지만 이것은 마술사가 하는 속임수에 지나지 않는 겁니다. 주의를 딴 데로 돌리기 위한 방법이지요. 여러분은 여기서 일어난 납치 사건에 정신을 빼앗겨, 그 납치가 실제로는 3주일 전에 스위스에서 일어났다는 것을 아무도 생각해 내지 못했습니다."

포와로는 예의상으로 입 밖에 내지 않았지만 정말은 이렇게 얘기하고 싶었다. 그 사실을 생각해 낸 것은 나뿐이었다!—라고.

"자, 그럼, 다음에는 납치 사건보다도 더 중대한 문제—살인사건으로 넘어가기로 합시다. 물론 가짜 샤이스타도 스프링거 선생을 죽일 수는 있었겠지만, 밴시타트 선생이나 블랑슈 선생을 죽일 수는 없었고, 사람들을 살해할 동기도 가지고 있지 않았으며, 그런 행동은 그녀에게는 요구되지도 않았습니다. 그녀의 역할은 예상한 대로 귀중한 꾸러미를 가지고 오는 사람이 있으면 그것을 받거나, 아니면 그 귀중품에 대한 정보를 받는 것뿐이었지요.

여기서 우리는 사건의 발단지인 라맛으로 얘기를 돌려봅시다. 라맛에서는 문제의 꾸러미를 알리 유수프 황태자가 자신의 비행기 조종사인 밥 롤린슨에게 건네주어 밥 롤린슨이 그것을 영국으로 가져갈 계획을 세웠다는 소문이 좍 퍼졌습니다. 롤린슨은 그 문제의 날에 누나인 서트클리프 부인과 그녀의 딸 제니퍼가 묵고 있는, 라맛에서는 일류인 호텔로 갔습니다. 서트클리프 부인과 제니퍼는 외출하고 없었으나, 밥 롤린슨은 두 사람의 방으로 올라가 적어도 20분간은 거기에 있었습니다. 그것은 그때의 사정으로 판단해 보면 좀 긴 시간이지요. 물론 누나에게 긴 편지를 썼을지도 모른다고 생각할 수 있지만 실제로는 그렇지 않았던 거죠. 2~3분이면 쓸 수 있는 정도의 짧은 편지를 남겼을 뿐이거든요.

따라서 그는 그 방에 있었던 동안에 문제의 그 물건을 누나의 짐 속에 숨겼고, 서트클리프 부인이 그것을 영국으로 가지고 돌아왔다고 하는 추측이 당연히 생겼을 것이며, 여러 집단의 사람들도 그렇게 추측했습니다. 여기서 우리들은 말하자면 두 가닥 실마리의 분리라고 하는 일에 직면하게 됩니다.

한 무리의 집단은(아마 한 무리가 아닐지도 모르지만) 서트클리프 부인이 그 물건을 영국으로 가지고 돌아왔다고 추정했습니다. 그 결과 그녀의 시골집이 도둑의 침입을 받았고 철저하게 뒤져졌습니다. 이 일은 그 뒤진 사람이 그 물건이 숨겨진 장소를 확실히는 모른다는 것을 나타내고 있지요. 아마 서트클리프 부인의 소지품 중 어딘가에 숨겨놓았다고 하는 정도밖엔 모르고 있었던 겁니다.

그런데 그 사람들 외에 그 물건이 있는 곳을 확실히 알고 있는 사람이 있었던 겁니다. 지금은 밥 롤린슨이 그것을 어디에 숨겼었는지를 얘기해도 지장은 없으리라고 생각되는군요. 그는 테니스 라켓 손잡이 속에 숨겼습니다. 라켓의 손잡이를 파내고 그 속에 문제의 물건을 집어넣고는 다시 교묘하게 잘라낸 자리를 붙여서, 밖에서는 전혀 그 공작의 흔적이 눈에 띄지 않게 했습니다.

그 라켓은 그의 누나 것이 아니고 누나의 딸인 제니퍼의 것이었습니다. 문제의 숨긴 장소를 정확하게 알고 있었던 그 누군가는 미리 열쇠 모양을 떠두었다가 똑같은 열쇠를 만들어 어느 날 밤 실내경기장에 갔습니다. 그 시각에는 모든 사람들이 잠자리에 들었을 겁니다. 그런데 그렇지 않았지요. 스프링거 선생이 교사에서 실내경기장의 손전등 불빛을 발견하고는 살피러 갔지요.

그녀는 튼튼하고 억센 젊은 여자였기에, 무슨 일이 생기면 상대할 수 있을 만큼의 자신을 가지고 있었습니다. 문제의 인물은 많은 라켓 가운데에서 목표했던 라켓을 찾아 꺼내려던 참이었습니다. 그런데 스프링거 선생에게 들켜 얼굴을 보이게 되자 그는 주저하지 않았습니다—라켓을 찾고 있었던 자는 살인자였기에 스프링거 선생을 쏘아죽였지요. 하지만 그 뒤에 살인자는 행동을 민첩하게 해야만 했습니다. 총소리를 들은 사람들이 다가오고 있었기 때문이지요. 범인은 무슨 일이 있더라도 눈에 띄지 않게 실내경기장에서 도망쳐야 했습니다. 문제의 라켓을 있는 그대로 두는 수밖에 없었던 거지요…….

그리고 2~3일 뒤에 범인은 다른 방법을 시도했습니다. 미국 말씨의 낯선 여자가 테니스 코트에서 돌아오는 제니퍼 서트클리프를 길목에서 기다렸다가 제니퍼의 친척에게서 새 라켓을 전해 달라는 부탁을 받고 왔다고 하는 그럴 듯한 연기를 했습니다. 제니퍼는 아무런 의심 없이 그 얘기를 믿고 자신이 가지고 있었던 라켓과 그 여자가 가지고 온 비싼 새 라켓을 기뻐하면서 바꿨지요.

그런데 그 미국 말씨의 여자가 전혀 몰랐던 어떤 일이 그 정원에서 있었습니다. 뭐냐 하면 그 며칠 전에 제니퍼 서트클리프와 줄리아 업존은 서로 라켓을 바꿨던 겁니다. 따라서 문제의 여자가 가져간 것은 제니퍼의 이름이 쓰인 테이프가 붙여져 있긴 했어도 실제는 줄리아 업존의 낡은 라켓이었던 거지요.

다음에 두 번째 비극으로 넘어갑니다. 밴시타트 선생은 어떤 이유에서인지, 아마 그날 오후에 일어난 샤이스타의 납치 사건 때문이었겠지만 모두 잠자리에 든 뒤에 손전등을 들고 실내경기장에 갔습니다. 그녀가 샤이스타의 개인 사물함 옆에 몸을 굽히고 있었을 때에 뒤를 미행해 온 누군가가 곤봉인지 샌드백으로 쳐서 쓰러뜨렸습니다. 이 범행도 또 거의 즉각 발견되었지요. 채드윅 선생님이 실내경기장의 불빛을 보고 급하게 갔기 때문입니다.

그러고 나서는 경찰이 실내경기장을 감시하에 두었기 때문에 그 살인자는 거기서 라켓을 찾는 일이나 조사하는 일에 방해를 받게 되었습니다. 그런데 그때에는 이미 줄리아 업존이 총명했기에 깊이 생각해 본 결과 자신이 갖고 있는, 원래의 제니퍼의 것이었던 라켓이 어떤 의미에서인진 모르지만 중요한 것이라고 하는 논리적인 결론에 도달했습니다. 그래서 자신만의 호기심으로 조사해 본 결과 자신의 짐작이 맞았다는 것을 알게 된 뒤에 라켓에 들어 있었던 것을 내게 가지고 왔습니다. 그 물건은 안전하게 보관되어 있고, 이제 더 이상 여기서는 문제 삼을 필요가 없습니다."

포와로는 잠시 말을 멈추었다가 이내 다시 계속했다.

"마지막으로 남은 것은 세 번째 비극에 대한 고찰입니다.

블랑슈 선생이 무엇을 알고 있었으며, 무엇을 의심하고 있었는지는 이젠 알 방법이 없습니다. 그녀는 스프링거 선생이 살해되던 날 밤에 누군가가 교사에서 나가는 것을 봤을지도 모릅니다. 그녀가 알고 있는 것, 또는 의심했었던 것이 무엇이든지 간에 그녀가 살인범의 정체를 알고 있었던 것은 사실입니다. 하지만 그녀는 그것을 자신의 머릿속에만 넣어두었습니다. 침묵의 대가로 돈을 요구하려고 계획했었던 거지요. 아무리 위험하다고 해도—."

에르큘 포와로는 감정을 넣어 말했다.

"이미 어쩌면 두 번이나 살인을 저지른 사람을 협박하는 것만큼 무서운 것도 없었을 것이니, 블랑슈 선생으로서도 어떤 방법을 썼는지는 모르지만, 분명 예방책은 강구했을 겁니다. 그런데 그 예방책이 완전한 것은 아니었던 모양이지요. 그녀는 범인과 만날 약속을 했고, 그 결과 살해당했습니다."

그는 또 말을 멈추고 주위의 사람들을 둘러보았다.

"이것으로 이번 사건에 대한 설명은 끝입니다."

그들은 전부 빤히 포와로의 얼굴을 쳐다보고 있었다. 처음에는 흥미, 놀라움, 흥분을 나타내고 있었던 그들의 얼굴도 지금은 한결같이 얼어붙은 듯한

고요한 모습이었다. 마치 감정을 표현하는 걸 두려워하고 있는 듯했다.

에르큘 포와로는 그런 그들에게 고개를 끄덕였다.

"나도 여러분의 마음을 잘 압니다. 이 문제의 핵심에 다가간 것이지요. 그래서 나, 켈시 경감, 아담 굿맨이 수사를 계속하고 있는 겁니다. 우리들은 어떤 고양이가 비둘기 속에 섞여 있는지를 밝혀낼 필요가 있습니다! 내 말의 의미를 아시겠지요? 과연 이 학교에는 아직 가면을 쓰고 어슬렁거리는 사람이 있을까요?"

그의 이야기를 듣고 있었던 사람들 사이에서는 작은 파문이 일었고, 서로의 얼굴을 보고 싶어도 감히 그렇게 하지 못하고, 곁눈질로 슬쩍슬쩍 쳐다볼 뿐이었다.

"다행히 난 여러분을 안심시켜 드릴 수 있어 기쁩니다." 포와로가 말했다.

"지금 여기에 계신 모든 분들은 자기가 자기 이름을 댄 그대로의 사람들입니다. 예를 들면 채드윅 선생님은 채드윅 선생님이십니다—그 점에는 의문의 여지가 없지요. 메도뱅크 학교와 똑같은 정도로 오래 여기에 근무하셨지요! 존슨 선생님도 틀림없는 존슨 선생님이십니다. 리치 선생님도 리치 선생님이시고요. 샤플랜드 양도 샤플랜드 양입니다. 로원 선생님과 블레이크 선생님도 로원 선생님이고 블레이크 선생님이십니다. 더 얘기를 계속한다면—" 하고 포와로는 말하며 아담 쪽을 쳐다보았다.

"이 학교 정원 일을 돌보고 있는 아담 굿맨도 정확히는 이름이 아담 굿맨이 아닐지는 몰라도 추천장에 쓰여 있는 이름의 장본인임에는 틀림없습니다. 그렇다면 어떻게 해야 되죠? 우리는 다른 사람의 가면을 쓴 사람이 아니고 본명 그대로의 누군가를, 다시 말해 살인범을 찾아내야만 합니다."

여전히 실내는 아주 고요했다. 공기에서조차도 위협이 느껴졌다.

포와로는 이야기를 계속했다.

"우리가 찾아내야 하는 건 우선 3개월 전에 라맛 국에 있었던 사람입니다. 문제의 노획물이 라켓 속에 숨겨져 있는 것을 알게 된 방법은 단지 하나밖에 없습니다. 밥 롤린슨이 그것을 라켓 손잡이에 숨기고 있는 것을 누군가가 분명히 본 것이지요. 문제는 그런 식으로 단순합니다. 그렇다면 여기에 계신 분들 가운데 3개월 전에 라맛에 가 있었던 분은 누구입니까? 채드윅 선생님은 여기에 계셨습니다. 존슨 선생님도 여기에 계셨습니다."

그의 시선은 젊은 여선생들 쪽으로 옮겨갔다.

"로원 선생님도 블레이크 선생님도 여기에 계셨습니다."

그의 손가락이 가리켰다.

"하지만 리치 선생님은—리치 선생님은 지난 학기에는 여기에 계시지 않았지요?"

"전—네, 전 아팠거든요." 그녀가 얼른 말했다.

"한 학기 동안 쉬었습니다."

"우리들은 2~3일 전에 누군가가 우연히 얘기하기까지는 그 사실을 몰랐었습니다. 경찰에서 처음에 물어봤을 때에 선생님은 메도뱅크 학교에는 1년 반 동안 근무했다고만 대답했습니다. 그 대답, 그것은 분명 맞습니다. 하지만 선생님은 지난 학기는 쉬셨습니다. 라맛에 가려고만 했다면 갈 수 있었고—또 난 선생님이 라맛에 갔었다고 생각합니다. 신중히 대답해 주십시오. 선생님의 여권을 보면 입증될 수 있는 일이니까요."

일순간 침묵이 흘렀다.

이윽고 아일린 리치가 얼굴을 들었다.

"네. 전 라맛에 갔었습니다." 그녀는 조용하게 말했다.

"왜, 안 되나요?"

"왜 라맛에 갔지요, 리치 선생님?"

"당신은 이미 아실 겁니다. 전 아팠어요. 요양하라는—외국에라도 가보라고 하는 권고를 받았습니다. 전 벌스트로드 선생님께 편지를 써서 한 학기 동안 쉴 수밖에 없는 사정을 말씀드렸지요. 선생님께서는 이해해 주셨고요."

"그랬어요. 리치 선생은 다음 학기까지 휴양을 요한다고 하는 의사의 진단서도 동봉했었어요." 벌스트로드 교장이 말했다.

"그래서, 선생님은 라맛에 갔었군요?" 에르퀼 포와로가 물었다.

"왜 제가 라맛에 가서는 안 되었나요?"

아일린 리치가 말했다. 그녀의 목소리는 약간 떨리고 있었다.

"학교 선생은 교통비도 할인받아요. 전 쉬고 싶었어요. 햇빛을 쐬고 싶었지요. 그래서 라맛에 갔었어요. 왜 안 되죠? 도대체 왜죠?"

"선생님은 혁명이 일어났을 때에 라맛에 있었던 것을 지금까지 아무에게도 말하지 않았습니다."

"왜 꼭 얘기해야만 하나요? 그 일은 이 학교 누구하고도 관계없는 일이잖아요. 확실히 말해 두겠지만 전 아무도 죽이지 않았어요. 사람을 죽인 적이 결코 없다고요."

"실은 누군가가 선생님을 알아봤습니다." 에르큘 포와로가 말했다.

"분명하지는 않지만 막연하게 말입니다. 그 제니퍼라는 아이가 아주 애매모호한 태도로 말했지요. 라맛에서 선생님을 본 것 같긴 한데, 자신이 본 사람은 마른 사람이 아니고 뚱뚱했기에 선생님일 리가 없다고 생각하고 있지요."

그는 몸을 앞으로 굽히고는 아일린 리치의 얼굴에 뚫어질 듯한 시선을 보냈다.

"리치 선생님, 어떻게 대답하시겠습니까?"

그녀는 홱 방향을 바꾸고 소리쳤다.

"당신이 무엇을 증명하려고 하는지 알겠어요! 당신은 이번 살인을 저지른 범인이 스파이 같은 사람들이 아니라는 것을 증명하려고 하고 있어요. 우연히 거기에 있었던 사람, 우연히 그 보석을 라켓에 감추는 것을 본 사람, 또 그 아이가 메도뱅크 학교로 올 것이라는 것을 알고 있고, 자신의 혼자 힘으로 그 숨긴 물건을 훔칠 수 있는 사람이라고 말이에요. 하지만 그것은 절대로 진실이 아니에요!"

"난 그렇게 일이 일어났다고 생각합니다." 포와로가 말했다.

"보석을 숨기는 것을 본 사람이 오직 그것을 차지해야겠다는 마음으로 모든 다른 의무도 잊어버린 겁니다!"

"그것은 절대로 진실이 아니에요. 전 정말 아무것도 보지 못했고—"

"켈시 경감님." 하며 포와로는 그쪽으로 얼굴을 돌렸다.

켈시 경감은 고개를 끄덕였다.

그는 문으로 다가가서 문을 열었다. 그러자 업존 부인이 들어왔다.

2

"안녕하세요. 벌스트로드 선생님."

업존 부인은 좀 당황한 모습으로 인사를 했다.

"이런 너저분한 모습으로 인사를 드려서 죄송합니다만, 어제는 앙카라 근처에 있었다가 지금 막 비행기로 돌아오는 길이에요. 무척 지저분하지만 목욕할 시간은 물론 '다른 것'을 할 시간도 없었어요."

"그런 것은 아무 상관없습니다." 에르퀼 포와로가 말했다.

"우리는 부인에게 물어보고 싶은 게 있습니다."

켈시가 말을 꺼냈다.

"업존 부인, 맨 처음 이 학교에 따님을 데리고 오셔서 벌스트로드 교장선생님과 거실에 들어갔을 때 말입니다. 창으로—정면 현관 앞길이 보이는 창으로 밖을 보시다가 아는 사람을 본 것 같은 놀라움으로 소리를 지르셨지요?"

업존 부인은 놀라서 그의 얼굴을 쳐다보았다.

"제가 벌스트로드 교장선생님의 거실에 있었을 때에요? 제가 밖을 보다가— 아아, 그래, 그래. 그랬어요. 전 분명히 아는 사람을 보았지요."

"그 사람을 이런 곳에서 만난 것이 의외였습니까?"

"네, 약간 의외였어요—그것은 벌써 몇 년이나 지난 옛날의 일이었거든요."

"그러시다면 전쟁 말기에 첩보기관에서 일하시던 때의 일입니까?"

"네, 그래요. 거의 15년은 지났지요. 물론 그 사람도 많이 늙었지만 금방 알아보았어요. 그리고 전 도대체 그 사람이 이런 곳에서 무엇을 하고 있는지 이상하게 생각했었답니다."

"부인, 이 방을 둘러보시고 그 사람이 지금 여기에 있는지 가르쳐 주시겠습니까?"

"물론이지요. 들어왔을 때에 바로 그 사람을 알아봤어요. 저 사람이에요."

그녀는 둘째손가락으로 가리켰다. 켈시 경감도 아담도 재빨랐으나 두 사람 다 그렇게 민첩하지는 않았다.

이미 앤 샤플랜드는 벌떡 일어서 있었다. 그녀의 손에는 작은 권총이 들려 있었고, 권총은 똑바로 업존 부인을 향해 있었다.

두 남자보다도 더 빨리 벌스트로드 교장이 앞으로 잽싸게 나섰으나, 그런 그녀보다도 채드윅 선생 쪽이 더 재빨랐다. 그녀가 자신의 몸을 방패 삼아 보호하려고 한 사람은 업존 부인이 아니고 그녀와 앤 샤플랜드 사이에 서 있는 벌스트로드 교장이었다.

"아니, 안 돼." 하고 채디가 소리치며 벌스트로드 교장에게 몸을 던지려는 순간에 작은 권총이 불을 뿜었다.

채드윅 선생은 비틀거리다가 천천히 쓰러졌다. 존슨 선생이 달려갔다.

그때는 이미 아담과 켈시가 앤 샤플랜드를 꽉 붙잡고 있었다. 그녀는 들고양이처럼 버둥거렸으나 두 사람은 그녀에게서 총을 빼앗았다.

업존 부인은 숨을 헐떡이며 말했다.

"그 당시부터 저 여자는 살인전문가라고 불렸어요. 비록 아주 젊긴 했지만, 가장 위험한 스파이 중 한 사람이었지요. 안젤리카가 저 여자의 스파이명이랍니다."

"이 거짓말쟁이!" 앤 샤플랜드는 내뱉듯이 말했다.

에르퀼 포와로가 말했다.

"거짓말이 아니오. 당신은 위험한 여자요. 늘 위험한 생활을 해왔소. 지금까지는 당신의 정체를 한 번도 의심받은 적이 없었지. 당신이 지금까지 근무해 온 직장은 모두 성실한 곳뿐이었고, 당신은 그 일을 유능하게 해냈기 때문이지. 하지만 이제까지의 근무는 모두 단지 한 가지 정보를 입수하기 위한 목적을 가진 것이었소. 당신은 어떤 석유회사에서 근무하기도 했으며, 일 관계로 어느 지역으로 나가게 되어 있는 고고학자 밑에서도 일했고, 유명한 정치가와 후원자인 어떤 여배우 밑에서도 일했었소. 당신은 열일곱 살 이후로는 죽 스파이로서 활동해왔소—고용주를 바꾸면서 말이오. 당신은 보수를 받고 일했소.

물론 많은 급료를 받았겠지. 당신은 1인 2역을 해왔소. 대개의 임무는 당신의 본명으로 수행해 왔고, 어떤 일의 경우엔 여러 다른 이름을 사용했소. 그런 일을 할 때에 당신은 겉으로는 고향에 돌아가 어머니와 함께 있어야 한다고 말했소.

하지만 말이오, 샤플랜드 양, 난 몹시 의심하고 있었지. 어떤 작은 마을로 간호사의 도움을 받으며 살고 있는 할머니를 찾아갔었는데, 그 할머니는 머리가 혼란한 정신병자임엔 틀림없었으나 그 사람이 당신의 어머니는 아니라는 것을 알아냈다오. 그 할머니는 당신이 직장을 그만두고 친구들에게서 모습을 감출 때의 구실로 이용된 인물이었소. 이번 겨울 '어머니'가 또 '발작'을 일으켰다고 하며 당신이 간병하러 돌아갔었던 그 3개월은 당신이 라맛에 가 있었던 기간과 딱 들어맞아. 앤 샤플랜드로서가 아니고 안젤리카 드 토레도라는 스페인인인지 스페인계 카바레 댄서로서 말이오. 당신은 그 호텔에서 서트클리프 부인의 옆방을 차지하고는 어떻게 어떻게 해서 밥 롤린슨이 보석을 라켓에 숨기는 현장을 훔쳐보았소. 그땐 영국인이 모두 철수했기 때문에 그 라켓을 빼앗을 기회가 없었으나, 짐표찰에 쓰여 있는 것을 기억해 두어 간단하게 행선지와 그 밖의 것에 대해서도 알 수 있었소.

이 학교 비서 일자리를 얻는 것도 어렵지는 않았소. 나는 조사를 좀 해보았는데, 당신은 벌스트로드 교장선생님의 먼저 비서에게 상당한 돈을 쥐여주고는 '신경쇠약'이라는 구실로 그만두게 했더구먼. 게다가 더욱더 그럴 듯한 이야기도 꾸며댔지. 유명한 여학교의 '내막'이라는 연속기사를 써달라는 의뢰를 받았다는 등의 얘기 말이오.

아주 간단하게 여겼었지, 그렇지 않소? 학생의 라켓 한 자루 정도 없어졌다고 해도 그리 문제가 되겠냐고 말이오. 그것보다도 밤중에 실내경기장에 들어가 보석만 꺼내면 더 간단하지 않았을까? 하지만 당신은 스프링거 선생을 계산에 넣지 않았소. 아마 그녀는 당신이 라켓을 조사해 보는 것을 이미 눈여겨보았을 것이오. 어쩌면 그날 밤에는 우연히 잠이 깬 건지도 모르지. 그녀가 당신의 뒤를 미행하자 당신은 그녀를 쏘아 죽였소. 그 뒤 블랑슈 선생이 당신을 협박하자 당신은 그녀마저 죽여버렸소. 당신에게는 사람 죽이는 일이야 식은 죽 먹기지. 그렇지 않소?"

그는 이야기를 멈췄다.

켈시 경감이 단조롭고 사무적인 목소리로 죄인에게 경고를 했다.

그녀는 듣지 않았다. 에르퀼 포와로 쪽을 향해 낮은 목소리로 있는 힘을 다해 욕설을 퍼부어 방 안에 있는 모두를 놀라게 했다.

켈시가 그녀를 데리고 나가자 아담이 말했다.

"어휴, 놀랍군! 난 호감이 가는 여자라고 생각했었는데."

존슨 선생은 계속 채드윅 선생 옆에 쭈그리고 앉아 있었다.

"아무래도 중상인 것 같아요." 그녀가 말했다.

"의사선생님이 오실 때까지 움직이지 않는 게 좋겠어요."

제24장

포와로의 설명

1

업존 부인은 메도뱅크 학교의 복도를 이리저리 헤매면서 지금 막 경험한 그 굉장한 장면도 잊고 있었다. 지금의 그녀는 아이를 찾고 있는 한 어머니에 지나지 않았다.

그녀는 딸이 썰렁한 교실에 있는 것을 발견했다. 줄리아는 책상에 엎드려 약간 혀를 내밀고는 열심히 작문과 씨름하고 있었다.

그녀는 얼굴을 들어 쳐다보더니 교실을 가로질러 뛰어와서 엄마에게 안겼다.

"엄마!"

그러고 나서 그 나이 또래의 자존심으로, 자신의 흐트러진 감정표현이 부끄러웠는지 엄마에게서 떨어져서는 일부러 아무렇지도 않은 목소리로—마치 책망하듯이 이렇게 말했다.

"생각보다 빨리 돌아오신 건 아니죠, 엄마?"

"비행기로 돌아왔단다." 업존 부인은 변명하듯이 말했다.

"앙카라에서."

"어머. 어쨌든, 돌아오셔서 기뻐요."

"그래, 나도 기쁘단다." 업존 부인이 말했다.

두 사람은 겸연쩍게 서로 마주보았다.

"지금 무엇을 하고 있었니?"라고 물으면서 업존 부인은 좀 가까이 다가갔다.

"리치 선생님이 내준 작문을 하고 있었어요." 줄리아가 대답했다.

"그 선생님은 늘 사람을 흥분시키는 제목을 내주세요."

"이번에는 제목이 뭔데?" 하고 부인은 몸을 구부리고 살펴보았다.

제목은 페이지 맨 위에 쓰여 있었다. 줄리아의 고르지 못하고 보기 흉한 글씨가 10줄 정도 그 밑에 쓰여 있었다.

"살인에 대한 맥베스와 맥베스 부인의 태도를 비교하시오." 하고 업존 부인은 읽었다.

"그래, 오늘날에 걸맞은 제목 같구나." 그녀는 탐탁지 않은 듯이 말했다.

그녀는 딸의 작문 처음 부분을 읽어보았다. 줄리아는 이렇게 썼다.

'맥베스는 살인이라는 개념을 좋아했고, 그것에 대해서 많이 생각은 했으나 실행시키는 데에는 강압적인 것이 필요했다. 그러나 일단 실행에 들어가면 그는 사람 죽이는 걸 즐겼고, 더 이상 양심의 가책이나 불안은 느끼지 않았다. 맥베스 부인은 그저 탐욕스런 야심가에 불과했다. 자신이 원하고 있는 것을 얻기 위해서라면 무엇을 해도 상관없다고 했다. 하지만 실제로 그 일을 저지르고 나면 결국 자신은 그런 것을 좋아하지 않았다는 걸 깨닫게 된다.'

"네 문장은 그다지 세련되지 않았구나." 업존 부인이 비평을 했다.

"좀더 다듬어야겠어. 그래도 분명히 의미는 파악하고 있구나."

2

켈시 경감은 좀 불만스러운 표정으로 말했다.

"포와로 씨, 당신은 아주 좋은 입장입니다. 우리들은 할 수 없는 많은 것을 말씀하실 수도 있고, 행동하실 수도 있으니까요. 모두가 실로 교묘하게 연출되었다는 것은 저도 인정합니다. 앤 양에게 경계심을 늦추게 하고 우리에게 리치 선생을 주목하도록 만들고는, 느닷없이 업존 부인을 등장시켜 그녀를 자극시키고 말았습니다. 그녀가 스프링거 선생을 쏜 뒤에도 그 권총을 가지고 있었던 것은 정말 고마운 일입니다. 총알이 일치하면—."

"일치할 게요, 친구. 일치할 거라고." 포와로가 말했다.

"그렇다면 스프링거 선생 살해의 확증을 잡는 거지요. 그런데 아무래도 채드윅 선생은 위독한 상태 같습니다. 하지만 말입니다, 포와로 씨, 난 아직 아무래도 그녀가 밴시타트 선생을 살해했다고는 생각지 않습니다. 물리적으로도 불가능하거든요. 그 여자에게는 완전한 알리바이가 있습니다. 라스본과 니드 소베이지 종업원 전부가 그 여자와 공모라도 하지 않은 한 말입니다."

포와로는 머리를 흔들었다.

"오, 아니오, 공모는 아니지." 그가 말했다.

"그녀의 알리바이는 완전하오. 그녀는 스프링거 선생과 블랑슈 선생은 죽였지만 밴시타트 선생은—."

그는 잠시 머뭇거리다가, 옆에서 두 사람의 얘기를 듣고 있는 벌스트로드 교장에게 시선을 보냈다.

"밴시타트 선생은 채드윅 선생에게 살해당한 겁니다."

"채드윅에게요?"

벌스트로드 교장과 켈시 경감은 동시에 놀라 소리쳤다.

포와로는 고개를 끄덕거렸다.

"난 그렇게 믿고 있소."

"아니—왜요?"

"아무래도 채드윅 선생은 메도뱅크 학교를 너무나 사랑했기에……."

그의 시선은 또 벌스트로드 교장 쪽으로 갔다.

"맞아요……." 벌스트로드 교장이 말했다.

"그래요. 알 것 같아요. 난 당연히 미리 깨달았어야 하는 건데."

그녀는 잠시 말을 멈추었다.

"결국 채드윅 선생은—?"

"그분은 교장선생님과 힘을 합해 이 학교를 창립했으니, 메도뱅크 학교를 두 사람 공동의 사업으로 보고 있었던 거지요."

"어떤 의미에서는 그랬었지요." 벌스트로드 교장이 말했다.

"분명 그렇습니다." 포와로가 말했다.

"하지만 그것은 그저 경제적인 면에 대해서만이었지요. 교장선생님이 은퇴 의사를 비쳤을 때 그분은 자신이야말로 뒤를 이을 사람이라고 생각했었습니다."

"하지만 그녀는 너무 늙었어요." 벌스트로드 교장이 반박했다.

"그건 그렇지요." 포와로가 말했다.

"너무 나이도 들었고, 교장에 어울리는 사람도 아니지요. 하지만 그분 자신은 그렇게 생각지 않았던 겁니다. 벌스트로드 선생님이 물어날 경우엔 당연히 자신이 메도뱅크 학교의 교장이 될 거라고 생각하고 있었거든요. 그런데 그 사이에 그렇지 않다는 것을 깨달았지요. 교장선생님이 다른 사람을 생각하고 있다는 것을, 엘리노어 밴시타트 선생을 눈여겨보고 있다는 것을 깨달은 겁니다. 하지만 그분은 메도뱅크 학교를 사랑했습니다. 이 학교를 사랑하고 있는 동시에 엘리노어 밴시타트 선생을 미워했지요. 나중에는 증오하게까지 되었다고 생각합니다."

"그랬을지도 몰라요." 벌스트로드 교장이 말했다.

"그래요. 엘리노어 밴시다트 선생은(뭐라고 표현하면 좋을까?) 그녀는 늘 득의양양했고 무슨 일에 대해서든 우월한 태도를 지녔었어요. 그리고 질투심이 많은 사람에 대해서는 참지 못해 했고요. 당신이 말씀하신 의미도 그런 거 아닌가요? 채디는 질투심이 많았으니까."

"그렇습니다." 포와로가 말했다.

"그분은 메도뱅크 학교를 질투했고, 엘리노어 밴시타트 선생을 질투했어요. 이 학교와 밴시타트 선생을 함께 생각하는 것이 참을 수 없었던 겁니다. 그 사이에 교장선생님의 생각도 흔들리는 듯한 태도를 보인 것은 아닐까요?"

"예, 흔들렸어요." 벌스트로드 교장이 말했다.

"하지만 아마 채디가 상상한 흔들림과는 틀릴 거예요. 사실 전 밴시타트 선생보다도 더 젊은 다른 선생을 머릿속에 생각하고 있었거든요. 그러나 깊이 생각해 본 끝에, '아니야, 그녀는 너무 어려.' 하고 입 밖으로 말했답니다. 그 때에 채디도 옆에 있었을 거라고 기억해요."

"그분은 밴시타트 선생의 이야기일 거라고 생각한 겁니다. 밴시타트 선생을 너무 어리다고 했을 거라고 말입니다. 그분도 거기에는 전적으로 찬성한 겁니다. 자신이 가지고 있는 경험과 지혜가 훨씬 중요한 거라고 생각했죠. 그런데 결국 선생님은 처음의 결심으로 돌아갔어요. 엘리노어 밴시타트 선생을 적임자로 뽑아 저번 주말에는 교장 대리로 학교에 남게 했죠. 저는 대체로 다음과 같이 상상하고 있습니다. 그 일요일 밤 채드윅 선생님은 속이 상해서 잠을 못 이루다가 일어나 보니 스쿼시 코트에서 불빛이 보인 겁니다. 그분은 자신도 말했듯이 밖으로 나가 보았겠죠. 하긴 그 선생님이 말씀하신 것에는 단지 한 가지 틀린 점이 있을 뿐이지요. 그분이 가지고 간 것은 골프채가 아니었습니다. 홀에 쌓여 있는 샌드백 하나를 가지고 갔었던 겁니다. 즉, 강도를, 그것도 두 번씩이나 실내경기장에 침입한 놈을 상대해 싸워야만 한다는 각오에서였겠지요. 공격해 오면 그것으로 막으려고 샌드백을 손에 들고 갔다고 생각합니다.

그런데 가서 무엇을 발견했을까요? 엘리노어 밴시탄트 선생이 몸을 굽히고 개인 사물함을 살피고 있는 것을 보는 순간 아마 그분은 이런 것을 생각했을 겁니다—("난 남의 입장에서 생각하는 걸 잘한답니다." 하고 포와로는 한마디 했다.)—그분은 만일 자신이 침입자거나 강도라면 이 여자 뒤로 살며시 다가가서 쳐서 쓰러뜨릴 텐데 하고 말이죠. 그런 생각이 머리에 떠오르자마자 어쩌면 반은 무의식적이었겠지만, 그분은 샌드백을 들어 올려 내리치고 말았습니다. 정신이 들어보니 엘리노어 밴시타트 선생은 숨이 끊어져 있었지요. 그때에는 그분도 엄청난 짓을 저질렀다고 오싹해 했을 겁니다. 그 이후 그분은 양심의 가책이 계속돼 왔을 거고요. 선천적인 살인범은 아니니까 말입니다.

채드윅 선생님은 간혹 있는 경우지만, 질투와 강박관념에 쫓긴 거지요. 메도뱅크 학교에 대한 애착의 강박관념으로 말입니다. 그분은 엘리노어 밴시타트 선생이 죽어버린 이상 자신이 메도뱅크 학교의 교장직을 잇게 될 거라고 확신했습니다. 그래서 자수는 하지 않은 거지요. 경찰에게는 있었던 그대로를 얘기했지만 딱 한 가지 뒤에서 내리친 것이 자신이라고 하는 가장 중요한 점만은 빼버렸고요. 그 골프채는 아마도 밴시타트 선생이 그런 사건이 일어난 뒤인 만큼 기분상 신변보호용으로 가지고 간 것일 텐데, 그것에 대해 물었을 때에도 채드윅 선생은 재빨리 자신이 가지고 간 거라고 대답했지요. 교장선생님에게 자기가 샌드백을 휘둘렀다고는 한 순간이라도 생각하게 하고 싶지 않았던 겁니다."

"그럼, 앤 샤플랜드는 블랑슈 선생을 죽이는 데 왜 샌드백을 선택했을까요?"

벌스트로드 교장이 물었다.

"한 가지는 학교 건물 안에서 권총을 쏘는 모험을 하고 싶지 않아서 일 테고, 또 한 가지는 아주 머리가 잘 돌아가는 여자였기 때문입니다. 그 세 번째 살인을 자신에게는 알리바이가 있었던 두 번째 살인과 결부시키려 한 거지요."

"밴시타트 선생이 실내경기장에서 무엇을 하고 있었는지 난 도무지 알 수가 없군요." 벌스트로드 교장이 말했다.

"그것은 추측할 수 있을 것 같군요. 그분은 샤이스타 실종사건에 대해서 아마 표면에 나타낸 것보다도 훨씬 걱정하고 있었을 겁니다. 채드윅 선생님에 못지않게 낭패해 하고 있었겠지요. 어떤 의미에서는 그분이 정도가 더 심했는지도 모르지요. 교장선생님에게서 학교를 비웠을 때의 책임을 떠맡았기 때문에 말입니다—그 사이에 납치 사건이 일어났으니, 그 불유쾌한 사실을 인정하는 것이 내키지 않아 그분은 되도록 오래 문제를 가볍게 다루어보려고 했었을 겁니다."

"그럼, 그 겉으로 보이는 면 뒤에는 연약함이 숨어 있었던 거로군요."

벌스트로드 교장이 조용히 말했다.

"나도 가끔 그렇지 않을까 하고 생각한 적이 있었어요."

"그분도 역시 잠을 못 이루었을 거라고 생각합니다. 그래서 어쩌면 샤이스타의 개인 사물함에 그 아이의 실종에 관한 의혹을 풀 실마리라도 있지 않을까 해서 그것을 조사하러 몰래 실내경기장으로 간 거지요."

"포와로 씨, 당신은 모든 의문점에 대해 설명해 주시는군요."

"그것이 이분의 전문입니다." 켈시 경감이 약간 악의를 갖고 말했다.

"그리고 아일린 리치 선생에게 여러 선생의 얼굴을 그리게 한 것은 어떤 목적에서였나요?"

"제니퍼라는 여자아이가 어느 정도까지 사람의 얼굴을 식별할 수 있는지 시험해 보고 싶어서 그랬습니다. 제니퍼는 자신의 일만으로 머리가 꽉 차 있어서, 자신하고는 관계가 없는 사람은 기껏해야 흘끗 한번 쳐다만 볼 뿐 상대의 얼굴 생김생김의 특징밖엔 보지 않는다는 것을 바로 알았지요. 실제로 블랑슈 선생의 머리 모양을 바꾼 그림을 보고도 그 사람이라고 알아보지 못하더군요. 더구나 선생님의 비서라 가까이서 볼 기회가 거의 없었던 앤 샤플랜드는 더욱더 알아보지 못했던 겁니다."

"그럼, 그 라켓을 가지고 온 여자는 앤 샤플랜드였다고 보고 계시는군요."

"그래요. 이번 범죄는 모두 한 여자의 짓이었지요. 기억하고 계시겠지만, 그날 선생님이 줄리아를 부르러 보내려고 버저를 울렸으나 아무 반응이 없어 학생에게 줄리아를 찾으러 가게 했었다고 했잖습니까? 앤은 재빨리 변장하는 데는 익숙합니다. 금발의 가발, 평소와 다르게 그린 눈썹, 장식이 많이 달린 드레스와 모자. 20분 정도 타이프라이터 옆을 떠나 있는 것만으로도 그 여자에게는 충분했던 겁니다. 전 리치 선생의 솜씨 좋은 그림에서 여자는 단순히 외면적인 것만으로도 간단하게 외모를 다르게 보일 수 있다는 것을 알았죠."

"리치 선생이라면, 그녀는—"

벌스트로드 교장은 생각에 잠기는 듯했다.

포와로가 켈시 경감에게 눈짓을 하니 경감은 가야 할 곳이 있다고 말했다.

"리치 선생은!" 벌스트로드 교장이 다시 말했다.

"부르시지요." 포와로가 말했다.

"그것이 가장 좋습니다."

아일린 리치가 모습을 나타냈다. 그녀는 얼굴이 새파랗게 질려 있었고, 태도는 좀 도전적이었다.

"제가 라맛에서 무엇을 했는지 알고 싶으신 거죠?"

그녀는 벌스트로드 교장에게 말했다.

"짐작은 하고 있어." 벌스트로드 교장이 말했다.

"그럴 겁니다." 포와로가 말했다.

"요즘 아이들은 인생의 모든 사실을 알고 있죠. 하지만 그들의 눈은 순진한 시선일 경우가 많습니다."

그러고 나서 가야 할 곳이 있다면서 포와로도 달아나듯이 나가버렸다.

"그런 일이었나?" 벌스트로드 교장이 말했다.

그녀의 목소리엔 힘이 들어가 있고 사무적이었다.

"제니퍼는 그것을 그저 뚱뚱하다고만 얘기했어. 임신한 여자라고는 전혀 깨닫지 못한 거야."

"네, 그랬어요." 아일린 리치가 말했다.

"제게는 아이가 생겼었어요. 하지만 이 학교를 그만두고 싶지는 않았습니다.

가을까지는 어떻게 해나갔는데, 그 뒤는 눈에 띄기 시작했어요. 수업을 계속해 나가기 힘들겠다고 하는 의사의 진단서를 받아 아프다고 하기로 했죠. 알고 있는 사람과는 아무하고도 만날 것 같지 않은 외국의 먼 곳으로 갔어요. 그리고 이 나라에 돌아와 애기를 낳았으나—죽고 말았지요. 이번 학기에 다시 학교로 돌아와 아무도 모르기를 바랐었답니다……. 이제 선생님께서 공동경영자가 돼 달라는 제안을 하셨을 때 거절할 수밖에 없었을 거라고 말씀드린 이유를 아시겠지요? 하지만 지금은 학교가 이런 불행을 당하고 있는 때니 그것을 받아들여도 좋지 않을까 하고 생각한 터였어요."

그녀는 잠시 말을 멈추었다가 담담한 목소리로 말했다.

"지금 곧 사표를 낼까요? 아니면, 이번 학기말까지 기다릴까요?"

"학기말까지 있어 줘야겠어." 벌스트로드 교장이 말했다.

"그리고 난 아직 희망을 걸고 있는데, 이 학교에 새 학기가 있다면 리치 선생도 돌아와 주기를 바라."

"돌아오라고요? 여전히 절 원하고 계시다는 뜻인가요?"

"물론이지. 당신은 누구를 죽인 것도 아니잖아? 보석에 눈이 어두워 그것을 훔치려고 사람을 죽이려고 한 것도 아니고, 당신이 한 일 정도는 나도 알아. 당신은 아마 자신의 본능을 너무나도 오래 거부한 것뿐이라고 생각해. 어떤 남자를 알게 되어 사랑에 빠져서 아이를 가졌어. 아마 결혼할 수 없는 사정이 있었을 테지."

"처음부터 결혼은 염두에 두지 않았어요." 아일린 리치가 말했다.

"저도 그건 알고 있어요. 그 사람에게는 책임이 없어요."

"그렇다면 된 것 아니야? 사랑에 빠져 아이까지 생긴 거야. 당신도 그 아이를 길러보고 싶었겠지?"

"네. 그래요. 길러보고 싶었어요." 아일린 리치가 대답했다.

"그렇다면 그건 이미 결말이 났어." 벌스트로드 교장이 말했다.

"그래서 말인데, 난 당신에게 하고 싶은 얘기가 있어. 이번과 같은 연애사건이 일어났다고 해도, 당신은 이 세상에서의 진짜 사명을 교육에 두고 있다고 난 믿어. 당신은 남편이랑 아이들과 함께 사는 보통의 여자의 생활보다도 자신의 직업에 의의를 더 두고 있는 사람이라고 난 생각하니까."

"네, 그건 그래요. 저도 그렇게 믿고 있어요. 전부터 죽 그렇게 알고 있었어요. 교육이야말로 제가 정말로 하고 싶은 일이에요—제 인생에서 진짜 의미로서의 정열인 거예요."

"그렇다면 더 말할 필요가 없잖아?" 벌스트로드 교장이 말했다.

"내가 대단히 좋은 제안을 했으니까. 무엇보다도 그것은 사태가 개선될 경우의 얘기이긴 하지만 말이야. 지금부터 2~3년은 서로 힘을 합쳐 메도뱅크 학교를 원래대로 일류학교로 부흥시켜야만 해. 그것을 어떻게 해야 할지에 대해서는 내 생각과는 별도로 당신은 당신대로 생각이 있을 거야. 나도 당신의 생각에 귀를 기울이겠어. 때로는 당신의 제안에 내가 양보하는 경우도 있을 거야. 아마 당신으로서는 메도뱅크 학교의 운영방법에 개선하고 싶은 점이 있을 거라고 생각하는데, 그렇지?"

"네, 그렇게 생각하는 점도 있어요. 전 허식을 싫어해요. 가르칠 만한 학생을 모으는 일에 더 중점을 두고 싶어요."

"아, 알겠어." 벌스트로드 교장이 말했다.

"당신이 싫어하는 것은 이 학교의 속물적인 요소로군?"

"네. 그것이 학교를 망치고 있는 것 같아서요."

"당신이 아직 잘 모르는 점이 있는데, 그것은 원하는 학생을 모으는 데에도 그런 속물적인 요소도 필요하다는 점이야. 당신도 알고 있는 대로 그런 요소는 극히 드물지. 그저 몇 명 정도 외국의 왕족이나 명문의 자녀를 입학시키기만 하면 모든 사람들이—이 나라 전체, 그리고 외국의 모든 어리석은 부모들이 그저 딸들을 메도뱅크 학교에 넣고 싶어하지. 딸을 메도뱅크 학교에 입학시키려고 경쟁들을 하는 거야. 그 결과가 어떻다고 생각해?

많은 숫자 가운데서 면접하고 잘 판단하여 학생을 뽑을 수 있는 거야! 당신도 자신의 판단대로 뛰어난 학생을 뽑을 수 있는 거잖아? 나도 내 학생을 뽑아. 난 대단히 조심스럽게 학생을 뽑고 있어. 어떤 사람은 성격을 보고, 어떤 사람은 재능을 보며, 어떤 사람은 순수하게 학문적인 지력을 보고 있어. 때로 지금까지는 그 기회가 없어 발전시키지 못했으나, 발전성이 있는 소질을 가지고 있다고 생각되는 학생도 들어오고 있고.

당신은 젊어, 리치 선생, 당신은 이상에 가득 차 있어—가르친다는 것, 그 윤리적인 면에서 의의를 찾고 있는 거지. 당신이 그리고 있는 이상은 정말 옳아. 분명 문제는 학생의 질이겠지만. 당신도 알고 있듯이 어떤 일이든 성공하기 위해서는 솜씨 좋은 장사꾼이 돼야만 해.

이상도 마찬가지야. 시장에 내놓아야만 하니까. 어쨌든 메도뱅크 학교를 바로 세우기 위해서는 우리도 앞으로는 꽤 약삭빠르게 굴어야겠어. 난 몇몇 사람들과 졸업생들에게 손을 써서 부탁하기도 하고 들볶기도 해서 딸들을 이 학교에 보내도록 하는 수밖에 없다고 생각해. 그것이 잘되면 다른 학생들도 와 줄 거야. 우선 내 방법을 지켜봐. 그다음엔 당신 방법으로 하고. 메도뱅크 학교는 계속될 것이고, 훌륭한 학교가 될 거야."

"영국에서 제일 훌륭한 학교가 될 거예요."

아일린 리치도 열을 다해 말했다.

"자, 그럼, 이제 얘기는 다 됐어." 벌스트로드 교장이 말했다.

"그리고 말이야, 리치 선생, 머리를 단정한 모양으로 잘라 가지런히 해봐. 그 묶은 머리를 주체하지 못하는 것 같아서 그래. 자, 그럼."

벌스트로드 교장은 목소리를 바꿔서 말했다.

"난 채디에게 가봐야겠어."

그녀는 들어가서 침대 옆으로 갔다. 채드윅 선생은 창백한 얼굴로 조용하게 누워 있었다. 얼굴에는 핏기가 하나도 없이 목숨이 다한 듯 보였다. 경찰 한 사람이 수첩을 들고 가까이에 앉아 있었고, 침대 반대편에는 존슨 선생이 있었다. 그녀는 벌스트로드 교장을 보더니 가만히 머리를 흔들었다.

"왜 그래, 채디?"

벌스트로드 교장이 말을 걸었다. 그녀는 축 늘어져 있는 손을 잡았다. 채드윅 선생이 눈을 떴다.

"당신에게 하고 싶은 얘기가 있어." 그녀가 말했다.

"엘리노어 선생을—그것은—그것은 나였어."

"그래, 알고 있어." 벌스트로드 교장이 말했다.

"질투였어." 채디가 말했다.

"난 어떻게 해서든—."

"알아." 벌스트로드 교장이 말했다.

눈물방울이 천천히 채디의 얼굴에 흘러내렸다.

"그렇게 무서운 짓을……, 난 그러려고는—어떻게 내가 그런 짓을 했는지 나 자신도 모르겠어!"

"더 이상 그 일에 대해서는 생각하지 마." 벌스트로드 교장이 말했다.

"하지만 난 그럴 수 없어—절대로—절대로 나 자신을 용서할 수가 없어—."

벌스트로드 교장은 잡고 있던 손에 약간 더 힘을 주었다.

"그렇다고는 해도 당신은 내 생명을 구해 주었잖아! 내 생명과 그 멋진 업존 부인의 생명을 말이야. 그것으로 어느 정도는 마음을 편하게 먹을 수 있지 않겠어?"

"가능하다면—." 채드윅 선생이 말했다.

"가능하다면 두 사람을 위해 내 생명을 바치고 싶었어. 그렇게라도 하면 죄를 씻을 수 있을지 모르겠다고……."

벌스트로드 교장은 깊은 연민의 정이 담긴 눈으로 그녀의 얼굴을 지켜보았다. 채드윅 선생은 크게 숨을 쉬고 미소 지으며 그저 약간 머리를 기울이더니 숨이 끊어졌다…….

"채디, 당신은 정말로 당신의 생명을 바쳤어."

벌스트로드 교장이 조용히 말했다.

"당신도—지금은 이제 그것을 깨달았을 거라고 생각해."

제25장

유산

1

"로빈슨이라는 분이 찾아왔는데요."

"아!" 에르큘 포와로가 말했다.

그는 손을 뻗어 책상에서 편지 한 통을 집어들었다. 그는 생각에 잠긴 얼굴로 편지를 보았다.

"모시고 오게, 조지."

그 편지에는 그저 몇 줄이 다음과 같이 쓰여 있었다.

포와로 씨

로빈슨이라는 남자가 조만간 찾아갈지도 모릅니다. 그 남자에 대해서는 포와로 씨도 이미 어느 정도는 알고 계실 겁니다. 어떤 방면에서는 꽤나 뛰어난 인물이지요. 요즘 세상에서는 그런 사람이 필요합니다……. 그 사람은 이번 문제에서 천사의 입장에서 일한다고 봐도 좋습니다. 당신이 의심해서는 안 되겠기에 그저 시시한 추천장을 써봤습니다. 물론(여기에 강조를 해두지만) 그 남자가 당신에게 의논하려는 내용에 대해서는 우린 전혀 모릅니다…….

아하! 허허! 하고 웃을 수밖에요…….

에프라임 파이커웨이

로빈슨이 들어오자 포와로는 편지를 올려놓고 일어섰다. 그는 머리를 숙여 악수를 하고서 의자를 권했다.

로빈슨은 의자에 앉아서 손수건을 꺼내어 크고 누런 얼굴을 닦았다. 그는 오늘은 더운 날씨라고 했다.

"설마 이 더위를 뚫고 걸어온 것은 아니겠죠?"

포와로는 그런 생각이 들기만 해도 불쾌한 표정이 떠올랐다. 자연스러운 연상에서 그는 손가락을 콧수염으로 가져갔다. 그는 안심했다. 콧수염은 전혀 축 늘어지지 않았다.

로빈슨도 불쾌한 표정을 지었다.

"아니, 그렇지 않습니다. 제 롤스로이스를 타고 왔지요. 그렇지만 요즈음은 차가 하도 잘 막혀서 때로는 30분씩이나 꼼짝 못하고 있을 때도 있답니다."

포와로는 안됐다는 듯이 고개를 끄덕였다.

잠시 대화가 끊겼다—대화의 제1부가 끝나고 제2부로 들어가기 직전의 막간이었다.

"실은 관심을 가지고 들은 얘기가 있어서 말이지요—물론 이러저러한 얘기가 귀에 들어오지요. 대개는 근거 없는 얘기가 많지만 말입니다. 포와로 씨는 어떤 여학교의 사건에 관여하고 계시는 것 같습니다만?"

"아아, 그 일 말입니까?" 포와로가 말했다.

그는 의자 뒤로 깊숙이 기대어 앉았다.

"메도뱅크 학교라면—" 로빈슨은 생각에 잠긴 목소리로 얘기를 꺼냈다.

"영국에서도 일류 학교 가운데 하나지요."

"훌륭한 학교입니다."

"지금 그렇다는 말씀입니까? 아니면, 이전에 그랬다는 말씀입니까?"

"지금도 그렇다고 하고 싶군요."

"저 역시 그렇습니다." 로빈슨이 말했다.

"그러나 실제는 위기일발의 상황이 아닌가 생각됩니다. 아무튼 우리들이 할 수 있는 일은 해야겠습니다. 아무래도 당분간은 곤란한 시기가 계속될 테니 그것을 극복하기 위한 약간의 경제적인 지원 같은 것 말입니다. 뛰어난 학생 몇 아이를 추천해 주는 거지요. 저도 유럽 방면에는 영향력이 없는 건 아닙니다."

"저도 여러 곳에 부탁을 해놓았습니다. 당신 말대로 지금 상황만 잘 극복된다면 말이지요. 고맙게도 사람들은 잘 잊어버리기 마련이니까."

"정말 그렇게 되었으면 좋겠습니다. 그러나 그곳에서 일어난 사건은, 자식이라면 꾸벅 죽는 어머니들을(아버지들도 매한가지지만) 당연히 부들부들 떨게 했을 거라는 사실은 인정해야 합니다. 체육교사에다 프랑스어 선생, 그리고 또 한 선생—세 사람씩이나 살해당했으니 말이지요."

"말씀하신 대로입니다."

"들리는 바에 의하면(여러 소문들이 귀에 들어와서요) 그 범인은 어릴 때부터 여교사에 대한 공포증에 걸려 있었던 불행한 젊은 여자라고 하던데요?"

로빈슨이 말했다.

"어렸을 때 주눅이 든 학교생활, 정신과 의사들은 그 점을 중요시할 겁니다. 아마 요사이 자주 들먹이는 책임능력결여라는 판결을 구하려 할 테지요."

"그런 선으로 가는 것이 변호방법으로선 최선이겠죠." 포와로가 말했다.

"이런 말을 해서 미안합니다만, 전 그것이 실패하기를 바랍니다."

"그건 저도 전적으로 동감입니다. 실로 더없이 냉혹한 살인범이니까요. 그러나 변호사 측에서는 그녀의 뛰어난 성격, 유명한 사람 밑에서 비서로 일한 경력 같은 것들을 들먹이겠죠. 물론 전쟁 중의 공적도. 아무튼 공적만은 매우 뛰어났었다니까요. 역스파이 활동면에서는—."

그는 그 마지막 말에 모종의 의미가 있는 듯, 어딘지 모르게 묻는 듯한 투로 말했다.

"정말 굉장했었던 모양입니다."

그의 목소리는 지금보다도 더 힘있게 들렸다.

"무척 젊고—하지만 더없이 똑똑하고 이용가치가 높았지요. 양쪽 편 모두에게 말입니다. 그것이 그녀의 전문분야였으니까—그녀가 자신의 전문영역을 지켰다면 말입니다. 하지만 이번 유혹에 빠진 건 이해할 수가 있답니다. 혼자 승부해서 그 엄청난 전리품을 차지하려 든 거죠."

그는 중얼거리듯이 덧붙여 말했다.

"하기야 정말 엄청난 전리품이니까."

포와로도 맞장구를 쳤다.

로빈슨 씨는 윗몸을 앞으로 구부렸다.

"그것은 지금 어디에 있습니까, 포와로 씨?"
"당신도 잘 아실 텐데요?"
"예, 솔직히 말씀드려서 알고 있습니다. 은행이라는 유용한 기관 아닙니까?"
포와로는 싱긋 웃었다.
"우리 서로 이렇게 빙빙 돌려서 이야기할 필요가 없지 않습니까, 어떻습니까, 포와로 씨? 당신은 그걸 어떻게 처리하시렵니까?"
"난 기다리겠소."
"무엇을 말입니까?"
"무슨 제안이 있지 않을까요?"
"아, 그렇군요."
"아시겠지만 그건 내 것이 아니오. 나로서는 그것을 실제 소유자에게 넘겨주고 싶습니다. 하지만 내 정세판단이 맞는다면, 그것이 말대로 간단하지는 않을 것 같군요."
"정부로서는 곤란한 입장에 처해 있습니다." 로빈슨이 말했다.
"말하자면 비난받기 쉬운 상태라고나 할까요. 석유, 강철, 우라늄, 코발트, 그리고 그 나머지 모든 것과도 연결된 대외 관계는 지극히 미묘한 문제가 돼놔서. 여왕폐하의 정부이하 등등이 이 문제에 대해서 아무런 정보도 없다고 단언할 수 있다는 게 큰 문젯거리죠."
"하지만 그런 중요한 위탁품을 언제까지나 은행에 맡겨둘 수는 없지요."
"지당하신 말씀입니다. 그래서 말인데, 그것을 제게 건네주시라는 제안을 하러 온 겁니다."
"허어. 아니, 왜죠?"
"전 몇 가지 타당한 이유를 제시할 수 있습니다. 그 보석류는(다행히 우리는 관리가 아니니까 그 명칭 그대로 불러도 되지 않겠습니까) 고(故) 알리 유수프 황태자의 개인 재산임에는 의문의 여지가 없지요."
"나도 그렇게 생각합니다."
"황태자는 그 보석류를 어떤 지시와 함께 로버트 롤린슨 대대장에게 건네주었습니다. 그의 지시는 그것을 라맛에서 가지고 나가 나에게 건네주라는 것이었습니다."

"그 증거를 가지고 계십니까?"

"물론이지요."

로빈슨은 주머니에서 가늘고 긴 봉투를 꺼냈다. 그러고 나서 몇 매의 서류를 꺼내더니, 그것을 포와로 앞의 책상 위에 놓았다.

포와로는 몸을 숙여 그것을 조심스럽게 살펴보았다.

"말씀한 대로 같군요."

"그럼, 해결된 겁니까?"

"한 가지 물어보고 싶은 게 있습니다만."

"예, 하십시오."

"당신은 개인적으로 이 사건으로 어떤 이익을 얻는지요?"

로빈슨은 놀란 것 같았다.

"그건 아무래도 물론 돈이겠지요. 그것도 상당한 금액의 돈 말입니다."

포와로는 생각에 잠겨 상대방의 얼굴을 쳐다보았다.

"그것은 아주 오래전부터 해온 일이죠. 수지가 맞는 장사랍니다. 이 세상에는 어디나 우리 같은 중간상인이 망을 치고 있습니다. 말하자면 무대 뒤의 각색이지요. 국왕이나 대통령, 정치가 같은 사람들. 시인의 표현을 빌리면 눈부신 각광을 받는 사람들을 위한 존재입니다. 우리들은 서로 협력할 뿐만 아니라, 이것만은 기억해 주셔야겠습니다. 우리들은 신의를 지킵니다. 수익금은 상당하지만 우리들은 정직하지요. 우리들을 불러 쓰는 데는 돈이 많이 들지만, 그만큼의 봉사는 해주고 있습니다."

"알겠습니다." 포와로가 말했다.

"됐어요! 당신 요구에 동의합니다."

"그 결단은 모든 사람에게 반드시 기쁨을 안겨줄 겁니다."

로빈슨의 시선은 포와로의 오른쪽에 놓여 있는 파이커웨이 대령의 편지에 잠시 머물렀다.

"그런데 잠깐만요, 나도 사람이라 호기심이 있어서요. 그 보석류는 어떻게 할 생각이신지?"

로빈슨은 그의 얼굴을 보고 나서 크고 누런 얼굴에 주름이 잡힐 정도로 웃었다. 그는 뒤로 몸을 기댔다.

"얘기하지요."

그는 그에게 들려주었다.

2

어린아이들이 길가 여기저기를 뛰어놀고 있었다. 그들이 지르는 귀에 거슬리는 괴성이 주위에 울려 퍼졌다. 로빈슨은 자기 롤스로이스에서 무게 있는 발걸음으로 내리다가 그만 어린아이 하나와 부딪쳤다. 그는 자상하게 그 아이를 옆으로 비켜놓고는 그 집의 번호판을 자세히 살폈다.

15호, 바로 이집이다. 그는 문을 밀어 열고 현관으로 통하는 세 단의 돌계단을 올라갔다. 그는 창에 드리워진 깨끗한 흰 커튼과 잘 닦여 있는 구리로 된 문고리를 주목했다. 런던의 보잘것없는 한쪽에 있는 보잘것없는 거리의 비록 보잘것없는 집이었으나 잘 꾸며져 있었다. 한마디 자존심이 느껴지는 집이었다.

문이 열렸다. 25세 정도, 예쁜 초콜릿 상자처럼 그렇게 예쁘고 호감이 가는 젊은 여자가 웃으면서 그를 맞이했다.

"로빈슨 씨인가요? 자, 들어와요."

그는 작은 거실로 안내되었다. 텔레비전 세트, 자코뱅 왕조풍의 문양이 들어간 크레턴 사라사 천의 의자 덮개, 벽 옆에는 작은 피아노가 놓여 있었다.

그녀는 거무스름한 스커트에 회색스웨터를 입고 있었다.

"차 드시겠어요? 물이 끓는데요."

"고맙지만 난 차를 마시지 않소. 더구나 곧 돌아가야 하거든요. 난 그저 편지로 말씀드린 물건을 건네주려고 왔을 뿐입니다."

"알리로부터?"

"예."

"희망은—없나요? 이젠 없는 거냐고요? 정말—정말 사실인가요? 그분이 돌아가셨다는 얘기 말이에요. 혹시 잘못된 건 아닐까요?"

"유감스럽지만 잘못된 건 아닙니다." 로빈슨이 조용히 말했다.

"나도—그럴 거라고 생각했어요. 아무튼 기대는 하지 않았어요—그분이 고국으로 돌아갈 때, 두 번 다시 못 만나는 게 아닌가 생각했지요. 바로 얼마 뒤에 암살당하거나 혁명이 일어나리라고는 생각지 못했지만요. 단지—아시는 대로, 그분은 자신에게 건 기대와 의무를 수행해야 했으니까요. 같은 민족 사람과 결혼해서—무엇이든."

로빈슨은 꾸러미를 꺼내어 테이블 위에 꺼내놓았다.

"자, 열어보시지요."

종이를 푼 그녀의 손은 좀 떨렸고, 마지막 덮개를 열고 나서는 후유하고 숨을 내쉬었다.

빨간색, 푸른색, 녹색, 하얀색 모두가 불꽃처럼 번쩍거렸고, 생명을 머금은 듯 빛났으며, 그 희미한 작은 방을 알라딘의 동굴처럼 바꿔놓았다…….

로빈슨은 그녀를 쳐다보았다. 그는 지금까지 보석을 바라보는 많은 여자를 봐왔다…….

그녀는 이내 숨이 막히는 목소리로 이렇게 말했다.

"이것이 모두—설마, 진짜는 아니겠죠?"

"진짜입니다."

"그렇다면 정말 엄청난 값어치—, 엄청난—."

그녀에게는 그 가치가 상상도 가지 않았다.

로빈슨은 고개를 끄덕였다.

"만일 처분하기를 원하시면 적어도 50만 파운드는 될 겁니다."

"어머, 아니에요. 그런 건 있을 수도 없어요."

갑자기 그녀는 보석을 두 손으로 들어 올리더니 떨리는 손으로 다시 원래 모양으로 싸놓았다.

"무서워요." 그녀가 말했다.

"겁이 나요. 이것을 어떻게 처리하면 좋을는지요?"

문이 느닷없이 열리더니 작은 남자아이가 뛰어들어왔다.

"엄마, 멋진 탱크를 빌리가 줬어. 그 애는—"

소년은 갑자기 입을 다물더니 로빈슨을 빤히 올려다보았다.

올리브색 피부에 검은 눈의 소년이었다. 어머니는, "앨런, 부엌으로 가거라. 간식을 준비해 놓았다. 우유하고 과자, 그리고 생강빵도 있단다." 하고 말했다.

"와, 신난다." 소년은 탕탕거리며 부엌으로 갔다.

"앨런이라고 했습니까?" 로빈슨이 물었다.

그녀는 얼굴을 붉혔다.

"알리에 제일 가까운 이름이라서요. 알리라고 부를 수는 없잖아요—그 아이나 이웃 사람들에게 너무 어려워서요."

그녀는 다시 얼굴이 어두워지더니 이야기를 계속했다.

"어떻게 하면 좋을까요?"

"그전에 결혼증명서는 가지고 계시겠죠? 나는 부인이 바로 그 사람인지를 확인해 볼 필요가 있으니까요."

그녀는 잠시 놀라더니 이내 작은 책상으로 갔다. 서랍에서 봉투를 꺼내어 한 장의 문서를 끄집어내어, 그의 옆으로 가지고 왔다.

"흠……그래……에드먼드스토의 호적등록계……알리 유수프 학생……앨리스 캘더, 미혼녀……됐습니다. 틀림없군요."

"네, 틀림없이 합법적인 거예요. 문서상으로는요. 아무도 그분이 누군지 알아차리지 못했어요. 아시겠지만 회교도 유학생이 많았거든요. 우리들도 이런 것이 실제로는 별 의미가 없다는 것은 알고 있었죠. 그분은 회교도라 여러 아내를 거느릴 수 있었고, 자신도 고국에 돌아가서는 그것에 따라야 하는 것을 알고 있었어요. 우리는 그 일에 대해 이야기해 봤죠. 하지만 앨런을 임신한 상태라 그분은 이렇게 해두는 편이 그 애를 위해서 좋을 거라고 하더군요—우리들이 이 나라에서 정식으로 결혼해 두면 그 애는 본처 소생이 되니까요. 그것이 그분이 나를 위해 할 수 있는 최선이었지요. 그분은 정말로 날 사랑했어요. 정말 사랑했지요."

"그래요, 정말 그랬을 겁니다." 로빈슨이 말했다.

그러고 나서 그는 힘있게 얘기를 계속했다.

"그럼, 나에게 일부분을 맡겨주시면, 이 보석을 팔도록 주선해 보겠습니다. 그리고 변호사를 한 사람, 신뢰할 수 있는 유능한 사무변호사를 소개하지요. 아마 그 사람이 당신이 손에 넣게 될 돈을 신탁회사에 투자하도록 조언해 줄 겁니다. 그리고 다른 문제도 있을 텐데, 아드님의 교육문제라든가 자신의 앞으로의 삶의 방법 같은 것도요. 사교생활에 대한 지도도 받아야 할 겁니다. 앞으로는 엄청난 부자니까, 고리대금업자나 사기꾼들도 당신 뒤를 쫓아다닐 테니까요. 순수하게 물질적인 면 이외에는 당신 생활이 쉽지만은 않을 겁니다. 부자들은 결코 편안하게 생활하는 것이 아닐 테니 그것은 확실히 말씀드려 두지요—너무나도 많은 사람들이 그런 착각 속에 사는 것을 보았으니까요. 하지만 확고한 성격을 가진 당신이라면 잘 해나갈 거라고 생각합니다. 또 아드님도 아버지보다 더 행복한 생활을 누릴 수 있을 거고요."

그는 말을 멈추었다.

"동의하십니까?"

"네, 이것은 가지고 가세요."

그녀는 보석을 그에게로 밀어놓더니 갑자기 이렇게 말했다.

"그 여학생—이것을 찾아준 학생 말이에요. 그 학생에게 보석을 하나 주고 싶어요. 어느 것을—어떤 색의 보석을 좋아할까요?"

로빈슨은 생각해 보더니, "에메랄드가 좋을 겁니다—신비스런 녹색의 에메랄드가. 좋은 생각을 하셨습니다. 그 학생도 분명 기뻐할 겁니다." 하고 말했다.

그는 일어섰다.

"부인도 알다시피 난 내 봉사 대가는 받습니다." 로빈슨이 말했다.

"내 보수는 꽤 비싸지요. 하지만 부인을 속이는 짓은 하지 않습니다."

그녀는 평온한 눈길로 그를 바라보았다.

"나도 그렇게는 생각지 않아요. 그리고 내게는 실무를 잘 아시는 분이 필요하고요. 난 그 방면에는 아무것도 모르니까요."

"이런 말씀을 드리는 게 실례일지 모르겠지만 부인은 정말 분별 있는 분이군요. 자, 그럼, 이것들은 내가 가지고 가기로 할까요? 놔두고서 보고 싶지는 않으신지?—하나만이라도."

그는 호기심 어린 눈으로 그녀의 얼굴을 지켜보았다. 갑작스러운 흥분의 번뜩임, 목마른 탐욕스런 시선—하지만 그 빛은 금방 사라졌다.

"아뇨." 앨리스가 대답했다.

"놔두지 않겠어요—단 한 개도." 그녀는 얼굴을 붉혔다.

"하기야 당신에게는 내가 어리석어 보이겠지요—커다란 루비라든가 에메랄드 한 개 정도라도 남겨두지 않으니—하다못해 기념으로라도 말이에요. 하지만 그분과 난—그분은 회교도지만 가끔 내게 성경구절을 읽어주셨어요. 우리는 그 부분을 읽었어요—어떤 값어치 있는 루비보다도 훨씬 나은 여자에 대해서요. 그래서 난 보석은 몸에 지니지 않아요. 오히려 갖지 않는 것이……."

"대단히 특이한 면이 있는 여자야."

로빈슨은 골목길을 지나 기다리던 롤스로이스에 타면서 중얼거렸다.

그는 되풀이해서 중얼거렸다.

"정말 특이한 구석이 있는 여자야……."

<끝>

■ 작품 해설 ■

여기 소개하는 《비둘기 속의 고양이(Cat Among the Pigeons, 1959)》는 애거서 크리스티(Agatha Christie, 영국, 1890~1976)의 64번째 추리소설이며 51번째 장편이다.

이 작품은 중동의 어느 소국가에서 알리라고 하는 황태자가 비행기로 탈출하다가 산속에 추락하여 죽은 신문기사를 읽고서 곧바로 구상했다고 한다. 크리스티 여사는 이처럼 여러 방면에서 작품의 소재를 찾았다. 우리들 눈에는 평범한 것이라도 그녀의 눈에 띄면 대단한 의미를 갖게 되는 모양이다.

이 소설에서는 크리스티 여사가 즐겨 사용한 로만 미스터리 기법은 볼 수 없으나, 그 대신 작품 전체에 은은한 선율이 흐르듯 묘한 분위기가 풍기고 있다. 그것은 살인사건이라는 살벌한 주제를 표현하면서도 각 인물의 개성들을 부각시켜 마치 일일 연속극을 보듯이 가벼운 터치로 이어지고 있기 때문은 아닐는지?

이 작품에 에르큘 포와로가 나오긴 하지만 그는 어쩐지 엑스트라, 좋게 말해서 조연 정도이고 오히려 개성이 다른 여러 여자들이 주연인 듯한 느낌이 든다. 벌스트로드 교장, 채드윅 선생, 리치 선생, 밴시타트 선생, 또한 줄리아 업존, 제니퍼 서트클리프 등등.

독자들은 이 한 편을 통해 스파이물과 본격 미스터리, 그리고 여성의 심리 드라마를 읽었을 줄 안다.